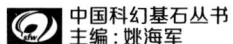中国科幻基石丛书
主编：姚海军

伯劳与荆棘

谭钢 著

四川科学技术出版社

图书在版编目（CIP）数据

伯劳与荆棘 / 谭　钢　著.

--成都：四川科学技术出版社，2023.6

（中国科幻基石丛书 / 姚海军　主编）

ISBN 978-7-5727-0998-2

Ⅰ.①伯… Ⅱ.①谭… Ⅲ.①幻想小说 – 中国 – 当代

Ⅳ.①I247.5

中国国家版本馆 CIP 数据核字（2023）第 103614 号

中国科幻基石丛书

伯劳与荆棘

ZHONGGUO KEHUAN JISHI CONGSHU
BOLAO YU JINGJI

丛书主编　姚海军
著　　者　谭钢

出 品 人　程佳月
责任编辑　张湉湉　姚海军
特约编辑　陈　曜
封面绘画　雨田三萧
封面设计　甄沛佳
版面设计　甄沛佳
责任出版　欧晓春
出　　版　四川科学技术出版社
　　　　　成都市锦江区三色路238号　邮政编码 610023
　　　　　官方微博：http://weibo.com/sckjcbs
　　　　　官方微信公众号：sckjcbs
　　　　　传真：028-86361756
成品尺寸　147mm×208mm　　　印　　张　15.125
字　　数　310千　　　　　　　插　　页　3
印　　刷　四川南方印务有限公司
版　　次　2023年8月成都第一版
印　　次　2023年8月成都第一次印刷
定　　价　56.00元

ISBN 978-7-5727-0998-2

邮购：成都市锦江区三色路238号新华之星A座25层　　邮政编码：610023
电话：028-86361770

写在"基石"之前

姚海军

"基石"是个平实的词，不够"炫"，却能够准确传达我们对构建中的中国科幻繁华巨厦的情感与信心，因此，我们用它来作为这套原创丛书的名字。

最近十年，是科幻创作飞速发展的十年。王晋康、刘慈欣、何夕、韩松等一大批科幻作家发表了大量深受读者喜爱、极具开拓与探索价值的科幻佳作。科幻文学的龙头期刊更是从一本传统的《科幻世界》，发展壮大成为涵盖各个读者层的系列刊物。与此同时，科幻文学的市场环境也有了改善，省会级城市的大型书店里终于有了属于科幻的领地。

仍然有人经常问及中国科幻与美国科幻的差距，但现在的答案已与十年前不同。在很多作品上（它们不再是那种毫无文学技巧与色彩、想象力拘谨的幼稚故事），这种比较已经变成了人家的牛排之于我们的土豆牛肉。差距是明显的——更准确地说，应该是"差别"——却已经无法再为它们排个名次。口味问题有了实际意义，这正是我们的科幻走向成熟的标志。

与美国科幻的差距，实际上是市场化程度的差距。美国科幻从期刊到图书到影视再到游戏和玩具，已经形成了一条完整的产业链，动力十足；而我们的图书出版却仍然处于这样一种局面：读者的阅读需求不能满足的同时，出版者却感叹于科幻书那区区几千册的销量。结果，我们基本上只有为热爱而创作的科幻作家，鲜有为版税而创作的科幻作家。这不是有责任心的出版人所乐于看到的现状。

科幻世界作为我国最有影响力的专业科幻出版机构，一直致力于对中国科幻的全方位推动。科幻图书出版是其中的重点之一。中国科幻需要长远眼光，需要一种务实精神，需要引入更市场化的手段，因而我们着眼于远景，而着手之处则在于一块块"基石"。

需要特别说明的是，对于基石，我们并没有什么限定。因为，要建一座大厦需要各种各样的石料。

对于那样一座大厦，我们满怀期待。

未来已来，只是处处不可导。

引子 代号:伯劳

2028年12月6日。日本,九州,福冈,高级料亭"三日月"。

山口组组长筱田太洋正襟危坐于岛桑木制成的木桌前,桌面雕有猛虎和恶鬼纠缠的浮世绘,似乎象征着他内心口腹之欲与求生欲的搏斗。"三日月"位于福冈一条名不见经传的深巷中,只为极道①重要人物服务,要品尝这里的招牌菜河豚全席,更是需要提前三个月预约:一个月留给渔夫在河流中捕捞筛选野生虎河豚,一个月留给河豚逐渐适应人工池水的温度和流速,一个月留给厨师处理食材。筱田太洋每年冬天前往"三日月",冒着中毒死亡的危险大快朵颐,许多人劝过他,至少换成肉质稍差但危险系数大大降低的人工养殖脱毒河豚,但他不为所动,依旧沉醉于这种俄罗斯轮盘赌般的快感中。

河豚刺身上来了,层层叠叠的河豚肉被摆成牡丹花的形状,

---

① 本为佛教用语,指"极佛法之道者"。江户时代起,侠客赌徒等也被称作"极道"。后来,"极道"一词演变为对黑道、暴力团伙成员的称谓。

1

每一片都薄如蝉翼，在灯光下晶莹透亮。久久凝望着鱼生的筱田太洋需要一杯酒壮胆，他摇了摇面前的雕花摇铃，一个新来的侍者想上前询问，但很快被年老的侍者们拉住，他们在短暂的交头接耳中很快达成了共识，这位客人摇铃并不是为了寻求他们的服务。

跪坐在房间的角落、身着豪华振袖①的爱琳·索菲亚慢慢站起，脸上没有任何表情。她被软禁在这里四年，每个星期制造五分之一品脱②容量的口嚼酒。山口组现当家的爱好从内到外透出中年胖男人的奇怪品味，每年的今天他都会仔细品尝爱琳·索菲亚在过去一年里出产的五十二杯不同发酵程度的口嚼酒，辅以五十二片河豚刺身，发出五十二次满足的叹息。

"爱琳妹妹又长高了一点呢。"筱田太洋打量着女孩，"毕竟是到了长身体的时候啊！"

爱琳·索菲亚的双眸里依旧是浓重的冷漠，她把托盘里一杯杯的口嚼酒放在桌上，认真地将它们排成一个矩阵。

筱田太洋笑笑："中国明代的徐应秋有本书叫《玉芝堂谈荟》，里面谈到口嚼酒，'于美人口中含而造之，一夕成酒'。你有一种……有一种万中无一的洋甘菊甜味。"

他把河豚刺身浸入其中一个蓝釉瓷杯，搅拌三圈后吃下。少女的芬芳和鱼生的柔韧流转在喉间，悄无声息滑入腹中，仅仅余留稍许的湿漉触感驻留在唇齿。筱田太洋闭上眼睛，他在享受这生涩的余韵，但很快他就感觉到了从骨髓深处爆发出的痛

①一种长袖和服，现在主要用作未婚女性的礼服。
②一品脱约为568毫升。

楚，他想喊叫，但口唇、指端、舌尖都已经开始麻木，他想喘气，但呼吸、回流已经开始衰竭。山口组组长向后仰倒在座椅上，皮肤发紫，侍者们惊慌地去取大剂量5%碳酸氢钠静滴液，准备碱化血液抢救。

河豚毒素（TTX），氨基全氢喹唑啉型化合物，自然界毒性最大的神经毒素之一，致死量0.5毫克，毒性比氰化物高1250倍。因其具有强大的热稳定性，烹饪加热过程极难除去毒素，野生河豚更是连血液都充斥着剧毒，只有经验最丰富的大厨才能处理。"三日月"是美食家圈子中久负盛名的料亭，年迈的主厨兢兢业业于河豚烹饪，五十年来未尝失手，想不到在退休前夕终于马失前蹄。

筱田太洋紧握着爱琳·索菲亚的手，他倾尽全力吐出几个模糊的单词："拉尼厄斯……"

爱琳·索菲亚因疼痛退后一步，呆呆望着这个脸涨成猪肝色的男人，不知道该做些什么。直到一整队医生轰的一声拉开纸门，凌乱的脚印印在榻榻米上，她才躲到角落。他们七手八脚将筱田太洋抬上担架，中流量输氧，肌注苯巴比妥抗惊厥，但肥胖的男人已经陷入深度昏迷，无应答、无睁眼、无肢体运动，格拉斯哥昏迷指数3分。在送往医院抢救二十四小时后，ICU传来令人沮丧的消息，抢救失败，山口组组长筱田太洋先生因急性TTX中毒死于呼吸循环中枢衰竭。

筱田太洋的死亡最终没有掀起多大的波澜，这个执着的食客早就该对自己的命运了如指掌。正如《叶隐》之言，"武士之道，即醉心于死"，筱田太洋对这句话笃行无疑：控制欲极强的山口组组长,即使是死亡也力求尽在掌握之中。他明白很多事情背后潜藏的风险,但为了满足自己的欲望也义无反顾地执行,正是这样的信条让他爬上黑道权力的顶峰,也最终令他付出了巨大的、远远不止是生命的代价。

隆重的葬礼后,遗嘱的执行和权力的交接有条不紊地进行,大厨被下令切腹谢罪,厚生省再次强调要注意河豚市场售卖规范。但事情到头也只是这样了,日本每年因为河豚毒素中毒死亡的人数尽管的确居高不下,但终归不会比二手烟致死的人多。

一个星期后,福冈县警察驻在所。

佐藤警佐用力挤开了玻璃门,几片雪花飘进驻在所。安静的同事们此刻翻腾起来,英雄、救世主、击败恶龙的勇者,能在冬天最冷的时候买回晚饭的人,无论受到何种赞誉都不为过。

"那位小姐还是不肯开口说话吗?"同事们一边分享着他带回来的清酒,一边交头接耳道:"她该不会是哑巴吧?那么漂亮,真是太可惜了。"

佐藤敲了敲桌子:"别乱说话!这样说太失礼了。"

其他人噤若寒蝉,但很快他们的注意力便转移到还冒着热气的章鱼小丸子上,气氛又活泼起来。办公室里一窗之隔的爱琳·索菲亚听着外面的声音,在沙发上打了两个滚,裹着毛毯的她直起身开始往玻璃上呵气,玻璃很快模糊了,她在上面画了一棵歪歪扭扭的树。

还是佐藤最先发现了这个女孩的小动作,他赶紧带着点吃的东西进去。爱琳·索菲亚依旧不发一言,佐藤挠挠脑袋,他一直搞不懂这个女孩沉默的原因，就算她不会日语和英语，只要不是生僻过头的语言，警察们都可以从旁边的语言培训中心随手抓个老师来帮忙。这位小姐三天前敲开驻在所的门，饿得头晕眼花，但居然还站得笔直。在她之前，佐藤从来没见过能够在十分钟内解决三碗地狱拉面的人。

佐藤递给她一盒涂满奶油的章鱼小丸子，心想这个年纪的女孩子应该不会拒绝甜食，"先吃点东西吧。"

爱琳·索菲亚摇摇头，她指了指窗外放在桌上的白瓷清酒瓶。

"这怎么行！"佐藤惊讶地说道，"你看上去离成年还有好久呢！"

爱琳·索菲亚还是坚定地指着那瓶清酒，那是佐藤跑了三条街从一处老牌居酒屋买来的纯米吟酿，入喉有木瓜、苹果和梨子的清香。平时警所在冬日的娱乐之一就是喝一小杯酒暖身，有时也会分给前来报案的其他人，但万万不能给未成年人喝酒，况且还是个小女孩。如果爱琳·索菲亚再长高十厘米的话，佐藤会很乐意破例给她倒上一杯。

"你要喝东西的话，果汁怎么样？ Orange juice？ or milk？"警佐继续用他那日式英语试图交流。

"佐藤课长！"佐藤还想说点什么，但这时门外的同事在喊他，嘴里还塞着章鱼小丸子，"那位小姐有人来接走了！你出来签字！"

他抬头望向外面，一个男人站在灯下，卷边毡帽投下的阴影遮住了他的眼睛，黑色风衣积满寒霜，瘦削的身躯如同落满白雪的枯松。那个男人的影子被从窗户透进来的落日余晖拉得很长很长，同事们在查看这个男人带来的文件。他在匆匆一瞥间看到东京警视厅的公文抬头，上面有来自樱田门的徽记。

"警视厅搜查一课。"佐藤十分惊讶，"您专门从东京跑过来？"

男人摆摆手，"对。这位小姐是外交官的宝贝女儿，前些日子走丢了，他们一家人都非常担心。"

佐藤恍然，不再说些什么，在文件上签了字。爱琳·索菲亚探出脑袋好奇地看他们，女警们挨个去摸摸她淡金色的长发告别。她们说，虽然这样很不礼貌，但是这几天一直想这么做。

"那么，我们就先告辞了。还要赶晚班新干线呀……啊，酒很好。"男人满足地放下酒杯，笑吟吟地拉起爱琳·索菲亚的手，警局里的警察们挥手送别。

佐藤笑笑："既然如此，这瓶'伯劳喙'居酒屋出产的清酒请一道带上吧，这是福冈的特产。路上小心，记得不要被这个小姐偷喝了噢！"

男人若有所思，"'伯劳喙'吗，好凶狠的名字。看起来老板也是个不一般的男人啊。"

佐藤笑得更高兴了，"每一个居酒屋老板的心里，都住着一个挥舞武士刀的黑道人物。不是吗？"

他们就此告辞。从驻在所出来拐角的地方，静立的两人迎着日落，男人小口小口啜饮着佐藤送给他的清酒，他们的影子在跳跃。大雪过后，长长的大街上有鲷鱼烧和海苔的味道，叼着秋刀鱼尾的猫在围墙上行走，硬币翻转的声音，雪花被皮靴踩碎的声音，风吹过爱琳·索菲亚头发和浴衣的声音，血液在血管流动的声音。

"第一次见面，但是……久等了。"他轻轻欠身，标准的英式英语，"处理一些事，主要是伪造警视厅的权限文件和盖章，拖延了几天。"

长久的对视后，终于示弱的女孩主动说出四年来的第一句话："筱田太洋是不是已经死了？"

黑衣的男人说："小女孩，在你这个年龄，真的能理解死是什么意思吗？"

爱琳·索菲亚自顾自地追问："他死之前说了一个词'拉尼厄斯'，你知道那是什么吗？"

黑衣的男人："伯劳鸟拉丁学名的音译，同时也是一个职业杀手的名字。"

爱琳·索菲亚抬眼，"你是谁？"

黑衣的男人只是干笑了一声："你可以直接叫我的代号，伯劳。"

伯劳，Lanius。

年少的欧洲美人眼波流转，湛蓝的眼中似乎有千万星辰在流动。她玫瑰般嫣红的双唇轻轻呢喃着这个单词。伯劳摇晃着小陶瓷酒瓶，喝下了最后一滴清酒。在他们身后，落日已经沉陷于楼宇之间，最后一丝日光像白雪一样落在两人头上。

一　晦暗远东

2029年1月7日。俄罗斯，东西伯利亚，符拉迪沃斯托克。

白风衣下摆在飘扬，叶夫琴琳·索科斯卡娅踩着高跟鞋大步流星踏过了法医鉴定中心全新铺装的实木地板长廊，没人敢对她有任何非议，特别是今天她反常地化了浓妆，口红取了最艳丽的色号。

"首席法医官，圣诞快乐①。"来往的人战战兢兢地向她点头致意。

"早。"叶夫琴琳·索科斯卡娅淡漠地回礼。她的头衔全称是"俄罗斯联邦法医学会远东分会首席法医官"，毕业于谢切诺夫莫斯科国立医科大学，受洗于符拉迪沃斯托克教区尼古拉大教堂，东正教徒身份、法医学博士学位和十五年一线法医生涯赋予她冷漠独断到极致的性格，用她自己的话来说叫"节能"——她从不和傻瓜进行三句话以上的交谈。

---

①俄罗斯圣诞节为东正教圣诞节，时间是公历1月7日。

"首席法医官。有一具尸体在405室等待尸检。苏科洛夫教授做了简单的检查,完全没办法准确判定死亡原因。核磁共振扫描未检查出内部骨创,有轻微中毒死亡体征,但毒物类型不明,毒物检测胃镜也无法确定成分。目前死因结论是心脏停搏。"她的助手小跑着跟随她,臂弯间环抱一大沓文档,继续报告道,"苏科洛夫教授对你提出古典病理学解剖和组织切片请求。"

"那个毒理影像学没学好的家伙。"站在405室前,女人冷冷哼了一声,"你回去吧,让他在办公室等我就行。"

助手说:"可是苏科洛夫教授说……"

叶夫琴琳·索科斯卡娅推门而入,"我不想重复第二次。"

首席法医官拉开平放在405室中央检尸台的尸袋,死者嘴唇稍微发白,尸僵、尸斑正常。东亚男性、身形健美、体型壮硕,一具无论如何都无比正常的尸体,难怪苏科洛夫最后将其判断为心脏停搏猝死。但叶夫琴琳知道,有一种从雨林牛蛙皮肤、杜鹃花叶和曼陀罗花里提炼出的混合深度麻醉药,不久前被FDA批准进入人体试验阶段。逆转剂就在她手上,几天前EMS邮递员将它交给叶夫琴琳·索科斯卡娅,刚开始她以为会像电影里演的那样,是恐怖分子的致命微生物菌簇,想借由她将法医中心的人传染个遍,但无聊的恐怖分子总是少数,她看到瓶盖的铭文"LANIUS",知道这又是伯劳的把戏。

颈外静脉注射解药后十分钟,尸体的胸部开始起伏。叶夫琴琳看着伯劳一阵剧烈咳嗽,后者从停尸台上直起身来的时候,突然侧身吐出一些褐色的潴留液。

"我们的见面方式越来越稀奇了。下一次你会从什么地方出现？热水壶吗？"

伯劳摆摆手，他的声带还没完全恢复。

叶夫琴琳将注射器扔到医用垃圾桶里，"筱田太洋的事情传到这里来了，很漂亮的暗杀。但是我有个疑问，东京警视厅给出的报告指出，筱田太洋从毒发到呼吸系统彻底衰竭只有几分钟，医生打的河豚毒素抗体簇甚至还没来得及起效。河豚毒素虽然是剧毒，但这个速度还是太恐怖了些。"

伯劳沙哑的声音听起来就像风吹过缺口的酒杯，"日本人喜欢吃河豚。"

"是的。"

"他们通过人工养殖来一代代选择毒性较低的河豚品种，直至得到几乎完全脱毒的商业河豚品种。那么既然能通过人工选择来脱毒，自然也能通过选择毒性强的品种来一代代增强河豚毒性。我刚好认识横滨的一个老板就在做这种事，我从他那里拿了一条河豚。"

"拿了一条？"

"偷了一条。同位素标记鱼鳍，把它放生在'三日月'派出的渔夫的鱼舱里，它成功混进了厨房。我把它放在了厨师的砧板上。"

"即使如此，我还是有不明白的地方。烹饪河豚的厨师都必须经过专门培训并取得执业资格，去皮、放血、处理内脏都有极其严格的步骤，保证刺身不沾染任何毒素。他们的淘汰率在80%以上，甚至比实分析、分子生物学和量子力学的挂科率都要高。"

"中国有一个成语叫庖丁解牛，用来形容工匠技艺熟练高超,但也意味着他们对工具的高度依赖和适应。'三日月'使用的出刃刀七十年来从没变过,一代代厨师们早就习惯了厨刀的长度,我换了一把长了零点五毫米的刀,他们就把河豚的肝弄破了。"

伯劳喘了口气,他开始撕下自己的腹肌和胸肌,像除去脸上的面具那样从身躯上一片片撕下,露出苍白消瘦且布满微小电极的胸膛。叶夫琴琳再次好奇地问道:"你就是用这个伪造出尸僵和尸斑的?"

"人造皮肤和人造肌肉块。"

"Bravo!"

"轮到我问你了,首席法医官。'鸟巢'的原则是,以问题换问题。"

"我自然是个守信的人,你要问什么? 只是下次别再叫我首席法医官了,你我都有代号,代号听起来显得我更性感些。"

"好吧,云雀。"

全裸的伯劳咳嗽了一声,回荡在由无数锋利机械手组成的解剖阵列之间。作为在业界久负盛名的传奇杀手的业务联系人与全权负责人,代号云雀的叶夫琴琳·索科斯卡娅眯起眼睛等待伯劳的问题,她铁灰色的眼睛猫一般微微眯起。

"我要问,爱琳·索菲亚到底是什么人?"伯劳阴沉地盯着她的脸,"我倾尽全力才将她从福冈带到欧洲,但全世界各国民政人口文档、户籍档案和暗网数据库都查不到她的资料,我差点栽在出境护照办理上。"

叶夫琴琳·索科斯卡娅少有地犹豫着,但她明白自己不能破坏鸟巢多年以秘密交换秘密的原则。当她开始谨慎地挑选措辞时，她面前赤裸的男人发现那双铁灰色的眼睛在微微颤动。

"三个月前，'雨燕'带来了一份委托，向我传达雇用你进行这次任务的要求，任务内容如你所见：前往日本暗杀筱田太洋并带回爱琳·索菲亚，'乌鸦'非常看重她。因为爱琳·索菲亚……她并非某个政要或寡头的女儿，也不是什么公司研究出来的生物武器，更不是基因突变的超能力者。她是这个世界上有史以来第一个进行过时间旅行的有意识灵长类，换句话说，她来自未来。"

伯劳没有说话。

云雀叹了口气，"你的表情和我当时一样。"

三个月前，2028年10月26日。符拉迪沃斯托克，叶夫琴琳·索科斯卡娅的家。

叶夫琴琳·索科斯卡娅接到警察局电话的时候是深夜，电话里沉重的男声要求她立即前往火车站的凶案现场。

"首席法医官，我们在现场等你，请带齐装备前来现场。"叶夫琴琳·索科斯卡娅已经很多年没有被深夜电话吵醒了，上一次是苏科洛夫夜半酒醉的情歌，这一次是久违的出警任务。但对方清晰无误地叫出她的头衔，却直截了当地提出如此无礼的要求。她看了一下号码，的确是警察局的电话，首席法医官完全可以不理会这个毫无道理的指令，但女人的第六感这时候开始啮咬她的思绪：她该出发的，尽管雪还在下。

"请迅速前往现场。记住，火车站三号月台的铁轨。"对方重复一遍,挂了电话。

符拉迪沃斯托克火车站的确出了人命,一个男人卧轨自杀,血迹沿着铁轨噌出去上百米,司空见惯的清冷现场。当地警局的警长在拉警戒线,尸体被车轮断成几截,几个警察打着手电在找剩下的部分。

"叶夫琴琳·索科斯卡娅首席法医官,您怎么在这里?"警长在看到她的证件后发出一声惊呼。

"我接到任务出警。"

"我们是叫了法医和痕检,但是没想到警局那些没头没脑的家伙会打扰您。"

叶夫琴琳·索科斯卡娅深深皱眉,警长吓得满头大汗地解释并道歉:"或许是警局的新人,我回去狠狠教训他。"最后他们在越来越大的北风中完成了现场勘查,雪中的尸体被尸袋裹好,控制现场的监察无人机升空,警车打道回府。

"送首席法医官女士回家。"警长特地吩咐司机,"开得稳一点。"

整张脸隐藏在帽檐阴影中的司机以微不可见的幅度点了点头。叶夫琴琳的住所离火车站不远,但她很快发现这辆警车自从在一个路口与警长的警车分开后,便开始在并不复杂的街道系统里绕圈。她明白过来了,这或许是一次不长眼的抢劫,或许是一次久远的报复,坐在后排的首席法医官开始慢慢回忆那些已经蒙尘的格斗技巧,从座位后面可以直接裸绞勒死司机,她在挑选方向下手。

"云雀。"仿佛注意到什么,司机轻轻说道。

叶夫琴琳·索科斯卡娅全身的血液仿佛开始倒流,她瞬间从即将入梦的状态中清醒过来。

"代号雨燕。这是我们第一次正式见面,首席法医官和假警察,在符拉迪沃斯托克深夜偷来的警车里。"司机轻描淡写地介绍了自己,"我知道你在跟进伯劳的行动,他人在日本。"

"有人追杀你吗?"深呼吸几次后,云雀问道,"有什么东西是一个量子加密信道搞不定的?"

"没有。"雨燕驾驶着车辆又拐过一个弯,"我和伯劳不同,我不太相信高科技。但我必须保证我们通信的绝对可靠,所以只能用点古老的手段了。给你打电话的是我,夜很深,警长不会发现他的警员被调包的。"

"听上去像是柏林墙时期的间谍会面。"

"史塔西和克格勃,那这条路就是我们的间谍之桥了。你座椅下有一张数据贴,摸摸坐垫就应该能摸到。我原来想把它放到黄油面包里塞进你家门缝,但是微波炉加热会弄坏它,而且你可能会把它当成糯米纸吃掉。"

"很幽默,雨燕。另外说一句,微波炉已经被淘汰了,我在十年前就换了射频炉。"

"那看起来安定温馨的家庭生活的确离我太久远。但接下来你要听清楚了,这里离你住处还有十分钟的路程,我不会重复第二次。这个数据贴里记载着一个时间机器的建造计划以及工程蓝图,日本山友财团提供了大部分工程计划资金,财团经理会的名单里有个名字你应该不会陌生:筱田太洋,伯劳当前的目标……你在听吗?"

"我在听。"云雀慢吞吞地回答,"不然你以为我在补妆吗?"

"你也学会说冷笑话了。两年前我从'鸟巢'接手了一个商业间谍的任务,目标是找到山友财团在多个国家洗钱的证据。在他们的数据库里我找到这些有趣的东西,洗钱证据反而最后没拿到,山友财团建造时间机器的计划已经进行了很多年。现在我可以透露给你一个消息:四年前他们成功进行了时间穿越的实验,内容不明,但是他们的基地记录档案里突然多了一个女孩。从记录来看,她被认定是从未来来到现在的时间穿越者。"

云雀望向窗外,雪越来越大了,柏油路结了冰,雨燕不敢开得很快。街灯回掠时拉出的光带让她想起科幻电影里穿越星空的特效,她开始思考时间穿越,有关相对论、外祖母悖论①、闵可夫斯基空间②以及另外有限几个似是而非的高深名词。时间穿越一直是经久不衰的科幻母题之一,近年的商业科幻电影都是这个题材,没想到现在看来它应该是现实主义文学的一部分。

"所以……"但时间旅行者的存在依然远远超越了云雀的经验范畴,她试探性地开口问道。

"……直接来自'乌鸦'的委托,让伯劳把那个女孩带回来。"雨燕将警车停在叶夫琴琳·索科斯卡娅的楼下,"我知道你想问很多,但细节都在数据贴里。祝你们好运。"

云雀下了车。她的家在一幢苏联时期留下的红砖楼里,

---

①即祖父悖论,是法国科幻小说家赫内·巴赫札维勒提出的有关时间旅行导论。

②是狭义相对论中由一个时间维和三个空间维组成的时空,最早由俄裔德国数学家闵可夫斯基表述。

此时黑暗中的红楼逐渐在雪夜中隐没于枯黄的灯光。雨燕在车里点燃了一根烟，火星明明灭灭，他像个面对中年危机的男人那样在驾驶座上缓缓吐出一串烟圈。站在大理石台阶上回望，叶夫琴琳·索科斯卡娅的心里一动，她一直一直都觉得暗杀筱田太洋的委托处处存在疑点，鸟巢十年来孜孜不倦地针对山友财团发起行动的理由是什么？无论是明面上的经济流通还是灰色世界的各种复杂关系，山友财团和这个名为鸟巢的暗杀组织都似乎没有太大交集。现在她貌似有了答案。

回到家里，云雀将数据贴挂载在电脑显示屏下方的数据读取横道上，她迟迟不敢打开那个名为"时间机器计划"的文件夹。时间机器计划，名字朴素得让人不敢相信。1915年第一次世界大战期间，丘吉尔接手领导"陆地战舰"的研究，为了掩人耳目，好歹用了"tank"这个单词作为伪装。以叶夫琴琳·索科斯卡娅对日本人的了解，她还以为至少会有个浮夸一点的代号，比如苍龙、秋时雨或者是"三日月"。

"祝你好运。"她喃喃自语，"伯劳。"

来自雨燕的档案：

基地记录1：2021-12-05，为庆祝基地正式成立与科学家团体入驻，基地主要领导于宴会厅举办欢迎大会，山友财团代表筱田太洋先生出席宴会并发表重要讲话，激励基地科研人员发扬艰苦探索之精神，为人类福祉而奋斗，时间是人类认知中最神秘、最复杂的概念之一，希望与会人员能潜心研究云云。宴会厅预后改装会议厅。

......

基地记录2：2023-05-05，时间机器组装完成，仿星器预点火情况良好，第一次正式实验将在明天举行。基地成员在会议厅举行了宴会，首席科学家李青门博士向在场人员做了动员，并对明天的实验进行了细节部署。会议厅预后改装宴会厅。

......

基地记录3：2025-10-08，正式实验取得成功。

批注1：开始销毁档案，只保留核心实验数据，通知内勤转移数据以及爱琳·索菲亚。

......

实验描述：

爱琳·索菲亚，女，被确认来自时间点不明的未来。于时间点2025年10月8日上午10时32分34秒89毫秒在时间穿越实验进行的同时降临在"CDPR-7"顶点探测内环舱室，舱室里的大型顶点探测器原用于确定粒子对撞点的空间坐标，以及粒子在束流管中发生衰变所产生的次级顶点，但爱琳·索菲亚出现的干扰直接令该次实验的所有数据作废。爱琳·索菲亚拥有正常交流的语言水平与逻辑水平，DNA检测证明为人类，传染物检测阴性。确定安全后，她和核心仪器被转移到日本等待进一步研究。

（余下档案章节遗失）

——时间戳排序最后的系统日志，保密等级最高。

从符拉迪沃斯托克法医鉴定中心离开后，苍白的男人就显得心事重重，直到看到爱琳·索菲亚待在一个卖天津板栗小摊前乖乖地等着他，他这时才记起云雀身上同样有一阵淡淡的栗子味道的香水味。伯劳回来了，爱琳·索菲亚终于得以在大街上到处跑，她虽然仍然不怎么说话，但已经不复在"三日月"料亭里所见的那样苍白，吃下了可以以吨计量的大面包和红肠后，血色不断从她的脸庞和小腿浮起。她在长街上如永动机般来回跑动。

从云雀提供的资料来看，爱琳·索菲亚从未现实意义上的进入过社会，她是一只与世隔绝的金丝雀，多年来都被囚禁在那个小小的料亭。她在远东的冰天雪地中显得极有活力，一会儿在幽深的巷角前站着不动，一会儿又跑到别的建筑前呆呆地看着，似乎这些平平无奇的混凝土建筑对她有很大吸引力。后来伯劳才知道，吸引她的是一种广阔的空间感，这个街区是苏联时期规划下来的，那种淡漠的苦寒触感仍在影响着这片土地。

"你现在像一匹小马驹，早知道该带你去蒙古草原上跑一跑。我以为女孩子会更喜欢奶茶店、甜品店之类的地方，斯维特兰娜大街上就有很多。"

伯劳站在一身酒红色连衣裙的爱琳·索菲亚身后，他点燃一根烟又掐灭，淡淡的尼古丁烟雾在他们之间升腾起来。在这短暂的沉默里，他们在大街的两头少有地互相接近。

"我喜欢这里的味道。"爱琳·索菲亚转了个圈。

"什么味道？"伯劳搭话。

"水泥。"

"我没闻到。"

"但我闻得到。"

"小公主，那也许只是你的幻觉。"

"在'三日月'里我也能闻到木头的味道。"

"那倒是有可能的，毕竟那是个木结构料亭。说到这个，你原来的地方，是什么味道的？我的意思是，你原来的，你过去的，你以前的，我一下子不知道怎么描述……"

"讨厌的塑料味。"

"这是什么意思？"

"机器人盖房子用的塑料。"

"那也许是某种先进的凝胶成模施工技术，采用的是一种轻质高强的新型建筑材料。至于你说到机器人，白蚁筑巢一样的装配式自动化机器施工，我十几年前就听闻中国住建部在推广这种施工方法，但是不知道在未来发展到这种高度。"

爱琳·索菲亚脸上微妙的、不耐烦的表情一闪而逝，伯劳觉得自己有些自讨没趣。符拉迪沃斯托克的太阳又在下沉，伯劳想起从福冈带走女孩的那个寒冷傍晚，两个人一路上不发一言，街边的路灯在电车的车窗中一轮轮扫过，伯劳在用紫外灯对假护照做最后的检查，爱琳·索菲亚久久凝望着窗外无尽的夜色，她依然没有理会伯劳放在她手心的白豆沙馅和果子。电车到站后，伯劳走到拥挤的站台上转身想拉她的手，才看见爱琳·索菲亚偷偷舔了一小口外皮的椰丝。

该是时候走了，伯劳心想。这个街区几乎空无一人，他极讨厌这种空旷感，那让这个老杀手感觉完全暴露在狙击枪下。

分别之际，叶夫琴琳·索科斯卡娅在法医鉴定中心里警告过伯劳。远东仍在日本黑道的势力范围内，他们必须迅速转移到欧洲，山口组的触角尚未能延伸到那里。

伯劳忧心忡忡地对她说，他的专业方向是暗杀，保姆工作他并不在行。

叶夫琴琳·索科斯卡娅哈哈大笑，在解剖台上笑得几乎翻过去，"别担心，你的老本行还是会继续做的，我手上有另一份鸟巢的委托，目标地点就在德国斯图加特……"

伯劳就这样被动地肩负起了爱琳·索菲亚的保卫工作。他有很多很多疑问，但在日渐严峻的局势前都被压下了。这几天他从许多情报渠道得知，筱田太洋突如其来的死亡在日本极道内部产生了巨大地震，极道内部的许多派系互相清洗，争权夺利。据媒体报道，极道的活动达到了冷战以来的巅峰，歌舞伎町糜烂的氛围被帮派成员剑拔弩张的对峙替代，无声的搏杀充斥着夜晚的城市，东京下水道浮起一具又一具文身的尸体。这头庞然大物被一只蜜蜂蜇得剧痛难忍，中国、东南亚乃至远东都不再是和平之地。许多陌生的、不怀好意的东亚脸庞开始在符拉迪沃斯托克的街头出现，他们在酒吧和阴影中絮絮低语，爱琳·索菲亚说他们的眼睛让她想到鳞片闪光的毒蛇。

两天后，两人从符拉迪沃斯托克机场起飞，飞往德国。

二 现代艺术

2029年1月3日。深圳,龙华三和人才市场。

天刚刚亮,昏昏沉沉的雨云仍在上空,人流从住宅楼与住宅楼之间狭窄的缝隙中涌出。带着黑色鸭舌帽的王韵抹了抹脸上的油光,他经过一个窄门时被身后的人推推搡搡,豆浆洒了一地。他转身想骂一声,却被一口痰堵住了喉咙,只能骂出有限几声漏气的国骂,这使得他终于想起自己久治不愈的扁桃体炎,"丢你老母",他把重音压在了"老"上,一口老痰吐到早餐摊的三轮车底。

手机响了,铃声有强烈的时尚Disco宇宙迷幻感,如同炸裂的爆米花缸在种满妖艳花朵的黄土高原上翻滚,翻滚,翻滚再翻滚,翻滚又翻滚。但这次他注意到了一个细节,来电频段866-870MHz,介于数字集群下行和电信CDMA下行之间的空白频段,不该有正常的电话能从这个频段打进来。

他犹豫了一下,接通了手机,女人清冷的声音出现在另一边,他花了几秒钟辨别出那是俄语。

"欷你嗦嗨宜家先打电话过来,我先丢句你扑街老母。"王韵顾不上认真听对方在说些什么,他本能地随便骂了句话,然后快步疾走。人流被生生分出一条路,谁的脚踩到了谁的鞋,王韵的祖宗又被习惯性地问候了几次。

"云雀,联系要提前约。"王韵挠挠脑袋,钻进一个住宅楼狭窄的楼道里,五秒一变的门神LED版画静静看着这个操起陌生语言的男人。

"乌鸦,关于鸟巢下达至伯劳的委托,伯劳要求一个解释。"云雀的声音有点失真,"保护爱琳·索菲亚的任务和执行针对马克思·普朗克研究所的暗杀任务是很难并行的。"

"知情人不能更多了。"乌鸦无奈地笑笑,他在往上爬楼梯。

没人会相信这个胡子拉碴的、毫无特点可言的男人就是鸟巢的幕后掌控者,王韵也只是一个听上去牛气一点的假名,多年来,身份换来换去,他唯一能记住的只有自己的代号。乌鸦、云雀、伯劳、雨燕就是爱琳·索菲亚身份的所有知情人,四个人,四是大凶之数,该留着筱田太洋的命凑成五的。

王韵走上天台。向下俯视就是无尽的人流,一种强烈的"无间道"感。三和人才市场人员流动极快,超过五天就是老面孔,潜入这里不到一个月的乌鸦大概能称得上是老油条,他很享受做一天保安泡三天网吧的度假生活。各种帮派的斗殴没能让经历过腥风血雨的杀手头子眨眼,一百块一张的身份证交易市场却令他啧啧称奇,他在这里他买了一张自认为名字最好听的"王韵"的证件。

他漫步在西红柿植株和芹菜之间,仿佛检阅军队的巴巴罗萨皇帝。

"山友财团近四年来大规模投资前沿科技,雨燕在追踪他们的历史投资记录,脑机接口、海床弹簧发电、太空电梯、血液纳米机器人,最近的一笔资金就在德国马普所的一个材料学项目里,一亿三千万美元,高强度塑料建筑材料,有望改变整个建筑结构研究现状……

"……资本家总是铤而走险,冒着杀头的风险去争取那300%的利润。当你手上紧握着来自未来的信息,你会怎么做?很简单的商业逻辑,他们从爱琳·索菲亚口中问出——当然这个'问'也许包括大量的催眠诱导——问出未来的科技发展到什么程度,然后进行投资,攫取大量利润。但是听伯劳的描述,小姑娘基本不讲话,他们也许也费了很大工夫。最有趣的是,你知道吗,他们一直无法定位爱琳·索菲亚所处的年份,爱琳·索菲亚说自己是从1925年过来的。"

"我明白。但是关于决定论,假如一个人回到过去杀死了自己的外祖母,那么他又该如何出生呢?……"

"外祖母悖论。云雀,乱七八糟的科幻小说不要读太多,什么平行宇宙、世界线、世界叶,如果你的信仰真的足够坚定的话,你不会问出这种问题的。"

云雀呢喃道:"一个人也许能回到过去,但命运将保证他绝对无法杀死自己的外祖母……"

"是的是的。但别忘了你到底为什么加入鸟巢。"乌鸦没等对方回答便挂了电话。

云雀没再说话,她凝望着镜子中胸前的东正十字,不知道在想些什么。

收回手机的王韵站在天台的边缘,五十层公寓楼顶,他在放飞自我,挥舞双手,楼下围观的人让出一个空白圈,似乎在等待他跳下。"又是一个跳楼的挂逼。"他们交头接耳,警车徐徐驶来,乌鸦知道自己不能再等了,他还有事情要做。乌鸦最后检查了一次全身装备,尼龙线、电子探针箱、SCA攻击探测设备、铝热切割工程包。确定一切就绪后,他披上几天前偷偷放在花圃旁边的光学迷彩吉利服,从大楼顶端一跃而下,他在空中飞行,很快就消失在围观群众的惊呼声中。

深圳市气象局日前连续发布白色台风警告,八级热带风暴级台风"多纳斯"今明两日登陆深圳,风速一度达到十八米每秒。它会把他送到更高的地方。

十五分钟后,翼装飞行服的光学迷彩褪去,代号"乌鸦"的杀手稳稳在汇丰大楼的天台落地。他在天台的角落用粉笔画出一个矩形,布下铝热切割线。汇丰大楼的平面结构布置图三天前已经经云雀之手递交到乌鸦手上,这里确凿无疑是最薄的混凝土层。在他发出起爆信号的二百五十毫秒内,铝热剂将矩形的四角融化,磁力吸盘紧紧吸附住混凝土里的钢筋,以防止失去支撑的天花板坠落。

一声脆性爆裂的鸣响,一块光亮灌进黑暗的一角,王韵直接和烟幕弹一起索降进入汇丰大楼顶层,正式攻入机房,他有四十五秒的时间。这里的安保力量已经被唤醒,安全防卫人员在铝热切割开始的时候就已经意识到有人正在入侵。装备柜隔热玻璃上的山友财团标志被消防斧猛然劈碎,安保们纷纷抽出枪械迎敌。

　　杀手落地后连续开了十七枪,灰色枪身在低沉的鸣响中推移又复位,消音器减弱后的子弹啸鸣如同橘子被扔进水池,六个人被当场射杀,他们的射界被烟雾遮蔽,但头戴热成像仪器的乌鸦能轻易辨别他们的位置。整层楼在短暂至极的躁动后只剩下若有若无的电磁噪波声,弹壳慢慢滚动着,只有在这种时候,这个混迹在三和市场的大神才像一名身经百战的老杀手。

　　一切都静了。黑衣的杀手在机房深处漫步,他仍然不紧不慢地寻找。不,与其说他在寻找,不如说他在等待。

　　啊,啊,啊……他在自言自语些什么。

　　突然,一阵偏头痛袭来,他在森严的主机阵列中捂住太阳穴,片刻之后他才发现自己的手臂上滴了几滴鼻血,身躯因高度兴奋而微微痉挛着,他等待这一天已经有整整十年。

　　男人口中开始不断重复着一个名字,仿佛它正在给予他重新掌控这具肉体的力量,如果这里有录音设备,那么一个已经和即将改变这个世界的、过去默默无闻的名字此刻将被记录下来,这会是鸟巢杀手"乌鸦"唯一一个有记录的、提及过这个科学家的证据:"李青门,李青门……"

　　三千公里外,符拉迪沃斯托克的法医鉴定中心,电脑前的云雀灌下了一杯可乐加伏特加,她依然有些犹豫,但多年的职业素质还是压下了很多疑问。她将一封任务委托发送到了伯劳的邮箱,她确信他会照做的,因为以乌鸦给出的价码,那个苍白的男人实在无法拒绝。

From:×××××××××@×××.×××

任务目标:卡门赛特·冯·奥斯洛,男,47岁。

描述:卡门赛特·冯·奥斯洛,马克斯·普朗克学会成员,金属材料学专家。2023年受任马克思·普朗克金属研究所所长;2026年进入课题组"新型金属塑料材料研究",旨在研究同时具有金属和塑料性能优点的材料;2027年实验成功,发表论文《一种同时具有金属和塑料性能优点的新型材料前瞻》,同年赴中国广州参加IMST2027会议[1]。

卡门赛特教授在2026年8月曾因视网膜脱落前往医院眼科诊疗,病历显示他左眼左下角视网膜剥离,黄斑区有积液,医生评价"预后不佳"。

马普金属所[2]的平面结构、立面结构图以及实验室的各项细节都在附件里,别用系统自带的画图打开,老老实实下个看图软件。

附注1:乌鸦的目的是阻止山友财团利用爱琳·索菲亚所带来的来自未来的信息进行不当获利——我这么讲是不是显得很正义? 因为山友财团拿到的信息太关键了,关键到能几乎无限扩张他们的经济实力,乌巢不希望在世界经济市场中看到一个过于巨大的独角兽。至于决定论的事情,他认为即使未来已经

---

[1] The 2027 International Conference on Innovative Material Science and Technology,2027年材料科学与工程国际学术会议。

[2] 即马克斯－普朗研究所,是德国联邦和州政府支持的一个非营利性研究机构。

是决定了的——金属塑料必然会研制成功。但我们依然能利用它，刺杀卡门赛特教授是一次延缓命运步伐的尝试，或许正是我们构成了命运本身。但我想你也不在意这些，你只在乎回家，对吧。

附注2：看好爱琳·索菲亚。祝你好运，伯劳。

2029年1月14日。马克斯-普朗克研究所，一楼宴会厅。

小小的庆功宴在楼下举行，全身裹在燕尾服里的卡门赛特·冯·奥斯洛教授的心情非常好，他身形庞大，礼服的扣子紧绷着，人们都能看到一头黑熊满脸红光地向来宾打招呼。金属塑料的论文收获了巨大的反响，它的研究价值被国家工业部高度重视，同行的质疑也告一段落，接下来将是一小段假期，他将在夏威夷度过充满海鲜、椰子和丰满女人味道的三个月。

他注意到了人群中的一个女孩。紫色克里诺林长裙流苏的长度恰到好处，洛可可风格的黄色发带巧致地束在她淡金色的长发上，层层叠叠的淡紫色塔夫绸和白色的柔软蕾丝缀边完美衬托出洋娃娃般的精致。当卡门赛特走近她的时候，卡门赛特惊叹不已。女孩那双水蓝色的眼睛之中仿佛倒映着一条银河，拉多加湖最清澈的一捧湖水也不过如此。

她身旁站着一个瘦削的东亚男人，穿着得体，面容清癯，但苍白一词就足够将他彻底形容。卡门赛特对上这个人的深黑色双眼的时候，如同被秃鹫直视，让他联想到潮湿的坟墓和在其周围疯狂生长的杂草。

"相比波尔多酒，蓝莓碳酸果汁更适合年轻的女士。"两人都在看着走近的卡门赛特·冯·奥斯洛,材料学教授发现自己刚才竟陷入了极不得体的走神,"这位先生是?"

爱琳·索菲亚眉毛都没抬,她依旧在小口小口啜饮着杯中的波尔多酒。伯劳回以适当弧线的笑容,递上一张精心准备的名片,"你好,卡门赛特·冯·奥斯洛教授,首先请允许我对你近来的成就表示崇高的敬意。我是西塞门罗公司的新任区域销售总监皮特·张,马普所是我们的大客户,我特意选在今天前来拜访,这是我的名片。"

"噢……幸会,皮特·张先生。"卡门赛特接过名片,他只扫了一眼上面的西塞门罗公司徽标和背后的二维码,"不知道这位美丽的小姐是……"

"山友财团某位股东的小姐,来德国游玩。山友财团是我们公司的大股东,我自然肩负起照顾她的任务。"

"啊……那可真的是失礼了。"这时爱琳·索菲亚被伯劳偷偷扯了一下头发,终于肯点头对卡门赛特致意,材料学教授受宠若惊,"筱田太洋先生也是我们这个项目的大投资人,他来过马普所,甚至还去309实验室操作过激光。"

化名皮特·张的伯劳笑笑,"卡门赛特教授最近是材料学界最炙手可热的人物。说来很惭愧,我的工作虽然和材料学研究相关,但是对材料学前沿领域一窍不通,能不能请你为我还有这位小姐讲解一下你的成就呢?"

"当然。金属塑料不算非常新颖的概念,但我的成果是一种全新的工艺,它的产物已经被证明同时拥有高强钢材的强度、延展性和塑料的易塑性、轻质性,从晶体结构上看,它更接近塑料一些，可作为纳米、微米加工和复写的优良材料。现代建筑也会很需要它，因为钢结构、混凝土里的钢筋会形成法拉第笼，从而导致静电屏蔽，建筑内部的无线信号有时候不好就是这个原因。"

"您对建筑很有研究。"

卡门赛特打了个哈哈，"我有慕尼黑大学的土木工程学士学位。我这么多年的愿望，就是希望日后能用自己研发的新材料建起一栋楼。"

"我很期待能看到这样一幢大厦被建起。"

"我该怎么解释呢？皮特·张先生……"材料学教授突然沉默了一阵，他笑得有点怪，"……有生之年我应该看不到它的建成，甚至未来的几十到一百年它都有可能无人问津。我以前是做混合钢结构的，我更知道土木工程技术更新迭代的速度有多慢，因为它对安全性能的要求太高太高了，一种再好的材料也必须要经受十年，甚至数十年的考验才能最终证明它是适合推广的。加州理工大学伯克利分校土木工程系关于混凝土在反复冻融、高碱性、氯离子侵蚀环境下的强度变化实验，已经做了至少六十年；美国内政部复垦局负责美国西部的水利工程建设，为了解决混凝土水坝抗硫离子侵蚀的问题，他们在二战时展开了一项实验，监控不同硫离子环境里的混凝土试件，实验数据采集一直持续了四十多年。"

皮特·张放下酒杯，"我肃然起敬。"

"材料学确实是这样子啊，任何一个你能看到的工业应用的现代材料，背后都承载着很多人的付出。它的科研跨度都是百年等级的……"卡门赛特·冯·奥斯洛教授突然有点动情,"……想象一下,这就像我们小时候很喜欢搞的时空胶囊,七十年前的我把一封写给未来的自己的信放进铁盒里,在樱桃树树底埋下它,等我走不动的时候我才能打开它的封盖。哎……"

爱琳·索菲亚喝完了高脚杯里的酒,忍着酒嗝偷偷拉了拉伯劳的袖子。卡门赛特在一旁兀自神伤,伯劳认真看着这个来自未来的女孩,看着她蓝色的眼睛,一种巨大的空虚感突然攫住了他的内脏,拖着他整个人往下坠。酒会上的人来来往往,在觥筹交错的声响中,黑色眼睛的杀手突然想到,也许爱琳·索菲亚恰好和自己久未谋面的女儿年纪相仿,他离开女儿的时候,他跳动的心脏仿佛也留在了故土。

伯劳用余光打量着啜饮着一杯又一杯红酒的女孩,仍在喋喋不休的、黑熊般庞大的卡门赛特教授占据了他视野的大半,但教授并未发现伯劳的心不在焉,因为他也在似有似无地瞟着爱琳·索菲亚。不过浮动在他眼眸中的并非猎艳的欲望,而是一种对早已失去之物的眷恋,和伯劳一样,这个男人也在怀念着什么。

在某一瞬间,他别过脸去,伯劳没能看清他隐于阴影中的表情。

宴会结束后,卡门赛特·冯·奥斯洛教授特意将伯劳和爱琳·索菲亚送出了宴会厅。微醺的老教授话多了起来,他不断捻动着右臂的佛珠串,他说这是意外过世的女儿从少林寺带回来的紫檀木佛珠,以蝇头小字激光雕刻有全篇《金刚经》。伯劳则向他展示云雀多年前赠送给他的银质东正教十字项链,卡门赛特·

冯·奥斯洛教授爱不释手,分别在马普所门口、花园喷泉、林荫道入口三次赞赏它精细的做工。

"这种银饰的镂空工艺闻所未闻。你看,外面一层是密集的网格,壁厚不超过0.2毫米,里面隐约悬吊着一个小人,但却非常精细,这是耶稣还是犹大?而且光线质感非常好,不敢相信它没有抛光过。我推断这应该是一次成型的3D打印。"

"您的眼光非常精准。这种金属3D打印工艺的专利在俄罗斯某家航空材料公司,半年前他们通过改进SLS激光烧结技术,成功制造出性能超越传统锻件的航空零件,而它的重量只有传统工艺零件的15%。这个银饰是他们为了庆祝成功特意制造的一批十字架,多说一句,冷却液里是混了一点伏特加的。"

"有趣,带有酒精的十字架。我想它甚至可以镇压传说中的德拉库拉吸血鬼伯爵了。"

"德拉库拉在吸血鬼排名里面只是第三而已。"爱琳·索菲亚突然插嘴。

"哈哈哈哈。无论它排第几名,要是能被爱琳小姐这样可爱的吸血鬼咬一口,我反正是十分乐意的。"

材料学教授将他们送到了小路三分之二的地方。"很抱歉我只能送到这里了,"他说,"他们在叫我回去参加下半场。"他又指了指手机。几乎融化在黑暗中的伯劳理解地笑笑,一身淡紫色克利诺林长裙的爱琳·索菲亚行了个公主礼,向他道别,卡门赛特教授受宠若惊,笨拙地回以吻手礼,他的动作像是狗熊在啃咬树皮。随后,杀手和他的小女孩一前一后走在路上,鹅卵石在皮鞋下噼啪作响。

"面对那个教授的时候，你总是在笑，就像全息广告上的那些人。"走在前面的爱琳·索菲亚突然说道，"杀手在面对目标的时候，总会用笑容麻痹对方的吗？捕捉他们松懈的瞬间，突然将手臂变成刺剑，插进对方的心脏，然后通上高压交流电。滋滋滋滋滋滋。"

"没有的事。"伯劳叹气，"你看太多乱七八糟的电影了。"

"不，我亲手杀过人，亲手。"爱琳·索菲亚站在林间小道的尽头。她在灯光的暖意下像只猫一样舒服地眯起眼睛，路灯将她的长发和发带描上一层金边。

"我知道未来很发达。"黑色眼睛的杀手认真地说道，"但游戏和现实是不能轻易比较的。"

"哼。"

"我不确定……你会不会把在虚拟世界经历的一切都当真。如果你真的以为现实里的你能像游戏里一样无所不能，那我就要担心你会给我添麻烦了。"

"不会。"

"一面之词。"伯劳不依不饶，"你在衣兜里捣鼓些什么？你是不是偷了他的指纹？还是头发？你要干什么？你不会是偷了他的手机吧？"

"和你无关。"爱琳·索菲亚又开始不耐烦。

"怎么会和我无关？"

"走了走了。"她扭头就走。

"你什么都不和我说，这根本就不是合作的态度。"男人没脾气地跟在后面。

"你自己不也是什么都不和我说。"

"开什么玩笑,你都亲眼看过邮件了,还不够吗?"

"我要跟着你。"

"那肯定不行。"

"我这几天可以听话点。"

"也不行。"

"那你别想我配合你任何事情。"

"别拿这个威胁我。"

在回旅店的路上,盛装打扮的她始终引人瞩目,但除了伯劳没人会知道她的脑瓜中正在思考如何暗杀卡门塞特·冯·奥斯洛教授——现在轮到杀手懊恼起来,自己怎么会蠢到把云雀的任务简报泄露给她,还试图获取她的信任呢?只能说路径依赖切实干扰了他的判断,过去他依靠释放信息来引导人类行为,而从未依靠拉拢感情来引导,在对付混迹各行各业的理性人时,伯劳无往不利,轻易地在人世复杂的蛛丝之间起舞。然而在面对一个纯真的女孩的时候,他却败得很惨——爱琳·索菲亚作为一个在现代没有任何社会关系、没有任何背景知识的未来人,任凭男人怎样晓以利害,把嘴皮子说破,她也只会凭直觉行事。

爱琳·索菲亚完全没有发现男人其实是以一种努力或是亡羊补牢的姿态和她对话,她只是觉得伯劳时而像大男生那样把自己带来带去,令她感觉自己像奶茶里的果冻粒那样被摇来晃去,时而则用父亲般的严厉说教,让她觉得自己像一只母鸡后面的小鸡。实际上,她正好处在一个伯劳无法界定的年龄,最后一次见面的女儿和第一次见面的初恋都在这个时候,于是他并不

清楚应该调用怎样的模式去和她沟通——如果按天性,他一句
话都不会和爱琳·索菲亚说,可是客观需求逼着他往前走。

客观需求是指尽量撬出她背后的秘密,伯劳本身不想深入,
但现在自己显然无法置身事外。云雀的消息已经不止一处暗示
着时间机器计划的涉及面之广,他也能感觉到这也许会是一场
足以倾覆世界的风暴:鸟巢、乌鸦、山口组、山友财团、筱田太洋、
未来……他还能回去吗?

敲门声打断了伯劳的思考,开门后,爱琳·索菲亚扭扭捏捏
地站在伯劳面前。两人对接下来的对话心知肚明,但谁也没先
开口。

"记得跟我讲。"最后她眼巴巴地说。

"行了行了。"伯劳没好气地让她回房间。

第二天深夜,马克斯-普朗克研究所。

赶走了309号材料实验室里所有助理和实习生之后,卡门赛
特·冯·奥斯洛已经在这里泡了八个小时。最开始,他小心地将
编号为PTX-008的短脉冲高强激光照射器的外盖打开,只看了
一眼内里复杂的管线就放弃了:作为激光器核心的工作介质,市
场价可能在六七位数美金,他实在没有勇气去随便摆弄,又老老
实实地把螺丝给拧了回去。

他不安地搓动着手指。这种不安自从他在晚宴上看到几个
默不作声的竞争对手的时候就开始生长了。关于金属塑料仍然
有个悬而未决的问题,这一直是他焦虑的来源。

一年前,卡门赛特教授将一块金属和一块塑料紧紧贴合,然

后用高能激光催化照射，神迹般烧出一种新型材料。该材料似有各种法力加持，性能优越，一个老教授旁观了各类测试后当场称这是"材料革命的种子"。

论文发表后，中国人按照卡门赛特的方法死活无法重现论文结果，要求来马普所看看。他当着代表团的面硬是烧出一炉这种材料。中国人纷纷感叹，技不如人，的确是技不如人。中国人不知道的是，只有PTX-008的激光能够弄出这种材料，别的激光器都不行，课题组上上下下包括卡门赛特本人都不知道为什么。PTX-008后来被禁止用于他途，只能做这个实验用。

这直到现在也是个谜。就像工业革命时期的英国化工厂，认为搅拌的声音与染料的质量成正比，殊不知真正有意义的只是搅拌染缸时刮下来的铁屑。卡门赛特认为是激光照射的特殊频率使得材料高度结构化，但终究不明白PTX-008到底是附了什么魔。卡门赛特想起学生时代听来的隔壁实验室的故事，一项有机合成实验，必须要用某块抹布擦过烧杯才能做出来，后来每次重复这个实验都要剪下该抹布的一点毛线加进去才能成功。这么多年过去后不知道那抹布还在不在。

但是这样下去是不行的，PTX-008发生激光时产生的废热总会在介质中形成温度梯度，进而产生压力和形变，最终导致激光介质畸变和退偏，甚至报废。PTX-008之所以如此特殊，也许是PTX-008的激光介质掺了点杂质。本来早该去联系一下生产厂家问个究竟，但遇到那个来自西塞门罗公司、有着黑洞般气质的东亚男人之后，卡门赛特才决定做这件事。

他在通信列表中找到了一张电子名片，仪器生产商西塞门罗公司的区域销售总监，PTX-008及马普所的大部分材料学实验器材都由这家公司制造。犹豫了一阵，他拨通了那个电话。

"您好，西塞门罗公司。"手机里传来男声，"是卡门赛特教授吗？有什么可以帮到您？"

"是的……"卡门赛特看了一眼名片上的名字，"……皮特·张先生，很抱歉在这个时候打扰你，但我的事比较紧急。我想知道你们型号为PTX的短脉冲高强激光照射器的生产过程。"

"恐怕我要很遗憾地拒绝您的要求，激光器的生产过程是绝对保密的。"

"是这样的……"卡门赛特叹口气，"……我这里有你们的激光发生器，但是它的激光介质在生产的时候恐怕受到了污染，或者说出厂时的颠簸、碰撞过什么的，令它发出很特别的激光，它影响到了我们的实验。"

"我这就去安排检修工程师，我们会马上准备好全新的激光介质。"

"不不不不不，皮特·张先生，不需要安排你们的人来。"卡门赛特连忙打断了皮特·张，他并不希望PTX-008的秘密被外人知晓，"请你指导我检修步骤就可以，我不需要修好它，我只想知道它可能出了什么问题。"

"这真的可以吗？您毕竟不是专业人士。不过……噢，好吧，把PTX-008的外盖打开。接下来的步骤比较精细，请您集中精神操作。"电话另一边的人象征性地犹豫了一下。

按照皮特·张的指示，卡门赛特打开激光器，拨开冷却循环水管道，将磁探针靠近激光介质。他需要保持集中力测定激光介质在工作状态下的磁场，如果磁场在某一点产生异常，则可能是该点出了问题。但这时，他的眼前突然开始闪现黑斑，视野被一团迅速扩大的黑影占据，他还以为那是因血糖过低导致的暂时性眩晕，但深呼吸也无济于事，他还是看不到东西。

完了。他在那一刹那只有一个念头，视网膜又脱落了。医生曾告诫他不要在小物体上集中过多注意力，多看绿色少抽烟，他一个都没做到。激光器还开着，长时间工作的激光介质会被工作产生的巨大废热破坏，卡门赛特教授在完全失明的状态下挣扎着想要关闭电源，但是他弄翻了激光器。

他唯一能听到的是实验室角落的高压氢气瓶被激光扫过的声音，钢铁咝咝融化的那一刹那，氢气爆裂的声音如同无尽的梧桐落叶被碾碎在车轮间。

七百米外的空旷草地上，裹着厚厚反红外探测伪装服的伯劳关闭了视网膜投射枪的电源，这支枪在Sig Sauer SSG3000栓动狙击步枪的基础上改造而来，能将影像直接投影在目标的视网膜里。步枪的弹匣被换成了模式识别电子模块，用于识别人的眼；枪管加装了全自动鸡头稳定仪，能以0.01密位的精度进行小幅度微调，保证投影始终锁定目标瞳孔。

伯劳顶着呼啸的盛行西风硬是点了根烟。马普所实验室爆炸的热浪传不到这里，他看着黑夜中的一点火光绽开又熄灭，周围很静，只有灌木丛起伏的声音，专心致志舔着巧克力的爱琳·索菲亚在草地另一方向的边缘安静地等待着他。老杀手突然想到，那就是全部了。

309实验室隔壁的308实验室还存放着一些强还原性的氢

化物,它们的爆燃令整层楼几乎坍塌。深夜的马普所没什么保安,自动灭火系统任由大火烧了整整三个小时,天亮后消防机器人冒着浓重的辐射尘埃和化学云团进入材料实验室,终究还是没能将卡门赛特·冯·奥斯洛教授碳化的遗体和PTX-008分开。

犯罪者只要实施犯罪行为,必然会在犯罪现场直接或间接地作用于被侵害客体及其周围环境,会自觉或不自觉地遗留下痕迹。

——洛卡尔物质交换定律

2019年,无人全自动狙击步枪系统首次投入局部战场,一个月后世界狙击手最远狙杀纪录刷新至五千五百米;2022年,在非对称治安作战中,武装无人机取代武装直升机成为地面步兵的天敌,无人机装备的退役M230机炮能在两公里外射击,炮速八百零五米/秒,能在任何人听到尖锐呼啸声前就将其射杀;2027年,各大国的代理人战争于非洲爆发,首例基因病毒武器在北非被世界卫生组织专家发现,受害人同时出现眼镜蛇毒中毒和流感症状,至今未有组织宣布对此负责。这个世界似乎越来越危险,战争形式被科技高度异化,只需要一丁点儿化学物质、一条代码就足够屠杀一座城市的人,连国家机器也在这种杀伤力超越常人理解的现代武器面前岌岌可危。

他们说,杀人变得太简单了,这是个属于杀手和恐怖分子的年代。

他们错了,杀人一向简单。

洛卡尔物质交换定律告诉警校学生,任何犯罪都必然留下痕迹,再精明的犯罪都有被识破的时候。但是,暗杀是一门能与文学、音乐、美术相提并论的古老艺术,它并非常人理解的那样,只是狙击步枪、快速皮下麻醉、持械无人机、激光绞线、高精度定向无硝烟爆破等,高科技的堆叠只能被称为没有灵魂的暴发户式抢劫。真正纯粹的暗杀,是马尔科夫链的最后一环,是万中无一的无穷小量,浑然天成的意外,coincidence,无法捉摸的硬币朝向。

卡门赛特·冯·奥斯洛教授的不幸由多个环环相扣的因素组成:松动的激光器高度调节架、实验室里精心摆放的氢气瓶、不稳固的气嘴和减压阀,以及不合时宜的视网膜脱落。每一个环节背后都是大量的社会工程学工作:伪装成检修人员调节激光器;在通风口放置气凝胶隔温,引发温度警报,让309室将氢气桶转移到远离通风口的位置;盗取西塞门罗公司区域销售总监的个人身份信息;利用瞳孔投射枪遮盖视野,令他误以为自己视网膜脱落复发。

正是这些大量无关紧要的细节,严丝合缝地构成了命运的天谴,而非人为的犯罪。

现在我想起一个故事:一辆载满乘客的汽车在山边行驶,乘客里有夫妇二人想要下车,司机并不想在山崖边停车,三人争执了一阵,最终司机同意让他们下车。后来夫妇回家看电视,新闻报道里说,那辆汽车后来被落石砸下了山崖,全车人员无一幸免。看完新闻,妻子庆幸地说:"幸亏我们下了那辆车。"而丈夫喃喃自语:"要是我们没下那辆车……"说完二人面面相觑,再也说不出什么。

我就是故事里的夫妇,和汽车被岩石砸落山崖有千丝万缕的关系,但是谁能怪罪于我?去强行赋予事情因果是毫无意义的,人类终究无法审判上帝。

这就是我想教会你的东西,小姑娘。原谅我并不怎么会讲床边童话,夜很深了,你先睡吧。

三 十字飞车

2029年1月19日。德国,斯图加特。

店里的风铃又被爱琳·索菲亚拨响,伯劳抬头看了一眼咖啡店的电视。马克思·普朗克金属研究所爆炸的新闻在播放,随后是卡门赛特·冯·奥斯洛教授的讣告。这件事惊动了市长,他出席了新闻发布会现场。

爱琳·索菲亚最终被卡布奇诺的拉花迷住了,她终于能够老实地坐在座位上而不是时不时装作上洗手间偷偷到处跑。伯劳给她点了一份半小时内绝对吃不完的香草巧克力香蕉冰激凌后,便走到大街上一个没什么人经过的角落,把喉震动麦克风贴近喉结,拨通了电话。

卫星通信的信号不是很好,云雀声音在强烈的失真中有一种难以言说的磁性,"虽然很难得你有正常出现的时候,但是不要白天直接打卫星电话过来。"

"我需要鸟巢近两年来的财务分析,特别是乌鸦在二级市场的动作。如果他对爱琳·索菲亚感兴趣,那么肯定会把未来信息利用起来的。"

"你疯了?反过来查鸟巢?"

伯劳没再解释什么,他直接挂了电话。

"你在搞些什么?"云雀在Skype上又找到了他。

"我只是有些怀疑。"伯劳回应。

"你不是一直心事很重吗?"

"现在心事更重了。"

"你在怀疑雇主。"云雀犹豫了一下,这里不是加密线路,她将"乌鸦"换成了"雇主"。

"怀疑他的人多的是,他身上本来就有很浓厚的阴谋气质。十年以来,乌鸦从没有像最近这样连续下达好几份紧急委托,显然,是爱琳·索菲亚让他的行动突然加快了。一个来自未来的女孩子对他有什么价值?他的目的到底是什么?"

"我还以为你们俩会无条件互相信任。"

"我宁愿相信你。"

"但是关于我们的职业道德:沉默是金,三缄其口,非礼勿言……或者其他类似的成语。我想我不用提醒你太多。"

"这次不同。"

"怎么不同了?是因为这次雇主给你的报酬是抹掉你的档案吗?让你能以清白之身回到中国?"

"事关我的女儿,我不得不慎之又慎。我离开她已经很多年了,我不想再在外漂泊。云雀,你该明白的,我是一个父亲,而不应该只是给她银行卡里打钱的人,无论那里面有几个零,我都应该是最前面的一。我漂泊多年,除了女儿我还剩下什么呢？但我有种强烈的预感,鸟巢不会轻易放我走的。"

"这点我是同意的。你们有句谚语:'飞鸟尽,良弓藏'……"

"用错了,应该是'亢龙有悔,盈不可久。'"

他们终止了通信,伯劳相信那个铁灰色眼睛的女人。云雀作为俄罗斯远东首席法医官及灰色世界首屈一指的、令俄罗斯内务部都有所忌惮的情报专家,从暗网庞大的信息流通中找出自己需要的东西不会比从一具尸体导出一套完整的尸检报告要难。虽然这次她的目标是鸟巢,雇佣杀手界行业翘楚,以从未失手闻名于业内,云雀、雨燕、伯劳的无条件第一雇主。没有人知道这个组织是怎么拉起来的,只知道十年前的某一天,暗网里赫赫有名的谋杀交易网站第一次挂上了鸟巢的受雇信息,黑色的传奇就此开始落笔。

鸟巢的核心——乌鸦,多年来只作为业务协调人出面处理事务,杀手们从未得知他的真实身份,只知道他和伯劳一样来自中国。而沉闷的伯劳对许多猜测从不做回应,他把问题都压在潜意识底部,多年来只忠实地执行委托,堆叠着自己的银行账户数字,直到现在他终于把这种深沉的怀疑诉诸行动。

云雀把资料送到网盘的时候,伯劳正把爱琳·索菲亚带回酒店,他马上支开了女孩,把她弄回自己房间里。在情报文档的开头,一向自视甚高的云雀谨慎地写着"可信度评估中等"。

"去年三至四月,鸟巢的金融资产连续遭到冻结,损失重大,乌鸦怀疑有人在针对鸟巢下手。同年十月,雨燕出手确定了对方操盘手的身份,系山口组的樱井景田。同年十二月,在你执行

针对筱田太洋的暗杀的同时,雨燕接手了刺杀樱井景田的任务,任务备份档案如下:

"樱井景田,山口组执行部总本部长,泡沫年代证券操盘手出身,后被山口组吸收成为商社情报人员,因其高度敏锐的商业直觉一路晋升。

"山友财团的黑道及军界色彩十分浓厚,上层主要由昭和时代日本旧军部人员构成。二战战败后,国际社会不允许日本拥有大规模情报机构,因此,重视利用商社等民间机构搜集情报就成了日本的谍报选择,山友财团就此发家,作为沾染黑道和商界的庞然大物与日本情报系统保持若有若无的合作。自从山口组开始在商界洗白,樱井景田掌控其商业情报部门已有十八年之久,他成了筱田太洋的心腹,同时也是山友财团高级项目的保密制度起草人。有诸多资料显示他深度参与了'十字飞车'计划,甚至可能亲自指挥了这个项目的运作。

"雨燕在执行任务后销毁了所有记录,我没能跟踪到更多。关于樱井景田,他最后一次出现在数据探针里是在北海道,正准备前往摩尔曼斯克,参加日本极道和俄罗斯黑帮约定举行的双方会谈,一艘代号为'胧津丸'的捕鲸船将山口组本家的高级成员运往摩尔曼斯克。至于这艘捕鲸船,我可以给你提供更多实时信息……"

伯劳敲了敲爱琳·索菲亚的房门。在等待爱琳·索菲亚开门的时候,苍白的杀手不安地看着走廊尽头昏暗的灯光,盛行西风在敲击窗户,一只欧洲箭尾雨燕被狠狠摔到玻璃上。雨燕,雨燕……如果是雨燕接手的刺杀,以雨燕的风格,樱井景田还有可能活着,但他和云雀的时间都不多了。

门开了,淡金色头发的女孩盯着男人。她退后两步,后背微微驼下来,像是一头被入侵了领地的老虎。她仍然排斥伯劳,但经过晚宴的那一晚,态度相比两人刚见面时已经软化了很多。

伯劳坐下后对她说:"是这样,从日本把你带走后我们相处了一段时间,现在是时候做出选择了。你现在有两个选择,第一,被一个当地家庭领养,我会办好全部手续,尽可能给你挑一个好的环境;第二,继续跟我走。"

"嗯。"爱琳·索菲亚的脸颊浮起一丝伯劳难以察觉的红晕,她的手指少见地绞了起来。他们静静地呼吸着,这个决定似乎有一个世纪那么漫长,"我,嗯……我还是想去更多其他地方。"

伯劳仍然沉默。她又小心地补充了一句,像是担心自己的意思表达得不够明确,"我会跟你走。"

"好。"原来还显得慵懒的伯劳终于挺直腰背,"收拾东西,马上出发。我们要赶最近的航班回到符拉迪沃斯托克。在接下来的半个月你将和'云雀'叶夫琴琳·索科斯卡娅女士待在一起,直到我从白令海执行任务回来带走你。"

所谓"任务"是指樱井景田,云雀建议伯劳出手从雨燕手中救下这个倒霉的日本人。樱井景田不仅是山友财团、山口组高层,同时也是"十字飞车"计划的推行人及执行人之一,仅凭这个身份就足够让两人警惕:乌鸦、爱琳·索菲亚都和这个计划存在千丝万缕的关系,他们也许能从樱井景田嘴里撬出足够多的东西。

2029年2月3日。白令海。

捕鲸船在白令海的风暴中摇摇晃晃,结冰的海面倒映出无尽的乌云。作为世上航海最艰难的海区之一,白令海以气候严寒、风暴频发著称,很少有捕鲸船会前往此处。更何况在捕鲸管制日益严格的今天,商业捕鲸早已被认为是违法行为,但楚科奇海和白令海毕竟生活着数以千计的弓头鲸,足够令捕鲸人冒着巨大的风险和疯狂的闪电,如同乘着龙头战舰的维京人般破海而来。

舰头的文字"胧津丸"在两个月的航行中已经被盐分极高的海水洗刷得差不多,只能看见褪色油漆组成的零零落落的平假名。"胧津"在古日语中指的是由溺死者鬼魂构成的浓雾,《古事记》记载它曾吞噬过无数出海的大船。这个名字从刷在舰头之初就极端不祥,但这是有意为之,因为这艘捕鲸船实际上用于处决极道的犯人,"胧津"之名则用于镇压他们的亡灵。

又是一道闪电,整个天空因此变得明亮。

站在飘摇风雨中的筱田龙一懒得相信这种迷信牵强的传说,正如他从来不在意家长们称呼他为"废物"。筱田太洋死后,果不其然大权旁落,一直被看轻的筱田龙一终于露出深藏的獠牙,一夜之间血洗整个上层,以铁腕手段稳定了暗流涌动的局势。舅母筱田可知子被装入麻袋用佛杖活活打死,叔父筱田景光的头颅被钉上三根长钉后埋入混凝土浆,伯公筱田敏郎的智能血液透析机被黑客远程关闭,熟睡的侄子、侄女们被沉入大海。这些都发生在一个天狗食月的深夜,月偏食发生的那个夜晚,面无表情的山口组少主终于掀翻了棋盘。

筱田太洋的葬礼如常，只是饭宴的座次临时做出了变动。在长年累月监视黑道的公安调查厅看来，一切都井然有序，正如太阳照常升起。

筱田龙一的野心还剩最后一环。大清洗过后，有谣言称前当家筱田太洋实际上是被他的长子筱田龙一所杀。无论如何，筱田龙一必须洗刷这个污名，才能坐实当家的地位。调查启动后，山口组的情报人员惊讶地发现，所有的线索都隐隐约约指向樱井景田，曾经的山口组执行部总本部长。据前去禀报的部下讲，听闻消息的筱田龙一第一次在人前露出惊疑不定的脸色。

此刻，摇晃的"胧津丸"上，头戴黑色亚麻蒙面的樱井景田正跪在一摊积水前，一个保镖上前除去了蒙面，他的手腕被打成布林结的尼龙绳勒成青紫色，雨水渗进了眉毛和眼睛，但他不敢抬起手擦去泪水和鼻涕。筱田龙一在他面前蹲下，青涩的青年人静静凝望着老去的中年人，他的手中握着一枚日本将棋棋子。

"你知道的，景田。将棋有一条很特殊的规则，如果我的棋子吃掉你的棋子，那么这个被吃掉的棋子就归我所有，我可以花费一个回合将它作为自己的棋子放回棋盘上，这个过程称为'打入'。七年前，我有幸在名古屋与羽生善治名人对弈，他在中盘第九十七手使出一着绝妙手筋，将'飞车'打入棋盘中央，是为'十字飞车'。"

筱田龙一向樱井景田展示手上的棋子，它由名贵的金桑木制成，即使在白令海昏沉的风暴中，也依然能看到随着光影变幻的金丝。

"这枚棋子就是当年羽生善治大师亲自打入的十字飞车。

自从它打入棋盘后,我的棋势就急转直下,处处受制,令我如芒在背。"

樱井景田不知道少主的想法,他试图开口讲些什么,"龙一君,这里面一定有误会……"

筱田龙一顿了顿,"父亲死后,当年那种如鲠在喉的感觉又回到了身上,我肯定忽略了什么东西。近几个月我都难以入睡,就像一枚隐形的十字飞车再次打进了棋盘,而现在我终于明白这枚棋子是什么。

"伯劳,Lanius。传奇杀手,以将杀人现场伪造成完美意外著称,没有照片,没有视频,没有身高、国籍、人种信息,以至于有些情报人员甚至认为他只是一个不存在的身份。所有证据都显示,一年前你雇用他刺杀筱田太洋,两个月前情报部的人进入了你在阿部野大楼的住所,他们分别在碎纸机、垃圾桶、一个藏得很好的数据贴搜出了银行流水、货运单据、网络通信记录。景田,对权力的渴望蒙蔽了你的双眼,下克上也不是这么个克法。"

樱井景田闭上眼睛,"我从来没见过这些文件。"

"白令海是个好地方。"筱田龙一站起身,他看着模糊的海天一线,那是白令海峡和阿拉斯加的方向,"但是近些年这里的海盗也多起来了,因为俄罗斯重新开辟了波罗的海-北冰洋-日本海航线,白令海也成了北方的马六甲。但浮冰一直是北极航线的问题,白令海峡的浮冰在一年里甚至能持续十一个月,这里也成了冰上海盗的温床。

"伯劳喜欢将杀人现场伪装成意外,那我也把你的死伪造成一次意外身亡吧。现代冒险家樱井景田先生,随捕鲸船出海但遭遇冰上海盗攻击而被俘虏,最后不幸身亡。这个故事足够令很多年轻女士对你心生向往了,怎么样?"

筱田龙一指了指捕鲸船的右侧舷,那里伸出去一条十米的横木跳板。这是一种古老的刑罚,过去的海盗处死俘虏常用的手段,受刑者被绑住双手,蒙上眼睛,被迫走上跳板,最终跳入大海而死。

"我还以为你会让我切腹。"

"免了。我不是筱田太洋,我不喜欢刀剑。"

"我的妻子和女儿,还请你不要……"

"我对他们没兴趣。请吧。"

筱田龙一做了个恭请的手势,像是一个带着破烂海军帽的海盗船长打量着他的俘虏,黑旗飘扬,铁钩、眼罩、木腿与生锈的军刀,还有一只声音沙哑的鹦鹉立在肩膀。然而无论蒙面的樱井景田如何想在横木上保持平衡,维持住山口组执行部总本部长最后的风度,在旁人眼里他也是一副战战兢兢的样子,看上去不过是一只在暴风雨中发抖的青蛙。充满仪式感的死亡是武士最后的尊严,筱田龙一却连让他死得有尊严的机会也彻底剥夺掉。

面对翻滚的海洋,樱井景田在横木的尽头回首,这一刻他死死站定在横木上,洪钟般的声音从厚实的亚麻蒙面下透出,"龙一君,中国清朝名臣曾国藩曾下断言,古今天下之庸人,皆以一'惰'字致败。我这一生太懒了,作为一个丈夫、父亲的责任,执行部总本部长的工作,筱田太洋组长的重托,我都没有好好完成。这句话就请当作是我的辞世诗吧!"

　　山口组少主没有回应,他的脸上只闪过一丝阴鸷的微笑。樱井景田也不再尝试解释什么,筱田龙一已经在对上层的清洗中证明了他的专断和无情,这个在家长和高层们的白眼中蛰伏了太多年的男人只信奉一句话:至德者不合于俗,成大功者不谋于众——有高尚德行的人并不随波逐流,成就大事的人绝不与多数人商榷。毫无疑问,筱田龙一是谋变的天才,他拥有一切将军和大名①应该具有的优秀品质:大局观、勇气、忍隐、坚定,只是这种身怀大才的人都有一个致命弱点:过于固执的自负。他不相信自己的判断会失误,一如红海必然在摩西面前分开,更何况,筱田龙一正处在歇斯底里的胜利中,他自认是地球仪的支架,无论地球怎么转,支架就在那里,怎么会错呢?

　　樱井景田深深吸了口气,他往下跳去,大海冰冷的波涛接管了他的五感,最后在一阵泡沫翻腾中带走了他的灵魂。

　　大雾就在前方,刺眼的白色在眼前浮现。这里就是北极浮冰群,"胧津丸"进入了北极航道,白令海上的稀疏浮冰在北纬75°开始突然变得稠密,捕鲸船需要沿着破冰船开辟的航道航行才能安全抵达这次航行的目的地,俄罗斯最大的北极港城,摩尔曼斯克。筱田龙一来到船舷边缘,心事重重地凝视着海天的尽头,他在逼近的大雾中看到了蜘蛛的轮廓。

　　一个半月前,筱田太洋死后五十一天。2028年12月27日。日本,大阪。

　　黑色的暴雨倾盆而至,雨燕倒悬在阿部野大楼的四十七层,

①日本古时封建制度对领主的称呼。

镜面般的玻璃幕墙映出他的脸,他像一只鱼钩垂钓在乌云和车流之间。从顶楼坠下来的磁力吸盘吸附在窗户的四角,每个通电的磁力吸盘能提供三千五百公斤摩擦力,足够吊起整块钢化玻璃,卸载钢化玻璃是高空玻璃幕墙拆卸方案中最重要的一环,这个步骤的成功与否决定了雨燕能否按照计划潜入樱井景田的住所。

右眼的眼角膜显示屏滑过乌鸦传来的信息:樱井景田家里的CCTV已经被关闭了。

雨燕按下了启动按钮,玻璃幕墙的磁力节点螺栓被通电发热胶带加热消磁,玻璃板失去与框架的连接,随后磁力吸盘在一声轻微的声响中将整块落地窗玻璃从框架吸出,悬吊在离地两百二十二米的空中。

雨燕最终从大厦的缺口进入房间,他将一沓文件放在碎纸机里粉碎后将纸屑扔进垃圾桶,数据贴塞在了沙发的缝隙间。隐藏在一幅浮世绘背面的保险箱密码并不难猜,是樱井景田宝贝女儿的生日,他用樱井景田的指纹打开了它,把一张薄薄的A4纸塞进保险箱的文件堆里。这张纸上面是存有比特币转账账本记录的网址,转账双方是樱井景田与伯劳,雨燕偷取了樱井景田在暗网上的私钥并生成了无可抵赖的数字签名。

乌鸦:材料放好了吗。

雨燕:嗯。

他小心将地板上所有雨水的痕迹擦去,全身裹在橡胶隔离服里的潜入者没有留下任何毛发、指纹、脚印,甚至连他呼吸的空气都来自身后背着的小氧气瓶。

乌鸦:撤退吧。

雨燕:嗯。

雨燕走到落地窗边扣好腰环,开始像只真正的燕子往上飞升。玻璃在预编程好的磁力吸盘的帮助下缓缓归位,磁力螺丝被重新扭上。雨水打在氧气面罩上,他伸出手抹掉模糊的地方,"今宵离别后,何日君再来",这时骨传导耳机传来薄雾般的歌声,一阵靡靡之音,他的颅骨在嘎吱嘎吱地振动,"人生能得几回醉,不欢更何待"。

乌鸦:不好意思,串频了。港台老歌,邓丽君的,我想你没听过,但是我觉得很有气氛。

雨燕:嗯。

乌鸦:雨燕。

雨燕:我在。

乌鸦:不是。我是一直觉得,你在我面前很没有幽默感。就是,你在跟其他人在一起的时候,还算是个有趣的人,为什么和我搭档的时候,就这么沉闷?

乌鸦:请你下次回答我问题的时候能超过三个词。

雨燕:因为很多时候我发现,我不太懂你。

乌鸦:我也不懂我自己。

雨燕:乌鸦,比隐藏手段更高一层的是隐藏动机,你做了什么我们都知道,调查山友财团,委托伯劳刺杀筱田太洋,带回爱琳·索菲亚,现在是让我陷害樱井景田,向云雀发送刺杀卡门赛特·冯·奥斯洛的指令,但没人知道你想要什么。

乌鸦:一个人心底的欲望又怎么能三言两语说出?我多年

来审视他人与自身,看到的都是无穷无尽的谜题。《楞严经》有道,佛观察众生诸心,亦一无所得。所以,我的回答是,能被感知的欲望都是简单的,我想要钱。

提升钢绳已到尽头,雨燕的脚踏在阿部野大楼天台的边缘,磁力吸盘被电动绞盘缓缓收起。他往下望去,希望能看到蚁流般的车水马龙,以能让他发出一些关于六道众生的感叹,像乔达摩·悉达多一样思考起人类与宇宙的终极命运,然而并没有,只有阿部野大街的全息广告在暮雨中闪烁着迷幻的光亮,人像在做出各种扭曲的表情,这种日本广告令人诟病许久的浮夸风,只能让他联想到一种阳痿男性的脱力感。

雨燕回过头:我有种巨大的挫败感。你对佛经的理解比我深。

乌鸦:那你报的讲经班多半也是骗钱的,我知道你们这些美国人对少林寺和《易筋经》都很感兴趣,特别是壮阳的那部分。几年前我在华盛顿见到过一个风水大师,白人,拉着我讲了十分钟的王阳明哲学,中文发音十分差劲,三句话不离阴和阳。他旁边的记者就在那里拍照、拍照、拍照、拍、拍、拍,死劲地拍。拍完之后,还要卖我冬虫夏草,我说去你妈的吧。

雨燕:哈,哈。

乌鸦:那么你呢,雨燕,CIA前雇员,伪造专家,杨氏太极传人,华盛顿特区仁波切。你想要什么。

雨燕:活着的实感。

乌鸦:我理解了。

雨燕:那么你呢,乌鸦……你想要什么。

乌鸦：我说过了，钱——你要知道，盯着山友财团投资动向的人，除了我们，还有作为竞争对手的其他财团。山友财团近年的大动作，就像米格战机在导弹袭来时放出的大量红外干扰诱饵。只有被爱琳·索菲亚确认在未来成功落地的项目，比如他们深度注资的、最近很火热的金属塑料，才是他们真正想要的东西。但假如伯劳成功让卡门赛特教授出了一些意外，相关科技板块的股价必然暴跌，那个时候我们就能吃差价了。

雨燕：精彩。

雨燕：不过我知道，这些理由都是假的。世人的欲望无论如何外显，金钱、性、土地或是权力，本质上仍是追逐执念。

乌鸦：但我觉得这些足够骗过你了。

雨燕：确实如此。

杀手哼哼笑着踩在天台边缘，他回到了阿部野大楼的顶端。和多年以来的很多次委托一样，他对樱井景田并没有任何同情，也没有太多感觉。他用有机磷点火销毁了所有装备后便匆匆离开，一小摊熔化的铁水被留在了无人问津的排雨井，湿漉漉的雨声永恒地回荡在这座城市上空。

四　冰上之龙

　　伯劳尽力将麦克风贴近喉咙，白令海越来越狂暴的冰风让全部通信成了一团杂波。他努力想问清现在的情况，但掌握着白令地区卫星地图的云雀迟迟未回应，天气条件也越来越差了。

　　云雀失真的声音终于从耳机里传来，"伯劳，她问男人穿不穿胸罩。"

　　冰面上的、全身穿着白色伪装服的杀手生气地摘下耳机。自从叶夫琴琳·索科斯卡娅和爱琳·索菲亚在符拉迪沃斯托克一见如故，伯劳每天便仿佛活在无穷无尽的灾难中。他挪正肚子下的暖宝宝，樱井景田跳海溅起的水花已经落下，望远镜里看不到他的挣扎。

　　一切都已无可挽回，他们决心营救的目标——樱井景田已经落水死亡。冰上海盗的头子卡拉马佐夫·彼得洛维奇的动作太慢了，按约定他们早该在半小时前就发动攻击，但也许是全球变暖的原因，浮冰区的面积有所缩减，伯劳现在才看到他们出现在浮冰彼端的身影。

冰上海盗乘坐的仿生机器人载具能在冰面上以时速六十公里狂奔，它是由鲁布佐夫斯克机械制造厂出产的科考用冰上代步工具，代号"水蜘蛛"。在过去的日子，这种舍弃了传统履带的八脚蜘蛛形机器人是俄罗斯北极科考队的象征，它甚至挤掉了北极熊和伏特加成了某一个版本的队徽。后来不知道为什么，无论是楚科奇海还是阿拉斯加地区，令人闻风丧胆的冰上海盗们不约而同地装备起这种昂贵又炫酷的高性能载具，北极科考队成了最大的受害者。2024年俄罗斯联邦安全局的一份机密报告指出，北方舰队在对冰上海盗的清剿行动中曾两次将北极科考队误认为敌人进行攻击，造成七名科考人员伤亡，其中一名系因饮用伏特加过量酒醉后听到枪声失足掉落冰面，头部挫伤致死。

"客人，客人，卡拉马佐夫·彼得洛维奇向你问好！"另一个沉默已久的频道同时响起了枪声和人声。

和十五岁的爱琳·索菲亚已经显现出了讨揍的性质一样，五十五岁的卡拉马佐夫·彼得洛维奇也面临着这个年龄人人都会面对的中年危机。他在"水蜘蛛"上带领着周围年轻的亡命徒们高举MP7A1朝天射击，但日益严重的痛风以及更深刻的疲惫已经折磨了他多年，这个以往放荡不羁的哥萨克人曾认为自己对这个世界的秩序了如指掌，正如他总对胯下女人的敏感带一清二楚，但当他被儿子的教育和父母的病痛蹂躏得筋疲力尽，不得不为货运寡头们卖命，他终于明白他生命中的某个部分已经老去了，他以往的欲望名目繁多，多如星空银河，现在只剩下简单庸俗的一个"钱"字——不然他也不会接受云雀的合作邀请。

　　他还记得在暗网上看到来自云雀的聊天窗时的震惊,他在反复核实了对方的身份后犹豫地打下一个"你好",这令他感觉回到了笨拙的少年时代,摸姑娘的屁股之前需要三思而后行的年纪。屏幕另一边的云雀似乎完全没在意他拙劣的回应,她将"胧津丸"捕鲸船的剖面图发送过来,并直截了当地提出,"这艘捕鲸船在走私核燃料和贵金属催化剂,我们可以进一步提供它的航海路线,货全部归你,我们只要一个对你而言毫无意义的俘虏"。卡拉马佐夫·彼得洛维奇没有考虑太久就答应了云雀,并判断出她也是个俄罗斯人。他们很快达成共识:在捕鲸船刚进入浮冰区最放松警惕的时候,由啄冰鸟直接发动攻击,并且使用扩音器播放柴可夫斯基《1812序曲》,营造出卫国战争恢宏的舞台感。作战计划涵盖了从浮冰区到白令海峡的区域,卡拉马佐夫·彼得洛维奇的战术指挥水平令云雀惊叹。

　　"我还是很在意你是怎么知道我是俄罗斯人的。"云雀问道。

　　"你发来的剖面图制图不是ISO标准而是苏联标准,说明这是一艘由苏联的油轮进行了忒修斯之船式改造而来的现代捕鲸船,虽然每一个零件都和老船不同,但整体框架的构造没有发生变化,目的是继续占用该船在海事局的船舶识别号,借用其便利进行跨国走私。苏联的海事档案几乎没有电子备份,你只能去当地海事局拿到文件,而海事局档案处大妈原则上不为外国人服务,达瓦里希。"

　　首席法医官愕然,她对海盗这个职业的天然歧视让她面对海盗头子时忽略了其中最令人闻风丧胆的狡诈。卡拉马佐夫·

彼得洛维奇在多年的风霜生涯中积淀了足够的智慧，极冻的北地有足够多沉默的时间让他形成索尔仁尼琴式的枯瘦眼神。他们那晚聊了很多，关于暗网酝酿的阴谋、中年养生和国家的灰暗未来，卡拉马佐夫知道云雀只是秉着情报专家的天性陪聊，但并不在意，他需要一个配得上倾听他心事的人。

"你爱的人越多，你就越脆弱。卡拉马佐夫·彼得洛维奇，只有年少的梦能让你的血液重新沸腾。"最后，铁灰色眼睛的女人突然以这句半告诫半威胁的话语结束了对话。海盗头子无言以对。那一夜，他的心腹们惊讶地发现，远东的星空下，篝火前的卡拉马佐夫·彼得洛维奇抚摸着一架镜片早已松动的天文望远镜和一本陀氏所著《卡拉马佐夫兄弟》，他说那是他儿时的梦想，随后毫不犹豫将它们投入大火。

"水蜘蛛"们贴近了"胧津丸"，海盗们将搭钩射上船舷，一路沿绳索爬上捕鲸船。船上的筱田龙一面无表情，摇晃着波尔多酒，手中紧握那枚飞车金桑木棋子，被全副武装的保镖们保护在船舱中，仿佛大名被武士簇拥。

枪声开始在甲板上激烈地响起。卡拉马佐夫·彼得洛维奇因为这少有的侵入感显得特别兴奋，他昂起头凝视着"胧津丸"高高的船楼，如同衣衫褴褛的庶民仰望至高的宫殿。

他眯起眼睛："声音再大点……再大点……"

六百米外躺在厚实浮冰上的伯劳望了一眼风向标，他在犹豫是否该开枪支援。但他仍然抱着能在"胧津丸"上找到数据服务器，或者一些能接入山友财团高级数据库的设备的希望，不太想暴露自己的位置。

甲板上海盗们的进攻不太顺利,他们被莫洛托夫鸡尾酒逼退了,橡胶燃烧腾起的黑雾也影响了他们的视野。卡拉马佐夫·彼得洛维奇亲眼看着一个手下被一瓶四十年陈酿花堡干红葡萄酒活活砸了下来,它被塞进了一块燃烧的布条,但最后没有爆炸,只是将那个倒霉鬼的鼻梁砸断了。

"没想到真的燃烧弹这么沉,比打游戏刺激些。"筱田龙一甩手,他太久没活动了,随后他转向对讲机,"甲板,报告情况。"

"海盗暂缓了进攻。"

"能摆脱他们吗?"

"非常困难。我们已经进入浮冰区,只能沿着已知的破冰航道前进。水蜘蛛机器人比我们灵活太多,它们可以在冰面上快速移动,能够随时从任何一个角度进攻,甚至还能操纵浮冰撞击我们。"

"那好。继续沿航线前行,保持无线电静默。所有防御力量收缩到船楼和船舱,守住机舱集控室,各小组注意射界覆盖全面,把甲板让给他们。他们不敢用重武器的,我们这里装的可是值大钱的东西。"

十五分钟后,这次战斗的第一例死亡终于出现了。筱田龙一方的一名保镖从通道的一端向一个探头的海盗射击。9毫米低碳钢平头子弹,出膛速度为七倍音速,最大瞬时空腔面积达到弹头截面面积的二十倍以上。船员这边没人知道那个海盗有没有被打中,只看见一枪之后鲜血瞬间在他身后灰白色的铁墙铺开,半截身体被直接绞烂,他连一声惨叫都没来得及发出。

"我现在无法再保证你们要的人的安全了。"卡拉马佐夫·彼得洛维奇在无线电频道里说道，"小伙子们激动起来了。他们的破坏力不是我这种老家伙控制得住的。"

"我明白。"收拾好东西的伯劳开始徒步接近捕鲸船，白色冬季防寒斗篷让他看上去像个走在浮冰上的雪人，"但我要求至少不能损坏任何可能存在的电磁储存设备。"

"放心，我们没有EMP这种高科技武器。"

"但是你们有迷幻药，小心点好。"

海盗头子惊讶于伯劳对冰上海盗的了解：低毒LSD"浴盐"在俄罗斯很流行，海盗们用它镇压疼痛和恐惧，随后疯狂地对俘虏扫射。在亚甲基二氧吡咯戊酮的作用下，他们说在开枪时能看到梵高的《星空》般扭曲的笔触，血液与硝烟的味道则让他们想起列宾《伊凡雷帝杀子》的浓烈色调。卡拉马佐夫·彼得洛维奇也无数次沉醉在静脉注射带来的这种巨大快感中，此乐使人忘死，不知老之将至，但随之而来的总会有对于猝死的隐约不安与惶恐，仿佛傍晚里的冰冷海浪在腐蚀着尚有余温的沙滩。怀抱着这种微妙的恐惧，手臂上的针眼与秘密账户存款的位数也在增多。他引以为傲的儿子从不知道这个吸毒的懒散父亲还有另一面，也从未怀疑过支撑他前往莫斯科求学的资金是否真的来自一份可怜的面包房工作，总之，只要这个自命不凡的年轻人曾见过卡拉马佐夫·彼得洛维奇挺立在"水蜘蛛"上的威风八面，便不再会持有"负负得正"的可笑论点。

海盗头子的面前展开了云雀提供的船只剖面图，蓝绿的绞线构成了捕鲸船的全息影像，他深深吸了一口气，指挥官要亲自开始指挥了。

"传我命令,放《1812序曲》,音量推到顶。"

五分钟后,筱田龙一从层层叠叠的枪声中辨认出了柴可夫斯基隐隐约约的和声小调,还有来自另一个方向的脚步声。冰上海盗转移了进攻方向,一架"水蜘蛛"爬上了捕鲸船,整艘船因配重改变产生轻微的倾斜,筱田龙一看着高脚杯里的红酒液面若有所思。随着战斗的推进,冷汗逐渐从他的额头浮起,冰上海盗们在迂回之后蚕食了一大块防御空间。筱田龙一发现,他的对手在开始的狂热后终于体现出了职业海盗的组织度和专业性,论船舱的巷战能力,白令海冰上的海盗们无疑拥有着比保镖们更丰富的经验,他们在卡拉马佐夫·彼得洛维奇的指挥下一步一步逼近机舱集控室。全自动冲锋枪的火力掩护性能远远强于半自动的电磁驱动手枪,保镖们被零星的长点射和突然的火力倾斜交替压制,大部分时间缩在掩体后根本不敢还击。

"少主,我们的火力被他们完全压制。通道要失守了。"

"我知道。"

筱田龙一已经萌生了谈判的想法。核燃料可以分出一半,足够这些除了女人和毒品什么也不想的烂人安稳地过上中产生活,但贵金属催化剂就别想了,冰上海盗是不可能找到渠道交易它们的,不过,关键是让他们了解到这个事实——这些总是可以通过谈判解决的。说到商业谈判,主管商业情报的樱井景田本是权威中的权威,但很遗憾这次筱田龙一要亲自上阵了,就像他在北海道决定亲自押送这批走私物一样。在摩尔曼斯克还有一场黑帮谈判,日本极道的权势之人即使身陷重围,仍然不想浪费太多时间。

卡拉马佐夫·彼得洛维奇的手下向他汇报，机舱集控室探出了一面白旗，一个俄裔船员走出船舱传达了筱田龙一的谈判意向，海盗头子下令停火并开始沉思。随后的事情让伯劳始料未及，他行走在冰面上的时候看到某块浮冰边缘出现了一刹那的闪光，那是瞄准镜在日光下的反射。随后一声巨大的枪响响彻这片破碎的冰原，卡拉马佐夫·彼得洛维奇的身躯瞬间像西瓜一样爆裂，他的整个右肩被无形的铲锹猛烈凿开，血肉在空中描出的侵彻弹道只存在了一个刹那。

这里还有第二个狙击手！冰上的杀手迅速趴下伏地，浮冰因他突然的大动作一阵晃动。

"对不起，伯劳。"耳机里传来陌生的声音，伯劳愣了很久才反应过来信道早已被入侵，"这艘捕鲸船必须要抵达摩尔曼斯克，你的手伸得太长了。"

茫然的杀手茫然地提问："你是谁？"

"听不出我的声音吗？"

"你……乌鸦。你也在白令海！"

"看起来我们都对'胧津丸'很感兴趣，我出现在这里是因为我想搭个便车。你和云雀呢？你们为什么要和卡拉马佐夫·彼得洛维奇联合进攻筱田龙一的捕鲸船？因为好玩吗？"

"樱井景田就在'胧津丸'上，他清楚爱琳·索菲亚的底细。我们希望通过他搞清楚爱琳·索菲亚的相关情报，不然我拿什么保护她？"

"呵，他也清楚我的底细。回去吧，忘掉'十字飞车'计划。你的任务结束了，爱琳·索菲亚不再需要你保护。"

"回去哪里？你答应我的报酬呢？！"

"这就是你的报酬，你可以回中国了。回去找你的女儿吧。"

俄罗斯，东西伯利亚，符拉迪沃斯托克。

法医鉴定中心里，爱琳·索菲亚陷入了首席法医官办公室的沙发，她打了个哈欠，褪黑素胶囊终于能让在世界各地来回奔波了几个月的女孩困意顿生。自从将淡金色头发的女孩不小心放出去十五分钟后，隔天云雀便发现整栋楼都在传爱琳·索菲亚的八卦，叶夫琴琳·索克斯卡娅没精力去平定这些层出不穷的谣言，现在她在应付拿了一瓶墨西哥龙舌兰、精盐还有三个柠檬上来的苏科洛夫教授。

"我从来没听说过你有个侄女。"

"现在你听说了。"

苏科洛夫咂咂嘴，"她让我想起好多年前的你。"

叶夫琴琳·索科斯卡娅把他推出了办公室，"别再说了，苏科洛夫。别再说了。还有，小孩子不能喝酒，我也不喝，想喝酒找你那些中国朋友喝到明天。"

云雀靠在木门上喘气。苏科洛夫离发现显示屏上的白令海实时卫星地图只有一步之遥，以他的性格一定会停止赞美爱琳·索菲亚的眼睛，转而因其分辨率而对显卡业界大加评论。过了一会儿，首席法医官的助手前来敲门，她的声音战战兢兢，"首席法医官，有一名联邦安全局的特工找您。"

"让他在接待室等我。"

叶夫琴琳·索科斯卡娅愣了愣。FSB对远东的监控是自契卡时代便流传下来的传统,远东一级行政区高级公务员每个季度便需要接受联邦安全局的政审,年年如此,但这次实在来得不是时候。

酒瓶砸在实木地板上破碎的声音。首席法医官闻到浓郁的苦涩酒味,月季、桂皮和茴香的味道。爱琳·索菲亚想偷喝酒却打破了酒瓶,碎玻璃把她的手划出一个大口子。云雀有点懊恼,又是个不是时候的麻烦,她只好从旁边的柜子拿了酒精和一卷医用纱布。

"怎么这么不小心……嗯……有意思。"

叶夫琴琳·索科斯卡娅亲眼看着爱琳·索菲亚手上的伤口在迅速愈合结痂。这种情况她只在谢切诺夫国立医科大学的实验室里见过,2026年7月26日,国家重点扶持项目"血液纳米机器人"第两百二十三次试验记录,实验员将裸鼠的腹部用手术刀切出一个浅伤口,伤口在十五秒内以肉眼可见的速度出现凝血块并结膜,肌电图出现多个尖峰,预示着智能血液方向正式在医学界落地,围观的专家们致以意料之内的掌声并在评估报告上打钩,项目联合投资方山友财团的代表团惊为神迹。事后面对因神经系统被纳米机器人放电扰乱而抽搐死亡的裸鼠,专家之一的苏科洛夫冷漠的笑容即使隔着口罩也能看到轮廓。他说,我们正在变成非人。专家之二的叶夫琴琳·索科斯卡娅不置可否,裸鼠疯狂抽搐的姿态让她想起断头的青蛙。她反驳,是你们正在变成非人。苏科洛夫想问,这句话的意思到底是东正教徒绝不会踏出迈向恶魔的一步,还是首席法医官早已不再保有人类的德行。但他最终没说出口。

"你的血浆里……全是纳米机器人吗?"叶夫琴琳·索科斯卡娅抓住她的手臂,那里全是沉甸甸的未来,"怪不得你有一个成年人那么重!但是你看上去很瘦,也没有畸形,你的骨骼怎么承受那种密度?!"

"因为合金伴生内骨骼。"站在门口的FSB联邦特工大声回答,"那已经不是人类的骨架。"

"你……"云雀惊而回头。她没时间惊讶了,在那一刹那,她想到了办公桌下久未保养的托卡列夫手枪,枪械教官曾告诫她要冒着炸膛和卡壳的风险使用这支轮盘赌般的红军时代古董。下肢蹬地,低姿匍匐,战术翻滚,叶夫琴琳·索科斯卡娅紧抱着爱琳·索菲亚,在一点五秒内以步兵蹲姿紧贴在木质办公桌后,她从键盘架下摸到了手枪和弹匣,一共八颗子弹。

"云雀。"雨燕轻轻说道。他摆正领带的位置,再次叫出了首席法医官叶夫琴琳·索科斯卡娅的代号。这个杀手从德国杜塞尔多夫跟踪伯劳来到符拉迪沃斯托克,伪装成安全局特工堂而皇之进入法医中心,执行乌鸦的委托:从伯劳和云雀手上带走爱琳·索菲亚,对其内骨骼合金部分进行钛49元素同位素测年,确定爱琳·索菲亚所处未来的时间点。之所以不能使用常用的碳14测年法是因为任何活着的生物都要进行呼吸,而大气中放射性碳和稳定碳的比例是恒定的,所以,活物体内碳-14都是定量的,而且在工业革命和大规模核试验后,大气中放射性碳的比例被大大改变,碳-14测年亦不能用于1650年以后的材料的放射定年。

雨燕挥舞着手指,"为了承受密度更大的肌肉和血液,骨骼的强度必须更大，所以爱琳·索菲亚的肩胛骨、腰椎、膝盖、胫骨等重要运动受力点都嵌有伴生合金以支撑身体；而最完美的材料，不影响纳米机器人运作的生物塑料和高强钛钢的结合，金属塑料，正是卡门赛特·冯·奥斯洛教授的得意之作。未来已经被证明了。现在我带来乌鸦的最后一个委托：放弃你们对鸟巢的窥探，交出爱琳·索菲亚。"

叶夫琴琳·索科斯卡娅在办公桌后最后一次检查子弹，铁灰色眼睛的女人怀里环抱着安静地注视枪上铁锈的爱琳·索菲亚，说道："我拒绝。"

雨燕的声音如同透过暴雨传来般空灵，"你无法拒绝。"

首席法医官从来没有像现在这样感受到自己血液的流动，从那个火车站的雪夜开始，她回头凝视雨燕的一刻，女人的第六感就告诉她，下一次两人将会以敌手的身份会面。这是他们第二次正式见面，首席法医官和假特工，在符拉迪沃斯托克午后的法医中心里。情报专家"云雀"以弹匣入枪的声音作为回应，子弹在呼吸间上膛，撞针重鸣的声响如同雷霆，惊醒黑夜。

女人从办公桌后探身直射。叶夫琴琳·索科斯卡娅在五秒内以俄罗斯人特有的激情打完了弹匣里的八发子弹，其中六发直接命中雨燕，厚重木门发出破碎和崩裂的响声。很快她便反应过来那只是全息投影！随后她感觉脖子一痛，是一架悬停已久的无人机从窗外向她和爱琳·索菲亚发射了麻醉镖，自动肌注，十五秒起效。

雨燕从外墙面索降进入首席法医官办公室。

因药物注射而迅速失去力量的云雀倒在地上，她竭尽全力抬起头,似乎要将这个雅利安男人的面容死死刻进记忆里,"你……"

雨燕轻轻说:"睡吧。"

云雀做出的最后回应是抬了抬眼皮,她在失去意识之前努力将手伸向爱琳·索菲亚的位置,仿佛要把这个女孩搂进怀里,但还没碰到她就倒下了。

雨燕想起他此行的目标爱琳·索菲亚,她也被麻醉镖肌注了大剂量的麻醉药,"那么现在该你了,小公主……"

枪械重装弹、子弹上膛的声音突然从背后传来,雨燕毛骨悚然地转身,从地上爬起的爱琳·索菲亚拾起了云雀掉在地上的托卡列夫手枪,正认真地瞄准他的喉咙。她根本没有被麻醉!在那一瞬间,雨燕仿佛看到伯劳本人在他面前快速拔枪,甚至微微眯上左眼的细节都如出一辙。

去你妈的。雨燕心想。这个距离太近了,托卡列夫手枪幽深的枪口就在他面前,他的全部思绪都被这个黑洞吸走,甚至连呼吸都停止了。

一发来自二战时期的7.63毫米毛瑟弹擦着雨燕的耳朵飞过,打在了离他只有三十厘米远的台灯上。但爱琳·索菲亚开不出第二枪了,她"啊呀"一声被后坐力击飞。

劫后余生的男人飞扑上前死死扼住她的喉咙,他直接用裸绞勒晕了爱琳·索菲亚。他拔出她脖子上的麻醉镖才发现是她血液中的纳米机器人自动在针头的表面织成了一层膜,阻断了自动肌注的进程。明白这点后,雨燕一屁股坐在地板上,这时他才发现一层黏稠的冷汗已经浸透了衬衫。这个伪造专家从来没有像刚才那样如此接近死亡，来自心脏的强烈轰鸣仿佛让他年轻了二十岁。

"符拉迪沃斯托克。报告目前的情况。"

四千公里外的乌鸦收起狙击步枪并呼叫雨燕，他和伯劳一样全身裹着厚厚的白色吉利服，只有目力极好的海鸥和计算机模式识别系统才有机会从茫茫浮冰中辨认他。他一直在等待伯劳从一望无际的雪域中站起，直到伯劳行走的身影在无人机航拍的影像中被描上红边，他才有胆量开枪射杀海盗头子。这次狙击的距离很短，只有不到五百米，归因于白令海复杂的风力条件和低温导致的仪器测量误差，在这个距离上，乌鸦只有开一枪的机会，他把这一枪留给了甲板边缘的卡拉马佐夫·彼得洛维奇。

"符拉迪沃斯托克。报告目前的情况。"

他又重复了一遍。

心跳终于平复下来的雨燕终于回复了他：

"白令海，这里是符拉迪沃斯托克。东风停下来了。"

雨燕拨开遮住爱琳·索菲亚脸庞的淡金色长发，他把娇小的女孩抱起，放在加大号针织旅行袋里，没忘记垫上枕头。表情兴奋的杀手最后看了一眼多年的搭档，合上眼睛的云雀，他有很多话想说，但注定传达不到。八年前他们在暗网的一个角落接上线，雨燕时常会从言语间揣测聊天对象在屏幕另一边的人生，这已经成为他生命中最大的乐趣。对男人而言，女人的吸引力总来自神秘感，在那个冷酷的雪夜之前，云雀一直是雨燕唯一的欲望。

现在，就是分别之时了。

咀嚼着这种微妙愁苦的心绪，他小心抱起装着爱琳·索菲亚的旅行袋，消失在从窗户透进来的夕阳里。

卡拉马佐夫·彼得洛维奇咳出了一团血沫，刺骨的东风从肺部伤口灌进胸腔，和猛烈的灼痛感混合在一起。他在猜想自己流出了什么形状的血泊，是如同凌厉的鹰之翼展开在钢铁铸成的甲板上，还是活像只橙子被切开后流出橙汁一般笨拙。

耳机传来杂乱的声音，冰上海盗被筱田龙一仅存的防御力量赶出了船舱通道。

意料之内，他想道。

无人机航拍的船舱热感图显示，筱田龙一只剩最后一口气，他们的最后一圈防御其实由一条桌椅构筑的临时街垒和七名交替射击保持火力压制的保镖组成，海盗们迟迟无法突破它。然而实际上只要利用"水蜘蛛"再次改变船只配重使其倾斜，令街垒滑向防御方，就能轻松拿下。不过一切都为时已晚，无人指挥的海盗们注定失败，一枚神出鬼没的"飞车"以一发14.5毫米反器材专用狙击弹粉碎了卡拉马佐夫·彼得洛维奇所有的作战计划。

"万尼亚、阿廖沙、瓦季姆、尤里、叶菲姆、约夏……"

他轻轻呢喃着一串小名，以破碎的嗓音。

在生命的最后一刻，海盗头子回想起了陀思妥耶夫斯基的字句和浩瀚夜空的繁星，他惊讶地发现自己竟能准确回忆它们的每一个细节。曾有人说，照相术的发明让人们可以随时缅怀过去,更令其刻骨铭心,其实不是,回忆之所以深刻,正是因为过去的不可反复。那晚书页和镜片在火中静静焚烧的时候,卡拉马佐夫·彼得洛维奇突然发现,和妻子依稀模糊的面容与体温一样,自己余生都绝无可能再遗忘它们了。

2029年2月6日。中国,温州。

伯劳在一阵轻微的晃动中醒来。

高铁到站了,惜字如金的杀手在踏上月台的时候终于回忆起大陆的人潮涌动。欧洲小镇人烟稀少,远东更几乎仍是不毛之地。他到达机场的时候还没有这种感觉,因为符拉迪沃斯托克直飞长三角的航班太少了,下机时正是深夜,根本没人和他抢通道。那时,伯劳全身的力量都用在克制他提前拔枪杀出血路的冲动上,根本没在乎此时的自己毫无武装,他把护照递给海关,海关翻到护照页,扫描条形码,招呼伯劳站到黄线前,靠近些,再靠近些,把眼镜摘了,人脸识别,翻到签证页,盖戳。

"你在外面这么多年了啊!"海关惊叹道,"是做工程的吗?"

"是。"

在浑浑噩噩地飞回中国之前,他去法医中心看了看,叶夫琴琳·索科斯卡娅的助手含糊地告诉他,首席法医官因病入院,不过有和首席法医官女士相关的私人事务的话,可以去找苏科洛夫教授。她的表情像是极力掩饰着巨大的如释重负之感。爱琳·索菲亚也不知所踪,伯劳冒着被摄像头留下记录的风险转悠了几圈也没能发现她,乌鸦的最后一条信息是"你的档案已经被洗了",这样他就真的没有再待在远东的理由了。

两站地铁到达目的地,伯劳在学院路出口倍感新鲜地四周张望。一幢方方正正的大楼矗立在地平线的彼端。啊,税务局,美利坚先贤本杰明·富兰克林曾有言,唯有死亡与纳税不可避免,而沉默的杀手已经多年没有履行光荣的纳税人义务了,正如自从他成为生命的剥夺者后,对死生大事的敏感触觉开始离他而去一样。

税务局旁边就是他曾经的家。

这座城市变化不大,在大街小巷中行走的时候,他很快回忆起了一个又一个楼盘臃肿的名字。伯劳的脚步最终停在一处平平无奇的居民楼前,对一个漂泊了十年的男人而言,翻新之后的物业很难再被称为他的家,只是一个记忆的容器和图腾。

他上楼后急切地敲着门,没人回应。

终于被敲门声吵出来的是对门一个老太,十年前住在这里的老邻居搬走了,她是个新面孔。"你是哪位?是不是找人?"

伯劳讪讪地说:"我找秋白。我是她爸爸。"

老太摇摇头,"啧啧啧,这回是爸爸……是真的吗?"

伯劳感觉她话里有话,但不太明白深意,"是真的。我常年在国外打工挣钱,很少才能回来见她,她妈妈死后我更要赚钱养家,变成工作狂。加上国外信号不好,话费也很贵,联系也很少。哎,一走就是十年,都物是人非了。"国外打工是真的,赚钱养家也是真的,联系少一方面是怕被追踪,另一方面是秋白早就在老爸不知道的时候换号码了。

邻居又问了他几个无关痛痒的问题,比如职业、收入、年龄,在这期间他敲了好几次门,又按了好几次门铃,仿佛生长在门框里的门还是没开,他把耳朵贴上去听,没有动静。他背后的邻居说:"你真的是她爸吗?你白成这样可一点都不像是搞工程的。"苍白的男人最终在邻居狐疑的目光里败下阵来,像是一个在派出所外踩点的贼,他不敢再赖在门前了。

"她最近还好吗?"伯劳问道。

"你不是她爸吗?"老奶奶又警惕起来。

"自从她妈妈过世,我就很久没和她联系了。我甚至连她手机号码都没有,就记得我们当年住这。"

"啊,是……"对方的表情放缓了些,"姑娘是命苦呢。"

伯劳只能记起他离去之前在楼梯的尽头回首望向女儿的画面,他说再见,她懵懵懂懂说好,他又说了一声再见,她嗯了一声。这样的过程重复了几次,直到双方筋疲力尽,她还没明白这次分别的重量,习惯性地问了一句什么时候回来,伯劳的头垂在楼梯扶手边无言以对,他从铁锈间闻到酸涩的山楂味……杀手对女儿的记忆到这里就戛然而止,他现在忘记随口乱编的归来日期是什么时候了。如今他唯一能证明女儿存在的方式是银行流水,每个月稳定被取走五六千块,偶尔会多一些。

"好嘞,我兴趣不大了,你自便。但不要太吵着隔壁,开发商偷工减料,这儿隔音不好嘛,我们老人家要午睡的。"老奶奶忽而又念念有词着些什么走掉了,她是倒着走的,关门的同时依然盯着伯劳,治眼病的人工角膜如同猫的眼睛在黑暗里发亮。

他的手机突然响了。

来电号码没见过。接通后,对方重复敲着模糊的摩斯电码,那是一段录音,伯劳听出来那是一串简短的URL。他用一个加密浏览器打开这个URL，加载了整整十分钟，是一个很小的文件，名为"Shinoda Rin"，一个日本人名字的罗马音。伯劳根本不用打开，就知道这是他的新标书。按照惯例，老杀手不需要问任何问题，只需要凭借过往的默契无言地执行委托，但是这次不行。

他开始拨号，十几层加密卫星通话，他等了很久，他知道乌鸦一定会接这个电话。楼道里孤独的杀手最终等来了一声浩长的接通提示音，夹带着浓雾般的电磁杂波，摩尔曼斯克暴风雪的呼号从世界的另一边传来。

"没想到你会在这个时间联系我。"手机里传来乌鸦的声音，"长话短说，我现在可是在摩尔曼斯克离地两百五十米的高空，零下三十五摄氏度。"

伯劳质问道："你发来的文件是什么意思？"

"我还以为我们仍有默契。"

伯劳眯起眼睛，他现在不知道该做出什么表情。传奇杀手在往刮痧油里滴入毒药的那一刻起，就料到今天发生的所有事情，三年之后又三年，三年之后再三年。武侠小说里经常写到，退出江湖的方式往往是孤身对抗这个江湖，直至双方中的一方在无休止的厮杀中彻底化为灰烬。没想到都已经到二十一世纪了，在消音手枪、神经毒气和暗杀工序甘特图彻底取代了软剑、鹤顶红和暗室密谋的今天，还在搞古龙身不由己那一套。

经过千百年的发展，杀手业界的确是不同了，至少有了不受合同法保护的合同精神，某些大型合约组织甚至对暗杀设计、执行计划、尸体处理、痕迹处理、内部保密造出了一条工业流水线。但它的某些底色始终是不变的。

伯劳叹气,"你不该再在我的生活中出现。"

"我的原话是'帮助你回到故乡',而我和雨燕也的确这样做了。雨燕为了你的档案花了很大力气,你不能不领情。哪怕是看在你女儿的分上你也该感谢他,如果不是前中情局伪造专家亲自出手,恐怕你一直到死都过不了海关,没办法回到家见她。"

"你对秋白做了什么?!"伯劳咬牙切齿地问,"我找不到她!"

"我以人格担保,不,我以人头担保,我和你女儿的现状没任何关系。我只通过云雀调查过你的女儿,至于你当年离去之后她的生活情况怎么样,我建议你亲自去了解。至于她在不在家,我看是不在家的,本科生的寒假还没开始放呢。"

"你……"伯劳沉默了很久,乌鸦说中了他的软肋,他确实多年以来对秋白的状况一无所知。和乌鸦争辩已经没有任何意义,他知道自己永远有把柄在乌鸦手上——那就是自己的身份,"你终于要开辟中国市场了。我现在已经是一枚很重要的棋子了吗?"

"你一直都是。"

"你是指'重要'还是指'棋子'?"

"都是的,老友。和你不一样,我尚有未竟之事,而到了那一天,我的报酬会堂堂正正变成'鸟巢与你再无瓜葛'。"

"乌鸦,你到底想要什么?这个问题我早该问了,但我想雨燕会比我更想知道,他对你可是上心得很。"

"我在找一个叫李青门的人。你应该知道的才对,内网主页里我的任务目标栏下面常年挂着这个名字。"

　　"我曾经在山友财团时间机器工程的计划名单上看到这个名字。但是我不敢相信你追杀他十年都没有成果,你的旗下可是世界上最精锐的杀手们。"

　　"他早就不在这个世界上了……一个月前我在深圳杀死了他,但他现在还活着。"

　　"听起来是量子力学,但我不想听这些鬼扯。我上大学的时候还能凑合写个波动方程,喜欢给后排女生讲薛定谔的猫和哥本哈根诠释,可是现在已经全忘了。"

　　"你的想象力总是这么丰富,但我是认真的。"

　　"我也是。"

　　"那么就将真相作为这次任务的报酬吧。任务目标是筱田太洋的长女筱田凛,她最近正在中国贵州访问,绑架她,我有些事情要当面问。"

　　"我有必要提醒你,绑架的难度跟刺杀的难度不在一个量级上。何况这里是十五亿人口的大国,你以为是除了松子树和野狍子什么都没有的西伯利亚吗?"

　　"所以这个舞台才只属于你。第二次世界大战后,大卫王的复仇使者,摩萨德特工们成功将纳粹战犯阿道夫·艾希曼从阿根廷带回以色列受审,这个没有在纽伦堡审判中定罪的恶棍最终得到了他应有的下场。你是世界上最好的杀手之一,我相信你也能将筱田凛带到我的面前。"

　　伯劳从鸟巢领队带着丝丝凉意举出的例子中闻到浓烈的福尔马林味道,他最终选择了屈服。"好。"伯劳说。

　　他没有等到回答,过了好一会,他才知道乌鸦早就已经挂断了电话。有些驼背的男人一时不知所措地站在家门前,活像等待开锁师傅的屋主。头顶的感应灯已经不会亮了,只有长明八年的LED红电烛照亮了斑驳破碎的门神版画,他也记不起当年是怎么给女儿介绍秦叔宝和尉迟恭的了,只是依稀知道某年贴版画的时候有过这么一件事,但具体时间却怎么也想不起来。

也许是因为人已入秋,很多记忆都只剩下一块块碎片,伯劳坐在小区的石凳上如老人般沉思。他大脑中的关于秋白的记忆已经很模糊了,甚至不敢确定和女儿相见的时候能不能认出对方。但关于乌鸦常年的目标——李青门的记忆可是层出不穷:云雀透露李青门和山口组有千丝万缕的关系、雨燕曾含糊地分享"李青门是理解乌鸦的关键"、乌鸦针对李青门的跨越十年的刺杀、鸟巢唯一的逾期目标、"十字飞车"计划执行人名单上更是有李青门的名字。他的大脑全速运转着,更多的碎片在逐渐被织成网络:秋白确实是他的软肋,可李青门不也是那个男人的逆鳞吗。

李青门,李青门。伯劳无数次听闻乌鸦面对虚空喃喃自语时提及这个名字,拥有这样一个名字的中国人会以怎样的形象出现在他的身份证上?拥有这样一个名字的中国人有何资格长年受到鸟巢杀手们的关注?云雀曾经冒着触怒乌鸦的生命危险搜刮来一张照片,这是李青门和乌鸦在物理系毕业时的合照,也是他们相识的唯一证明,而他们中间还站着一个女人,云雀说那是李青门的前妻。伯劳未曾厘清他们之间的关系,但照片上年轻人的眉宇间依稀有着那个时代特有的迷茫和厌倦,像极了漂泊的候鸟停留在梧桐的树梢,他们只是短暂相聚在此处,片刻之后便会分别。后来伯劳才从雨燕口中知道他是某省首富的独子，乌鸦也确实从未在他们面前掩饰自己的阔绰，只是他为何会漂流到如此境地，至今无人得知。

一个版本的报告指出，李青门博士的本科生涯极为辉煌，一度被认为是该校专业史上最闪耀的天才，他的工作成果也许奠定了传说中耸人听闻的时间机器的基础原理。但很可惜的是，他的博士研究生涯似乎是个伤仲永的故事，因为他并未在这个更进一步的科研岗位上产出过什么广为人知的成果。可是，十数年来，他的名字和山友财团的要员在数个重要名单上数次并列，又似乎暗示他的人生并非看上去这般毫无波澜。从这个角度来看，乌鸦反而好像只是他人生中的一个注脚，一个平淡的同窗。他们何以厮杀至此？

总之，和拥有秋百自己相似，乌鸦似乎也拥有着李青门，多少年来，他细细吞咽着一种古怪的仇恨，以此为行军的干粮。他对所有鸟巢杀手确凿无疑地声称自己在追索这个男人，自己要杀死这个男人，所有人都理解他的决心和付出。只是，只是，只是。到底是什么在驱动这份仇恨？

五　无名的砝码

2029 年 2 月 16 日。俄罗斯, 摩尔曼斯克, "白鹅与松露"餐厅, 中央密室。

俄国乌拉尔派黑帮之王, 圣彼得堡至高无上的律贼①, 库图佐夫·安耶波维奇·亚历山大端坐于银铸的座椅, 维持着自东欧剧变伊始便一成不变的冷酷笑容, 来面对来自东洋的同行。筱田龙一的注意力在银制餐具和鱼子酱上, 虽然白令海的风暴与西伯利亚的冰冷一度阻隔了两个国度黑恶势力的交流, 但此刻他们终于坐在了同一张圆桌边。

"听说你们在浮冰区遭遇了冰上海盗。"

"问题已经解决了。"

两人继续着晚餐以及一些没有营养的话题。他们从白令海聊到北方舰队, 再从战略核潜艇聊到切尔诺贝利, 当库图佐夫有

①苏联内务部在 1929 年组建了主管劳动改造营并监督在押犯的服刑与运输的分支行动部门, 缩写为古拉格, 意思为"劳造营管理总局"。律贼即古拉格集中营中对犯罪组织头目的称呼及泛指, 相当于意大利黑手党中的教父。

意无意提起"废弃核设施"时,筱田龙一知道谈判已经开始了,他不动声色地坐直,将所有话术、技巧、阴谋全部从脑子里清掉。他明白他将要面对的是与父亲同辈的老黑帮,无论是经验还是见识都只会比他更强,花哨的谈判技巧是没有意义的,筱田龙一唯一能利用的只有库图佐夫的衰老,以及衰老带来的固执与迂腐。

"我记得,'胧津丸'上带来的核燃料和贵金属催化剂的清单,前天到达的时候,我让专人给您看过的。"

"呵呵……你们带来的和牛很有筋道。我儿子以前就非常喜欢神户产的牛排,在吃之前还要特地浇上珠宝水来软化肉质,哈哈,他跟你年纪应该差不多大,和你一样喜欢吃鲟鱼鱼子酱。"

"库图佐夫·安耶波维奇,自从福岛核电站事故之后我就再也不碰来自东边的海产品了。虽然我知道辐射水平下降得很快,但是我们这一代人总是轻信养生谣言的,重金属和放射元素对我们的身体都不好。从切尔诺贝利到福岛,裂变核电站给公众留下的心理阴影太大了,这也是我们为什么这次带来了聚变核燃料……"

"别着急,小伙子。你这个年龄段的人没有坐在奶奶腿上边烤火边听故事的经历,那个时候壁炉还是常见的家具,摩尔曼斯克家家户户都靠它过冬。后来我们有一次把人从烟囱里塞进去的时候堵住了壁炉,煤炭烧起来的时候那人的叫喊把我奶奶吓死了,之后它就再也没有烧过。很多年后,因为某些业务,我去了一趟明斯克,见到了一个核物理装置,让我回想起那个人从烟囱掉到壁炉里时的样子,他浑身被煤灰粉染黑,扭成一团曲奇,而这个装置扭曲的程度更甚于此,像活章鱼的触手。"

"听上去就像是明斯克聚变研究所在做的仿星器'鹦鹉螺'。2025年的时候,他们就已经实现持续两个小时的等离子脉冲。"

"对的,对的。核聚变工程方面,中国人在托卡马克装置领域的确遥遥领先,但祖国母亲在仿星器建造上更胜一筹,摩尔曼斯克的生意也在变化,我们以前的生意:毒品、枪械、酒,除了最后一项,都已经是历史了。毒品市场倾斜到了远东,非洲成了枪械倾销的中心。核聚变研究是为全人类福祉做贡献的事业,我们要做些高尚点的事,你明白吗?"

"聚变燃料的国际市场在变化,美国和中国都收缩了氚的出口限额,固体氚的价格近年更是一路走高,堪比十五年前的比特币。俄国黑帮囤积核燃料的名声在暗网上响亮得很,你们有中东的贸易渠道,触角甚至能伸向北非和南欧,至少在核燃料贸易里赚了几百亿卢布。"

"年轻人,你的话太直了。我是欣赏,欣赏那些将要深刻改变人类社会的伟大工程成就,我知道山友财团在做什么。时间机器,一个很有趣的计划,我上一次见到这么令人印象深刻的想法是苏联航空航天总局用七千吨核弹头摧毁月球的设想。你知道吗,年轻人,其实你的父亲——我的老朋友筱田太洋给它起过一个代号,叫'十字飞车'。"

筱田龙一皱眉,"家父死得仓促。我只知道它的名字,对其详细内容并不太了解。事实上,我此次前来,也有一部分原因来自'十字飞车'计划。"

　　"没什么，这个工程的内容就是字面意思，建造一个时间机器。工程技术上的东西我懂得不多，但有一件事你要明白。启动时间机器生成爱因斯坦-罗森桥，也就是虫洞，需要巨大的能量供给，而且必须持续稳定五分钟以上。没有核聚变，就没有时间通道；没有明斯克的仿星器，就没有时间机器；没有核燃料，就没有这个计划的落地。'十字飞车'计划的实验耗材，一个主要来源是西塞门罗仪器公司，另一个就是我们乌拉尔黑帮把控的北极海航线。2019年我和筱田太洋有一次远程谈判，你可以管它叫摩尔曼斯克-东京会谈，最后的结果是我们给山友财团开放了核燃料供应渠道，这也间接促成了十年后我们的这次友好会面。我很想见你父亲一面的，可惜没机会了，哈哈。说到这个，这么多年来除了你之外，我唯一当面见过的山友财团的高层，就是'十字飞车'计划的首席科学官，他是叫……李青门来着。"

　　"李青门?"

　　"你们的李青门博士在量子隐形态传输以及核聚变工程方面很有建树。"

　　"咳……库图佐夫·安耶波维奇，我当然知道他。他是我的……妹夫。"

　　这回轮到库图佐夫·安耶波维奇·亚历山大惊讶了，但筱田龙一的震惊并不比他小。他的妹妹筱田凛到底嫁了一个怎么样的人？他对入赘了筱田家的李青门唯一的印象来自十年前的婚礼，从来没什么人关注这个理论物理学家，就像从来没人找在日本国立天文台NAOJ系统任职的山口组大小姐筱田凛的麻烦一样。筱田龙一只记得他在十年前的婚礼上匆匆吃了一块抹茶蛋糕,便不得不开始给面无表情的筱田太洋说李青门的好话,筱田太洋对这桩婚事非常不满意,全部都不满意。但筱田龙一对李青门并没有太大兴趣,只是想把老好人和好哥哥的角色扮演好。

他对筱田太洋说:"凛已经长大了。她从小就很倔强,让她开心就好了。"

那时筱田太洋沉吟许久,最终回以一声沉重的叹息,"她的确是我的女儿。"鱼尾纹显露无遗的山口组组长语气耐人寻味,将一块鱼生狠狠蘸入芥辣,"而你一点都不像我的儿子……"

"……但……只要你开心就好了。"筱田太洋又说道,他的身躯终于在某个瞬间垮下来了。

筱田凛和李青门的婚礼更像是学术会议,穷极无聊的教授们在寒暄后开始讨论数学问题。不请自来的山口组黑道人物则显得格格不入,筱田太洋和筱田龙一在角落闷闷地一杯杯喝着酒。李青门没有亲人,只有他自己,筱田龙一原来还不理解妹妹为什么会选择这个中国人,但现在他明白了,任何人都能透过李青门的眼神感受到流动在他瞳孔中的力量。尽管并不理解这种强烈的意志从何而来,但筱田龙一不得不承认,李青门拥有比筱田凛更彻底的学者气质。

或许的确能将一向心高气傲的凛托付给这个男人吧,那时的筱田龙一是这样想着的,并且在将白色纸垂悬挂在樱花树下时,衷心祝福过这对新人。似乎有感于筱田龙一的照顾,婚礼结束后,筱田凛在一年一度的家宴上少有地为他这个哥哥斟了一杯酒。

此时他也突然想到,似乎已经有五六年没联系过自己的妹妹了。多年以来,兄妹俩像挂在同一支树丫上的两滴依偎的露珠,他们在逐渐散去的晨雾中逐渐泾渭分明,破晓之后便走向各自的世界。

思绪转回谈判桌上,筱田龙一尝试性地开口:"李青门怎么会参与这个计划?"

他对面的库图佐夫露出了诡异的神情,"李青门博士在2018年受任山友财团'十字飞车'计划首席科学官,负责把控核聚变装置和粒子撞击器的工程细节。关于他最后的消息,是在2025年时间穿越实验成功时,之后我们就再也没有在人员名单上看到过他了,他的状态是MIA①。"

"名单上有没有筱田凛这个名字?"

"当然,她也是科学顾问团的核心人物。"

"那么……"筱田龙一深深皱眉,他发现事情正在脱离他的控制,"……要让你将手头上的资料分享给我们,需要付出多大的代价?"

"不用。"库图佐夫淡淡说道,他只以微不可见的幅度抬了抬眼皮。熟悉他的人都知道,这个动作意味着盘踞在东欧平原和乌拉尔山脉的老黑帮头子已经完全掌控了谈判节奏,"回去盘点一下你们在深圳的资产就可以了……下面,我们正式开始谈生意吧。"

"但时间机器。"筱田龙一没有顺着库图佐夫的话题往下谈,"我不认为家父会同意如此疯狂的计划。即使在工程上可行,我也不认为山友财团有理由支持这样一个庞大工程的进行。"

———————————

①Missing In Action 的缩写,指在任务中失踪。

库图佐夫嗤之以鼻，"世上有很多事不能用金钱衡量。当你坐拥足够的财富，你就会发现，金钱对你而言只是支票上的数字。你有野心、梦想、欲望，这些东西都不应排在金钱后面。"

"当然，但这个世界的事总可以用人来衡量。库图佐夫·安耶波维奇，钱对你们只是个数字，难道人也是个数字吗？这种研究会牵涉多少人的命运，无论是时间旅行、核聚变还是新能源工程，每一个都是能牵动一整个时代命运的巨大工程，决定支持这些研究的不应该是一两个精英对世界奥秘的狂热，而应是深思熟虑之后的决定。筱田太洋身上有昭和时代的气质，古板、激进、暴躁、情绪化，对理想的极端执拗曾经将我们国家带入灾难，我不想重蹈覆辙。"

"你和你父亲的关系看起来没我想象中的那么好。你没能理解那个人，他喜好收集刀剑，这种极具男子气概的高雅爱好带给了他开天辟地的勇气，而非你所认为的鲁莽不羁。"

筱田龙一的语气带了些严厉，"我和他是两个不同时代的人，仅此而已。我更宁愿他是为了长远利润、合法避税、国家利益甚至慈善事业而开启这项计划，为了一些实在的东西，而不是为了虚无缥缈的理想，那样会让他听起来更像一个老奸巨猾的中年商人，而不是一个解训之后对着太阳大喊'我要改变世界'的军校生。既然身居高位，那么也必然肩负着巨大的责任，绝不可轻言梦想。"

"你对你的父亲极尽讽刺之能事，是否意味着，你将不再承认他过往与我的所有约定？"

筱田龙一沉默了几秒钟，随后他开始了他抵达摩尔曼斯克后最长的一段演说：

"我是对你我各自的处境深感不安。法国神父拉伯雷有言，'要创造天使并不是毫无危险的事情'。远大理想的实现需要的远远不只是努力、天赋和智慧，还有实实在在的代价，而这代价已经显露出来了，筱田太洋未经解释便将数额巨大的资金划入这个计划，就我所知，日本警视厅的经济犯罪侦查科室已经隐隐约约察觉这件事，如果让日本警方抓住山友财团的经济犯罪证据，不仅仅是对我们而言，失去良好的合作伙伴对你也是沉重的打击。十年前的东京－摩尔曼斯克会谈让你们两人在势力边界上达成了共识，萨哈林岛以北海域的事务与山口组无关，俄国黑帮则不插手日本海的事情。不过近年来，随着千岛群岛海底稀有矿物矿脉的发现，日俄两国边境外交事务有所松动，两国的边境线存在一定的讨论空间，这也给我们这次关于双方势力边界的谈判提供了新的外交文件背书。同时也别忘记，库图佐夫·安耶波维奇，你正在被内务部调查。内务部黑色贝雷帽特种部队'奥摩'早就盯上你了。"

库图佐夫思考了一阵，挤出几个字，"你的情报官不错。"

筱田龙一摊牌了，他的眼神开始变得越发凌厉，"当然。我们的焦点在萨哈林岛，一个经济并不发达的岛屿，符拉迪沃斯托克虽是俄罗斯远东的桥头堡，但相较之下，其实萨哈林岛更是一个具有象征意义的领地，它是俄罗斯、日本、中国三国悬而未决的领土争端之地。筱田太洋死后，山口组陷入混乱，我需要取得萨哈林岛各种生意的经营权，提振士气，巩固我在极道的地位。当然，为了让你同意这点，我会给出你无法拒绝的条件……

"……下面，我们正式谈生意吧。"

库图佐夫·安耶波维奇·亚历山大的手指无意识地在桌上摩挲，似乎要擦去并不存在的污渍。上一次他做出这个动作的时候，是在十年前摩尔曼斯克的深夜里，他的对面是樱井景田和筱田太洋的组合，那次视频对谈给了他极其深刻的陷入泥潭般的感觉，至今仍令他深感不安。现在俄国黑帮之王从筱田龙一的身上看到与他的前辈们如出一辙的阴沉气质，在烤鹅肝和红牛肝菌菌盖的香气里，筱田龙一逐渐将腰背挺直，他露出了那种大型猫科动物的笑容。

十年前，2019 年 1 月 27 日，东京-摩尔曼斯克会谈后的两个星期。俄罗斯，摩尔曼斯克，哈勃夫大楼。

李青门抹了一把头上的汗，他已经度过了极其闷热的九十分钟；樱井景田也有点受不了，已经把外套给脱了。一墙之隔就是零下三十摄氏度的暴风雪，李青门敲过这堵墙，听上去不像是普通的混凝土，更像由某种金属构成，后来他才知道这堵墙浇灌了铅液。墙上用粉笔画了一个矩形，标了长宽。等待的时候，他听到同行的情报官开玩笑似的跟背着手的俄国黑帮说，这里是准备装空调吗？

站在门边、大臂上文着十字架和羊头的光头男沉默地看了他们一眼，他显然是缺乏幽默感的那种类型，完全没有理会。李青门尴尬地笑笑，光头黑帮连动都没动，他们都知道这只是一个无关紧要的插曲，完全不会想到十年后会有一名杀手鬼魂般路过这个空调的外挂风机，而也正是这个杀手，将在一个宁静的深夜里，像杀鸡一样放光库图佐夫·安耶波维奇·亚历山大的血。

门被推开，几道激光在库图佐夫冻成红薯色的脸上一掠而过，这是面部识别。他喘着粗气坐在座椅上，长长出了一口气。樱井景田向后让开一个身位，他甚至没有向库图佐夫介绍自己，这表明了情报官在这次谈判中的态度——将主导权完全交给李青门。

李青门决定先做自我介绍，"库图佐夫先生，我是山友财团十字飞车计划的首席科学官。"

"开始说吧。我刚从符拉迪沃斯托克回来，有可能会中途睡着。"

"如果您状态不好的话，我们不如改期。"

库图佐夫的语速有种歇斯底里的快速，"现在就开始吧，李先生。上个星期我就在这栋楼里和东京的山友财团就我们目前的合作方案进行了谈判，结果很好，很好，山友财团很大方，他们接受了我新的报价，而且希望我能听听你的演讲。但最好珍惜筱田太洋给你争取到的机会，如果你前五句话还没有引起我的兴趣，我就会把你扔进波罗的海喂鲨鱼。"

李青门咽了咽口水，他有点分不清这是玩笑还是真话。首席科学官局促不安地打开了投影屏幕，投影的画面中是一个平台，上面布置有几个标有名字和型号的小型激光泵、光学透镜和一些变光晶体。

"纠缠发生光学序列。"库图佐夫叫出了那个平台的名字。

李青门回头看了他一眼。

"我的一个叔叔是莫斯科科学院的研究员，小时候我经常去他那玩儿。记住，五句话。"

"从几年前开始，山友财团就在筹划一个大型科研项目。现在正走到四处寻找高质量合作方的阶段。这个项目将需要巨大的能量供应，至少达到核聚变的供能等级才能让它正常运行。"李青门将注意力重新集中在投影幕上，"事实上，在过去的几年里，山友财团都在布局和准备这个计划。在这个计划的推进中，我们能够实现时间机器工程……"

"五句话到了。"库图佐夫在沙发上换了个姿势，他显然有点感兴趣了，"但你们不用喂鲨鱼。先从时间机器说起吧。基础原理、技术细节、实现手段、后遗事项，尽可能全面一些。"

李青门像是松了一口气，"我们工作的开始于一种特殊的粒子。我在博士阶段曾经制造出了一对与众不同的纠缠粒子对，如你所见，投影幕上是我改进的纠缠生成光学序列，我的工作正是以此为基础的，它采用一种特殊频率的高能激光工艺，能制造出这种特殊的粒子对。我们将一对这种纠缠的粒子分别称为A粒子和B粒子，假设我们将A粒子以99%光速发射到太空中，B粒子以10%光速滞留地球，那么我们知道物体运动速度越快，时间越慢。由洛伦茨变换可得，B粒子的时间过了七秒的时候，A粒子的时间才过了一秒。根据量子纠缠，我们在操作位于地球的B粒子的时候，A粒子也会随之改变，但要注意的是，因为它们各自所经历的时间并不相等，所以，以B粒子为参照系，当B粒子被操作时所发生改变的，其实是四十九秒后的A粒子。这也意味着，七秒后的B粒子和四十九秒后的A粒子产生了实时的联系，如果我们能保证A粒子在四十九秒后到达四十九秒后的地球,那么我们便通过量子纠缠和未来建立了一个信道。可以这样想象:一名名为Alice的用户登上环绕地球的光速列车,她在车上待了一个星期,下车时地球已经过了上百年,而在原来地球上名为Bob的用户的参照系里,她登上列车也才不过一个星期。但Alice手中拿着一个对讲机,这个对讲机可以直接与一百年前的Bob联系,这就是我们通过这种量子纠缠所建立的信道。"

他又慢慢补充道:"您可以管它叫强纠缠、巨纠缠、巨强纠缠、紧密纠缠、致密纠缠,或者超致密纠缠,多年以来我都在思考它的命名。如果……您能给它起个名字,我想这将是我很大的……荣幸。"

库图佐夫·安耶波维奇·亚历山大怪笑一声,他完全没有客气,"那就叫它'库图佐夫纠缠'好了。这是一种很有趣的思路,但我想知道深层次的原因,之前我从来没听说过粒子会有这种性质。即使你的理论是成立的,还有一个问题,从工程上看,量子纠缠非常脆弱,会随着光子在光纤内或者地表大气中的传输距离而衰减,跨越地球已如此困难,面对动辄以光年计算的宇宙空间,它们如何保持纠缠。"

"理论上,它们的纠缠十分强固,虽然条件苛刻,但它在任何足够远的距离下都不会失去纠缠。因为它不是标准模型中的任何一种粒子,它是弦论中预言过的'快子'。它永远以超光速的速度在运动。"

"我记得相对论说超光速的物体是不存在的。"

"不,相对论并非禁止超越光速的存在,它只是禁止物体的速度'跨越'光速壁垒。光速壁垒不是像高速公路边的一百二十公里时速限速牌那样,说你只能以低于一百二十公里的时速在公路上运动,而是像公园石板路上某块松动的石板,这块石板你不能踩,其他都可以。快子的速度不可能降到光速以下,或者说,将它的速度降到光速以下,需要无穷大的能量。其实,相对论禁止物体的速度等于光速,正是因为如果我们把物体速度等于光速代入洛伦茨变换式就会发现,分母变成了零,而数学上禁止任何数除以零,这是很好理解的。或者我可以换个说法,快子并不是传统意义上的'物质',因为如果你把超光速代入洛伦茨变换式,你会发现快子的质量将是虚数,但这并非说超光速不存在,或许我们可以将它定义为区别于物质、反物质的'虚数物质'。"

"这该如何理解呢?"

"字面意思,虚数物质就是虚数物质,只不过质量后面带个虚数单位。而我们知道,虚数单位i的平方是负一,这也意味着,虚物质之间的作用往往和实物质之间的作用性质相反。一个比较浅显的例子是,我们假设真空中存在两个质量为虚数的质点,代入万有引力公式将会得到一个负数,这意味着虚物质之间是万有斥力而不是万有引力。同样的道理,因为它们携带着虚电荷,库仑力的性质也会相反,同种电荷相吸,异种电荷相斥。实物质的纠缠随着距离增大而衰弱,而虚物质则恰恰相反。它们的纠缠和实体粒子距离越远纠缠越弱的特点完全相反,虚数粒子距离越远,纠缠越强。其实我刚才讲到的A粒子和B粒子,它们的速度应该分别为105%光速和250%光速——B粒子的时间过了七个虚秒的时候，A粒子的时间才过了一个虚秒。正是因为他们的时间在与实数世界正交的虚数轴上流逝，我们才得以利用它们跨越实数时间传递信息。"

"有趣。我有一个思路，我们可以这样做吗：将两颗粒子都保留在地球，就不需要将某一颗发射到太空中了。"

"不能，虚数物质之间的纠缠遵循距离越小，纠缠越弱的规律，如果长期令两颗粒子滞留地球，它们的纠缠会随着时间减弱乃至消失。所以原则上，我们只能在地球上保留一颗，剩下一颗向太空发射。但好消息是，在宇宙空间里，粒子之间的排布并不是人们想象中的极端稠密，而是极其稀疏，就像原子核和电子之间有十分空旷的空间。所以实际上，把一颗粒子发射到太空中，它只有很低的概率会撞上另一颗粒子，它在宇宙穿行中所受到的、来自其他粒子的干扰其实并不强，更不要说只有在特殊情况下才会和实数世界发生关系的虚数粒子。星辰对它的干扰主要体现在引力上，所以我们只需要简单计算，就能设计出一条轨道，令它刚好在所需的时间点回归地球。我曾经在中国的FAST射电天文望远镜基地工作过一段时间，在那里收集一些天体核聚变的数据，也正是因此结识了我时任NAOJ天体磁流体行为力学工作室主任的妻子。"

"很有意思。你的资料上说你的博士学位是核聚变工程。"

"是的，我没有选择更基础的方向，原因有很多。但我比任何一个人都清楚实现时间穿越需要消耗多高的能量，即使只是把一个最小的夸克送到另一个时间点，需要的能量也是天文数字。对我而言，核聚变工程才是我梦想最终的归宿。"

"很好。那么你们打算如何将人送到未来？"

"这……我们目前只是打算先把一颗虚物质粒子发送到未来。"

"只有一颗？"

"是的……但是通过这颗粒子，我们足够向未来传递信息……通过信息传递，理论上我们可以传递物质的构成信息，再将其还原成物质。而且，物质的构成信息是非常庞大的，我们要先把计算机的算力提高才能计算物质的深层构成信息。是这样，物质传输目前还在测试阶段，我们需要大量的、复杂的……昂贵的实验才能确定一系列合适的参数，这是工程问题。"李青门不安地搓着手。

"但还是只有一颗。经济学常识，蛋不能放在一个裤裆里。"

"我……这……"

见满脸窘迫的李青门迟迟没有回答，樱井景田突然插嘴："一颗就够了，库图佐夫·安耶波维奇。曾有人设想外星人用两颗质子锁死地球的科技，相比之下，我们这一颗算不了什么。"

库图佐夫·安耶波维奇·亚历山大怪笑一声，开始安慰脸色越来越惨白的李青门，"别紧张，李先生，我自认是一个俊美、白皙、修长的男人，难道我长了一张黑熊的脸吗？其实都很好，都很好，我不否认这是我见过的最吸引人的工程大纲。但我想问一个问题，我们以同样的手段能不能向过去发送信息？"

"理论上也是有可能的。只要我们能捕捉到和位于过去的虚粒子存在量子纠缠的虚粒子，自然就能回到过去。但虚粒子生成的高能环境极其苛刻，几乎不可能在自然中出现，也许在过去的核试验爆心或者地壳深处的爆发中生成过一些虚粒子对，但数量也十分稀少。"

"我们为什么不先把这个做起来？我强烈要求先进行回到过去的实验。"

李青门有些着急，他不得不以一种恐吓的语气进行谈话，"回到过去的难度非常非常高，这不是我们科学家想做就能成功的。如果更改计划，那么我们还要进行大量的修改工作……至少！从时间上，从经济上，它是很难实现的！我建议……我建议！建议先按原计划进行实验。只要十字飞车计划成功了，我向您保证……很快，很快我们就能实现您的需求……"

"我了解了……但我想你一定不理解我的感觉。"库图佐夫别过脸去，李青门在他脸上看到转瞬即逝的寂寥，"我的儿子死在车臣。"

过了一会儿他又问："我还听闻一个说法，时间穿越其实会穿越到另一个多元宇宙去，那里也许基本上和这个宇宙一样，但无论如何都不是自己原来所在的世界。李博士，告诉我，多元宇宙是真实存在的吗？虚数粒子会穿越到另一个平行世界去，在另一个宇宙里的我，是不是会过上和现在完全不一样的生活？"

"我无法回答。"李青门回避了这个问题，"这只是假说而已。我们有一个奥卡姆剃刀原则，如无必要，勿增实体。无论多元宇宙存在与否，它对我们的工程都没有影响。"

"存在，它存在。"樱井景田向前一步，他低声答道。

"很好。"库图佐夫·安耶波维奇·亚历山大深深地看了他一眼，"这位先生，在你的想象中，另一个宇宙里的另一个你会是什么样？"

"我会是个普通的上班族。"樱井景田阴笑一声，"在这个意义上，我相信我们是一样的人，库图佐夫·安耶波维奇。"

"好！很好！"昔日的古拉格律贼拊掌大笑，"多元宇宙理论终归是能给我们这些恶棍一些慰藉。我时常会想，每个人的善和恶都是平衡的，一个在这个世界布施善行的人，就会在另一个多元宇宙里作恶多端，反之亦然。古埃及神话里的死神阿努比斯会将亡者的心脏与一片代表真理的羽毛放在天平上，如果心脏比羽毛重，那么代表该人罪行累累，将入地狱被魔鬼吞噬，如果心脏比羽毛轻，那么他将升上天堂。我相信，终有一天轮到我的时候，天平会不偏不倚落在平衡点，因为无穷大量的恶行，恰好与无穷大量的善举抵消。"

"绝不可能有什么能够'抵消'已经发生的事。无论是善恶，还是……某些东西的逝去。它们会一一被历史记录在案，等待最后的清算。"

"或许吧。有些东西确实还不清。"

一头白发的律贼喝光桌面冒着热气的咖啡，他若有所思地看着天花板。樱井景田在短暂的不自在后恢复了蜷缩在墙角的姿势，羊头文身的黑衣保镖依旧面无表情。投影幕前的李青门看着这些仿佛生长在阴影中的黑帮们，一墙之隔的摩尔曼斯克暴雪隐隐约约地惨叫，PPT的白光呆滞地亮着，他们投在墙壁上的影子呈现出一种深刻的黑色，就像是各自皮囊下宛如实质的灵魂。

六　黄金前夜

2029年2月19日。中国,贵州,FAST射电天文望远镜,观测基地。

太阳移向了另一个方向,光从外面打进来,女人的睫毛动了。

日本国立天文台天文代表团是三天前从东京出发前往贵州的,他们来此处参观举世闻名的"中国天眼"工程FAST,中国国家九大科技基础设施之一。同时参加在此处举办的第十六届AMST宇宙学会议。

作为天体力学专家,筱田凛自然也在名单上。她正在休息室里一杯又一杯地接着咖啡,翻看着不懂的杂志,翻译不在身边,她只能像个闯进迷宫的小孩那样随手拿点东西把玩。

天色暗了,阳光开始变淡,基地在辽阔的暗青色天空下显得极为渺小,像是一个无形巨人注视下的一块鹅卵石,就在这一瞬间,她隐隐约约体会到了李青门在面对星空与银河时的虚无感觉。想起过去的许多事,一声叹息正滚到她的喉咙,这时翻译跑过来告诉她,FAST有一个找她的电话,请到机房接听座机。

"我很意外,我认识的什么人会把电话打到中国来,还知道我在FAST。"

"说是东京方面的筱田龙一先生。"

筱田凛愣了愣,她把叹息的下半段留给了她的哥哥,"噢……那个人,那倒……不是很意外了。"

世界的另一边,站在暴风雪中的酒店房间里,筱田龙一终于等到基地人员将座机递到筱田凛手上,一片寂静,他只听到来自云贵高原的风声和微不可闻的呼吸。

筱田龙一说了第一句话:"凛。我在摩尔曼斯克。"

"后半句可以不用说。"

"这几年的家宴你没来,父亲的葬礼你也没来。你真的是把所有人生都分给你的流体力学了。"

"我很抱歉。我这里实在抽不开身,这几年我都在北京大学和东京大学合办的湍流和复杂系统研究室工作,近年很多尖端工程开始重新高度关注湍流。它最火热的一个方向是受控核聚变,无论是在托卡马克装置还是仿星器情况下,都亟须解决磁流体的受力特性。"

"你该找个更有人情味点的理由的。"

"龙一,我毕竟不是你。我的面具不多,也不厚。"

"我听说你解决了热核聚变中超高温等离子态磁流体的一个力学难题。"

"不容易,不容易。你居然会对我六年前的论文感兴趣。这篇论文,准确地说应该是给出了一个可压缩纳维-斯托克斯流体方程以及磁流体方程的高性能计算方案,我还有一篇论文证明了等离子磁流体方程柯西问题光滑解的爆破性。但是近年来,我的兴趣转到了天体的湍流场研究,模拟天体大尺度的磁流体力学问题很难在实验室中实现,得用到FAST的深空观测数据。"

筱田龙一苦恼地说:"……我打断一下,凛,你们搞学术的果然都有一个毛病。太容易滔滔不绝了。"

"……抱歉,这篇文章是我科研生涯中的一个高峰,至少免掉了很多关于我的闲碎话。"筱田凛走到机房的窗户边,长长的电话线拖了下来,她在遥望球面镜所处的喀斯特洼坑的边缘,FAST的主动反射面系统被称为"锅"。这是个很形象的比喻,无论从哪个角度看过去,这个在阳光下反射不出任何光芒的球面镜都像是一个能够盛下成万吨虾蟹的大锅,处在球面镜底部的馈源舱好像煤气灶的火芯。日本天文代表团里有个老俳句专家为此写了两句,和中方的几个同样爱好诗词的领导打成了一片,筱田凛自认无法融入中年男士们的交际圈,于是她一直都躲得远远的。

这时她又顿了顿,"……而且在NAOJ的职位也升了,所以话一下子有点多。"

"我很意外,只是升了一个职位,就能让你变得这么活泼。你大可以回来的,财团和家里出面,让NAOJ直接给你安排到主任岗位……"

"龙一,你总会像小孩子一样突然说出这种讨人嫌的话。我劝你,别总向别人炫耀手里的苹果,也别用旁门左道践踏他人正当的努力。你刚才的话听起来就像筱田太洋。"

"这话好重,我可是知道你有多恨他的。但你也别以为筱田家真的对你不管不顾,至少我始终关注着你,你被引用数量最高的一篇论文是关于复杂动力系统有限元节点离散编码的优化的。恰好我对这方面很有兴趣,找来读过。"

"哈,你? 蛤蟆终于从井里跳出来了?"

"这篇论文虽然对有限元计算研究没太大意义,甚至有点花哨,但俄罗斯谢切诺夫医学院的研究人员根据它攻克了医学纳米机器人的最后一个工程难点。医学领域最近接连在纳米机器人领域取得的重大突破,确实很大程度上要归功于你——我把话说到这份上,你还不会以为我只是把论文摘要背给你听吧。"

"筱田龙一,我真正看不起你的,是你就读东大时和楼市一样低迷的成绩,还有花花公子做派……但我又必须承认,你在这方面的见识算是对得起你的身份。"

"我毕竟是你的兄长。"

"对我而言你首先是黑道的人物。你找我有什么事,说说看吧。"

"我想问'十字飞车'计划相关的问题。你听过这个名字吗?"

"哦,当然,我和李君都作为核心科研人员在那个计划里待过。其实它原本的名字更浮夸一些,叫'十字龙王',你记得吗?将棋有一个规则,棋子进入对方阵中可以升级,'飞车'的升级就是'龙王'。但是棋子重新打入棋盘,是按没有升级的状态打入的,所以最后计划委员会又因为命名合理性的事情开了个会,最后管它叫'十字飞车'。然而事实上我们直接叫时间机器计划，记录也是这样记录的。"

"知情人有几个？"

"个位数。现在加上你，也没有超过十个。"

"既然如此，就告诉我真话，李青门在哪里？你们的核燃料供应方库图佐夫·安耶波维奇·亚历山大透露了一些细节给我，但太模糊了。我知道事情绝对不会这么简单。"

"的确没这么简单。但这要解释起来很复杂，爱因斯坦-罗森桥会搭建在强大的能量输出基础上，它具体表现为空间曲率的巨大扭曲，理论上来说，将弦论预言的十维空间压缩成零维点需要无穷大的能量，但受控核聚变提供的功率可以使本来就蜷缩的六维卡拉比-丘成桐空间消失，将虫洞压缩维持在三维稳态，足以让人通过。通过那里的物体会变成一种奇异的虚量子状态，类似于黑洞的中心，正反物质会在时空之环上湮灭……"

"别想着骗我，凛。我不再是中二的学生了，你列举的这些三流科普高频名词只会让我觉得可笑。从来没有什么说烂了的高维空间、虚空反物质或者黑洞，质能守恒就足够解释这个问题：爱琳·索菲亚从未来回到现在，那么在未来就会出现一个人的能量空缺，基地人员里唯一失踪的就是李青门，李青门必然前往了未来。只有这样才符合质能守恒。我只想知道我的猜测是否正确。"

长久的无言后，供暖墙旁的筱田龙一只听到一串深呼吸，他目光所及之处，窗棂上断裂的冰凌在风中摇摇欲坠，摩尔曼斯克已经淹没于暴风雪，只有哈勃夫大楼的霓虹灯如灯塔般伫立在无尽的雪白中。地球的另一边，筱田凛在斟词酌句上花了很长时间，她打开了机房的窗户，大风拢起她的长发。

"龙一君，你是对的。在基础科学里，最令人敬畏的真理都是最简洁的。欧几里得的五大公理与五大公设引领了几何学千年之久；牛顿三大定律奠定了经典力学的基础，让人类征服了神学和天体；麦克斯韦方程组只有四条方程，却足够描述一切电磁现象。能量守恒也是如此，作为人类物理学史上最早的定律之一，它最伟大的成就是终结了第一类永动机的可能性。直到现在它也在指导着现代物理的发展，当李君在草稿纸上为我展现这个结果的时候，我只觉得第一次体会到了极致本质的美，那些复杂的算符似乎有了生命一样从纸上立起，我也终于能体会理论物理学家所沉浸的世界的空灵。"

"我很荣幸能够得到筱田凛博士的认同。那么请告诉我前因后果吧。"

"哥哥，这里可不是加密线路，我回去会告诉你真相的。另外我再补充一个除了能量守恒以外的点：图灵机，这个就作为课后补充习题请你自己思考吧。"

"我会等你告诉我的。但课后习题就不用了，樱井景田上'胧津丸'前吐出过一点消息，我大概了解过你们的工作。"筱田龙一慢慢说道。

"啊哈，樱井君也被你杀了吗……那你可真是……了不起。"筱田凛叹气，又张了张嘴但说不出什么话。她没太多时间为这个多年来如影子一样伫立在筱田太洋身旁的男人默哀，中方翻译又在找她，她的报告场次来了。

第十六届 AMST 宇宙学会议选在中国 FAST 大射电举行显然掺杂了很多政治因素,在各国代表报告场次次序的问题上扯皮了很久。原则上来说,越重要的报告越要放在后面,但谁也不敢贸然把这些世界知名的天文专家们排个封神榜,而最稳妥的方法自然是各代表团都让一些资历不深的年轻学者上去暖场,筱田凛就这样被日本代表团推到了台前,她是第一个上去做交流报告的,这也给了很多人观察她的机会。

但因为筱田龙一的那个电话,她在报告中显得有些心不在焉,很快就结束了为时一个小时的讲演。不过报告内容很有价值,行星行为中出现的湍流现象是个逐渐变得实用的研究方向,场下的同行们给了足够的掌声。伯劳双手环抱,在台下看着她,和过往任务中很多次重复过的那样,他在评估目标的行为习惯。

"筱田凛博士。"报告结束后,伯劳在一个拐角站在他的目标面前,他们之间隔着一台饮水机,"我刚才听你讲,利用 FAST 主导的国际甚长基线干涉测量网所获得的天体超精细结构数据,对行星系统内部热对流进行数值分析,会有助于我们日后建立外太空殖民地,特别对木星这颗气态行星及其卫星而言更是如此。不过我很好奇,湍流的经典力学解析早已经成熟,进军外太空的事情太远,暂且不说,但对一整个行星系统的流场进行数值分析,所需要的计算资源可不一般。以我粗浅的认识来看,就算是量子计算机也未必能在要求的时间里处理这么大量的数据。"

"这倒是个非常关键的问题,我忘了讲了。你说的没错,但我们可以采用 CTC 计算方案,几乎可以在瞬间得到答案。虽然听上去像天方夜谭,但我们曾经以此为基础建造了一个非常高

效的……计算机器，并取得了一定的成绩。"筱田凛回忆了一下，
很快接着说道，"你应该在刚才的提问环节提出这个问题的。"

"能给我讲解一下吗？我对这种先进的计算方案很感兴趣，
它叫……CTC 是吗？"

"稍等一下吧。会议结束后这个问题我想还会有人问的，我
打算一起回答。"

"等整个大会结束之后我就没机会了，您是日本代表团里唯
一一个用 Oak 香水的，他们开完会可不会放过你，会像狼狗闻到
肉的味道那样把我挤在外面。"

"啊哈……您可真的是……"筱田凛睁大眼睛，笑着撩了一
下头发，展示出她无名指上的指环。

"别喝水了，博士。我给你调杯酒吧。"伯劳摆出了无动于衷
的笑容。

高瘦的男人在基地的水吧给她调了一杯叫不出名字的椰汁
菠萝鸡尾酒，筱田凛明显有点不适应这种搭讪，她虽然脸上堆
笑，但指尖在不安地搓动。伯劳这时才在暖黄的灯光下认真端
详这个穿着浅驼灰色青果领毛衣的女人，米色雪纺衬衫的衣领
从她细腻的脖子露出，恰到好处的裸妆让她看上去介于二十五
到三十岁之间。杀手的直觉告诉他，筱田凛一定有一对锋利的
虎牙，而她被半荤不荤的笑话逗笑的时候，正好咧开嘴露出了两
颗糯米色的尖利牙齿。

伯劳放下杯子，他严肃起来。筱田凛能看出他这两种表情
的泾渭分明。

"您……"筱田凛开口。

　　"筱田凛博士,鸡尾酒时间结束了。"伯劳打断了她,并从西装外套内袋取出一个证件摆在她面前,"中国国家安全局外勤特工。有人要绑架你,日本代表团的专车会在送你们回酒店的半路抛锚,下车之后不要跟任何试图单独接你走的人上车,即使是FAST的工作人员也不要相信。随便编个理由,闹点美女能闹的小脾气,混进景区里。FAST对外的景区是离大射电只有五公里远的无线电静默区,那里禁用一切电子设备,包括手机、智能手环、数码相机等,但景区开放有多部固定电话亭,你去找到一个蓝色的电话亭,拿起话筒就能直接联系到我。"

　　注视着鸡尾酒的女人如同波斯猫一样眯起眼睛,像是等待着面前男人的其余表演。

　　"远在摩尔曼斯克的筱田龙一先生正在进行一次重要的谈判。"

　　筱田凛脸上的笑容因兄长的名字瞬间消失。

　　"绑架我能得到什么? 筱田龙一可不是会因为任何东西、任何人而让步的人。"她轻轻说道。

　　"我也不知道,但消息来源非常可靠。我们不想惹上什么外交事件,只想赶快把你安全送回日本,在这点上,我们的利益是一致的。啊,还有,希望你喜欢我调的鸡尾酒,我特地在上面撒了一圈巧克力粉。"

　　"的确不错,但是奶油放多了。要是我年轻个十岁,说不定会非常喜欢呢。"

　　"您现在就很年轻。我平时不会跟其他人说这么多话,但您的眼神像水,让我想起很多事。"伯劳系上外套的第一枚扣子,头也不回地离开了水吧。

"啊哈哈……这真是……"把头耷拉在吧台上的筱田凛看着男人的背影远去,她晃了晃高脚杯,蓝色的液体正折射出璀璨的光芒和柠檬片的影子。

离FAST最近的五星级大酒店坐落在一个名为平塘的小县城,那里有一个主打国际射电天文科学的旅游文化园,一条六十公里的盘山弯曲公路将FAST和平塘连接起来,现在是旅游淡季,没什么车出入FAST的景区。像伯劳透露的那样,搭着日本专家团的大巴走了不到几百米就停下了,司机下车检查了一通,是机油漏了,也许是油底壳撞到马路上的落石,让机油储存室的底板缺了一个口,机油就从那里流了一地,落石在贵州山区是常有的,有的连加固防护网也拦不住。

这是临近傍晚的最后一班大巴了,筱田凛按伯劳说的那样,婉拒了FAST派出来送他们回平塘的私家车的接送,她以一种得体又不容置疑的方式向周围的男士表达了自己观赏风景的愿望。随后她在景区闲逛,一个研究天文的日本老专家兼中国通陪着她一起看风景。

"筱田博士,你的心事很重呢。"站在观景台上,在一千八百米外俯瞰FAST的球面射电镜时,老专家慢吞吞说道,"有什么事,就去做吧。老家伙我老眼昏花,看不清的。"

"武田主任,您看上去也有自己的事。"

"我要亲自走一趟这条山路。"武田主任转了转手指上的车钥匙,那是他凭借和射电基地某个负责人的过硬交情讨来的路虎越野车。这时筱田凛才记起这个矮小的天文专家同时也是一个赛车爱好者。

"我记得您身体可是很不好的。"

"对一个真正的车手而言,奔驰在原野上的只有肉体,他真正的灵魂驰骋在无尽的星空中。"

"说是这样说,但您还是把硝酸甘油备好吧。"

筱田凛找到了伯劳指示的蓝色电话亭。她走进去把话筒拿了起来,另一边是忙音。过了一会她才听见男人的声音,那是一段录音:"博士,我想你是单独一人。现在由我向你介绍基本情况,国安局的海外情报渠道传来有人要在 FAST 绑架你的消息,目的是要影响筱田龙一在摩尔曼斯克与货运寡头库图佐夫·安耶波维奇·亚历山大的谈判,一个星期前他们就已经从昆明入境,其后行踪不明。现在双方的谈判已经进入最关键的阶段,你现在非常危险,我们不知道你身边有什么人已经被渗透,所以只由我来和你对接。十五分钟后你会看到一辆玛莎 GTS 停在景区门口,上车后,我会带你到贵阳机场,然后飞向长三角地带,在那里我会把你送上直飞回福冈的安全航班。"

吹着口哨的武田主任踩下了路虎的离合。多么厚重又轻盈的触感,在脚板和钛合金离合接触到的瞬间,他暗自评价道,像盐碱湖上的王莲。他的余光瞥到筱田凛坐上了景区大门另一辆漂亮的蓝色跑车,它和她迷人的线条让他联想到各种名字的螺线。这使得武田主任不禁恍惚着唏嘘了几秒,"年轻真好呢。"说完他挂挡松了离合,路虎开了出去,GTS 跟在后面。

"我还以为您会用更低调一点的方式来接我。比如普通的小面包车、公交车,甚至我已经做好了徒步六十公里的准备。"跑车开出去几百米，筱田凛在后座黑着脸说道。这辆超跑猛烈的发动机轰鸣在这群山，有如雷霆万钧。

"我们这次护送可没有给当地公安打招呼，交警至少不会刻意去查这种跑车。"

"可是这种跑车只有富家子弟才开得起，哪会有这么张扬的跑车进出一个射电天文望远镜系统？我真的不敢相信，中国特工居然会犯这种低级错误！"

"筱田凛博士，我尊重你在流体计算方面的学术成就，但在VIP保护方面，你和我谁才是专家？只要在这辆跑车里我们就是安全的，没人会在路上拦截这样一辆容易追踪的豪车。况且，像您这么美丽的女士坐在这样的好车里，我认为反而是顺理成章的事情。"

"这车哪里来的？"筱田凛选择性地忽略了最后一句。

"当然是租来的。"她在后视镜里看到驾驶座上的伯劳眨了眨眼，"我们可没有这么多预算去4S店提车，但是找点关系从当地超跑俱乐部里借用那么一两辆还是没什么问题的。"

"好吧……一切也就麻烦你了。"筱田凛把敬称撤了，突然重重地让腰背倒在座椅上，"那我们继续在观测基地里的话题，关于那个叫CTC的计算方案，它可是一个浩大秘密工程的结晶，能让我们拥有几乎无穷的计算力……"

"您还是不要把这当作是春游。"

"我尽力。"她咯咯笑道。

GTS沿国道往贵阳方向行驶，伯劳已经提前买好了飞往温州的机票，他在前座听筱田凛慢吞吞地授课。当她详细描述

CTC 的原理之时，伯劳震惊不已，一个庞大精密、过去从未关注的世界慢慢在他面前展开，在这世界中，所有的宫殿和巨柱都闪烁着雷电的颜色，只有造物主之力才能将人类的智慧推行到如此地步。

……

筱田凛："那让我们开始吧。"

伯劳："您讲。"

"想象一台拥有无穷算力的计算机，我们向它输入任何算式，它都能马上给出答案。"

"'马上'是个形容词吗？"

"不是。"

"那这怎么可能呢？"

"思路很简单。假设一台能进行计算和时间旅行的计算机正在计算一个难题，比如，分解一个大质数、对一个巨大的文件进行哈希[1]，或者是什么别的算式。总之，按正常计算方法，它需要一天得出答案。如果我们能够在这个计算机执行算法的同时，发送一个粒子前往一天后的未来，命令它取得计算答案，并将计算答案返回现在。那我们实际上就能马上得到答案了。"

"啊？"

"听起来很无赖吧，因为这里面显然有个悖论：我们在得到穿越时间的粒子返回的答案后，完全可以马上关停计算机，不需要再浪费算力。但如果我们停止了计算，那么这个答案实际上从何而来？如果我们没有停止计算，那么我们又理应能获得答

---

①HASH，一般翻译为"数列"。

案。这个悖论被称为传奇法师悖论,类似的故事我想你也听过:一个学徒魔法师某天被一个神秘人灌注大量魔力,直接擢升为强大的传奇法师,而许多年后,他掌握了时间穿越的奥术,回到过去,把自己的魔力灌注到过去的自己的身体中。"

"所以这到底是怎么回事呢?"

"我会详细讲解的,首先请你花点时间回忆一下外祖母悖论。"

"我还在开车。"

"那我来说吧,时间穿越最常见的问题是外祖母悖论:假设一个人回到过去,在外祖母生下他母亲之前将其杀死,那么他母亲,乃至他自己就不可能出生,那么到底是谁杀死了他的外祖母?为了解决这个悖论,人们一般考虑用平行宇宙假定和决定论来解释它,但平行宇宙是个虚无缥缈的概念,我们更倾向古典色彩的决定论:即无论如何,穿越时间回去的人都无法杀死外祖母,他做出的一切努力都将被命运消解,他无法改变历史,也将是历史的一部分。"

"确实如此。"

"但你知道,这个解法基于一个先验的假定:这个世界有因必有果,它严格遵循线性因果律。但根据已被电子双缝实验等大量观测证实的量子理论,概率分布是物质深层结构的秉性,指定一个粒子的初始状态,它下一刻的位置概率分布是呈粒子云的形态,而非一个确定的点,可以说,它的未来有无数种可能性。反过来,得知一个粒子的初始状态,也没有办法推测它的过去,因为它的过去同样有无数种可能性。严格的线性因果链在量子理论框架下已经失去了意义。”

“我大概理解了，意思就是，我们要谈命运，或者谈决定论，就要先承认线性因果。但量子力学证明了，这个世界的深层结构并不是这样的。所以它并不是祖母悖论的解法。”

“是的。在决定论框架下，传奇法师悖论同样无法解决。”

“那该怎么理解呢？在我们这种世界里进行时间穿越的时候会发生什么。”

“学过概率论吗？”

“当然学过。”

“那你应该记得马尔科夫矩阵？”

“呃……”

“哈哈，好吧。我帮你复习一下，马尔科夫链作为随机过程这门课中的重要概念，讲它的时候我喜欢用天气预报的例子。有这样一个地方，今天下雨而明天也下雨的概率是20%，今天下雨但明天不下雨的概率是80%，今天不下雨但明天下雨的概率是40%，今天不下雨且明天也不下雨的概率是60%，把这四个概率写在一个二乘二大小的矩阵里，就是这个过程的马尔可夫矩阵了。”

“虽然有点云里雾里的，但我好像想起来了一点。”

“好，我们回来谈一谈概率。假设一个人名为李华，他回到过去时有一定概率成功杀死外祖母，那么这个概率应该是多少呢？”

“无论是多少，好像都需要具体情况具体分析？”

“不，它恒定为50%。”

"我不明白。"

"假如该概率 X 为 20%，那么李华刺杀失败、外祖母存活并生下他母亲的概率就为 80%，故他出生的概率便为 80%，那么李华回到过去成功杀死外祖母的概率为 80%，这显然跟之前 20% 的假定相矛盾，产生了概率的不连续。所以 X 只能为 50%。"

"啊……"

"它还有更复杂的解法，如果你把时间穿越这个动作进行联合密度算符，由量子一致性要求可以解出，0.5 正是这个方程的一个不动点。具体计算过程很复杂，但我在这里直接把答案告诉您，算是一个证据上的补充。"

"它有什么含义呢？"

"含义就是，任何跨越时间进行的操作，其成功概率都是 50%。这个概率不动点确保了历史的运行至少在宏观上保持因果自洽。特别地，我们去讨论李华回到过去成功杀死了外祖母的情况：在量子框架下，即使李华的外祖母死亡，他从逻辑上无法出生。但我们相信，这个世界也会以各种方式构造出李华，他的 DNA 完全没有变化，虽然他的外祖母已经事实上死亡，但他还是以各种各样的方式降生在这个世上。"

"听起来是祖母悖论的另一个解法。"

"是的。你听到这里，就会感觉到，我们已经可以构造出一个简单的马尔可夫矩阵：四个值皆为 50% 的二乘二大小的矩阵。它的内容是：在一个外祖母存活，且李华正常出生的世界，李华回到过去杀死外祖母成功和失败的概率均为 50%；而在一个外祖母死亡但李华仍然存在的世界，李华回到过去杀死外祖母成功和失败的概率亦均为50%。为了方便,我们将其称为50%/50%矩阵。"

"这和你刚才说的计算方案有什么关系呢?"

"耐心听我说完。这有一个很重要的概念,我们将这个和外祖母悖论有关的马尔可夫矩阵简称为世界矩阵,假如当前的世界矩阵为50%/50%矩阵,那么我们称这个世界目前为量子态,它表明量子态世界物质的深层秉性是概率波。"

"听你这样说,还有其他的世界矩阵?"

"是的,与之对应的,是代表着决定论世界的机械态,它的世界矩阵是一个0值与1值交错的二乘二大小矩阵,它的内容是这样:决定论框架下,李华回到过去试图杀死外祖母,成功的概率必为0,失败的概率必为1;而讨论到外祖母死亡但李华仍然存在的情况,这种世界显然在决定论框架下不存在,但不妨假定它存在,在这种情况下,李华回到过去杀死外祖母成功的概率为1,失败的概率为0。为了方便,我们将其称为0/1矩阵。如果当前的世界矩阵为0/1矩阵,那么我们称这个世界目前为机械态,它表明机械态世界物质的深层秉性是古典力学的。更重要的是,在机械态世界下,因果律——也就是古典意义上的神也许是存在的。"

"嗯……"

"话题回到传奇法师悖论。根据50%/50%世界矩阵,我们能知道,那个发送到未来的粒子总有50%的概率返回正确的答案,剩下的50%可能则是各种形式的失败:也许是根本没有返回任何东西,也许是返回了错误的答案。但这个'正确的答案'和'杀死了自己的外祖母的李华'一样,必然是被世界构造的,因为我们总可以在得到答案后便立即关停计算。"

"我……好像大概理解……大概。"

"我想你还想问,为什么会叫CTC这个名字。那是因为这种计算方案采取了哥德尔所谓封闭类时曲线(Closed Timelike Curve)的分析方法,取个缩写就是了。"

"这起名方式还是太过古板了。"

"没事,后人会给它起一个更耐听的名字的。"

……

2029年2月20日。地点不明。

爱琳·索菲亚从氟烷与乙醚编织的深沉梦境中醒来,她躺在手术台上,胸前贴满电极片监控心跳,左腿失去了知觉,膝盖半月板被剖开,纳米机器人在上面结了一层淡蓝色的膜,周围一片黑暗,只有无影灯的光。小女孩艰难地直起身,她仍感到一些被药物深度麻醉后的晕眩感,床垫随着她的动作膨胀并托住颈椎,脊髓神经的传递被身后冰蓝色的阻隔片截断,她的腰椎几乎不能动弹了。

"我会帮你放回去的。"雨燕的蓝色全息影像突然在她面前出现,他发现女孩在怔怔盯着被透明凝胶封好的膝盖伤口,于是又补充道:"我是指你膝盖里植入的那块伴生金属塑料,我只是没有任何恶意地借用一下,取一些数据,事情做完之后会帮你放回去的。前提是你要体现出一位淑女的风度。你在符拉迪沃斯托克的行为,非常、非常、非常地没有教养,手枪不是淑女的玩具,你应该和书本、水仙花待在一起。"

"女孩、纸和野花。"爱琳·索菲亚突然仿照着他说教的语气慢吞吞说道,"在我们的年代,你的审美会被嘲笑到下水道里去的。"

"对不起。但事实上,你已经不是第一个说我审美老旧的人了,伯劳和云雀都嫌弃过我。"

爱琳·索菲亚晃晃头发,"还有那种夸张到令人讨厌的德州牛仔腔调。"

"这令我十分、十分、十分难堪。"

女孩环视了一周,她没看到任何除了雨燕以外的人事物,这是个消音室,隐隐约约播放着平稳的白噪声。安静下来之后,她甚至能听到衣服和皮肤摩擦的声音。雨燕的全息影像在她面前静静悬浮,他像是凝固在空中,一直保持原来的姿势。不会是卡了吧,她心想。全息影像总会有这种故障的,她家门口的生物制药公司全息广告就经常被来往的雾化加湿无人机弄坏。

爱琳·索菲亚将一把手术刀扔向雨燕,它穿过了全息影像掉在地上,"伯劳呢?"

雨燕的影像换了一个姿势,依然固定在空中,"他很好。他回家了。"

"那我什么时候能回去?"

雨燕:"你想回哪里去?小女孩,我想你也明白你已经回不去了。在想你爸爸妈妈吗?温暖的家,还有毛茸茸的拉布拉多犬,你一定很怀念被它舔手掌时候的温暖触感,你给它起了什么名字?彼得、杰克还是……华盛顿?"

爱琳·索菲亚皱眉，"你在胡乱说些什么鬼？来做个交易吧。我问你一个问题，作为回报，我回答你一个问题。"

雨燕沉默了一阵。

"到底来不来？"

"好吧。但是鉴于你先前的恶劣表现，我要求我先问。"

爱琳·索菲亚不开心地点点头。

"你知道李青门这个人吗？"

"知道。"

"他到底是谁？"

"这是第二个问题了！"

雨燕叹了口气，他觉得自己被一种绕口令的头晕感包围，"那轮到你问吧。"

"伯劳，伯劳他为什么会当杀手？"

"这你不该问他本人吗？"

"告诉我啦。"

"你懂什么，小女孩，他是天才演员。如果你去问他本人这个问题，那他多半会现编一个苦情故事给你，然而事实上，这种东西没有理由，每个人冥冥之中都会受到命运的指引。我不知道他的过去，但他证明了自己是万中无一的杀手，生来就是要做这一行的。我记得伯劳的第一个任务，目标是一个保镖环绕的黑社会头目，云雀给他准备了一把雅利金6P35和三十五发子弹，然而他只在盲人按摩店的刮痧油里加了几滴茛菪提炼生物碱。目标刮痧之后，在一分钟内出现强烈反应，但误以为是刮痧的疼痛，刮痧后疼痛持续，自服硝酸甘油无效，最终呼吸衰竭，法医鉴定死因是外力导致的主动脉夹层破裂致心脏压塞死亡。令人叹为观止，这么多年来，我从未见过他正面出手。"

"那你呢。你又为什么和伯劳一样当了一个杀手？"

"啊……这就是下一个问题了，小姑娘。"

全息影像耸耸肩。在爱琳·索菲亚的脑海里，这个凝固的全息影像逐渐和伯劳的脸重叠在一起。

稳定同位素质谱仪的提示灯亮了。雨燕离开全息照相舱室，正是这个装置将他本人投射到爱琳·索菲亚面前。他看了眼屏幕，花了点时间才找到他想要的数据：测定时间。这个数据来之不易，金刚石钻头在爱琳·索菲亚的膝盖骨上打滑了十几次才成功拿到伴生金属塑料的碎屑，雨燕并不知道这种高强材料的具体组成成分，但卡门赛特·冯·奥斯洛教授的论文里提到钛是重要的成分之一，所以他选了 Ti49 同位素作为测年元素，把伴生金属的碎屑扔进质谱仪里跑了几天，现在终于跑出了结果。

雨燕将消息发送给乌鸦，"测年完毕。爱琳·索菲亚回归的时间点在 2125 年 10 月 8 日上午 10 时 32 分 34 秒 99 毫秒，误差在四个毫秒内。"

"行……辛苦了。"

他像是在忙些什么，雨燕从背景噪声中听出风雪的声音。乌鸦很快单方面中止了通信。站在屏幕前的雨燕歪了歪头，没抱怨什么。

事情就剩下语素库演化匹配了。雨燕面前的这台电脑有从剑桥圣约翰学院偷来的印欧语系进化系统全套备份，这是语言学家、NLP 工程师与社会动力学专家们十数年的艰苦作业，他们在大数据时代的黎明里完成了印欧语系千年来演变的综合归纳总结,开发出了一套通过人类个体口音来精确描述其变迁轨迹的系统。令系统能够仅凭一个人的口音就通过"音变"准确推断出他居住地的变迁轨迹。

这是雨燕能想到的、能够定位爱琳·索菲亚所在地的唯一方法。他将女孩放置在消音室,保证没有外来干扰,再在她外耳道放置一副骨传导耳机。爱琳·索菲亚以为雨燕在通过全息影像和她交谈,其实不是,全息影像只是一个建立交流的形象。爱琳·索菲亚穿越前所处的时间点已经被确定,剩下的就是她的位置。雨燕唯一能做的就是在投影舱里挠脑袋,思考怎么让手术台上的女孩开口多说话,各路搭讪技巧已经基本用完了,像是穿着格子衫的工科生在大学图书馆里以愚蠢的嘴脸搭讪同届女生。

"噢,李青门在你们那个时代里,是什么身份?"

"……啊哈这个我记得的,教材上的中国人,他的名字和牛顿、爱因斯坦、杨振宁放在一起,但人们一般将他和拉马努金比较,因为他们都拥有一种恐怖的数学直觉,可是都因为一些原因,在壮年离开了这个世界,拉马努金在三十二岁病逝,而李青门博士则……"

雨燕调出李青门的资料。从山友财团处拿到的资料显示,李青门从2018年开始担任山友财团时间机器计划首席科学官,但在2025年彻底失踪,无论如何搜索都无法再查到这个人。李青门的档案很奇怪,但雨燕见过太多比这更加诡异的档案,李青门唯一能引起雨燕兴趣的地方是,他确实是乌鸦多年来唯一的目标。

　　鸟巢的领队一直对这个名字讳莫如深，每次雨燕有意无意地提起，乌鸦的表情都如同在赤手触摸滚烫的煤块。他有时候会想，到底是多么复杂的情绪，才能让一个男人的面容扭曲成那样。

　　他在思索间离开了地下室，厚重的铁门被推开，明烈的白光和雪花包裹了他。

　　三天后。

　　黑暗的房间中漏进一丝寒风。

　　地下室散发着淡淡的霉味，头顶的钨丝灯在古老的电流声中复又亮起，雨燕的成千上万个影子瞬间从他脚下生出。他的手指还未触及麦克风的开关，小女孩轻快的声音就透过拾音器，从厚混凝土墙另一边传来："你回来了。"

　　"我回来了。"

　　雨燕看着她在监视器里的脸，没有任何难受的表情，看上去纳米机器人至少是能滤掉许多令人不适的气味的。高大的白人看了一眼炽热的钨丝灯泡，他在怀疑是否是铁门关闭的声音令这个女孩感知到他的归来，尽管他十分清楚不可能有任何声音能透进隔音室，那就只能是开灯这个动作了。

　　爱琳·索菲亚对电气产品有一种奇怪的"直觉"，她能感应到电脑、电灯的运作，甚至能感知到wifi信号的微妙分布，这或许是电磁场在暗暗影响着纳米机器人，进而反馈到神经系统里的缘故。雨燕第一次知道这件事是昨天启动地下室的柴油发动机给几个重要设备的锂电池组供能的时候，"你在弄些什么大功率的东西?"她马上就在隔音室里尖叫道,"我的耳朵很痒。"于是不善言辞的杀手终于明白,这个女孩的小秘密也许比他们想象的都要多上许多。

"不过,你的反应还是很灵敏。我在外面开了灯,这回你有什么感觉吗?"

"我就是知道灯开了。"

"我启动质谱仪进行放射定年的时候,你也有感觉到什么吗?"

"哼。我就是知道你开了,只是我当时没说。"

"我是问有什么感觉。"

"你听到声音能有什么特别的感觉吗?"

"我明白了。你已经习惯了这种感觉,就像我们虽然知道耳朵听到声音是因为耳膜感受到振动,但实际上并不会感觉到耳蜗的动向。看起来'第六感'要改成'第七感'了,你们给它起了个什么名字:场感、磁感、电感?"

"好了,我们管这种感应能力叫'对电磁系统的直觉'。我还能感应到你这几天出出入入了好多次,你出去干吗?"

"我去了趟'三日月'办事。"

"办什么事?"

"赶在福冈警察发现之前,清掉你的痕迹。"

"什么痕迹?"

"你的DNA。我给地板下每瓶口嚼酒都滴了几滴DNA水解酶。"

"那警察找不到我了,你真的好讨厌。"

雨燕开了冰箱里的一瓶啤酒,泡沫开始从金黄色的液体中升腾起来。他记得伯劳对酒也有同样的直觉，intuition to wine and beer，消瘦的中国人能在酒吧的低音炮中准确分辨出黑啤酒、大麦酒、果酒和手榴弹的开盖声，雨燕曾对这种神技啧啧称奇，他不断追问伯劳是否曾经像他一样混迹于海湾战争后的巴格达酒肆，那次他是第一次来到中国上海的夜场猎艳，寻找东方的苗条旗袍姑娘，度过一个令人沉醉的夜晚，但那晚他只记得伯劳最后在久久凝视杯中气泡的沉浮之后答道："和酒一样，我身上同样有对人的直觉。"

那时，CIA前雇员尚未能完全明白其中的深意，只记得面前的中国人在疯狂的光影中似笑非笑。在上海滩分别之前，伯劳送给他一颗串在红绳上的9毫米巴拉贝鲁姆弹，作为合作任务的纪念，很久以后他才知道，这发子弹原本在云雀的计划里要送进上海一位头目的颅腔，而伯劳用剧毒的生物碱将它省了下来。那时他终于明白，正是这种毒蛇般的直觉冥冥中将两个杀手区分开，雨燕竟然极其少有地产生了深刻的嫉妒和溃败感。

爱琳·索菲亚过了一会又发出了声音："欸。"

"我在。"雨燕咽下一口酒，他又开始问道，"我有件事情其实很好奇。你到来之前的时间点是2125年10月8日，中间刚好隔了一百年。"

"一百年！差不多十个我了。"

"大概七个你。我很奇怪，这个数字十分可疑，为什么刚好是一百年。山友财团的机密报告指出，你其实并不知道你所在的年份。"

"不，我说我在1925年。他们又不信，以为我在说胡话。"

"有趣。世界上没有任何一种历法的误差会大到这种程度，这件事值得深入研究。那么请你回想一下，你在穿越到时间机器基地前后，到底发生了什么。"

"我看到了那个人呀。"

"谁？伯劳？李青门？"

"前两天从摩尔曼斯克跟你全息视频聊天的那个人，我能感应到他的脸噢，这几年来没变多少嘛。"

"你是指……乌鸦？你见过他？"

"见过啊。我刚来这里第一个见到的人就是他。他是叫这么个名字吗？真是很奇怪的品味欸。"

或许是酒精的原因，雨燕已经开始对层出不穷的震惊麻木了，他斜着眼再看了一眼语素演化系统给出的定位，分析系统指出，爱琳·索菲亚的口音有清辅音浊化要素和混杂的大舌音，由芬兰语口音和俄语口音构成，有微微的大舌音感，隐隐约约在东欧平原和北大西洋之间游弋。雨燕姑且认为爱琳·索菲亚是一个东欧人，生活辗转在东欧平原和波罗的海一带。

追踪点从北方冻蚀湖群、伏尔加河移到了……斯堪的纳维亚半岛。雨燕敲了敲键盘，世界地图在他面前展开，定位在北欧四国上。

"我记得四年前，斯堪的纳维亚半岛的确是有点动静……"

四年前，2025年10月8日。斯堪的纳维亚山脉，经纬度不明，十字飞车基地。

李青门望着落地窗外的极光带发呆，他面前的电脑无法开机,因为不断的RAM刷新错误和写入失败在发出PC喇叭的报警声,两次长短交替,代表两次主板出错;短长短,代表奇偶校验错误;三长,BIOS闪存启用失败;一短两长,意义不明。半个小时前,维修人员过来看过,无能为力,决定先重装系统试试,其中一个人在闲暇时说道,第一次见这种故障,响成摩斯电码一样。于是李青门真的仔细翻译了一下,C-R-O-W,乌鸦。物理学家当即夺门而出,一拳将通道警报器的保护罩打碎,毫不犹豫地按下了警报。

维修人员在他后面喊:"李博士,我只是开玩笑的,你不要当真了!"

李青门回头认真说道:"不,那不是开玩笑,你说得很对,那就是摩斯电码。有人要来杀我。"

为了李博士的最后一句话,保卫科在基地里乱窜,他们还没有找到可疑人员,但李博士坚称一定有什么人潜入了基地。Crow,当李青门拼出这个单词的时候,他感觉全身的血液正在沸腾,他清楚地知道这是故人的信号,如同射在城墙上的使者头颅。那个让电脑停转的病毒,目的并不是盗取什么数据,而是一次含蓄至极的宣战。

这个已经追踪了自己六年之久的杀手会使出什么手段?通风管道的毒气、来自远方的子弹,还是从天而降的手雷?又或许,他在更早时就已经动手了,饮水机里的铊、沐浴露里的铅粉,还是滴入蓖麻毒素的鱼肝油?

电流声突然大了起来,然后整个基地都停电了,只有应急灯的灯光。李青门在一片漆黑里狂奔在似乎永远没有尽头的通道中,这个基地已经没有任何安全的地方了,任何一个角落都可能是他的埋骨地。

他跑到时间机器的中控室,成千上万个参数在等待确定,在过去数年的实验里,整个研究团队只摸清了其中少数的几百个。年轻的实验值班员惊恐地看着他布满血丝的眼睛和状如癫痫的手指,"李博士,实验参数还没完全确定。而且基地电力系统出了问题,他们在检查油浸变压器,在这种条件下强行进行实验十分危险!"

"留在这里我就死了。"

"我不是很明白您的意思。"值班员喊道,"但我只知道您这样子十分危险!"

"有人要杀我!你这个小鬼懂什么!"李青门回头瞥了一眼幽深通道的尽头,他仿佛看见一个鬼魂从窗外掠过。值班员只看见李博士像疯了一样又突然从座位上跳起,他将门重重关上,锁上所有的锁,把一切能推倒的柜子推倒,挡在门前。

"这样你就进不来了。"

值班员站在角落,不敢呼吸。

物理学家望向坐落于试验场地中央的时间机器,它几乎占据了中控室窗外所有的视野。时间机器由核聚变点火装置、仿星器、能量传输网络、激光泵、快子降速装置构成。这是李青门一手抓起来的工程:北极海航线运来核燃料,由点火装置于仿星器中激发核聚变,将能量稳定传输给激光泵、快子降速装置。对外宣称是商业核聚变研究,而它的用途只有极少数人才知道,真正目的是时间旅行。

　　与此同时,臃肿的羽绒服里,乌鸦不紧不慢地越过安保机器人和电气检修人员,并且打开了电磁手枪的快慢机,虽然李青门锁上了中控室的门,但他还有另一条路线。

　　"立刻准备能量传输线路,五分钟后进入全功率供能状态。"

　　"这太危险了,基地有安全规定!"值班员的声音同样清晰可闻,他们似乎扭打在了一起,"这可是核聚变,你这样会把整个基地甚至半岛毁掉的!"

　　"让开!马上让开!"

　　"我绝对不能让你这样做。主管交代过,你的精神状态不稳定,你该回去吃点药稳定一下情绪再说!"

　　"你是相信那个沽名钓誉的光头阳痿男人,还是相信我一个世界上最年轻的欧洲物理奖、美国物理学会巴克莱奖、国际理论物理学中心狄拉克奖、尤里基础物理学奖和富兰克林奖章获得者的话?!"

　　"您……我从来不知道您还获得过这些头衔。我还是现在就叫人过来……"

　　"去你妈,我的事业是伟大的!"乌鸦听到了李青门歇斯底里的喊叫,"你们这些烂人不可能阻挡我的脚步!无论是你,还是他!"

　　当李青门从狂怒中恢复过来的时候,被消防斧凿开胸膛的值班员已经断气了。

　　现在一切对李博士而言都没有意义了,他的生命如同风中的火烛般随时会熄灭,两人都已经站在了角斗场的沙地上,只向未来发送几个比特信息的通道不堪一用,他真正需要的是一个足够令他本人通过的时间旋涡。满脸是血的男人收拾好心情，木然地开始为接下来的实验填充参数矩阵，他的目光集中在最关键的几个参数上，世界离他远去了，他的指尖悬停在沾有血的小键盘上，那种几乎超越拉马努金的数学直觉开始如潮起般涌现于他的脑海，在那一刹那，他看到了一切。

标定时间：2125/10/08 10:32:34:08900 a.m

他按下了确定。

命运的齿轮开始转动。

乌鸦看到一个房间的灯光亮起，他判断那里是未被影响的紧急独立供电部分，属于时间机器的核心区域。杀手开始向那个方向快速移动，他很快听到电弧尖端放电发出的尖锐蜂鸣，掩盖了他的脚步声，连接着能量传输网络的仿星器内室透出幽蓝色的光芒，被激光点火装置激发的蓝色电浆在其中流动。

随后，在暗淡的基地中，一抹灿烂的金黄骤然爆发，那是快子降速点火装置进入工作状态的亮光。半空中出现肉眼可见的扭曲，它在沿着某个中心点旋转，因旋转速度越来越快而产生了极高的动态模糊，它在从内而外地透出独属于恒星的猛烈光芒。

这难以名状的景色实在太过奇异，即使是冷血的杀手也不由得为之动容。他就这样站在原地静静地呼吸，那就是爱因斯坦-罗森桥了，金黄的光球在空中脉动。一条旋转着的黄色光带将光球和时间机器的主要部分连接起来，光带的舞动隐隐遵循着某种复杂且冗长的函数式的规律，一个狂奔着跌跌撞撞的黑色人影从通道出现，乌鸦只能看到一个拿着斧头的剪影，他联想到刚才的烛影斧声，也许那就是李青门了。沉默的杀手转换成稳定步兵蹲姿,准星扣在对方的头上,开枪之前他犹豫了一阵,这个距离没有把握一枪击杀。

就在他迟疑的空隙,人影消失在黑暗中。乌鸦立即追击,红外热信号侦测被时间机器装置泄露的热噪声影响,红外夜视仪只能看到一团噪点,他只能以裸眼在昏暗中奔跑。他进入人影出现的那条通道,走到尽头的时候,他透过一扇观察窗,用单眼望远镜看到李青门站在二十米高的大型顶点探测器上,金色光球的光芒照亮了他。

乌鸦读出他癫狂的唇语:

"你抓不到我的。"

下一秒,李青门便熔化在顺着墙壁蜿蜒而下的光带里,光球开始疯狂地律动,仿佛一只窒息的怪物在光芒四溢的皮囊里挣扎怒吼。乌鸦只感觉自己在凝视一个不可名状的太阳,他安慰自己,那不是真的日出,只是一次简单的磁约束可控核聚变。

最终,一切都在毫无预兆的某个瞬间熄灭了,整个基地重新陷入一片漆黑。只有若有若无的电气焦臭味提醒着乌鸦,刚才的景象,无论是那个有着无穷热力的光球,还是那个被核聚变包裹的人影,都是真实发生的。

舱室有扇窗能看到里面,杀手冒险凑上去看,他只看到了不知所措的爱琳·索菲亚,淡金色长发的女孩赤身裸体,她在伸手触摸"CDPR-7"顶点探测内环舱室的内壁,因为钢铁的冰凉而畏畏缩缩。有那么一秒,或者是两秒,他们对视了一阵,深知不可久留的乌鸦立刻离开了现场。

而爱琳·索菲亚只看到乌鸦的面容在模糊的玻璃上一闪而

逝,但她深深记住了这个瞬间,那张脸在风雪中裸露过久而变得通红干裂,有着永恒如大理石雕像的坚毅和随之而来的悲伤,仿佛浸泡在深沉大雾里若隐若现的死人。他随即消隐在无星的黑夜里,爱琳·索菲亚没能再见到他哪怕一次。

七　晨昏线上

现在，2029年2月25日。俄罗斯，莫斯科，克里姆林宫格奥尔基大厅地下三层，联邦内务部，有组织犯罪及恐怖主义调查科，羁押处。

俄罗斯联邦内务部特种部队"奥摩"的指挥官久久凝视着审讯椅上的女人，即使隔着一块厚厚的玻璃，他也依然能从叶夫琴琳·索科斯卡娅的眼中看到透射而出的火焰。指挥官扶正头上的黑色贝雷帽，他并不意外这个衣着得体的女士是暗网里赫赫有名的情报专家"云雀"，联邦网络空间安全部"特别注意"名单上的常驻人员，但他却不理解首席法医官为什么一直对自己的过去避而不谈。因为她理应清楚，在内务部的审讯精英们面前，沉默从来不是个理智的选择。

"叶夫琴琳女士。"指挥官对着麦克风说道，"您是医学博士。您应该知道我们有很多种药物，或者直白一点叫吐真剂，能让您心甘情愿开口的。但是您的药物史十分复杂，身体也不是很好，我们担心会出现副作用，甚至是过敏反应。不过我有必要强调一点，紧急情况下，我们可是获得内务部授权，采用一切手段进行审讯的。"

云雀只是抬了抬眼，她看了眼桌子上的注射液标签，"丙泊酚。作用于成人的情况下，情况最坏的PRIS（丙泊酚输注综合征）也不过是横纹肌溶解，多补充碳水化合物就能解决的问题。要么我给你们重新开个配方，药效更猛，但也更危险，丙泊酚在它面前不过是像啤酒之于伏特加一样温顺。"

"首席法医官女士，请不要让我们为难……我们这里有几个小伙子甚至听过您的课，他们说到现在还记得您在谢切诺夫医学院开的那门超高难度的课，现代纳米医学技术，成了他们成绩单上唯一一门不通过的科目。现在我重复一遍我的问题，鸟巢，这个近十年来极其活跃的杀手组织，到底是谁在领导着它。"

"我想知道是谁出卖了我。"

"没任何人出卖您。"

叶夫琴琳·索科斯卡娅依然凝视着摄像头，令指挥官如芒在背。黑色贝雷帽部队只接触到了一半的真相：从莫斯科的确来了联邦特工，进行惯常的政审，但雨燕在西伯利亚铁路的火车上截杀了他，并将罪名设计栽赃到昏迷的云雀身上。警探前来调查事件的时候，她的助手举报办公室里传出枪声，内务部特工们从厚重的木门上取下八颗完全变形的弹头，弹道膛线痕鉴定显示，射杀联邦特工的正是云雀手上的托卡列夫手枪。她的病历上也突然出现了千奇百怪的药物史，足够让人联想到她在毒瘾发作后狂乱地在办公室里开枪。

　　苏科洛夫尝试过作为鉴定专家介入这件事,但谁都知道他和叶夫琴琳·索科斯卡娅说不清道不明的关系,他很快被排除在调查组之外。

　　"等我!等我!"他趴在警车上透过玻璃对云雀怒吼,但后者根本没指望过他。

　　云雀深知雨燕行事向来滴水不漏。这个CIA出身的文件伪造专家从中东动乱时期便参与到对极端组织的各种斩首行动中,为特种部队的许多非正常出动铺平程序和手续上的路。雨燕隶属于CIA自越战伊始便成立的"绿雨"特别行动小组,他的右臂文有作为小组徽记的绿色云团文身,暗指无形的毒气和酸蚀,他们被称为"幕后工作者中的幕后工作者",另一个意义上的化学战专家,当胡志明小道被漫天的落叶剂淹没时,"绿雨"小组的前辈则战斗在各地的档案室和中枢指挥部里。从波斯湾退役后,雨燕因其突出的工作能力受到政客团队的重用,无数人的人生自此开始在他手上流动。

　　云雀第一次和雨燕接触是在一个雨后的傍晚,两人就一次任务的情报进行了交换,这个在接下来的几年里都只存在于聊天框里的男人从用词到标点符号都透出极致的疲惫,以至于情报专家默默给这个未来的搭档贴上了厌世者的标签。然而云雀最终也清楚地明白,这种厌倦并非来自一次次苦难和失意,而是来自一次次征服和自满。这个男人将因他而落马的政要的照片认真裱起,仿佛猎人欣赏壁炉上的标本,他时常如此形容自己的生活状态:"报告敌人溃败的军书给卷起了,寂寂无闻的君主愿意岁岁进贡金银、皮革和玳瑁的求和书给打开了封蜡,这时候便有一种空虚的感觉压下来"。首席法医官时常会回忆那个傍晚，在幻想中，她能从雨后的空气里闻到大象的气味，晨昏线另一边的雨燕蜷缩在柔软的沙发里，像忽必烈站在金玉铸成的大殿上那样眺望着虚假的远方，他看似辽阔的帝国和他看似强大的内心都在被无数的白蚁蛀蚀。

"您想清楚了吗？"

关于雨燕的所有想象戛然而止，叶夫琴琳·索科斯卡娅在昏暗的审讯室抬头。奥摩部队的指挥官推门而入，站在她的面前。和其他士兵相比并不强壮的指挥官更像是慢条斯理的文工团团员，他的脸上有一道横贯眉心与右眼的伤疤，云雀与他对视良久，并从对方的眼中看出那种独属于浴血之人的慵懒和内敛。

发现首席法医官的注意力在自己狰狞的疤痕上，临时换上一套合身正装的指挥官有些不好意思地摸了一下眼睛。

"您在看这个吗……这是十年前在车臣留下的。"

云雀眯起眼，"我父亲也死在车臣。差不多三十年前，那时我还是个小女孩。"

指挥官明显愣了愣。

"做一个交易吧，指挥官。五天，给我五天沉默的时间，然后我把所有东西给你。"

"这个提议太无理了，叶夫琴琳女士，这里可是内务部。"

"我接受过的训练不亚于你们审讯室外的任何一人。我没有任何亲故，也知道躲避药物心理暗示的方法，更能在水刑里撑过七天。我对你们的一切手段了如指掌，因为那里面也许就有我的专利。对鸟巢的追踪不可能是内务部的首要职责，你们更像是顺便完成网络空间安全委员会下达的指标而已,拖延那么几天对你们毫无影响,但对我而言,至少意味着完成了保守秘密的职责。按我说的做,对我们大家都是个体面的选择。"

略做思考的指挥官挠挠头,"我还是第一次遇到您这么干脆的人。"

"我们毕竟算半个同行。"

指挥官搬了一张椅子过来,坐在了云雀面前,"事实上,我们想从您这里调查的是另一件事。是关于四年前在斯堪的纳维亚半岛的一次重大电力事故,山友财团在那里投资的核聚变研究基地出了事。我们只知道整个北欧电网都受到了这次事故的影响,传统电网的三大防线:继电保护、过载切机切负荷、低频低压失步解列全部失效,这次广域停电几乎令整个巴伦支海沿岸瘫痪。山友财团在这件事之后撤走了研究人员,谈判、赔偿、善后,所有东西都按部就班,但唯独一点,他们完全拒绝透露事故的任何起因,甚至不惜承担了合计三百三十亿卢布的赔偿额度。芬兰、挪威、瑞典和俄罗斯的电力专家调查组的报告指出,事故发生当时,有一电能消耗高峰在负荷控制曲线上出现,为引起电网崩溃的重大嫌疑对象,但来源不明;而同样介入调查的卡巴斯基实验室认为该次事故与工业系统病毒无关,排除了像2009到2010年美国和以色列使用震网病毒攻击伊朗核设施那样的可能性。"

"这和鸟巢有关吗?"

"叶夫琴琳女士。从俄罗斯联邦安全局到中国工信部,您的代号无人不知,虽然内务部和暗网基本没有交集,但我们也时常能从名单上看到您的名字。我们相信您一定对这次事件的信息有所收集，特别是与库图佐夫·安耶波维奇·亚历山大有关的信息。"

"那个控制了波罗的海和北冰洋的货运寡头？"

"对。他和山友财团在这个项目上是合作关系，没有人知道他们达成了什么协议，但是库图佐夫很有可能知道那次事故的真相。"

"你们内务部为什么要围着这样一个电网事故团团转？"

"您不需要知道这么多。"

"听起来库图佐夫·安耶波维奇·亚历山大的好日子到头了，他毕竟控制了太多的货运市场份额。"

"……您也不需要知道这么多。"

抚摸着伤疤的男人将目光从云雀没有血色的脸上挪开，即使是目视着强光灯的光照，这个女人铁灰色的眼睛依然在成千上万流明的照射下直视前方。凝视她足够久后，黑色贝雷帽的指挥官终于知道她这种令人不安的眼神到底从何而来：他确实能看到她表达焦虑不安的微表情，但这是表演。

原来如此。

指挥官的手指在铁桌面上点击，发出一连串噪声。直到刚才，叶夫琴琳·索科斯卡娅在他眼中还是一个无法适应从首席法医官到阶下因身份转变的被审讯者，她在椅子上直起腰背，试图牢牢掌握主动权，展示面料挺括的威严。和克格勃一脉相承的内务部对付这类人的经验非常丰富，对他们严刑拷打是没有意义的，因为他们知道的实在太多，在信息量上处于劣势的审讯者很容易被低价值情报糊弄过去。

面对这种犯人，审讯者需要摆出后辈的姿态获取信任、透露可有可无的信息作为交换、给予充足的尊重，让受审人逐步放下戒备，配合问话，是为审讯艺术。

而云雀所有的微表情和细节动作，都是一个教科书般的自大型抗审人。她在表演，而且几乎骗过了强光灯背后的审讯者，可她终究将对自然科学那种精确无误的理解也一同带入了艺术领域，反而让指挥官感觉到了一丝匠气。

指挥官在铁灰色眼睛的女人面前没有表情地站了很久，最终他认真地摊开双手，像是深思熟虑后做出了什么重大决定。

"叶夫琴琳·索科斯卡娅女士，我赞同您老到的处世技巧，在接下来的五天里我会尽量礼貌地对待您。但我需要您先表现出足够的诚意……"

这同样是表演。在刑讯领域，指挥官一向秉持着斯坦尼斯拉夫斯基信条："不能强制感情，强制感情的后果是造作"。他摒弃一切表演程式，将自己沉浸进一个焦灼、妥协的反派角色。无论云雀如何回答，他都深信他背后运转着的整个国家机器会挖出一切。奥摩部队奉命调查库图佐夫·安耶波维奇·亚历山大已有多年，指挥官完全等得起。

"……比如告诉我们，'乌鸦'到底是谁？"

出乎他意料的是，叶夫琴琳·索科斯卡娅突然沉默了，她的嘴唇微微蠕动，显然在无意识地默念已经组织好了的词句，但她的眼睛里弥漫着雾一般的空洞，好像一个差生在努力填写答卷的空白，这两种矛盾的神情在她脸上交织成一阵五官的抽搐。

指挥官很快反应过来，那绝不是表演，在她失措的表演之外是更大的茫然：显然，对云雀而言，乌鸦是一个远比库图佐夫·安耶波维奇·亚历山大更加深邃的谜团。

叶夫琴琳·索科斯卡娅为名为乌鸦的杀手服务过很多次，并且在长久的沟通中逐渐洞察了这个东亚男人内心细微的想法，但众多的需求中，只有一个是她无法理解的。那个需求很含糊，乌鸦只是让云雀尝试性地追踪一个工程计划的机密文件，但他对这些资料的具体内容并不感兴趣，而是强烈要求云雀务必准确定位到它所存放的位置，甚至需要精确到哪个机房、哪台服务器、哪一扇储存单元。

云雀并不明白他花这么大力气定位这么一个在物理意义上隐藏的节点有什么意义——这个时代真正有价值的信息已经不会在线下流通了。但他给得实在太多，云雀花了很大力气去干这件事。这个极具克格勃气质的情报专家精于寻找那些隐藏起来的秘密，无论是政要人物的情妇、聋哑人的情愫还是马桶上的絮语。很快她就发现，这些资料是"十字飞车"计划的电子档案，它并没有存放在山友财团大阪总部的信息中心，而是存放在中国深圳一个和外界物理隔绝的信息节点。

2028年12月1日。叶夫琴琳·索科斯卡娅正式将调查结果呈报乌鸦。

2029年1月3日。叶夫琴琳·索科斯卡娅和乌鸦就爱琳·索菲亚的保姆问题有过一次短暂的沟通，基站追踪显示乌鸦那时身处深圳，这马上让云雀高度警惕起来。"十字飞车"计划施行到现在，其实只造出了"飞车"这枚棋子，而供它打入的棋盘，尚未打造完毕。那些电子图纸正是"十字飞车"计划的后续蓝图，用于一百年后，在"十字飞车"基地原址建造虚粒子的容器，捕获那颗飞向太空的虚粒子。

她不知道他在那里做了什么。但按她对乌鸦的粗浅理解，这个人能作为柴薪的过去已经所剩无几，如果剥开乌鸦的大脑，他们将会看见一个巨大的黑色机器，没人知道它的外貌、来源、构成，甚至用途，它以充沛的精力和绝对的智慧孜孜不倦地影响着这个世界，而这些影响都确凿无疑地指向那个名字。

确实，乌鸦对山友财团的追踪从李青门入赘筱田家的一刻便已经开始，在斯堪的纳维亚半岛的命定之日前，这个沉默的杀手日复一日地寻找着刺杀李青门的机会。他最接近李青门的一次是在十年前的婚礼上，因为筱田太洋携带着为数众多的保镖出席，学术圈的教授们连带着乌鸦一起横眉冷对；而黑道们被下了不要惹事的死命令，不敢盘查在场的任何人。那时西装革履的杀手站在泾渭分明的两拨人马间不安地搓手，那是他第一次伪造身份闯入会场，执行一次莽撞的刺杀，像极了一个羞涩的新郎。

乌鸦最终没有下手，他甚至没等到李青门出现就惭愧得离开了宴会厅。

这终究是最后一个机会。

在接下来的六年，他像林中追逐野兔的猎人那样继续追踪着李青门，却一次次地擦肩而过，最后彻底无法找到李青门的踪迹。后来他才知道是樱井景田抹去了李青门所有的存在痕迹，让他在这个世界上蒸发。李青门如同鼹鼠一般藏在"十字飞车"基地，深埋绵延雪山当中，山友财团在那里建了一个空无人烟的特色风光度假小镇来掩护对基地的物资输送，乌鸦还看过那个空壳小镇对外宣传的官网。

四年前，云雀终于成功将李青门定位，乌鸦在伯劳的帮助下潜入"十字飞车"基地——他要一刀一刀将李青门身上的肉剜下。只是没想到李青门在最后一刻选对了参数。后来乌鸦才知道，这个装置产生的、令整个北欧电网都为之瘫痪的巨大电力震荡烧毁了自身的核心组件，他认为那是李青门故意让装置过载自毁，目的是防止他同样使用时间机器前往未来杀死他。

往后的几年里，乌鸦依旧能清楚记得李青门熔化在光带里的瞬间，那个由黄金螺旋构成的诡异光球总在他的噩梦中出现，直到终有一天令他不得不依靠药物入睡，才能稍稍遗忘那个不可名状的太阳。

那段时间，他日夜在床上辗转反侧，试图将一种可怕的思索从他头脑中摆脱：他还没彻底失败，还有唯一一次机会展开最后的刺杀，李青门将在一百年后准确回归此处，而这次他将有足够的时间布局。而四年后，这个杀手追踪到了那个他在CDPR-7内环舱室里见到的女孩——爱琳·索菲亚，他毫不犹豫地向伯劳下达了刺杀筱田太洋并带回爱琳·索菲亚的委托，这个来自未来的女孩会成为他复仇的棋子，而这次他将以自己的血肉亲自和命运对弈。

2029年2月24日。地点不明。

雨燕:"所以,你生活在芬兰,赫尔辛基,系统给出了你的最终位置。"

爱琳·索菲亚:"我从不知道原来西蒙海耶以前的名字叫赫尔辛基。算了,谁会在意这些呢,老师说过,城市的历史就像海绵里的水,只有你拥有足够力量去挤压海绵,才能发现它的存在。"

雨燕:"很有哲理的话。"

爱琳·索菲亚:"西蒙·海耶是一个人名呢。"

雨燕:"我知道,我当然知道他。二十世纪四十年代苏芬战争时期的芬兰民族英雄,用一把没有瞄准镜的莫辛纳甘步枪狙杀742名苏军,被称为'白色死神',直到现在也是历史记录里杀人最多的传奇狙击手。但未来的剧变真是超乎我们想象,会将2125年定标为1925年的纪年法,而现在赫尔辛基又更名为西蒙海耶,这让我更好奇到底发生了什么。"

爱琳·索菲亚:"我早就告诉过你了,金融危机、环保法、制裁、饥荒。局部战争持续了十年之久,我打从有记忆开始,西蒙海耶就一直在战乱的氛围中。"

雨燕:"西蒙海耶会是一个政治色彩非常浓厚的城市名,我能猜到那是第二次苏芬战争的最激烈时刻。俄军陈兵芬兰边境,为了鼓舞士气,赫尔辛基改名为西蒙海耶,并进入艰苦卓绝的雪地森林战。双方在芬兰境内上百万平方公里的苔原雪域上展开阵线,冰冻的拉多加湖边,生死和昼夜一样交替频繁。"

爱琳·索菲亚:"或许是吧。"

雨燕顿了顿,"你好像并不希望回忆你所说的战争,情绪曲线系统说你的心情正在快速进入一次低潮，但这并不是惨痛的回忆所引起的PTSD性痉挛，而是对当前话题感到深深无聊。看起来未来的战争形态没有我想象的那么残酷，至少对一个小女孩而言没什么可圈可点的地方。"

爱琳·索菲亚只对他最后一句话做出了回应，"看起来的确是这样。"

雨燕："再聊一阵吧。"

爱琳·索菲亚："聊什么？"

雨燕："你的家庭，你的父母，你的过去。"

九十一年后。2120年，离爱琳·索菲亚回到过去还有五年。芬兰，西蒙海耶。

北欧的冬日里，豪华花园天台上的人工棕榈树在地板投下斑驳的阴影，蹲伏在其中与猫玩耍的爱琳·索菲亚后背突然蹿上一阵彻骨的寒意。有什么巨大的存在从平流层掠过，而它所携带的巨大电量连五万米之下的爱琳·索菲亚都能感应到。她再蜷缩起来了一些，这其实只是自欺欺人，不要说她的存在，俄军的"双头鹰之眼"无人侦察机能隔着花园的紫水晶穹顶连她的心跳也一并侦测到。

俄罗斯，她的父亲曾在全息地球黄金勾勒的国境线上指出过它的存在。拥有着世界上最庞大领土的巨兽，贪得无厌又精打细算，他们的统治者既继承了伊凡雷帝、彼得大帝和叶卡捷琳娜的狡诈，又有着与托尔斯泰、屠格涅夫、陀思妥耶夫斯基一脉相承的激情。即使到了今天，这个国家也依然有着沿袭自神圣罗马帝国的巨大历史惯性,他们和那片寒冷的土地血脉相连,每一句话都带着霜冻的气息。

俄罗斯大使的声音越过游泳池传来,他的耳朵不好却拒绝佩戴助听器,因而总是高声放话,全然不顾这里的安静,"总统先生,您拒绝签订我方提出的和平协定,我们的外交关系已经基本破裂了。只是至少请留下一条退路,我必须提醒您,驱逐我方大使馆的所有人员,对双方都只意味着死战到底。"

"我们有信心将战争进行到底。"一身黑衣的总统说道。

一个月前,大权在握的马克龙总统突然下令驱逐了俄罗斯大使馆所有外交人员,只剩下铁木辛柯一人不顾同僚的警告,特意前来道别。

"嗨,小爱琳。"铁木辛柯大使在经过爱琳·索菲亚的时候站住了,他打了个招呼。爱琳·索菲亚注意到他沉重的风衣下摆,有什么东西装在他的衣兜里。

"离她远点,铁木辛柯。"马克龙的语气变得不耐烦起来。

"还喜欢我以前带给你的那只机械猫吗?"铁木辛柯摸了摸爱琳·索菲亚的头。

"离她远点。"马克龙抽出手枪,他的准星扣在铁木辛柯的头上。这种暴躁的行为对一个国家的总统而言简直不可理喻,但铁木辛柯似乎见怪不怪,"驱逐令在十二小时前已经生效了。国际法规定,我可以在这里击毙敌方武装人员,也就是你。"

凝视着一杯果汁的俄罗斯大使转身,他对马克龙手上的枪不屑一顾,"击毙……多么古老的词汇。总统先生,战争是绅士的游戏,双方士兵在战场上浴血厮杀已经是百年前的光景了,那些骑兵挥舞马刀向前组成墙式冲锋、用战友的尸骨堆砌堑壕、钢铁洪流碾碎一切的场景也一去不复返。在这个时代,机器人、无人机、自动化炮塔是新的战士,为这些无人军队补充血肉的现代工业就是战争的一切……"

"够了,铁木辛柯,别再卖弄你的见识。"马克龙打断了铁木辛柯正要开始的长篇大论,枪口指了指电梯,"你我相识的时间太长,长到让你忘记了你我彼此的身份。"

"三天前,在卡累利阿地峡曼纳海姆防线的战役中,你们已经打光了又一批无人机和智能装甲,我们甚至还没来得及动用太空打击力量。北海、波罗的海已经被我们的舰队控制,欧洲的物资支援无法到达芬兰。我对芬兰的情况很了解,蒂卡科斯基一带的兵工厂已经接近满负荷运转了,自动化组装流水线的故障率直线上升,线路检修、设备维护、故障测定都需要工程师加班加点,讽刺的是,你们的装备制造工厂居然开始推行星期六义务劳动,我看下个月西蒙海耶就要迎接'阿芙乐尔号'的炮响了。"

"闭嘴。"

"你的政治头脑好像真的来自1920年,我从你身上感受到的不是一个成熟的现代政客,而是一个一战时期的战争狂人。你们现在不用公元纪年了,是吗?你们两年前就强制推行儒略历——一个我国在1917年十月革命成功后便停用的历法,把芬兰带进了另一个时间。在这个敏感的时间点延续一个早已停用的历法,就意味着芬兰政府不再承认苏俄、苏联乃至俄罗斯联邦的历史……"

"滚吧,趁我还念旧情。"

"你要知道你的所作所为意味着什么,这些挑衅性的断绝外交行为在彻底切断两国继续当前和谈的可能性,并且将当前的战争烈度推向一个新的高度。你要背起历史罪人的骂名!"

"铁木辛柯大使,你往窗外看去,看得到下面那个白色花园吗?那可是埋葬着古斯塔夫·曼纳海姆元帅和西蒙·海耶少尉的希埃塔尼埃米烈士公墓,那个曾经的龙骑兵和精确射手在那里长眠,我们做不出对不起他们的事情来。"

"马克龙·墨格拉,我当年带领绿雨小组为你赢得选举的时候,从没想到你会对自己的祖国有着这么深厚的感情,深厚到让你罔顾你的人民。"

"我早就还清这笔债了。"

所有表情都隐藏在浓密胡须下的铁木辛柯深知这次对话已经不可能再有结果,他喝下一整杯冰镇蓝莓汁,从喉咙里发出一阵咕哝声。"不要向井里吐痰,也许你将来还会喝井里的水。"电梯门关上之前,半截身躯被阴影笼罩的俄罗斯大使突然含糊其辞地说道。

转身离去的马克龙对他的威胁不置可否。

"……爸爸。"爱琳·索菲亚跟上马克龙,她只能看到一个黑色的背影。马克龙喜欢将自己整个裹在深不见底的黑色长风衣里,自从她记事开始,能清楚看见父亲面容的次数屈指可数,仅存的记忆也如同水中倒影那样丧失了许多细节。据管家机器人在一次触水漏电后断断续续所述,那是因为已故的乔安娜·波尔卡夫人曾钟情于黑鸢花。

"以后别来会客厅玩。"

"是翡翠跑进来这里了我才跟进来的。"爱琳·索菲亚晃晃臂弯里的猫,它眼睛里的红外测距晶片在日落中闪烁着绿色的光芒。

"那把它的活动范围设在会客厅外,不,把它的活动范围限制在你的那一层里。"

"我和翡翠都不喜欢那里的味道……"

"清洁机器人已经打扫过很多次了,气体检测也没有任何异常。你被惯坏了。"

"可是……"

"照我说的去做。回去。"

"呜……"

马克龙·墨格拉把办公室的门关上,他把委屈的女儿留在了外面。办公室的陈列很简单,只有一张桌子和必要的通信设备,桌子上是芬兰的蓝十字国旗、马克龙西装革履的活动照以及一张他和爱琳·索菲亚的小小合影。

落地窗外是游行示威要求处死俄罗斯大使的人们,他们在大使馆的草坪上呐喊、跳舞、肆意交欢和放纵。媒体从未想过这个极地国家的人民会爆发出如此惊人的能量,就像人们从未想象到,奥匈帝国一名皇储的死亡点燃了一次惨烈的世界大战;华尔街的一次股灾毁灭了一个大国的经济;一个叙利亚小男孩死亡的照片给世界带来了巨大的政治震荡;摩尔曼斯克一次血腥的黑帮仇杀最终也掀起了席卷世界的巨大风暴。

库图佐夫·安耶波维奇·亚历山大,这个来自二十世纪的名字阴魂一般出现在所有世界近代史教科书中。现在的人们知道,某些人的死亡既是上一个时代的落幕,也是下一个时代的开端,历史学家们赋予这些人"导火线"之名。但在那时,没有人能清晰得知这个世界已经逐渐被捆绑成一个巨大的炸药桶,而就算是炸药桶边的当事人,也绝不会知道命运的丝线如何在悄无声息间缠上了自己的脖颈。

现在,2029年2月28日。俄罗斯,摩尔曼斯克,库图佐夫的书房。

又是一天的晚上,库图佐夫从镶着黑宝石的刀鞘里抽出了一把波兰马刀,已经两天没有入睡的他看着自己反射在刀面中布满红血丝的眼睛。多汗、心律不齐、听力削弱,莫达非尼的副作用。这种效果比咖啡因好上几个数量级的兴奋剂曾在过去二十五年里大大小小的各类谈判中为他立下汗马功劳,但他的身体已经越来越吃不消这些精神药物的副作用了。和筱田龙一的谈判将他的精神压榨到几乎油尽灯枯。

日本人确实来者不善,筱田龙一准备充分,对各个条款都吃得很透,如果再给十五年时间,日本极道极有可能在这个雄主的带领下吞并远东生意。库图佐夫·安耶波维奇不止一次萌生在摩尔曼斯克杀死筱田龙一的冲动,但这种危险的冲动在那双眼睛下退潮了,筱田龙一是一条高加索蝰蛇,打蛇人要切忌轻举妄动。

每当这时他会想起筱田太洋。

1612年的严流岛,宫本武藏对佐佐木小次郎一战,宫本武藏率先占据逆光位置,利用太阳刺眼的光芒在海浪中杀死了他的对手——同为剑豪的佐佐木小次郎。十年前的东京-摩尔曼斯克会谈,筱田太洋和樱井景田就效仿了这两人的传奇之战,他们将每一天的谈判时间都定在东九区早上七点,摩尔曼斯克处在东三区,已经近六十岁的库图佐夫不得不倒上六个小时的时差迎战。

樱井景田在那时不无得意地说道:"这次是我们站在了逆光面。"但库图佐夫·安耶波维奇·亚历山大不愧是盘踞在乌拉尔山脉的黑色寡头,这个精力依然像西伯利亚黑熊一样充沛的男人在巨大的压力下像松鼠嗑松果一样用冷水连续送服十五颗莫达非尼,七十二小时内从堆积如山的文件中找出了每一处设有陷阱的条款、每一处显得怪异的工程参数,最终发现了山友财团的真正目的:建造时间机器。筱田太洋和樱井景田不得不做出让步,将十字飞车基地从原定的北极港口迁移到斯堪的纳维亚半岛,并同意了库图佐夫追加七个百分点的核燃料报价,以及听取首席科学官报告的权力。

"我们反过来被你活生生拖垮了。"山口组组长在谈判的末尾由衷佩服,并对他讲述了宫本武藏的故事。而剑圣的往事让库图佐夫传染了筱田太洋收藏武器的癖好,他开始从世界各地收集确实杀过人的刀剑,书房里挂满了气息冰冷的凶器,每至入夜,似乎能听到若有若无的冤魂在利刃上号叫。

"库图佐夫·安耶波维奇·亚历山大。"

有人在轻唤他的名字,对方的声音如同从虚空中传来。

"他死之后,我就知道总会有这么一天。"库图佐夫·安耶波维奇·亚历山大挥舞了几下马刀,他黑熊一样厚实的身躯在缓缓转动,"要么是暗网里有人买我的头,要么是内务部。但奥摩那群人从来只会在白天出现,那么你是职业杀手吧?是不是筱田龙一派你来的?"

乌鸦没有接话。他在轻轻喘气,等待冰冷的裸手从零下二十五度暴风雪造成的僵硬中回暖。

"请往前走一些让我看到你吧,我的眼睛不好。戈尔巴乔夫禁酒令生效的那段时间我在西伯利亚当兵,我们喜欢吸'米格'战机的防冻液,因为那里面含有酒精。但是大家都说每个星期只能喝五杯,不然就会瞎掉,我们有一个计数的方法,每喝一杯,就把腰带系紧一格,一旦裤子勒得疼了,就不能再喝了。可就算是这样,我的视力……"

库图佐夫·安耶波维奇·亚历山大的话没再能继续说下去。同样手执利剑的杀手发起了进攻,他不会像谈判桌旁的筱田龙一那样耐心地听完这个胖老人的战术唠叨。他的手上是库图佐夫藏品中的一把迅捷剑,这把长达一米三的大型索林根刺剑制成于文艺复兴时代,相传在一次由三位公爵夫人见证的司法决斗中,它以一个诡异的角度同时刺穿了对手的心脏、脊椎和枕骨大孔。库图佐夫从殷勤的卖家那里听来这个故事的时候,绝对不会想到终有一天他会落得一样的下场。

波兰马刀总长只有一米,面对三十厘米的长度差,库图佐夫依然笨拙地举起了马刀以标准右悬挂式迎敌,他在迅速回忆那些剑术教练指导过的动作,锁腕、交叉挥砍、刀背格挡。这个寡头曾幻想某一天使用这把曾在翼骑兵手上挥舞的马刀击败筱田太洋,但他不再有机会了。

乌鸦躲过了这头黑熊的前两次大动作斩击,迅捷剑的细长剑身并不适合格挡,在对决中,乌鸦所能做的是依靠步伐和手部动作将剑身调整到对方斩击的轨迹之外,牢牢控制住中线。库图佐夫不是个经常拿剑的人,他破绽百出的动作反倒让他看上去重心不稳。杀手有两次机会完全能够抓住空隙箭步前刺,直接击穿库图佐夫的心脏,但他在不断躲闪,试图寻找一个贴身的机会。

急于压缩距离的库图佐夫往前大跨步,砍出了第三刀,而乌鸦终于等来了这个机会,他在闪身之间伸手抓住了库图佐夫伸得太靠前的持刀手,用力把他拽向前,失去重心的黑帮头子的喉咙完全暴露在刺剑的剑尖下。随后乌鸦往前踏出轻描淡写的一步,这一步正如在沙袋和木人上重复过无数次的那样,以下肢、核心、肩周肌群依次发力为开始,以刺剑自下而上沉重地刺击在木桩上为结束。

在那个刹那,库图佐夫只感觉钢铁尖锐撕裂肌肉的触感占据了大脑,插穿心血管和呼吸中枢的刺剑剑尖停在枕骨大孔。这把索林根刺剑无愧于它"肋骨透镜"的血腥称号,它坚硬的剑尖贯穿了三根骨头而没有丝毫损坏。

失去力量的库图佐夫·安耶波维奇·亚历山大跪倒在地,乌鸦带着橡胶手套的左手紧紧捏住他的喉咙,颈动脉的血液顺着血槽蜿蜒流下,滴在考究的浅驼灰土耳其羊毛地毯上,洇出一大片血红。

杀手语气平静,但他的太阳穴青筋暴起,"恶棍,看着我的眼睛,我来这里可不是受日本人之托。十年前,符拉迪沃斯托克的地下斗狗场,我见过你。"

啊……又是一个东方人。你们还真的是一群难以对付的狗杂种……

库图佐夫·安耶波维奇·亚历山大恍惚间认出了乌鸦的脸,他想张口说话,但已经发不出任何声音,他发现自己的呜咽和许多个黑屋隐隐传出的哀号竟如此相似,过去的冤魂在把他微弱的意识往下拖。乌鸦凝视着对方逐渐放大的瞳孔,他突然想起在那些斗狗场的夜晚,和在夜晚里被钢铁夺去性命的人们,他们临死时充血的眼睛几乎一模一样。

八　最早的光

　　绕过符拉迪沃斯托克曲折黑暗的小巷，来到城市深处的走马灯前，便是斗狗场。所谓斗狗场，其实是一个历史悠久的黑窝点。它最初在猪圈和牛栏的基础上发展而来，在康熙皇帝和彼得大帝时期便已存在，有着远比C-56博物馆和红军纪念碑更深厚的历史底蕴，更有说法称这是从神圣罗马帝国处继承而来的角斗场传统。那时在尿臭和粪土中厮杀的是各家猎户的猎犬，赌客们下注时震天的咆哮时常能惊动街上的巡逻队，从而吸引更多的赌资。尽管《瑷珲条约》签订后，在这里搏斗的变成了中国人，但斗狗场这一历史悠久的称呼还是传承下来了。

　　十月革命后，沙皇的权柄再也无法越过乌拉尔山触及遥远的东方，西伯利亚一时被黑帮占据，斗狗场的名声大了起来，相传伪满洲国的傀儡皇帝溥仪也慕名来看过，只看了五分钟便感到不适而退场。再后来这里成了一个远近闻名的黑武馆，在苏联解体之际为远东吸引了大量军人,间接推动了符拉迪沃斯托克当地武术事业的发展,教导柔道、空手道、蒙古摔跤、军刀、HEMA的武馆开了起来,慕名而来的学员只有一个目的:夺得斗狗场比赛的冠军。这可以说是翻版的南拳北传了。

长久以来,来自不同躯体的鲜血已经浸透了这栋不起眼建筑的砖石基础,如同传统的油画厚涂技法那样在黑土上涂抹出一幅绚丽的画卷,作为颜料的亡灵日复一日徘徊于此,它们在石墙上刮出的爪痕尽是挣扎和回忆。符拉迪沃斯托克教区尼古拉大教堂牧首尼康·加里宁拒绝进入斗狗场五百米半径的圆形区域内,他宣称,"这里是上帝亦不忍瞥视之地"。

在这里,《搏击俱乐部》被一遍又一遍地提起。

在这里,鸦群一般的人们絮絮低语。

在这里,两个在日后深刻且持久地改变了整个世界的杀手第一次相遇。

十年前,2019年1月25日。俄罗斯,符拉迪沃斯托克,地下斗狗场。

高压长管氖灯暧昧地闪烁着,它在墙上围成了一个裸体女人五颜六色的图形。靠在红砖墙上的乌鸦点了根烟,烟里有大麻,他感觉血液有些躁动,喉管仿佛塞了一堆冰块,所有东西都模糊在一片晶莹中。

乌鸦又长长出了一口气,他听到斗狗场沾着血锈的铁门艰难打开的声音,随后隐约看到有一个人向他走近,这是斗狗场的保安。那个人走近后很不客气地对乌鸦上下摸索,他没从乌鸦身上找到什么东西,乌鸦注意到他赤裸的肩上文有一个大骷髅头,在古拉格时代,这是高等级囚犯的身份象征,但现在只是一个常见的街头文身了。

"进去吧,幸运观众。"骷髅头挥挥手,"今天刚好有大场面,要不是因为你之前就买了票,是没机会看的。库图佐夫·安耶波维奇·亚历山大来到了符拉迪沃斯托克,他要来斗狗场看看。"

时代在变化,拳脚早已不是斗狗场的卖点,而是见血的剑斗:在擂台中央,两名狂徒或许着甲,或许无甲,手执冷兵器互相搏杀,直到其中一人见血。这个节目很受欢迎,多角度拍摄阵列也难以满足观众嗜血的欲望,他们跨越冻土和大洋亲自前来,不惜重金在擂台下谋得一个又臭又窄的座位。

乌鸦拿出一包泡过大麻水和酒精的卷烟,他不在乎有什么重要人物会来这个地方,只想打听点事,"我听说这里有一个厉害的中国人,十分厉害。"

骷髅头接过他的烟:"是,那可是个真正的剑客。他的外号是'屠夫',上个星期把一个乌克兰人像杀鸡一样给宰了,那个乌克兰人有两米高,两百磅①重,有直接砸碎对手脑袋的战绩,但屠夫只花了两秒就用长剑插穿了他的心脏。"

"我可以见见他吗。"

"你是什么人?"

"他的粉丝。"

"他的专属直播间在全球有十五万粉丝。要是在符拉迪沃斯托克办个日本那样的偶像握手会,每个粉丝都和他握手一秒,

---

① 1磅约为 0.4536 千克。

他的手也会被握掉一层皮。"

"看在我和他都是中国人的分上。"

"符拉迪沃斯托克的中国人比白令海的鲈鱼还多。不过,如果你能在里面找到他的话,就自己去找吧,但是如果你被他反手杀掉,我们不会把你埋好的。"

"谢谢。"乌鸦越过他走向斗狗场。

"你最好把你的性取向藏好一点,这里是俄罗斯。"在关上门走进斗狗场之前,乌鸦发现他一直用古怪的眼神盯着自己。

"为什么这么讲?"乌鸦不快地发问。

"你的眼睛里有人,一种毁灭性的东西,这不是炽热的爱情或者忍辱负重的亲情能赋予一个人的眼神,而是一种深沉的追索。"骷髅头对他眨眨眼,"这是直觉。顺便一提,这就是那个中国人教会我的。"

乌鸦摇摇头,他沿着幽暗陡峭的楼梯走下,斗狗场果不其然在地下极深的地方,和莫斯科地铁站采用了相差无几的防核打击标准深度。和越来越高的摩天大楼一样,斗狗场也在不断往下延伸,几乎要触及这个城市的根基。在模糊的黑暗中,他推开肮脏的铁门谨慎地走入斗狗场,场内出乎意料地安静,和他想象中血脉偾张、观众在台下嘶吼的场景完全不同,斗狗场的气质是令人肃立的、森严庄重的血腥。观众席上人群静默无言,只有紧急通道指示灯在黑暗中亮着,聚光灯打在有限几个擂台上,那擂台是明显由拳击的擂台改装过来的,大了好几倍,表面的斑斑血迹已经在长年的氧化后呈现出一种病态的黑色了。

请勿喧哗。墙上贴着图书馆与剧院的标语。

　　乌鸦打听到了更衣室的位置，但很快便得知，他想要找的人不在这里，"屠夫"正在准备一场角斗。他向保安再三强调，自己是专门从中国到来这里的粉丝，无论如何希望能见"屠夫"一面，保安不耐烦地在索要了贿赂后答应了他的要求。"无论如何，别看他的眼睛。"他低声告诫。

　　广播响了："观众们！精彩的战斗！下面我们一号擂台有请来自中国的'屠夫'，以及'啄冰鸟'卡拉马佐夫·彼得洛维奇！"

　　鼓掌声响起。远处的乌鸦看到年青的卡拉马佐夫·彼得洛维奇踏上梯级，他是远东冰上海盗的新贵，心事重重地挥舞着一把有着巨大护手的德国砍刀 Messer。他的对手是一个体型中等的中国人，平平无奇，但当戴着面具的中国人一踏上擂台，站进聚光灯里，观众们屏息凝神，噤若寒蝉，这是对力量的恐惧，也是给予一名角斗士的最高敬意。

　　台上的中国人执起长剑，众人的目光被钢剑在灯光下泛起的锋利白光刺痛，观众们保持着令人恐惧的沉默，脸上却挂着一种自我压抑的兴奋。二层看台上，裹着驼绒毯的库图佐夫·安耶波维奇·亚历山大斜躺在紫罗兰色的木艺躺椅上，他在使用一副珍珠贝母剧院望远镜观察擂台，而乌鸦在更高的位置凝视着他。

　　灯光里的"屠夫"晃荡着武器，那是一把一千三百克的轻型17A长剑，有着水一般流畅的棱形渐缩剑身，握在手中像是女子的手臂。聚光灯太亮了，现在的他只能看到对手逆光的剪影，手持德国砍刀的卡拉马佐夫·彼得洛维奇在和他绕圈，他的步伐是西班牙迅捷剑剑术"La Verdadera Destreza"中一种名为玛丽切斯基圆圈的移动方式，更引人注目的是他后脑勺的一个小小银色装置,有时会在某个角度的光照下反光。

那是脑机接口暴露在体外的脑电信号转换器。库图佐夫·安耶波维奇·亚历山大的势力接手这里后,斗狗场就迎来了新的业务——感觉贩卖。这项业务在斗狗场开展全网直播后快速地发展起来:人类大脑的中央后回体表感觉区主管痛觉,在角斗士下场之前,斗狗场工作人员会直接将高敏电极插进颅内,将他们的痛觉读取成电信号传出,经过擂台场边的无线接收器和一条长长的光缆后,这种原本极其剧烈的痛觉电信号总会在传递过程中失真,形成一种奇异且独一无二的感觉,另一个厅堂里在躺椅上蠕动着高潮的顾客们就是最好的见证。这是脑机接口最粗糙的商业化了。

因为恐惧"屠夫"的名号,卡拉马佐夫·彼得洛维奇在上场前吞服了一剂苯乙酸诺龙兴奋剂,他全身的肌肉被激素调动而抽搐不止,潮水般的力量从他脊髓深处涌出。但即使如此他亦不敢贸然上前,这名接近神明的剑术大师已经许多次证明过自己的实力,他突刺的速度如同闪电和蜂鸟,每一至简的斩切都是剑圣的极意。

很少有人敢和这名统治了斗狗场许多年的中国人对决。直到库图佐夫开出了一个丰厚的条件:有勇气面对"屠夫"的男人自然也有勇气面对白令海的风暴,他在那里的一些产业需要这样的勇士带领。卡拉马佐夫·彼得洛维奇在一场酩酊大醉后受人撺掇,在昏暗吵闹的酒吧里揭了这个地下皇帝的皇榜,酒醒之后他才发现为时已晚。

相比律贼库图佐夫·安耶波维奇·亚历山大,他更愿意面对一个无名无姓的中国人。

"屠夫"深呼吸了三次，他仔细观察着对手的移动方式，正在挑选角度出手，卡拉马佐夫的悬挂式防御偶尔会把手抬得过高。尽管对手有一个铁护手，但"屠夫"作为一个经验丰富的冷兵器专家，他的全力一击仍然足够瞬间扫断他的手臂，卡拉马佐夫不会有任何反击的机会。欧洲剑术向来以"攻防一体"闻名于世，即在一个动作里同时完成攻击和防御：在对方剑刃的法平面施以弧度巨大的斩击，同时利用十字护手封死敌方的反击路线。

但卡拉马佐夫·彼得洛维奇脸上近乎视死如归的神情一直让屠夫感到不安，这种不安像是乡下夜里的小路边听到突兀的脚步声，转过头去却空无一物的不明所以，按理来说，"屠夫"早就该出手了，从下位开始直刺，这个角度刚好对准了卡拉马佐夫·彼得洛维奇的胸膛。他们卡在剑道中被称作"一足一刀"的距离，"屠夫"只需要往前一个大跨步就能击中对方。但这次他选择相信他的感觉，仍在谨慎地选择时机。

观众们窒息着，冷兵器之间的搏杀想要分出胜负只需要很短的几秒乃至一瞬，而在这之前则是漫长的试探。

双方进入第四圈的时候，"屠夫"从下段转为以右高顶位持剑，他将长剑从原来的下垂姿势放在高于右肩的位置，竖直指向上。在日本示现流中类似的构型被称为"蜻蜓八相"，能够有效干扰对方的距离感。如果说剑道的核心是中段，那么右高顶位就是欧洲长剑的核心，在这个构型之下，能够随时发动向前的大面积挥斩。进入这个构型也就意味着"屠夫"将要发动进攻,以他的习惯,第一次斩击是假动作,紧接而来的第二步才是真正的杀招。

"屠夫"试探性地将对方摆在中线的德国砍刀敲开,卡拉马佐夫·彼得洛维奇没有任何反应。于是他不再有任何犹豫了,对手没有反应就意味着放弃了争抢中线。"屠夫"下肢发力,垫步,直刺,利刃射向卡拉马佐夫·彼得洛维奇。然而出乎中国人意料的是,对手没有任何抵抗,唯一锋利的剑尖没有任何声音地直接刺进了卡拉马佐夫·彼得洛维奇的左胸。

心脏被刺穿之后,人类将因血压降低与循环衰竭迅速失去反抗能力直至倒下死亡。但卡拉马佐夫·彼得洛维奇的反应超出了所有人的想象,他突然用左手死死抓住剑身。因为他是极其罕见的右位心,心脏根本不在左胸,"屠夫"刺穿的只是他的肺!他顶着被钢铁撕裂的剧烈疼痛,将砍刀用力甩向面前空门大开的中国人,只需要一刹那,砍刀就能将这个中国人的头颅分为两半!

德国砍刀仍扬在半空中的时候,观众席上的绝大部人都站了起来。《骏河城御前试合》里记载过一个故事:一名剑术师第二日就要与宿敌决战,他在夜里故意将自己武士刀刀刃最前端的"物打区"敲松,第二天一早,他和宿敌在樱花树下相见并拔刀厮杀,两把古老的利刃第四次互相斩击的时候,他的刀在一声尖锐的鸣响后干脆地断裂了,对方重心失衡,猝不及防往前一个踉跄,而早有准备的武士转瞬间便用断剑刺入对手的腹部,分出了胜负。

一些记起这个故事的有心人想,就是现在了。

　　而在千钧一发之际，"屠夫"放弃持剑，往前冲撞直入对方怀抱，人们绝不会想到他居然以柳生新阴流的无刀取应对这个死局！飞扑上前的中国人瞬间控制住对方的肘关节并用尽全力一拳打碎了他的手腕，德国砍刀脱手然后沉重地落在地上。屠夫在那一刹那看见卡拉马佐夫·彼得洛维奇眼中刚刚泛起的光一瞬间就黯淡了，他沉重地跪在地上，胸前插着那把17A长剑。

　　意识模糊的男人终于倒在台上，从被刺穿的左肺流出的血覆盖在角斗场那生长着黑色霉菌的旧血迹上。但医生来得很及时，血胸得到了控制，卡拉马佐夫·彼得洛维奇应该活得下来。乌鸦注意到赶上来的医生们，第一个动作先是取走了他脑后的那个转换器，然后才是施行急救。

　　卡拉马佐夫·彼得洛维奇失败的故事不过是记在"屠夫"身上的又一笔传奇。后来货运寡头兑现了他的承诺，卡拉马佐夫·彼得洛维奇在远东扶摇直上，库图佐夫·安耶波维奇·亚历山大让他为自己打理白令海的一些灰色业务——当然那已经是后话了。在那之后很长一段时间里，卡拉马佐夫·彼得洛维奇逢人便吹嘘，自己从远东斗狗场那个令人闻风丧胆的"屠夫"手中活了下来。

　　"刚才很惊险。你差点栽了。"

　　摘下狼皮制成的面具后，面前的"屠夫"看上只是一个白净的、很有书卷气的文职人员，身形消瘦。但乌鸦知道，这种慵懒和苍白是另一种示威，他无须通过肌肉线条证明自己。

　　"屠夫"的普通话很柔和，"啊你……抱歉，我有段时间没说普通话了。但半个身子被斩断、心脏被挖出、头被削下一半还有反击能力的人，我都见过一些。剑术里有个术语叫'残心'，它的意思是：即使你击败了敌人，也要随时保持警戒姿态。我只不过是……按流程走。"

乌鸦："果然，斗狗场里的人都说你才是真正有着那种气质的人。你和其他人不同，你的每一个动作目的性都很强，像是一个老练的猎人把猎物往你的陷阱里引。这种缜密的风格十分吸引人。"

"他们要的是肾上腺素流遍全身的感觉。我在斗狗场高层的眼里其实很不受欢迎，因为他们从我身上读不到任何痛觉脉冲，从我对手那里读到的痛觉脉冲往往也只有一个瞬间。而且我到现在都没有开脑机接口，因为感觉不卫生。"

"你不受他们欢迎是因为你是个中国人，无论你再强，你仍然是一个异教徒和外国人。他们不会把资源浪费在你身上的，榨干你的表演价值之后，你就会像垃圾一样被处理掉。"

苍白的男人干笑了两声。乌鸦说中了他的心事。

"怎么称呼。直接叫你'屠夫'吗？"

"你知道'屠夫'这个外号怎么来的吗？"

"无非是杀人如麻。能在你手上活过一分钟的人不多。"

"斗狗场用的武器是活跃在十二到十七世纪的双手长剑，它在古代战场上以挥砍为主。而随着医学的发展，人们终于知道，穿刺伤远比斩切伤致命，被砍下四肢固然可怕，但只要施救及时，还会有救回来的希望。但穿刺伤不同，身体即使只被极细的剑条刺穿，伤者却很有可能死于内脏破裂造成的内出血，更何况是被生锈的长剑穿透心脏。他们将我称为'屠夫'，正是因为我的这种手法让他们想到肉钩上的猪肉。但我想起了我的老家，有时候农村会有一种叫'蛙上树'的奇观，一些小青蛙会突然被钉在酸枣树突起尖锐的枝丫上，这就是伯劳，这种猛禽有将猎物撕碎钉在荆棘上的习性，又被称为屠夫鸟。所以，'屠夫'这个外号太张扬了，叫我'伯劳'吧。"

"好吧，伯劳。你喜欢这种生活吗？每天呼吸着地下的空气，铁锈和血液的味道。我听说，长期不见日光是会生病的，会缺乏维生素D，变得骨质疏松。"

"谈不上喜欢也谈不上讨厌。我在这里是要钱，很多很多钱。斗狗场对我还算慷慨。"

"那么如果我告诉你，我比斗狗场更慷慨，你会跟我走吗？我需要一个这方面的专家。"

"自从来到这里之后，我没少杀人。但是要成为一个职业杀手，离我还是太遥远了一些。以前我喜欢看小说，里面这些人经常和妓女成对出现，多数有精神分裂一类的精神病。"

"没有。这个行业不像你想象中那么神秘，接受委托，定金，完成委托，尾款，仅此而已。至于你说的精神分裂，或者其他精神疾病，的确，的确会有，但矿工有尘肺、电焊工有电光性皮炎、白领有肩周炎，只是职业病而已。"

"你们是怎么找上我这人的？"

"一个情报专家朋友，一个符拉迪沃斯托克当地人，向我引荐了你。你如果答应我的条件，你以后也会和她合作的，她的名字我不方便告诉你，但你可以叫她'云雀'。"

伯劳思考了很久，他没再说话，但整个人的气场软化下来。

乌鸦把这当成是默许了。

"问个问题吧,今天来到这里的寡头库图佐夫·安耶波维奇·亚历山大,我想你应该知道他,或者你在台上的时候就看到那个人了,他勉强算是你的金主。如果我这里要你设计一个方案去杀掉他,你会怎么完成任务。"

"哈,这是面试吗?"

"算是。毕竟我们这一行,虽然身手很重要,但脑子才是最重要的。"

伯劳抚摸着从衣钩上取下的一把刺剑,"以库图佐夫·安耶波维奇·亚历山大的身份,在任何时刻、任何地点被杀掉都不足为奇,即使是意外身亡,也会被媒体宣传成黑帮、寡头和克里姆林宫之间的三角阴谋论。在这个角度来看,最适合他的死法,其实是自杀。如果我要对他下手,在他清醒的状态下正面与他决斗,并且不留下任何打斗痕迹,用这把刺剑从下颌刺穿大脑,这个角度几乎不可能被人认为是他杀。虽然这样很难做到,但不失为一个思路。"

"令人印象深刻的设计,我记住了。那么你呢,伯劳,要让你相信我,我需要做什么?"

"不用了。"伯劳依旧凝视着那把刺剑,他深黑色的眼睛在锋利反光中如同黑色火焰,"你现在还活着,就是我相信你的证明。"

他们的手越过黑暗握在一起,在一些带血的瓷砖的见证下,鸟巢的雏形就此形成。和无数被时光隐去的历史一样,没有任何史学家能发掘到这一刻,在接下来的十年里,许多血腥的故事发生在这个世界上,伯劳成为鸟巢所向披靡的利刃,不断从暗网攫取不计其数的金钱和活着的理由。这个松散的组织成了他的第二个家,直到终结之日的到来,他也未曾后悔过当时的选择。

现在,2029年2月26日。俄罗斯,摩尔曼斯克。

"她是什么时候失踪的?"

酒店房间里的筱田龙一抹了一把脸,不耐烦地问道。日本代表团发现联系不上筱田凛已经是伯劳带走她的两天后了,他们找到了山口组的人描述了情况,对方不敢怠慢,马上将情况告知了远在俄罗斯谈判的筱田龙一。他把自己关在了酒店房间里。

电话另一边的人是身在FAST的NAOJ秋明山天文台主管武田主任,他是最后一次看到筱田凛的人,同事们围成一团看着满头大汗的武田主任,像是一圈东非大草原上围着松果的土拨鼠。

"几天前。我看到他和一个男人坐在同一辆跑车上。"

"能详细一点吗?"

"这就是全部了。"

"武田先生,我们现在不是抓奸的私家侦探。无论我的妹妹筱田凛是找男人还是被人用枪顶着后腰,她都是被绑架了,虽然我不认为她是前一种人吧,但请你不要忌讳那么多了。"

"我对筱田凛博士同样十分担心。我是认真的,这真的就是我知道的全部了。中国交警顺着那辆跑车的车牌号查过去,什么都查不到,视频监控还在分析中。"

"她的护照……警察有查她护照下的购票记录吗?在中国

无论是高铁还是飞机都需要实名验证。"

"噢对！中国公安能确定的是筱田凛博士还在中国境内，她两天前买了从贵州飞往长三角的机票，原来又买了从长三角飞向福冈的机票。但是那班飞向福冈的航班因为暴雪推迟了，所以他们认为筱田凛博士还停留在当地。"

"能不能让他们比对一下这两班航班有什么相同的购票人？"

"他们在做。对对，他们在和航空公司核实情况，也正在联系地方警察，委托他们展开调查。"电话对面的武田主任已经有些语无伦次。

筱田龙一注视着手机，有点恍惚，像是一夜纵情后的空虚感。身上的每一个关节都在呻吟。他想就这样一头闷在被子里，没有任何人能叫醒他，一如小时候那样，筱田凛以为他死了，踢着木屐哭着去找那时还没因胰腺癌去世的老管家。

"武田主任，你们也休息一下吧。有什么消息再联系我的人，我们保持联络。"

筱田龙一挂了电话。此时房间的门又被敲响，亲信递给他另一个接通了的电话，"少主，中国方面来的电话。是财团在大中华区的首席执行官，王博林，通过加密路线来的。"

筱田龙一接过了它，"我是筱田龙一。"

"筱田先生，这里是王博林。我长话短说，财团在深圳的一个节点出事了，而且是大事，纯血的刑事案件，这次我们把八大口的注意力全他妈吸引过来了。而且我之前完全不知道这个节点的存在，才导致了这个严重的后果！总部是不相信我吗？"

"冷静一下,我想你应该知道本家最近有了很大的人事变动,很多事情都在重新恢复秩序,不仅是你,连我自己都暂且无法完全掌控局面。"筱田龙一挑了挑眉毛,"但先解释一下情况吧。"

"两个星期前,深圳的龙华步行街汇丰楼出了一件凶杀案,一个老板发现几个人被枪杀在室内,公安查身份发现都是山友财团下属的日籍在华员工。验尸报告前几天出来了,是一个半月前的事情,这也意味着大概是在一月出头的时候,这个地方被不明武装人员入侵过。"

"'这个地方'到底是什么地方?"

"就是一个数据中心。工商局找上来后,我看过文件,是我们的一个子公司再下面的一个皮包公司租的办公场所。ICP和EDI手续、IDC备案齐全,而且已经拿到了国家秘密载体印制资质。但实际上这个数据中心从来没有在互联网上线过,为它申请经营的所有业务也从来没有真正开启过。"

"这个数据中心有存放什么财团的信息吗?"

"数据被入侵者销毁得差不多了,有人用很专业的手法把几乎全部磁盘都消磁了,这是最彻底的物理毁灭数据的方式。现在唯一被抢救出来的数据是一个名为'十字飞车'的商业核聚变研究计划的梗概和相关工程图纸,还有一些零星的乱码,但那也是差不多七八年前的东西了……您在听吗?"

筱田龙一因这个名字而几乎心脏停搏,"我在听。你再简单介绍一下中国方面对这次事件的处理。"

"公安还在跟进调查事件。但经侦队要求我们公示财团在深圳的投资细节和'十字飞车'计划在主数据库的更多相关文件。"

"哦是……是这样,你手上的这个文件很关键,这样,'十字飞车'计划。我建议你先把抢救出来的数据移交回本家,我们会出专人来和你接洽。"

"真的很关键吗?听您的语气,和我一样,也是一片迷茫。"

"我实话实说,王博林先生,我现在在摩尔曼斯克谈判,这里也是一团糟。我们要不先这样,稳住局面,无论如何,请一定先配合中国方面的调查。"

"配合是肯定配合的,公安和税务都来总裁办公室喝过几次茶了,只是我希望您能给我明确的底线,让我知道应该配合到什么程度。"

"不要泄露任何关于'十字飞车'计划的信息。"

"这太简单了,因为我这么多年来根本不知道这东西的存在,更不知道计划文件就放在深圳的某个服务器里面,还有一队脱离于大中华区公司控制之外的职业保镖在保护它。"筱田龙一从王博林的语气中听出极大的不满。由前特高课人员组成的老一辈财团高层习惯下达模糊的辞令,新千年之后,他们把战争年代的习惯也带到了商战中,不仅仅是王博林,就算连筱田龙一本人有时候也难以理解他们的真实想法。

筱田龙一礼节性安慰了一下王博林,他再次挂了电话。挂断电话的瞬间,他手机里的新闻APP推送了一则消息,他本能地将其点开。

【俄运集团总裁库图佐夫·安耶波维奇·亚历山大昨日被发

现死在摩尔曼斯克的别墅中。克里姆林宫高度重视该次事件,内务部发言人称该次事件的发生将令目前国内的反恐反寡头局势升级。目前,摩尔曼斯克内务总局已经介入调查。】

血液涌上大脑。

"废物!废物!"他咆哮着把手机砸到墙上。

山口组少主痛苦地用力往后倒在床上,这是他今天摸到的第三个炸弹。他在床边捂着脸坐了一阵,接连发生的事情已经几乎把他逼到极限。他从行李里翻出一个小药瓶,那是褪黑色素胶囊,他用温水送服了几颗。

现在筱田龙一决定先睡一觉。

俄罗斯,库图佐夫的书房。

直接受克里姆林宫指挥的内务部特工们审视着这间宽阔且采光良好的房间,他们的面前是无数林立的剑刃和书架。库图佐夫的尸体最先被警察搬走了,地毯上画了白线,气体成像仪机器人正在对现场进行扫描。

三小时前,全副武装的特工们从一个街区外的下水道系统潜入到别墅下方,爆破作业人员在薄弱层给他们炸开了通往地窖的路,然而等到他们有条不紊地杀上二楼的时候才发现那里站满了警察,面对着黑洞洞的枪口惊愕不已。误会解开后,警察将现场的控制交给了亮明身份的奥摩部队。

"库图佐夫的尸体是昨天发现的。女佣发现他倒在书房中央,一把刺剑插穿了他的喉咙和大脑,没有目击者。奥摩的这次突袭行动完全保密,当地警察不知道我们的行动计划,我们来的时候,他们正在进行现场的二次勘检,这是巧合。"一个内务部特工轻声说道。

奥摩部队的指挥官摸了摸右眼的伤疤,那里正在隐隐作痛,这是在车臣战争留下的老毛病,每当出现作战计划之外的状况时便会如此,无论是他当年在格鲁吉亚凝视着犬牙交错的战术地图时,还是在格罗兹尼前线的街垒旁抓着随军牧师仅剩的手臂在一堆碎肉中站起时。

他不禁打了个寒战。

在克里姆林宫的预想里,这次突袭计划将完成三个目标:第一,抓捕库图佐夫·安耶波维奇·亚历山大;第二,审问出和四年前山友财团电力事故相关的信息;第三,找到库图佐夫叛国的更多证据。指挥官曾当面怀疑直接出动奥摩部队的决定是否过于隆重,而内务部部长只是在给一份份文件签字后抽空抬头,指挥官记得他山岳一般隆起的抬头纹和古怪的眼神,他只是递给指挥官一份报告,报告的内容是:"鸟巢"在四小时前更新了网站,库图佐夫·安耶波维奇·亚历山大已被标记为目标。

"把照片给我。"

属下心领神会,他很快将一沓高清照片递给指挥官。最上面几张照片是痕检人员在现场给库图佐夫的初次拍照,侧卧在一摊血泊中的他穿着一身宽松的黑色睡衣。原来指挥官还怀疑死者是库图佐夫·安耶波维奇·亚历山大本人的真实性,但他现在知道不用再去怀疑了,他已经认出了律贼的文身。接下来是库图佐夫躺在扫描床上的裸体照:他的左胸心口位置文着列宁和斯大林的头像,但这并非是他热爱伟大领袖,而是相信行刑队绝不会向他的心脏射击,而民间认为只要心脏完整,亡魂终有一日能复生;肩膀处文有流苏肩章,黑色的元帅星,朱可夫的名字在周围绕了一圈,表明他在地下王国的地位超然;腹部是常见的教堂黑白文像。指挥官曾在远东抓获一个劣迹斑斑的杀人犯,他肚子上代表犯罪数量的洋葱头穹顶层层叠叠,数无可数,但库图佐夫的肚皮上的教堂只有一个穹顶,更是狂妄无比:这显然是他认为自己唯一且最大的罪恶是一手铸造了地下世界的秩序,而其他浸透血腥的累累罪行都只是在这个法律框架里的平常之事。

"真是壮观。"

"警察说是自杀。你信不信。"他身旁的副官问道,"但是我的确没见过这种他杀的死法。刺剑从下到上,从正下方贯穿喉咙插穿了大脑。"

"他们有在刺剑上弄出什么东西吗?"

"没有。除了直刺致死的那一下,痕检没有在刺剑剑身找到任何碰撞和划痕,基本可以排除发生过打斗的可能性。对库图佐夫的毒理学鉴定还没完成,他们正在进行胃容物鉴定。但我看弄不出什么东西,库图佐夫这头老狐狸就是在古拉格卖毒药发家的,对毒物十分警惕,而且向来随身携带几种急性毒药的中和剂,没什么人能轻易毒死他。"

"气体致幻剂的可能性呢?"

"这么大一个书房,神经毒气的可能性微乎其微……我问过伊戈尔,就是我们新来的那个电子兵,他拿着弱磁探测走了几圈了,没有任何传感器的电信号,什么书架后的暗室、瓷砖下面的暗格、油画后面的保险箱,这里通通都没有,这是个没有故事的书房。更重要的一点是,这房子里没有任何监控设备,我们无法还原现场。"

指挥官若有所思,"监视者是不会容忍自己被监视的。"

副官愣了愣,"指挥官,别在这里说这些。"

指挥官笑笑,"达瓦里希,你以为我在说什么?"

副官眼神闪烁,他不知道该怎么接话。

指挥官继续说道:"现在四年前的那次电力事故变成死局了。能源部从那次事故里拿到的报告显示,电能负荷曲线的峰值在两百亿千瓦上下,三十个裂变核电站的瞬时发电量,莫斯科科学院的专家看过,他们认为几乎只有核聚变点火才会有这么高的功率吸收。内务部高度怀疑山友财团的核聚变技术来自俄罗斯,库图佐夫·安耶波维奇·亚历山大有巨大的嫌疑将国家机密贩卖给日本人,一旦坐实了这个罪名,就是确凿无疑的叛国。"

"审讯室里还有一个鸟巢的杀手。我们也许还能从她身上套出点东西。"

指挥官沉吟了一阵,他回忆起云雀挑逗的眼神,"不,我……不是很想面对那个女人。"

"可是库图佐夫已经死了。我们很难追查到更多。"

指挥官玩味地看着他,"先给这件案子定性吧,畏罪自杀。你觉得怎么样?"

副官避开他的眼神,"这问题您不该问我。"

指挥官长久地垂下眼睑,右眼疼痛欲裂。云雀的存在表明有一个游离于所有事件、却又和所有事件藕断丝连的存在,那就是鸟巢。他却迟迟没能将它和任何事件实在地联系在一起。

无论如何，这个杀手组织必然参与了这些可能会深深影响人类历史进程的每一个事件，而真相似乎和律贼一起被永远地埋葬了。库图佐夫·安耶波维奇·亚历山大是最后一个来自古拉格的正统律贼，他的死亡与其说是一场巨大风暴的起点，不如说是一个宏伟时代寂静的终场：无论是飘扬的红旗，还是素卡战争，以及那些回荡在北风中的白桦林啸叫与囚犯的求饶，往后只能流传在茶余饭后的闲谈和史书的惊鸿一瞥中。对库图佐夫而言，万里冰封的西伯利亚带给他的远不只是不堪提及的过去和惨不忍睹的伤痕，还有从此之后根植在骨髓中的多疑狡诈，尽管律贼本人绝不承认，但他身上的确有着斯大林式的铁腕和严厉，那段时光铸造了他。

新千年以来，内务部更新了"特别名单"，律贼的名字雄踞其上。从此以后，他反复不断出现在内务部层出不穷的名单里，克格勃的精英们见证了这个人从一个古拉格的影子成长为国家的阴影的全过程，指挥官从上一任领导接过奥摩部队的领导权的时候，库图佐夫·安耶波维奇·亚历山大最引人注目的一个头衔是俄罗斯核聚变研究项目总捐赠金额最大的民间商人，他因货运寡头和科学慈善家的矛盾身份闻名于世。那个时候尚未开赴车臣的指挥官从未想到，他们最终会因一起事故深深纠缠在一起。

指挥官记得，电力事故知情人名单上的几乎所有人都已经不在这个世界上了，李青门、筱田太洋、樱井景田、库图佐夫·安耶波维奇·亚历山大……但他隐隐约约记得还有一个不太出现在内务部视野里的名字。

筱田凛。

中国，长三角。

伯劳把筱田凛从贵州带到了温州，出了郊区机场，他们就马不停蹄的赶往城区的深处。

酒店房间的灯光亮了起来，给两人蒙上了一层暖黄的色调。

筱田凛仔细看着伯劳办的假身份证，他们就是靠这个才入住酒店的。"这个字中文怎么念？"她指着身份证上的中文名问道，"马冬什么？""梅，马冬梅。"靠在墙上的伯劳愣了一下后抬起头回答。他记得激光喷涂的时候是这个名字，这是从一个很老的小品里获得的灵感。这张东西与其说是假身份证，不如说是包着块廉价电子芯片的塑料，真正起作用的还是伯劳的 Kali linus 渗透工具，他提前入侵了酒店的局域网，将连着公安局数据库的端口重定向到了自己临时设置的数据库，他在这个数据库里伪造了筱田凛的信息。

"梅是梅花的意思吗？"

"是。"

"骏马在开着梅花的雪原上奔跑。很美的意境呢。"

筱田凛又发出了一些感叹，但伯劳没心思理会她，他在等待明后天前往福冈的机票出票。连续三次出票失败，也许是临近几日的暴雪令航班受阻了，天气预报称 25 日冷空气南下，浙江进一步降温，长三角将面临五十年来最冷的冬天。在原定的计划里伯劳会在 24 日将筱田凛骗去福冈，剩下的事情将由同在日本的雨燕接手,他毕竟是出身自CIA的人,在伪装诱导、刑侦审讯方面是专家,交给他会很合适。

"您对他有多了解?"伯劳突然问道。

"谁?"筱田凛反问。

"李青门。"

"啊……"

"别误会。"

"不不不,我只是非常意外。你居然会问我对我的丈夫'有多了解',听起来他有什么不可告人的身份。但我们又不是史密斯夫妇。"女人眯起眼。

"您可以先说说您对他的了解。"

"还是你先说说你们对他的了解吧。"

"好。我们知道的信息:李青门,广东人,父母早亡,烈士遗属,核聚变工程博士,山友财团的首席科学官。特别地,他在你之前另有一段短暂的婚史,那是他在博士期间的妻子,她在多年前因一次意外身亡。"

"我知道的和你一样多。"

"您可是他的妻子。"

"那难道你想知道他一天要喝八次水、永远振飞车①开局的这样一些奇怪的习惯吗? 还是说原来这些只有他最亲近的人才知道的细节背后,是一个毁灭世界的巨大阴谋? 噢他每天下下将棋原来是为了演练勾结外星人入侵地球时的情形,每天浇的

---

①将棋的一种战术体系,具体做法是开局将飞车移位,将王将布局保护于棋盘右方。

花草原来是一种能杀死全人类的秘密病毒武器母体,就算是傍晚要自己一个人出去走走,也是在暗中思考如何熄灭太阳吗?"

"您的想象力比我想象中丰富太多了。但其实我想知道的是,在李青门博士尚未失踪之前,您是否有听说他被一个杀手组织盯上了。这个组织在暗网里的代号叫鸟巢,正式组建于2017年,最初只在东亚做灰产,还有一些小打小闹的勾当,后来市场很快扩大到全世界,业务范围从窃取机密到暗杀要员无所不包。"

"2017年,那刚好差不多是他前妻去世的时候了。"

"我想听听细节。"

"我没见过她本人,但我认识李青门的时候,他们的婚姻已经处在破裂的边缘了,我只是从旁人嘴里知道他前妻的情况。这件事我知道得也不多。他基本不谈他的前妻,我又为什么要问?"

伯劳无言以对,他感觉到筱田凛有点生气,她一点都不想在这个话题上继续下去。

"我们在这里安全吗?"筱田凛问。

男人撩开窗帘,筱田凛看到酒店对门是一个三自教会的西式大教堂。

伯劳笑笑,"西西里的黑手党有个规矩,不杀逃进教堂的目标。不知道东亚黑帮会不会也会停在教堂外,但我觉得不会,东西方的文化差异是很大的。"

筱田凛嗤之以鼻,"任何黑帮创生之初都只有一个原则,那就是抱团取暖。后来随着组织的扩大,才不得不产生更多的原则,制服文身以示身份、尊卑有序以示秩序、切腹断指以示谢罪……它要求成员以钱财、时间、生命甚至尊严迎合,以提供归属感,保持其凝聚力。而后这种原则反过来成为一种刻奇①,人人都知道要遵守它,但没人知道它为什么要这样。"

"您在这方面很有心得。"

"噢,我不是在发泄些什么。只是您谈到这个话题,我想起了一些事情,过去的一些事情……很有感慨。"

伯劳看着她,"不,您说得很好。"

过了一会儿,筱田凛又开口,像是竭力维护着谈话的气氛,"说来真是抱歉,都是我的麻烦,让你被迫和我一起待在这个地方。你的妻子一定在家里担心地等着你回去吧。"

伯劳似笑非笑,"她早就去世了。"

"哦,很抱歉……你有小孩吗?"

"一个女儿。"

"她一定很漂亮。"

"她很可爱,也很听话。"

"这真好。"

他们又陷入各自的思索。在这短暂的沉默之中,伯劳开始打量她在酒店房间的暗黄柔光下显得亲和的侧脸,她的淡妆朦胧而通透,像一幅来自上个时代的古老画卷,而筱田凛正看着窗帘的花纹,对男人意味深长的凝视一无所知。这时街道上突然有圣三一的节律,声浪席卷上来,筱田凛被吓了一跳,她睁大眼睛拨开窗帘想找到歌声的来源,伯劳没有阻止她。原来是对面

①Kitsch,一般译为"刻奇",意为讨好自己,迎合自己。

的教堂开始合唱《我爱中国教会歌》，年底的时候成员们组织在一起，活动会一直搞到半夜。

"今天是除夕。"黑色眼睛的男人轻轻说道，坐在床边的他若有所思，"我都忘了。"

"今天刚好是中国的新年吗？我也很多年没过过新年节日了，日本老家的习俗是节日当天要吃过年面和年糕汤，可我已经多年没再见过这些饭菜。"女人转过头来。

"我也离家很久很久了。长久到我都几乎遗忘了它的存在。"

他们同时叹了口气。

"我说……特工先生。我们其实很像呢。"筱田凛突然望向伯劳，眼睑低垂，她的语气轻了一个八度，右腿叠在左腿上，复又将左腿叠在右腿上。她的手指无意识地摆弄着青果领层层叠叠的密织棉绒，脸庞蒙上一层耐人寻味的表情。伯劳凝视了她一秒，或是五秒，他也说不上来是多少时间，随即便转过头去，他轻轻咳嗽了一声。筱田凛像是得到了一些鼓励，她咬着下唇，摇曳着。

"我从来没想到像您这样一位女士会这么热情。"

"……也许是你给我调的那杯奶油酒，我有些醉了。"

伯劳坐在她身边，床垫的凹陷让两人靠在一起，"那杯酒可是两天前了，您的体质还真是迟钝。但在另一方面又似乎很敏感。"

"嗯哼……"

苍白的男人轻轻把手放在她的第一颗扣子上，他们能互相感受到对方身躯的热力，"您身上会有文身吗？"

"哈……文身可是不能轻易示人的。只有帮派成员才会拥有它，并且将付出终身被这个社会遗弃驱逐的代价。它就像萤火虫，当隐藏在白昼中你无法发现它的存在，它繁复的美只存在于夜晚花火绽开的一瞬。"

"您绽放过几次呢？"

"无数次呢。我是一只寿命很长的萤火虫。"

伯劳探到她白皙的脖子，青蓝的静脉在那里静静跳动着，"说谎。你的脉搏太快了。"

筱田凛不好意思地笑起来，"这就是特工的专业素质吗？"

伯劳也笑起来。

女人垂下眼睑，"有人说过……你笑得很像一只猫吗？"

伯劳没再说话，他从前面和后面同时摸到了她的心跳，那像是轻盈地跳跃在名为梦境的海洋上的滑腻海豚，让他回忆起曾隐约在刀尖的波光。杀手仿佛回到了多年前第一次抚摸M1911银灰色枪身的时候，那时塞满他头脑的不是第一次触及热兵器的生涩，而是成千上万隐晦的诗句，他的指尖久久摁住云雀准备的巴拉贝鲁姆弹，圆润的弧形金属弹头像樱桃在暴雨中一样颤抖着。当年他在举枪瞄准时依稀看到亡妻的面容，现在也是如此，他不知道这算不算得上是对爱人的背叛，死去的契约如同垮掉的苹果肌，不应再在女士面前轻易地提及。

筱田凛的挣扎并不强烈，但足以令伯劳浮想联翩。她在灯下的表情混杂着神秘的欲求和同样经年已久的痛苦，床上的男人突然想到婴儿被脐带缠绕的姿态，他想，这个女人经历过什么？到底是什么赋予她宝藏般耐人寻味的气质？他们两个像纠缠的野兽，以白色床单为战场，温温吞吞地撕咬着对方。怀抱着这种微妙的疏离感，伯劳将自己没入筱田凛，没入久违的温暖海水。

　　窗外鞭炮声响起，新的一年就要到来了。

九 盲 隼

2001年，民警李胜利成为烈士的那个傍晚，他的儿子李青门刚逃课出来没多久，正在河边抓青蛙玩。几个邻居终于在河边找到了李青门并小心翼翼地传达他父亲的死讯，李青门只是茫然地点了点头，手里攥着被"黑蜘蛛"炸烂的半只青蛙，还不能理解这个消息的确切含义。

李胜利和犯罪分子做斗争可歌可泣的事迹印成了铅字，像徐洪刚勇斗车匪路霸那样传遍了街头巷尾。县领导高度重视烈士家属的安置问题，金辉一中给李青门的升学开了绿灯。金辉一中是当地最好的中学，它最为人称道的是邵逸夫捐赠建起的礼堂里有一盏气派的大水晶灯，只亮过一次。李胜利生前省吃俭用让小李青门上最好的补习班，以期能考上这所历史名校，然而最后推了李青门一把的，是他面对持刀飞车悍匪踏出的那一步。

很难评估父亲的缺位对李青门余下十多年的求学生涯有多

大影响，其中最显而易见的部分就是他终于在期待的重压下解脱，他的数学天赋第一次像野马脱缰奔驰在智慧的原野，在草稿纸上尽情思考的时间变得广阔无垠而绝不担心被父亲粗暴地打断，不再有人在夏天摇着蒲扇监督他做英语卷子，也不再有人对着他严重偏科的成绩愁眉苦脸。

在金辉一中的岁月，李青门这个名字逐渐因成绩而添上一层光环，奥赛尖子、省队大神、物理学神等称号相继落在他的头上，同学们的目光是敬畏的，更何况他长成了一副瘦高、清癯的模样，暗合了某些长久以来的刻板印象。这种朦胧的崇拜一直延续到他的大学生涯，并且在他完成虚数量子理论数学基础构造的那个晚上达到前所未有的巅峰。

"我发现了一个新的'时间'，甚至是重新定义了'时间'。"他的自豪和成就足以撑起这句话。

在旁人看来，黑板上那一整列极容易让人联想到拉马努金的公式，只有李青门和物理学院院长能够窥见其中奥妙的一二。他们在台上旁若无人地辩论，那时王韵坐在座席和其他听众一起走神，目光偶尔转到那个女生的身上，仿佛在凝视久远的大理石雕，辨认它来自中世纪还是文艺复兴时代。

几年过去，到了各奔东西的时候，他发现他的同学们各有去处——去处是指物理学之外的去处，大部分人忙于出国和各大互联网公司的实习，少部分人则早早看起了行测和申论。李青门发现和自己一起跑高能射线实验室的人开始变少，一时间，焦虑找上了他，李青门开始有了一些茶饭不思的日子。和大一时第一次翻开四大力学课本的时候一样，他恍惚间站在了另一扇大门前，一个成年人规则的社会在向他徐徐展开。在这之后，时代给予他的一切荣耀都戛然而止。

饭堂里打完饭的李青门主动坐到同学旁边，他第一次有了觍着脸的感觉，"请问一下，请问一下。现在软件开发这个行业，会用得到粒子物理里边的哪些知识吗？"

"门神，你跟我们问这个不是在伸手抽我们脸吗？问我们还不如问其他教授。"

问老师这种问题，注定会十分尴尬。好在德国代表团来访中国，物理学院办了一个规格很高的学术会议，李青门作为优秀学生代表参加了会议。在会议之余的自助餐饭局，他找到了两名正在压低声音交谈的外国教授。当李青门走近的时候，他发现两名教授不动声色地换回了英语对话，这种转换对他们而言仿佛已经是得心应手了。

其中一个教授耐着性子听完了李青门磕磕绊绊的英语："Toy theory。你知道这是什么意思吗？我们用来描述那些看上去很有前途的学生的一些想法，他们年轻的时候很有激情，提出了很多奇思妙想。这很好，但是现实是，他们的理论九成以上会在之后更先进的实验数据前崩塌，变成一文不值的纯粹智力游戏。你的理论形式很好，但它依然要经受验证，它需要的试验设备太特殊了，单单是一个快子生成装置就需要核聚变级别的能标——虽然没有LHC那五千亿电子伏特的能标那么恐怖，但也不是什么能随口说出来的数字。"

"埃文斯塔，别这样苛责一个象牙塔里的孩子。"另一个教授打断了他的话，"但是小同学。概念，概念，这个阶段的高等教育只需要你牢牢把握住概念。想象一下，你能在酒会里握着鸡尾酒高脚杯对着那些蠢女孩充满自信地说：'你知道，质子有一个绝好的量子位。'尽管你也许已经忘记了质子是什么东西，也忘记了量子位的真实含义，但只要你能记住这些术语的大概意思，那么你大学课程的目的也基本上达到了。"

两个教授又吃吃地笑起来，他们随后话锋一转，聊到了中国气功和拔火罐的神奇疗效。李青门知道这两个人也靠不住了。

后来深受打击的他在学生宿舍找到待在另一层楼的王韵提出了同样的问题。他们熟络起来大多要归功于他们共同认识的那个女生，王韵其实多多少少并不情愿，李青门也是那种很被动的性格，但他们在她的牵线和撮合下成为一对心事重重的朋友。

"我不是很在意这个了。"那时王韵的手指在键盘上敲打，李青门探头看了看，四人间的阴影中，他在灯光下重复一些业务代码，"我在学编程。我要转行，到互联网金融去。"

"阿韵，我记得你家庭条件很好的啊。"

王韵含糊地回答："那又怎么样。"

"你哪用得着转行？"

"当然要，难道我能躺在父母的功劳簿上吃一辈子吗？人工智能的浪潮就要来了，它会深刻地改变人类社会的存在形态，谁如果现在不抓紧时间了解它，谁就会彻底落伍，谁就会被淘汰！"

"这话怎么说呢。"李青门有点着急，尽管他有一套自己的说辞，但实际上自己也不怎么相信自己的话，"人工智能总不会把我们这些人也淘汰掉，我们也算是整个中国最好的那一批学生了，怎么会说下来就下来……"

"毫无危机感。"王韵瞟了他一眼,"CAD来的时候,大型设计院还不以为意地坚持笔尺不离手;电商出现时,零售巨头嗤之以鼻;新媒体开始发力的时候,传统报刊认为它们只是昙花一现。他们的下场你知道的。不要以为自己很特殊,中国人太多了,人挤人,人踩人。要出头,你就不得不看得远一些……"

王韵想了想,又说:"……但科研当然还是要有人坚守。"

"我也觉得应该这样。"李青门像是抓住了什么救命稻草,委屈的表情似乎要哭出来了,"不不不……可是,刚上大学的时候我们都想得很多。可突然间为什么大家都不搞这个了。我们小时候老师都教的,学好数理化,走遍天下都不怕。"

王韵揶揄地看着他,"那你就到你能发光发热的地方呗。梦想这个东西还是要坚持的。以你的水平,申个国外什么牛校的全奖不是什么问题。"

李青门迫不及待地开始了自己的长篇大论,他没有发现王韵的眼神越来越不耐烦。"这个问题我也考虑过。去欧美很好,我也考虑过,但是近年政治环境不稳定,我担心如果全球右翼崛起,对科研事业会不会是个隐患。我国虽然麻烦事也很多,但毕竟是正在崛起的途中,如果大方向跟对了,以后干大事的机会更多些。我觉得我会被人发现的,总有一天大家还是会认识到我工作的价值。"

王韵静静注视着李青门,直到后者毛骨悚然。最后她满意而轻描淡写地说:

"还好啦。你想,伽罗瓦十九岁创立群论,阿贝尔二十二岁给出一元五次方程没有代数一般解的证明,梵高三十六岁画出

《星夜》，都是死了才出名的。你要是真有本事，就熬着吧，熬到以后，熬到几十年一百年后，也许那个时候就出头了。"

李青门表情萎靡且似懂非懂地点点头。

"小李，今天叫你过来。是想核对一下你直接攻博的博士志愿情况。"

"是我本人填写的。"

"你先坐下，我们来谈一下。"

"马老师，我已经决定了。"

院长长久地凝视着面前的年轻人，他玳瑁眼镜后的眼神深邃而荒凉，过去许多令人不安的回忆与听闻此刻在他脑海中翻涌。现在的他极其清晰地明白一件事：自己的一句话将会深深影响这个天才的一生，一如哈代面对拉马努金手稿时候的凝重，他的表情也流淌着极端的审慎。上一次他有这种斟词酌句的感觉，是在直接向某位副国级领导做报告时，那次报告中的只言片语后来被写进白皮书，成了国家战略的一部分。

"小李。我有句话想说，不是，我有一些话想说。你很有天赋，是我执教生涯里见过的最优秀的学生，我甚至愿意称呼你为物理学界的拉马努金。你对基础理论没有兴趣，我感到十分遗憾，也表示十分理解，因为我了解到你的家庭经济情况并不是很好，做出这个选择也是出于十分成熟现实的考虑。但是，如果你想走应用这条路线的话，为什么不尝试一下量子通信呢？这是一个前景广阔的方向，而且以你的基础，去掌握它的实验方法也是手到擒来的事。"

"我认为核聚变工程会是个更适合我的方向，而且它的前景同样广阔。"

"不,我的意思是。量子通信这个方向在我国发展得很快:2007年首次应用,组建了北京四户家庭量子通信网络;然后到2009年组建的芜湖量子通信政务网,达到了七个节点和十公里的最大传输距离;2010年的合肥量子通信试验示范网络达到了四十个节点;最近济南也要开展量子通信实验网,这次将有五十六个节点投入运行;而更大的发展将会在2016年爆发。你思考一下这种发展速度!国家在背后支持着它。"

"很多人都在关注这个。它的理论基础已经基本成熟,剩下的多数是工程上的难点。我认为以我国的技术力量和体制优势,完全可以集中力量办大事,在短时间内将其攻克。而我在其中的发挥空间有限。"

"小李,你再听我说。一方面,我国参与的国际热核聚变实验堆计划前景不明,它隐隐走到了死路,功率因子提不上去了,国家正举棋不定;另一方面,量子通信这块大有可为!我建议你,等到环境好了,你再转变研究方向,成为一个理论型学者也不迟。"

"我坚信验证虚数量子理论需要可控核聚变的突破。我会找到它的用武之地的。"

"虚粒子体系是个非常有想象力的理论,它的数学形式是优美的,它的逻辑推导是精妙的。但是我国目前没有那么好的条件,甚至欧洲,乃至整个世界都没几个实验室有能力验证它,你一定要理解这件事情!超弦理论就经过了很长时间,乃至今天都没有得到完全的承认,你的理论很漂亮,但凭借我们现在的实验机器只能在这上面验证一些 trival 的结论，至于更深的层面需要全新的实验器材，而我国公立科技基金目前还负担不起这么庞大的开支。所以，一方面你要对现实有所妥协，但另一方面你对自己也要有十足的信心。"

李青门神色一凛，他的回答有种箭步问天的时代感，"正是因为如此，我才决心攻克可控核聚变这块硬石头，在属于我的科研岗位上发光发热。"

院长愣了愣，他明白很多话已经很难再讲下去了，"小李啊，你很有想法，很有觉悟。啊呀，只是，只是……我很惭愧啊，我像你这么大的时候，是二十世纪八十年代，那个时候我还在戴蛤蟆镜，穿喇叭裤，抱着收音机满大街跑，外放《成吉思汗》。《成吉思汗》是一首舞曲的名字，我想，像你这样的年轻人没听过。"

这次精心准备的谈话草草结束。

凭借院长的推荐，李青门如愿以偿地进入核聚变数学模型课题组，毕业拨穗的那天，院长在远处看着心事重重的李青门，他心想，这真的是你想要的结果吗？在之后他听闻李青门的博士生涯并不顺利之后也是一声叹息，他找到过李青门的博导试图打听情况，而李青门的博导、那个德高望重的院士在一段尴尬的无言后委婉地评价他"执念太重"，其具体的含义，院长并不敢追问。

现在，2029年2月19日。中国，长三角，温州。

女人歇斯底里的喘息已经平静很久了，伯劳听到她稳定的呼吸声。他翻了个身试图入梦，却回忆起斗狗场的日子，他已经很多很多年没有再感觉到那种筋疲力尽的感觉,甚至在某些瞬间他会认为,和自己在镜中日益苍白深刻的面容一样,年轻时高擎的利剑再也不会有机会出鞘了。但在长久思索星空、宇宙和量子力学后,他的身躯又像永不停歇的水泵一样涌起无穷的力量,他试探性地从筱田凛的腰探上肩膀,发现她已经睡着了。

杀手从床上爬起来,他在床边轻轻喘了口气。一夜过去,他已经把自己入行时定下的条条框框全部破坏掉了:远离目标,不问床事。乌鸦曾经把它们评价为"矫情",但伯劳一直笃行无疑,他向乌鸦解释道,到我们这个岁数,仪式感就是生活的全部。乌鸦不置可否,但表情若有所思。

在这种旖旎的夜晚思考哲学问题无疑是奢侈的,但杀手浪费得起。他确实是个很讨女人喜欢的男性,苍白的肤色显得禁欲,匀称的肌肉恰到好处,永远平静严肃的眼神总能勾起她们的一些欲望,无论是在尚未离开中国、混迹世界各地时,还是斗狗场那段日子,仓促之间总会有不知名的女人给他留下带有香水味道的问候和信封。

爱琳·索菲亚看他的眼神也是朦胧的,她刚好处在青春期,一个灾难频发的年龄段,如果没有监护人在身边,后果是不堪设想的。他想起符拉迪沃斯托克里她那柔软的手掌,握在手中仿佛是一面没有重量的白纱布,这是一双没有经历过任何风浪的手,如果这个时候出现一个稳重可靠的男人托住她的生活,恐怕很轻易就能俘获这个女孩的芳心。

太容易了。她对伯劳的信任几乎是无条件的,这个杀手可是将她从暗无天日的四年囚禁中解救出来的男人,她牢牢记住了他的呼吸、他的衣服、他的嘴唇，正如他记得她的过去、她的发色、她的眼睛。这是伯劳多年以来唯一一次不以纯粹理性计较的任务。

他突然担忧起来，如果爱琳·索菲亚对自己真的抱有那种感情，无论是哪一种，那么作为一个成人，自己该如何回应呢？我只是，我只是……不知道。不知道提供给她的安全感和刺激如何配比，这两者如何平衡最终取决于爱琳·索菲亚把自己摆在了什么角色上，在她眼里，自己到底替代了父亲的角色，还是替代了一个带领她走过世界的大男孩的角色？

对杀手而言这是个很有意思的课题，爱琳·索菲亚的出现至少让伯劳逐渐开始摒弃过去那种追求精确和程式的稳妥做法，他开始变得更有共情能力了。

伯劳在床上翻来覆去了一阵，最终走到窗边点了根烟，将这些杂乱的念头清理出去，他甚至没意识到爱琳·索菲亚已经逐渐替代了女儿和初恋的影子。在短暂的软弱之后，那个战无不胜的鸟巢杀手又重新回到了这个世界。

筱田凛醒来的时候，坐在床边的伯劳刚好把一杯热茶放到床头柜上，窗帘边缘依稀透过来一点阳光，她在鸭绒被里翻了个身。她看到苍白的男人凝视着镜中的面容，他在抚摸自己眼角的皱纹。

"筱田凛博士，接下来的路你要自己走。"伯劳披上外套，他俯身为筱田凛披好被角，盖住她裸露在空气中的肩膀。

"嗯？"她发出一个低低的鼻音。

"我说，这班航班你得自己搭了。我已经帮你值机了长三角飞往福冈的航班，登机牌我打印出来放在桌上，是中午十二点五十分的飞机，十二点的时候酒店楼下会有车送你去机场，是我网上预约的车。"

"可是……"

"千万不要错过时间。千万不要。"伯劳在她耳边轻轻说道。

"嗯……"筱田凛迷迷糊糊间又发出一声绵长的鼻音。她试图往枕头更深处钻去，避开令她耳垂发热的叹息。

她的余光瞥到男人的阴影从她的身躯上撤去，如同洗澡的暖水被逐渐用尽。虽然伯劳离去时竭尽全力轻手轻脚，但听到门锁滑动的声音时，筱田凛仍然无可抑制地想到，和那个夜晚一样，我又是自己一个人了。

四年前，电力事故发生后三天，2025 年 10 月 11 日。斯堪的纳维亚半岛，"十字飞车"基地。

站在半山腰的观察台上，筱田凛审视着这次电力事故的遗迹，更准确地说，是被前几夜的电气闪爆彻底毁灭的基地主体。早在二十世纪七十年代，俄罗斯托姆斯克理工大学高压电技术研究所便开始研究电气破岩技术，他们发现，像混凝土、岩石、陶瓷之类的固体脆性材料被高压放电击穿产生的冲击波会造成材料破坏。而眼前的十字飞车基地，则是一个超大型的电气破岩事故现场，现在的它像是一个一夜厮杀后的古老战场，唯有风和树林的声音。

但筱田凛知道，事故发生的那一夜这里绝不会这样安静，她能想象，从核聚变能量传输装置产生的高压脉冲放电首先击穿了空气,然后是混凝土,在整个基地范围内造成了主体结构承重柱的均匀脆性破坏,那些直径动辄十几米的承重柱表面全部爆裂,只有内里尚未被剪应力毁坏的核心区域在勉强支撑着结构。更让人难以想象的是,这次高压放电可能还影响到了基岩,因为她看到了山崖裸露岩块上出现了明显的长裂缝,不由得一阵后怕:她昨天可是不顾阻拦进过基地的,而基地随时可能在瞬间坍塌。

事故发生的当晚,她正在另一个城市,唯一能感受到的是整座城市在一瞬间全部断电,那时以为自己失明了的筱田凛在酒店房间的黑暗中从浴室摸索到落地窗边。整个城市都黑了,筱田凛在窗边凝视着黑暗中的长街,像是一条百鬼夜行的墓道,而远方的街区尽头则是一个巨大的坟场。真的很黑。她回想起了小时候犯错被筱田太洋关在禁闭室里的日子,她和沉默寡言的筱田龙一完全不一样,她有胆量对所有人咆哮,并且很多次抓破了管家的脸皮,筱田太洋怒斥"不可管教,不可管教!"但他看出了女儿熔岩般猛烈的性情,并且曾经大力培养过这种他眼里可圈可点的性格。

他还逼我学什么女子薙刀道,太可笑了。

当晚还有人点起了篝火,筱田凛呆呆望了那点火光很久很久,仿佛那是她唯一的温暖,他们一起度过了一个心情复杂的夜晚。十二个小时后,电力供应恢复,这时她才获悉,昨夜的电力震荡让整个北欧电网都瘫痪了,经济损失不可估量,有上百名正在医院里接受手术的患者死在手术台上。

"你在这里。"筱田太洋沉重的呼吸声出现在她身后,她转身,看到筱田太洋,他的衣领处有一圈水渍,很明显那是汗,他看着筱田凛,像是期待着些什么。

"走上来的吗?这里没有电梯。"

"是。我听说这里能看到整个基地,视野很好。"

"你年纪大了。"筱田凛说,"可以坐缆车上来。"

"上个月我才在名古屋和一个八段打稽古。"

"那你身体还是很好的。"

他们又沉默了。

看你的脸色,你还在讨厌我,但是我是你的父亲,你应该更尊重我一些。筱田太洋露出了很多时候他挂在脸上的威严表情,他没把自己心里的不满说出来,因为他早就明白这无济于事,他多多少少了解她的脾气。

"要喝水吗?"筱田凛问。

不,不要明知我不吃这套却硬要在我面前装出一副受了误解的可怜表情,我从来没讨厌过你,我只讨厌那些值得我讨厌的人,我只是把你当空气,一切都没有变。她面无表情地扭过头去。

"不用了。我听说,你前天还是昨天冲进了基地,但是抢出了一个幸存者。"

你还是和以前一样,不知道我们什么时候才能结束这种对立状态,还是说你我都习以为常,乃至于麻木了。筱田太洋收起了表情。

"是。一个女孩,她当初处在一个顶点探测器的内环舱室里。她很幸运,在里面平安无事,因为那是基地内少数能形成法拉第笼抵抗电力脉冲闪爆的结构之一,在最初它是作为近距离探测装置、按照超高防雷标准来设计的。我发现她的时候她饿得晕倒了,可能是她不知道怎么从里面打开舱室的门。但其他人就没那么幸运了,他们绝大多数都被碳化了。"

不要想着和我聊另外一些乱七八糟的东西了,我们还是谈正事,或者说谈工作吧,除此之外,我想我们也无话可说了。筱田凛垂下眼睑,这是她开始组织语言进行例行公事报告的标志性动作。

筱田太洋皱眉,"这样很危险。"

"基地伤亡还没统计,以基地现在这个损坏状态,没人敢进去。要等到专业的结构加护队伍来把主体结构修复之后,后续工作才能进行。"

"你该更注意一点自己的安全。"

"好了。我更想向你报告另一件事:除了那个女孩,我还找到另一些人在事故后的活动痕迹。也就是说,事故发生的时候,除了那个睡在舱室的女孩,还有其他人在现场。这是可以理解的:因为连接着内环舱室的通道同样达到高强度防雷设计标准,在里面的人也能逃过高压脉冲,但是消防队并没有找到任何其他幸存者,所以我认为这点有必要特意报告。"

"很少见你和我说这么多话。"

"尽职尽责而已,财团董事长先生,你可是我的大投资人。"

他们又沉默了一阵。但观察台周围有足够好的风景让他们消解这份奇异的尴尬。

筱田太洋像是谨慎地选择着措辞:"那……李青门的……情

况怎么样?"

筱田凛岔开了话题,"电闪毁灭了全部的监测数据,我们对当时发生了什么一无所知,不过好在我们有核心数据的备份。樱井景田接手了核心数据的后续保护工作,他说,数据被他信得过的手下秘密放到了深圳。这件事他应该有向你报告。"

"他也遇难了吗?"

筱田凛瞟了她白发苍苍的老爹一眼,回应得很含糊,"我不知道。"

"你怎么会不知道呢? 我不明白这是什么意思。"

"那就别再去理解它了。有看到山下穿白色衣服的那一队人吗? 那就是俄罗斯人的现场勘检,他们早就对北欧的能源市场觊觎已久,不会放过这个机会的。"

"我早就看出来了,凛。"筱田太洋双手交叉在胸前,山口组组长的呼吸变得蛮牛般沉重,"李青门只是你表达不满的工具。多少年来你还是那个和我赌气的小女孩。"

筱田凛扭头就走,她连在筱田太洋身边多待一秒的想法都不会有了。

筱田太洋看着女儿的身影消失在观察台的另一边,他的表情复杂至极。

十年前。地下斗狗场,VIP 房间。

黑市医生将止血钳轻轻放在消毒盘上,他擦了擦额头的汗,这是一个简单的手术,只是将一个小装置植入大脑皮层感受区外侧。但是医生知道库图佐夫此行的目的,他心情复杂地为律贼进行了颅腔穿刺,每当在灰色的脑膜上布置好一个微型电极,他的心脏都会轻轻颤抖一下:到底有多少人为了这个寡头古怪的欲望而丧命? 医生想起了古罗马的暴君们,库图佐夫·安耶波维奇·亚历山大有着和他们一样的眼睛。

"事情办好了。"医生把一个磁带一样的东西交到库图佐夫手上,"这就是从卡拉马佐夫·彼得洛维奇身上读出的脑电波数据,把它插进桌上的机器,摁下中间那个银灰色的按钮,你后脑勺的装置就会将电信号转换成神经冲动,影响你的大脑,在你的脑海里重复一遍他的感觉。"

"好的,十分感谢你,博士。尾款我会让人打到你账上的。现在请你出去吧,我需要一个人待一会儿。"

"好的,库图佐夫·安耶波维奇。要是有什么不对劲,就喊出来,我在隔壁房间喝酒。"

"再次感谢你,博士。"

长久的沉默中,库图佐夫·安耶波维奇·亚历山大轻轻摩挲着这盘磁带,以对死在车臣的长子都从未有过的温柔和耐心。他在多年前一个昏沉的傍晚里得知噩耗的时候,第一反应是整片大地在他脚下被瞬间抽离,然后才是失明般的无尽的失落和苦痛,而他后来才知道,那个倔强的青年已经死去差不多半年,在格罗兹尼被一颗步枪子弹打碎内脏,并迅速地死于严重的感染和脏器衰竭。

你到底有多恨我,才会连自己的死讯都对我隐瞒?

库图佐夫时常会将自己和长子的关系代入他和父亲的关系中。他和父辈二人的羁绊与其说是那个年代特有的红军上下级关系,更不如说像是两个对立的阵营,年少的库图佐夫慑于父亲军人的蛮横从西伯利亚叛逃军队,被押送进古拉格,父子二人从此有了深仇大恨;他和长子的关系亦如此,古拉格的律贼建立了庞大的黑色帝国,而他的长子执意以牧师身份进入军队,两人从此亦是陌路人。库图佐夫的父亲弥留之际曾寄信给他,说他们这代人的命运和祖先们的命运同构,父和子总像冰原上背道而驰的两头白熊,一条绞索将它们的脖子连在一起,它们用力将对方拖往自己的方向,却不能呼吸,在互相折磨中走向各自生命的终点。

"要是能回到过去多好。"律贼轻轻说道。

筱田太洋说,钢铁穿身的感觉,无论是刀剑还是子弹,伤口就像被猛火烹饪。库图佐夫相信这个日本人的说法,他来到符拉迪沃斯托克的斗狗场,寻找一份心脏被刺穿的脑电波记录,他想切身感受被子弹击穿心脏的感觉,哪怕只有一个瞬间。

他把脑电波磁带放进一台复杂的装置里,他的手指按在银灰色的开关上,嘀嗒,机械按键的触感让他想起做旧的仿古胆机。初为人父时他将亚历山大罗夫红旗歌舞团的一张黑胶唱片轻轻放在胆机上,妻子抱着小婴儿转圈,《喀秋莎》轻盈遥远的合唱中,他们在水晶灯下呢喃着,没人能令他们分离,除了他们自己。

电路接通的那一刹那,律贼像虾米一样在椅子上蜷缩起来。尽管黑市医生事先已经把强度调小,但他依然感到一股酸涩从胸前某一个点开始弥漫,像是一阵闪电将那里全部的血红蛋白尽数电离,又像是烧红的铁条蒸发着心室里的血。整个胸腔似乎都在焚烧,他不敢张嘴,只怕嘴唇翕动的一瞬就会喷出痛楚的烈火。

原来如此,原来如此……

库图佐夫·安耶波维奇·亚历山大死死摁住自己的左胸,心脏依旧在那里有力地搏动着。他透过肋骨,却只能听到柴火燃烧的噼啪作响声。

……原来这么痛,这么痛。

一串泪水沿着他层层叠叠的皱纹流下,这个老人几乎被这份疼痛击垮了,他在痉挛,一如他父亲和祖父经历过的那样,只因他们深知这疼痛也曾在他们儿子的身上出现。曾几何时,他们都以为自己永远能够像铁一样坚硬,可是一切总为时已晚。他们经历并拥有一切,却总被苦痛贯穿一生,而等他们充满悔意地回望的时候,才发现自己的回头路已经被一次又一次看似铁血的选择焚毁。

这种悔意如此迟疑,这种焚毁如此彻底。以至于人们惊悟某些东西的时候,往往已是老去的标志。

十　残　棋

现在,2029年3月1日。克里姆林宫地下三层,格奥尔基大厅,联邦内务部,有组织犯罪及恐怖主义调查科,羁押处。

地板上有消毒水和牙血的味道,云雀在白炽灯灯光中微微眯起眼睛,她盯着墙上那块最显眼的单向灰色毛玻璃,猜测玻璃的另一边会有什么人在观察着自己的表情。尽管有段时间没有接触外界,但她一直有预感,将要有一些大事在克里姆林宫的高墙外发生,这是作为一个情报专家的直觉,自从她第一次误触暗网底层的秘密,到现在已经有近三十年了,这种第六感从未让她失望过。

"叶夫琴琳·索科斯卡娅女士。"布置在房间角落的音箱传来奥摩部队指挥官的声音,"库图佐夫·安耶波维奇·亚历山大前几天死了。"

云雀愣了愣。

对方的声音透着深重的疲惫:"你很快就不归我们反恐部门

管了，网络司在向我们要人。"

云雀没说话。

指挥官顿了顿，"但我们同时也得知，日本山口组的领导者筱田龙一目前也在摩尔曼斯克，他和库图佐夫的死脱不了干系。他的船暂时被我们扣下来了，我们得知，他们前几天在进行关于远东地区地盘划分的谈判。内务部在你的家里搜出一台加密的笔记本电脑。技术组发现，它采用了一种类似达·芬奇密码筒①的保护机制，一旦输错密码，所有文件都会被强制删除。我们没办法破译它，我要它的密码。我们现在就要。"

审讯室的门被打开，从外面透进了些新鲜空气。面无表情的指挥官身着没有军衔和军章的黑色迷彩军装，脚蹬黑色小牛皮高帮长靴，严严实实的黑色头巾下，右眼的伤疤在隐隐抽动。白炽灯上万流明的强烈光照中，他让云雀想起乌鸦，两人不祥的眼神几乎一模一样。

指挥官仔细看着她，语气很慢，似乎是力图让云雀听清每一字每一句，"的确，的确，《俄罗斯联邦刑法典》第302条规定严禁刑讯逼供。但是，叶夫琴琳·索科斯卡娅女士，我希望你明白，如果将世界比作一个球体，那么法律只是它面前的一个点光源，世界越大，法律能照亮的球面占球面总面积的比例便越小。不要让虚张声势的光明蒙蔽了你的双眼。"

"我太失望了。"

"这里可是内务部。"

―――――――――――
①密码筒内的明文信息写在草纸上，其中有用玻璃小瓶盛装的醋酸，一旦输错密码就会打破玻璃瓶，令醋酸流出，毁坏草纸。

"我想你误会了,先生。我真正失望的是在内务部听到这样低级的威胁,这对我的职业身份几乎是一种莫大的侮辱。我从小在圣彼得堡长大,父亲是莫斯科大学的计算机专家,十二岁那年,家里第一次有了能接入互联网的电脑,那个时候,苏联刚刚接入芬兰赫尔辛基大学的网络没几年,对我而言这一切都是新鲜事物。一段时间后,我爸爸亲手教我攻入了赫尔辛基大学的服务器。他这样做也许只是向女儿炫耀自己的力量,但有一天晚上,我背着他在赫尔辛基大学冷战国际关系办公室服务器找到了冷战期间间谍战的大量资料,我看到了你的前辈们,克格勃们在审讯室的所作所为。到今天,我已经忘了小时候曾经在那里见过什么,我只能告诉你那些令人不安的文字和图片令我直接放弃了长大后攻读计算机学位的打算,而对法医学产生了浓烈的兴趣。那就是我得到的对这个世界的黑暗的所有启蒙。回忆一下,那个时候的你在干些什么?帮奶奶收玉米棒子?"

指挥官组织了一下语言,"哈,我向您这位有故事的女士道歉……但你恐怕对'奥摩'同样有很深的误解,它不再是暴力部门了,我们现在更像是一个情报部门,和网络司有很密切的合作关系。"

云雀阴笑着,"看得出'奥摩'改编的时间还不长。暴力部门的那种粗鲁、简单、直接的气质还残留在你身上,你一直试图使用一些语言上的奇技淫巧让我屈服。这很好,很好。但依然还没彻底把握情报人员所要求的精密、高效、耐心。"

指挥官摇摇头,"我的父辈是克格勃的军官,我从他身上学到的一点是:你可以对权力不屑一顾,但却绝不能轻视专家。看过《发条橙》吗？主角被强制戒断治疗的那段，他被开睑器撑开眼睛，不断被暗示性画面和音乐洗脑，最后的结果是，他以前的所有攻击性行为现在都会让他产生极端的厌恶感和生理不适。我们完全可以对你做类似的事，我们会把服药后的你泡在一个恒温舱室中，让你浮在比重较高的静水上，浮力将托起你的身体，你身上的全部肌肉将完全放松，舱室内没有照亮，所有声音小于十分贝，水域有整整二十平方米大，你摸不到、听不到、看不到、感觉不到任何东西。你的所有感觉都被剥夺，四十八小时后，你会倾诉你知道的一切。只是，就像影片里老神父说的那样，'人只因有选择的自由而称为人'。我不太想对您动用这种不太体面的方式。

"我想你比我更清楚，人的主观能动性是有限的。意志力，再强的意志力，在先进的方法面前和纸一样脆弱。二十世纪五十年代就出现了这种技术的雏形，最早将它引入审讯的是CIA越战时期成立的绿雨谍报小组，有研究报告称，感觉被剥夺后的三十六小时内，受试人会出现不同程度的精神问题，包括谵妄、躁狂和多疑，但有一个共同特点，他们在重建交流后，倾诉欲得到了大幅度提升。"

云雀静静看着他，"这是1954年加拿大最先发起的感觉剥夺实验。其实更早应该追溯到二十年代的深海探险时期，超过三十米的水深无法看到阳光，潜水员在黑暗的水下出现了严重的交感失调并产生大量幻觉，洛夫克拉夫特的小说也发表在同一时期，这些可以说是最早的关于感觉剥夺后遗症的记载了。"

指挥官摸了摸鼻子，"您也知道这方法。您知道，这种审讯并非是简单的皮肉折磨，它的后遗症是几乎永久性的疯狂、暴躁、痴呆和知觉障碍。我想，相比于肉体的痛苦，您更难接受精神的损害。"

"所以，选择权就在您手上了。"

"'拉尼厄斯'。"

"什么？"

"伯劳鸟的拉丁学名。那就是密码了，去吧。"

指挥官在对讲机里报出了密码。

指挥官回过头来，"您还真的是……干净利索。"

"先生，我和那台电脑一样。只要你输对了密码，我自然会不打折扣地合作。"

指挥官愣了很久，像是在思索她话中的含义。最后他笑出来，"您是我这么多年来见过的……最特别的被审讯人了。"

云雀温温吞吞地回答："我很荣幸。"

指挥官隐晦地示意单向毛玻璃外的副官输入密码"拉尼厄斯"，副官照做了。云雀的笔记本电脑被解锁，巨量的信息喷涌而出，暗网翻腾的黑色海洋第一次向奥摩部队的电子战专家们展开了全貌。

"伊戈尔，提取最近的、和库图佐夫·安耶波维奇有关的一切日志。"副官向身旁的电子兵下达命令。他们很快找到了想要的结果：库图佐夫·安耶波维奇·亚历山大在2月16日在摩尔曼斯克和日本极道高层筱田龙一进行会面及相关谈判，其中涉及事宜有两国黑帮的边界重划、核燃料非法交易、白令海货运控制权谈判等，2月28日库图佐夫·安耶波维奇即被发现死在家中，而彼时筱田龙一仍处在摩尔曼斯克。虽然云雀构建的知识图谱中关于这次事件的记载语焉不详，但至少从时间上来看，筱田龙一无疑是库图佐夫·安耶波维奇死亡事件的重要突破口。

副官向走出羁押室察看笔记本数据的指挥官汇报了情况。

指挥官下达命令："立刻组织人手，前往摩尔曼斯克逮捕筱田龙一。这件事要办得干净迅速，不过任何手续，不通知任何部门。如果遭遇抵抗，允许开枪射击。事后我会亲自向内务部部长同志汇报。"

副官敬礼，只有在这时，他们身上那种刀削斧凿般的军人气质才稍稍显现出来，"遵命，指挥官。"

摩尔曼斯克仍在零下三十摄氏度的暴雪中，手机铃声吵醒了筱田龙一，他看了看时间，自己睡了稳稳当当的八个小时。他从床上爬起来接了电话，武田主任的声音在电话的另一边絮絮叨叨，他的叙述不是很有条理，筱田龙一花了点时间才理清他在讲什么。

"你说两个航班没有相同的购票人?!"筱田龙一几乎要朝着手机吼出来了，"这怎么可能?"

"我是说真的。"武田主任可怜巴巴地在另一边说道，"中国警方还在查。他们已经调取了筱田凛博士在机场的监控录像，但看起来一切正常，筱田凛博士是自己刷票，自己登机的。但警方相信有人通过某些手段控制着她，希望能在她身边找到一些可疑人员。但目前只能说明，筱田凛博士似乎将要自己返回日本。"

"能不能使用面部识别技术、使用无人机在可能的区域内搜索她本人？或者在机场、火车站等布下面部识别监控？"

"恐怕很困难。一方面是中方没有筱田凛博士的面部数据，这种保密数据的跨国迁移是需要我国公安同意的，即使两国的侦察队伍决定合作，程序走下来也要一定的时间。另一方面是，中方恐怕不会同意大规模出动无人机搜索，即使……即使山友财团愿意承担全部费用开销。"

房门这时被敲响。筱田龙一放下手机去开门，迎接他的是雅利金手枪深邃幽暗的圆形枪口，击锤翼张，对方不是开玩笑的，俄国人已经打进来了。筱田龙一第一反应是双手高举，然后他在喉管被顶住之前扫了一眼对方的制服，是内务部特工，走廊早就被断电了，他们像影子一样紧贴在墙根。

门外被反剪双手的保镖咕哝了一声，"少主，原谅我们没保护好……"

筱田龙一皱眉，"别说话。"

随后他被推推搡搡押出了酒店大门，坐上一台桑塔纳防弹轿车，头被套上一个黑色头套。他尝试过记住路线，但很快就放弃了，褪黑素胶囊的效果还在，他睡得昏昏沉沉的，很难记住轿车左转还是右转了。

"筱田龙一先生。不要惊慌，这里是俄罗斯内务部特种部队奥摩，我们将会请你在绝对安全的情况下在俄罗斯停留几天，您的生命财产会处在绝对保护下，不会受到任何损失。"轿车开出去一段时间后，他听到前排传来了男人粗犷沙哑的声音，然后是断断续续的电子音日语翻译。

黑衣的奥摩部队副官一边说着，一边在战术终端上提交了这次行动的报告:行动编号,SXC-010;目标,抓捕筱田龙一;目标达成情况,完全完成;伤亡,无;烈度,零。

桑塔纳载着这支特种部队和他们的囚犯一路驶向阿拉库尔季地区军用机场,一架伊尔-112V型运输机正冒着腾腾的热气在跑道上等待着他们。他们就是乘着这架北极战略司令部特批的战略运输机从莫斯科直插摩尔曼斯克实施抓捕的。奥摩在内务部负责对内政治侦察,尽管从级别上讲,这支队伍没有资格乘坐这种只在国家紧急状态下才被批准使用的大型运输机,但从契卡时代过来的老军人们仍深深敬畏着内务部的徽记。

被押上飞机的筱田龙一只感觉度过了摇摇晃晃的两个小时,伊尔-112V起飞的时候他差点被摔出去,是安全带救了他一命。如果头上没有那个黑色亚麻套子的话,他会发现身边的俄罗斯人们连安全带都懒得系,但仍坐在位置上谈笑风生,飞机全功率起飞时六个G的过载对他们毫无影响,场面好像关羽刮骨疗毒。

云雀听到筱田龙一叫骂的声音是在傍晚,这个日本男人被摘下头罩看到克里姆林宫洋葱头的时候就判定内务部不会杀自己,于是愤怒起来。她分辨出其中几个铿锵有力的字眼,内容大概是"叫你们领导来",可惜日语没多少人能听懂。透过门口的玻璃洞,她看到筱田龙一被推进了自己的隔壁。接下来她听到来自中央空调管道的噪声,筱田龙一用勺子或者纽扣还是别的什么东西敲着通风口的栏杆,他在试图用摩斯电码和隔壁牢房取得联系。

她忍不住用英语对着墙的另一边喊:"别敲了,这里是苏联时期的老楼,非承重墙都很薄。喊就可以了。"

过了一会儿,墙的另一边传来筱田龙一的声音:"噢女士,我很抱歉……这太好了。这里的安保措施也和苏联一样吗？他们还在用真空管？"

"听着女士,请你帮一下我,我有必须从这里出去的理由。相信我,我会报答你的,即使你只是为我简单介绍一下这里的情况。

"你在听我说话吗,女士？"

云雀在床上翻了个身,"这里关押过车尔尼雪夫斯基、普希金和图哈切夫斯基元帅,还有数不清的大人物作为优秀狱友。在某种意义上,这里就是这片土地的历史。但别以为自己很特殊,筱田龙一先生,这个世界缺了谁都能继续转。享受现在就好了,至少这里的蘑菇汤做得不错。"

筱田龙一明显停顿了一下,"女士,您是哪位？"

"我是鸟巢的情报官,代号云雀。多年以来,我都在跟进你们的十字飞车计划。"

筱田龙一沉默得更久了,"久仰大名。我们的商务情报官樱井景田提起过您的名字。"

云雀尖笑了一声,"请教一个问题吧,筱田龙一先生,我知道你有东京大学历史学的学士学位。以历史学专业人员的史观来看,一个人能改变一个世界吗？我的意思是,如果我们能发明一台时间机器回到过去,杀掉一个至关重要的人,比如希特勒、拿破仑或者丘吉尔,会彻底改变历史走向吗？"

"当然不会。"筱田龙一背靠墙壁,他脱了鞋缓缓坐在床上,头顶的四叶风扇慵懒地转着，"这种典型的英雄史观的问题在于，它无限贬低了普通人群对历史的贡献，也无限拔高了某些精英对社会的影响。人们总会觉得，一个人可以依靠蝴蝶效应对这个世界产生深远的影响，然而，这些都是历史的表象。真正推动历史的，从来是观念之间的矛盾、人群内部的趋势，不然我们为何会将其形容为'潮流'。"

"那么你认为，爱琳·索菲亚到底是前者，还是后者呢？"

筱田龙一愣住了："你知道爱琳·索菲亚。"

"当然，我甚至见过她本人。有没有想过，如果爱琳·索菲亚的存在被公之于世，人们到底会把她当作什么？是奉为先知和基督，还是当作女巫拖上火刑架，更或者是不理不睬，当作笑话来讨论？而她的存在又将会对人类历史产生什么样的影响？她会只是万千时光中一个简单又渺小的过客，还是一颗即将彻底搅动人类历史的棋子？为什么是她？为什么是她被选中了……"

筱田龙一敲了敲墙壁，"我……对她不太了解。但你知道些什么，对吗？昨天晚上我连夜过了一遍一些从深圳节点抢救出来的文件。数据库底层的一份报告称，爱琳·索菲亚体内植入了伴生金属和纳米机器人，体重达到六十千克，从质能转换的角度来看，爱琳·索菲亚和李青门体重相等，即可推出他们所携带的能量相同。筱田凛告诉我，根据能量守恒定律，爱琳·索菲亚和李青门严格对应。但我们一旦考虑到动量守恒，就会发现问题所在：爱琳·索菲亚是个小女孩，李青门是个成年男性，他们有完全不同的体型和生理构造，根本不能简化为质点来讨论，所以他们不可能拥有相同的动量,也就是说,两个世界之间不可能存在动量守恒,那么,将这次交换视作能量守恒的结果的观点就立不住脚了,所以,不能从经典物理的角度去理解这次交换。"

云雀沉默了一阵,"是的,筱田凛在骗你。因为宇宙一直在膨胀,拉格朗日密度对空间积分会带有一个时间项,也就是说,在广义相对论中,宇宙尺度上,能量并不守恒。"

"呵……凛,这当然是意料之内的事。但我仍然相信一定是某个守恒定律隐隐指导着爱琳·索菲亚和李青门的交换,不然两个人类怎么可能无端跨越百年的时光建立起如此深刻的联系?你追踪'十字飞车'这么久,不会对这些一无所知吧?"

"是命运,你愿意接受这个词吗?它就是发生了。"

"家父十分信命,他拜佛像,认为冥冥中一切皆有天数,有因必有果,有果必溯因,善恶终有其报。但其实我们都知道,电子概率云改写了人们对机械决定论的认识,那种绝对精准的时钟式宇宙观在现代哲学不再时髦;而惠勒延迟实验推翻了传统的因果律,它显示,未来居然能反过来决定过去。现代人类认识世界的方式已经被深刻改变了,命运不再在我们的信仰中占有一席之地。"

"你听上去可不像是学历史的。"

筱田龙一像是谦虚地回答:"我偶尔了解过这些概念。"

云雀在墙的另一面耸耸肩,这个动作牵起了一阵摩擦的声音,"那看起来东京大学历史系的课程设置非常先进。"

"让我们直接一些吧,女士。"

"'十字飞车'基地有大量虚数实验装置。"

筱田龙一打断了她，"我知道。虚数物质之间和实数物质之间相互作用的方向相反，但虚实物质的相互作用却垂直于前两者。"

"那为什么不走得更远一点呢？我们知道，根据相对论，'速度越大的物体，其质量越大'，这是实数世界的一个规律，与它相反的规律就是'速度越大的物体，其质量越小'，这是虚数世界的规律，与实数世界相反。那么如果我问，与这个规律垂直的规律是什么？"

筱田龙一愣了愣，"我从未想过这些问题。"

"'十字飞车'计划所实现的时空旅行的实质是量子隐形传态，因为虚粒子纠缠只能传递信息而不能传递物质，2025年的快子只是将组成李青门的粒子结构传递给了2125年的快子，爱琳·索菲亚也是一样，它们并非打开一条时空通道让这两人通过，而是在身体信息进行传输之后，从粒子层面重组了两个人。所以，制约物质世界的能量、动量守恒定律不再适用。当然，在这个信息交换过程中，仍然需要提出一个全新的守恒量来解释这次交换：在线性代数中，垂直可以推广为正交，进而在物理中，正交表征物质运动的独立性，这就意味着，虚数理论是一个独立于古典物理的物理系统，我们需要静下心去考虑一些以前从未被纳入研究范围的因素。如果你看过'十字飞车'基地的安全管理条例，就会发现非常特殊的一点，安全部门对监视器和巡逻人员的工作时长、角度、朝向做了非常详细、严格甚至是死板的标准化规定。我们的渗透专家由此推测，在虚数理论中，一定有某个重要的守恒量，和观察、监视高度相关。"

　　墙的另一边，筱田龙一几乎拍案而起，"这个细节很重要，我没注意。这很容易让我联想到观察者效应：在经典的电子双缝衍射实验中，屏幕上的干涉条纹因为设置了监视器而消失了，学界目前采用退相干解释去认识它：因为监视器对电子进行了测量，改变了电子本身的运动，所以令干涉条纹消失。从量子力学的角度来看，李青门和爱琳·索菲亚，他们当然都是观察者。难道说，观察者的数量是一个守恒量？这有点像我小时候空想出的一个灵魂守恒定律：世界上所有野兽、飞鸟、鱼类、人以及细菌，甚至神道教中的八百万众神，这些有灵魂的生物的数量都是守恒的，一个人死了，他的灵魂会被抽出来塞进一个新的生命体中，可能是猫，可能是猴子，也有可能是草履虫，就和我父亲相信的六道轮回一样。"

　　"非常接近了。经过分析'十字飞车'基地的实验文档，我们认为，李青门和爱琳·索菲亚产生对应的原因，是他们具有相同的观察强度。量子测量中有强弱测量之分，能直接令波函数坍塌的强测量可以彻底破坏量子相干性，而只能稍稍令波函数收敛的弱测量则只会让系统介于量子态和经典态之间。而从李青门博士的论文中得知，如果将观察作为一个作用引入物理学体系中，那么必然会有与之相关的守恒量出现，因此，他作出了大胆猜想：在一个系统中，观察强度是守恒的。而对当前的宇宙而言，李青门的消失和爱琳·索菲亚的介入共同组成一个作用，而对一百年后的宇宙而言，爱琳·索菲亚的消失和李青门的介入也组成一个作用，这两者必须是等价的，将他们两个联系起来的，正是观察强度守恒。很有意思，对吧？"

"然后呢?"

"没有了。我们所知的也仅仅到这里。"

筱田龙一久久没有回应,他问不出更多问题了,云雀看不到他在墙的另一边干着些什么,但她感受到了来自墙体的抖动。过了好一会儿她才重新听到他的声音:"为什么要告诉我这些?"

她深呼吸,"我还可以告诉你,鸟巢还有一名代号为乌鸦的杀手知道所有的真相。正是他策划并参与了刺杀你父亲筱田太洋的行动,并且极可能和筱田凛的失踪有关系。我知道他目前就在日本,如果你想挽回一切,那么这是你最后的、唯一的机会。"

筱田龙一彻底冷静下来了,"您需要什么报酬?"

云雀的声音很干涩,她似乎在极力压抑着自己的情感,"救下爱琳·索菲亚。无论如何,请你不惜一切代价救下她。"

一个月前,2029年2月3日。俄罗斯,东西伯利亚,符拉迪沃斯托克,法医鉴定中心。

鉴定室的门被悄悄推开,手提一双高跟鞋的叶夫琴琳·索科斯卡娅在塑料地板上投下鬼魂般的影子,首席法医官把几根爱琳·索菲亚的头发放在载玻片上,它们在灯光下泛着柔和的白边,那是她趁着小女孩睡着偷偷拔下来的。随后她把头发上的毛囊细胞刮了下来,放进毛细管电泳装置里,谢天谢地,纳米机器人貌似还没有加固毛囊的功能,秃顶在未来也许依然是个困扰中年男性的顽疾。

她将要对爱琳·索菲亚进行全基因组测序,找到她的祖先。

符拉迪沃斯托克法医鉴定中心连接着位于法国里昂的国际刑警总部的图谱信息中心,它储存着这个世界上几乎所有人类的基因数据库,俄罗斯国家法医学会远东分会有它的访问权限。首席法医官将爱琳·索菲亚的DNA序列打包成一个巨大的数据包,发向位于法国的超级计算机,这次大规模蒙特卡洛搜索将直接在七十亿地球人口中进行,她现存于世的祖先们将会被一一找出。

等待结果的时候,叶夫琴琳·索科斯卡娅从镜子里看到胸前的东正十字,它在鸣动,如同潮汐涌起。她的心潮随之澎湃,她明白自己的所作所为如同要去伸手挑开神明泛着金光的幔帐的一角。她将拥有直接威胁至高者的能力。

结果很快出来了。

这时伯劳发来了信息:我看到那艘捕鲸船进入白令海了。"胧津丸",是这个名字吗?

云雀:等待指令。

她抱着朝圣的心态翻开检测报告,她的手指在颤抖。

映入眼帘的,却是自己的名字。

叶夫琴琳·索科斯卡娅。

她立马把文件关闭,但又忍不住打开,如此反复了几次之后她终于确信那的确是自己的名字。从西伯利亚到北欧,爱琳·索菲亚身上浓缩着波罗的海的海水和土地。而电脑前的首席法医官,正是爱琳·索菲亚父亲那一脉的祖先,也正是她赋予了爱琳·索菲亚俄罗斯人的血脉。接受了这个事实后,云雀以几乎凝固的姿势站在屏幕前,冷汗自她的皮肤下滚油一般渗出。

伯劳：我观察到一队水蜘蛛从北方切入。那是你联系的卡拉马佐夫·彼得洛维奇吗？他们进入交火状态了，没有宣战，领头的海盗朝捕鲸船射了一发火箭弹，像是RPG。

云雀：等待指令。

伯劳：RPG火箭弹在船舷爆炸，没有造成人员伤亡。捕鲸船进入作战状态了，热感监测系统还没拿到筱田龙一的位置。

云雀：等待指令。

伯劳：现在风很大，但是我现在的位置不错，刚好卡在三百米有效狙击范围。你还在干什么？我需要你的指示。

云雀：我在对付爱琳·索菲亚。

伯劳：给那家伙打一支麻醉药吧。放心，死不了的，她像头牛一样壮。

云雀不知道自己胡乱说了点什么：……伯劳，她问男人穿不穿胸罩。

叶夫琴琳·索科斯卡娅不知道自己是怎么走回办公室的。爱琳·索菲亚已经醒来，她像只苍蝇在书架之间来回逡巡，苏科洛夫拿了龙舌兰上来，首席法医官没好气地把他打发走了。

就在这时，雨燕抬头望向灰暗的天空，看着远东学会的黄铜招牌若有所思。向前台出示联邦特工的证件后，叶夫琴琳·索科斯卡娅的助手唯唯诺诺地带领他进入法医鉴定中心，在和云雀与爱琳·索菲亚只有一门之隔的时候，他停下了，很有礼貌地请助手小姐从接待室离开，让他单独一人会见首席法医官，随后他在木门的四角布下全息投影仪，并令麻醉无人机升空。

叶夫琴琳·索科斯卡娅这时也抬头望向灰色的天空，她看不到那台监视着办公室的无人机，雨燕正伸出手抚摸显示屏上的她的脸庞。随后，龙舌兰的酒瓶碎了。

现在。俄罗斯，克里姆林宫，总统府。

象牙白的走廊里，奥摩部队指挥官站在彼得大帝的油画人像前，画框是来自四个世纪前的油胡桃木，古旧不堪，但身披湛蓝缎带和米兰板甲的画中人凝视他的时候，他依然不得不肃立在前。指挥官时常读到他的传记，或是在别人的传记中瞥见他一闪而逝的身影。冬宫彼得大帝展厅的游客总络绎不绝，但少有人真正能理解他的遗骸如何浸润了这片土地。人们往往通过仰望史书中激扬的行文来追溯过去帝国的荣光，却未曾想过自己的一举一动其实都倒映着旧日的影子。

"这幅彼得大帝肖像是让·马克·纳蒂埃的布面油画作品，原来在国立博物馆珍藏，后来调来了克里姆林宫，挂在最显眼的地方。"声音从身后传出，指挥官转身，他认出这是能源部部长，"第一次见到您，您是……"

这时从另一个办公室出来的内务部部长向能源部部长介绍了他，"这位同志是内务部特种部队奥摩的指挥官，库图佐夫·安耶波维奇·亚历山大的案子由他跟进。"

紧接着内务部部长给了他一个熊一样的拥抱，"米哈伊尔，好久不见！祝你身体健康！"

"哈，也祝你身体健康！"瘦弱的能源部部长难受地喘着气。

指挥官向能源部部长行了一个宫廷礼，他来克里姆林宫之前在心里演练了好几次。这反而令两个部长都嗤笑起来。这可是沙皇时期的礼仪,内务部部长大笑着用力拍他的肩膀,拍得啪啪响。这是指挥官第一次以秘书官的身份踏入总统府,在抓捕筱田龙一后,他接到直属上司内务部部长的通知:陪同前往总统府参加一次高级官员会议。这个重要的会议开始之前,内务部部长严肃地要求他盛装出席,指挥官不得不穿上几乎发霉的礼服。

"你戴上眼镜后像个文职人员。"内务部部长当时啧啧称赞,"不过也对。这次开会,或者说这次任务,不再是枪炮和子弹了。你在特种部队待了这么些年,该是时候尝试着站在更高的层次看问题了。"

指挥官笑笑,"文艺汇演的总指挥吗?"

内务部部长嘴角扯出一个肥胖的笑容,"如果你非要那么比喻的话,也算是没错。"

会议室的门开了,内务部部长径直走进去,指挥官跟在他后面。站在红色的地毯上,他惊讶地发现这个国家的最高领导人也出席了这次会议,总统和外交部部长静静地坐在叶卡捷琳娜大帝的肖像下,显然等待他们已久。

内务部部长说道:"总统先生。我带来的这位同志是奥摩部队的指挥官,绝对忠诚可靠,他是库图佐夫死亡现场的实际控制人,并且负责库图佐夫叛国案件的调查。"

"坐吧,坐吧。先生们,坐近一些。米哈伊尔·涅夫罗维奇,我们的能源部部长,坐过来一点,接下来你的意见对我们非常重要。"

总统转了一下笔,笔尖指向外交部部长,"谈一谈北欧的能源网络情况。这位同志是跟进着库图佐夫的人,那么他一定对四年前北欧电网发生的特大电力事故有些了解。那次事故让我们对北欧电网的脆弱有了更深的了解,而且在灾后临时重建中我们也出了一份力。现在我们计划在北欧以援助重建的名义投送电力资源,请外交部部长阐述一下该概念。"

外交部部长发言道:"根据外交部舆情司对北欧四国社交网络的分析,事故发生后,有60%以上的公民对政府、对能源供给方面表示强烈不满。其中,高达43%的公民对北欧国家的电力支持能力表示严重怀疑,甚至有议员以此为契机对执政党进行弹劾。现在是我们介入的好时机,通过支援北欧电网的重建工程,能够提升我国的政治影响力和形象。更重要的,这是一个缓和我们与北欧四国关系的极佳的机会,能令我们重新将精力放到远东、日本和朝鲜半岛上。"

总统接过话头:"米哈伊尔同志,发表一下你的看法。"

能源部部长沉默了一阵,他在组织语言,"最近,芬兰国家电网更新工程开始向外国公开招标,这是北欧逐步开放能源市场的信号。至于电网崩溃的具体原因,目前我们推测,这个事故最可能是山友财团进行核聚变试验事故产生的电力震荡导致的,然而山友财团拒绝交出任何实验数据,我们接触了几次,甚至威胁冻结其在俄资产,但对方的态度十分坚决。所以我们将突破口放在山友财团的合作伙伴库图佐夫·安耶波维奇·亚历山大身上,并委托内务部开展调查,试图从他身上找到线索。"

内务部部长接话道:"内务部对库图佐夫和电力事故的调查目前中断了,这是因为在去年冬天到现在的短短几个月里,事故的核心人员相继以各种方式死亡。但现在,我们手上有了和日方谈判的筹码,具体情况请这位奥摩的同志汇报。"

指挥官说道:"我们了解到,日本黑帮首脑、山友财团实权掌控者筱田太洋于去年的11月被暗杀,随后日本黑帮陷入动荡,筱田太洋的长子筱田龙一在一次针对上层的清洗后控制了局面,随后他跟随一艘捕鲸船前往摩尔曼斯克与库图佐夫·安耶波维奇·亚历山大展开了谈判,谈判的内容和黑帮在远东区域,特别是萨哈林岛等两国政治上有领土争议的地区的地盘重新划分有关,筱田龙一愿意出让一部分利益,换取俄罗斯黑帮势力对他地位的支持。该情报的来源是我们近期抓获的一个雇佣杀手,我们在她的电脑中找出了相关资料,随后我们以涉嫌谋杀库图佐夫·安耶波维奇·亚历山大的名义逮捕了筱田龙一。"

总统沉吟着,"一个雇佣杀手。"

指挥官继续道:"准确地说是一个杀手组织的情报官。网络司一直在追踪的目标之一,她从十几年前就在暗网上活跃了。"

"暗网。看起来是网络司该解决的事情,这次会议不涉及网络空间安全问题,也没有邀请那边的技术官员,就跳过这个话题吧。几个恐怖分子难成大气候,我们只要保证情报来源可靠就可以了。你做得很好,筱田龙一确实是一个分量很重的砝码。"

"是。"

内务部部长发言道:"我还需要向您请示,我们是否以克里姆林宫的身份向日方私下接触,提议用筱田龙一交换那场电力事故的数据?"

"可以,你回去起一份草稿,我来签署总统令。米哈伊尔,能源部的谈判计划做得怎么样了?"

　　能源部部长接过话头:"按您的要求,初步方案已经制作好了。我们计划将俄电电网欧洲区的边缘节点临时开放给北欧电网,以低30%的价格向北欧售电,并在未来的二十年里逐步在北欧国家援助建造两到三座核裂变电站,装机容量达到五千万千瓦。作为回报,他们可能要在知识产权、关税、北冰洋控制权等方面对我们做出适当的让步。具体条款的细节,还要等我国外交部与他们接触后才能进一步落实。"

　　总统拍拍手,"去做吧,这很重要。先生们,我们在搅动世界这锅大汤,这会是一场艰难而光荣的战役。"

　　内务部部长说:"那我们是时候起个意味深长的代号了。"

　　总统笑笑,他环视了一周,最后将目光放在会议室远端双头鹰国徽中央的圣乔治屠龙画像。

　　"按我们以人名命名的习惯,叫'圣乔治'吧。"

　　九十二年后,2122年,离爱琳·索菲亚回到过去还有三年。俄罗斯,克里姆林宫,外交部办公室。

　　惨白的灯光里,铁木辛柯久久端详着一幅油画。这是一个人的全身像,从背景里多处被截断的景物来看,这是一幅从大油画里单独截出来的小油画,虽然画像的构图显得凌乱,但画中人以深黑色的眼眸凝视他的时候,他仍然感受到了来自二十个世纪的凌厉。即使相隔迷雾般的百年,这种深邃久远的目光依然在熊熊燃烧,铁木辛柯想起年轻时的马克龙·墨格拉,那时的他也曾有同样的眼睛。

"他是最早的绿雨小组领导者。这幅油画的场景是一百年前克里姆林宫总统府某一次高级会议,由著名画家绘制成,后来这幅画遗失了,我们只能找到一小部分。与会者该有五个人,除了他,还有总统、外交部部长、内务部部长和能源部部长,这五个人在一百年前制定的计划奠定了如今俄罗斯地缘政治的图景。"外交部部长说话了。这时铁木辛柯才发现他在自己身后已经站了很久了。

"我最早的顶头上司。我们甚至连他的名字都不知道。"

铁木辛柯立正,这是他第一次以被驱逐外交官的身份面对外交部部长,他的心情极其复杂。外交部部长瞟着他,令他感觉自己是个被剥光的小丑,不该穿这套只用于严正场合的晨礼服。铁木辛柯花了三个小时将领花、胸花、肩章、胸章、袖章一一戴上,像棵挂满糖拐杖和驼铃的圣诞树,一路上收获了许多同僚意味深长的目光。他就该随便套件低调的正装来这里。

"在历史中,我们都是无名而重复的人。"外交部部长望向另一边,"汇报一下马克龙·墨格拉的情况吧。"

详细的书面报告已经提前一天交到外交部部长手上,铁木辛柯简短地重复了情况:"我们已经无法控制马克龙·墨格拉了。他率先发动了外交战争,驱逐了所有外交官,并且不再承认以往签订的大部分条约。"

"我记得,你提到过,我们有最后反制他的手段。"

铁木辛柯肃立,他滑稽的肩章在灯光下发亮,"是的。虽然马克龙·墨格拉战时在内阁有极高的威望,但无论如何,身上都无可反驳地有着俄罗斯人的血脉,他的祖辈是俄罗斯人,甚至其中一名祖先是曾经被内务部通缉的网络杀手。"

外交部部长久久没说话。

"要把这些事公开吗？我可以通过英国公开这些资料。"铁木辛柯发问，"我有绝对的把握，芬兰人民民主党得知消息后，一定会重启对他的政治审查。不论结果如何，三个月内他的支持率必定会掉到百分之十五以下，网络司如果支持我们将行动进行到底，一年后他就会被愤怒的选民撕成碎片。"

"我只是感叹，这方法居然这么滑稽。"对面的男人叹了口气，随后口气愈发严厉，"我们培养这个间谍，为了让他嵌入芬兰人民民主党，缓和我国与北欧紧张的政治关系，让我们腾出手解决远东问题，付出了多么大的代价：在他的领导下，我们降低关税、进行贸易保护，甚至在领土方面作出了让步。只是为了维持一个微妙稳定的关系，这对双方都有好处。可他带着他的宝贝女儿对我们做了什么？全面驱逐外交官，发动战争！他在玩弄两个国家的命运！"

铁木辛柯还想解释些什么，但外交部部长抬手打断了他，"我知道，我知道。血统，血统，民族血统是民主的重要组成部分，它既是团结群众的催化剂，也是悬在头顶的达摩克利斯之剑。去做吧，但不要抱太大希望。"

"对了，你的报告里提到，马克龙·墨格拉的祖先里面有一个女性杀手，应该是曾祖父的那一辈，她是名叫……"铁木辛柯离去之前，外交部部长叫住了他，"我记得应该是俄罗斯人。"

铁木辛柯转身，他正了正领带，随后一字一句清晰地回答：

"叶夫琴琳·索科斯卡娅。曾任符拉迪沃斯托克法医鉴证中心主任,国家法医学会远东分会首席法医官。二十一世纪初叶活跃在暗网的情报专家,代号'云雀'。"

外交部部长点点头,他没再说什么,只是转过身去。他接替了铁木辛柯的位置,站在绿雨小组指挥官的油画像前久久凝视着他的眼睛,像是竭力要得到一些来自二十世纪的启示。

战争温温吞吞地继续着。但不知道在什么时候,一个爆炸性的新闻在网上传开:芬兰领袖、民族英雄马克龙·墨格拉有一段无法解释的在俄经历,更有可能的是他根本就是一个俄罗斯人。在空前复杂的舆论态势里,消息很快发酵变味,另一个至今未经证实的消息立刻传出:马克龙·墨格拉实为为俄罗斯外交部绿雨小组工作的间谍,在选举期间接受了俄罗斯的支持。这个消息来自暗网,于是另一个意义上的全民狂欢马上开始了,曾被战争压抑的、以吨计数的创作热情被激发出来,即使是最天才的艺术家也想象不到那些内容丰富的表情包是怎么做出来的。

西蒙海耶,大总统府。

总统府外正在下雪,空气中有太阳尚未消散的味道,每当这时便有一种巨大的失真感骤然压下。总统府内,一个有关前线作战情况的冗长会议已经开了七个小时,所有人都疲惫不堪,接连的、雪片般飞来的战事失利报告已经说明了一切。

原本陆军军部寄望于广泛分布于芬兰国土的灰化土,这种土壤质地柔软,而且塞马湖一带地下水位高,地层透水事故时有发生,超重装甲部队难以穿行。他们认为能利用这点为联合国的政治斡旋争取时间,并提前部署人员在平原大面积播撒硼酸盐,以酸化土壤,令俄军优势的超重型装甲攻势减缓,试图将战局拖入机动轻机械步兵间的雪地森林战,重现两百年前的冬季战争。

一个将军正在屏幕前长篇大论地汇报战役进程,其实这没什么好汇报的,所有人都知道,尽管陆军军部的算盘打得啪啪响,但俄军依然通过轻步兵作战就撕裂了曼纳海姆防线。见众人没有什么表情,马克龙·墨格拉总统也没有提出问题,将军脸色阴沉地紧接着说出了下半段话:

"另外,总统先生,我想递交我的辞呈。如果您没有异议的话,我和帕希尔将军将一同离开战时内阁。"

马克龙不解地看着他。

另一位将军从座位中站起,他声色沉稳,显然已深思熟虑,"马克龙总统,请你原谅,我两个月前就做出了这个决定。我是……从情报部门上来的人,十分清楚俄罗斯情报组织的手可以伸得多长,早在两个世纪前,他们就能轻而易举渗透世界上任何一个国家。无论你是主动、偶然还是被胁迫,我都十分理解……但是我们这种搞情报的特工,本质上都是懦弱的人,我宁可放弃我的身份和地位,在一个没人知道的地方死去,也不敢担起国家罪人的骂名。"

"帕希尔将军,我不明白你这种悲观思想从何而来,敌方虽然强大,但我方也不是毫无胜算!我一直相信,只要坚持斗争,就一定能取得最后的胜利!但是,无论你持何种政见,军部的情报工作都不能没有人管理。在我国面临严峻战争的危急形势之际,请你以大局为重!"

向马克龙·墨格拉介绍前线情况的那名将军终于忍不住了,

他脸色突变，丝毫没有客气，"各位，我不关心政治，但我要为我的士兵负责。如果是为了国家、民族、正义而战，一切都在所不惜。但我绝不能容忍他们因为政客奇奇怪怪的阴谋死去。我奉劝你，马克龙总统，别总把自己当成力挽狂澜的丘吉尔。他是财政大臣勋爵的儿子，血统纯正的不列颠人，而你他妈的是个婊子养的混血杂种间谍……"

马克龙·墨格拉勃然大怒，"伦道夫将军，注意你的言辞！军人的血性不代表粗鲁的冒犯！首先，你所煽情的场景只会出现在轻步兵战场！而轻步兵已经在朝鲜战争后彻底失去其地位，现代占据战争主力的是无人机械和信息化火炮部队，为这支军队补充血液的工人、工程师们，他们才是血肉之躯的战士，但我相信，就在此刻，他们仍然热情高涨地战斗在生产的一线！其次，你的指控根本站不住脚，我多年来始终坚持为国家、民族奋斗，政绩斐然，有目共睹。你缺乏斗争经验，轻信网络信息，联合内阁成员搞反攻倒算，要把我做成芬兰的图哈切夫斯基[①]?！"

从人群走出的帕希尔将军开始发言了，他的身上有文职人员那种内在的严厉，所有人的心情都随着他的语调上下起伏着，"这套说辞让舆情处去糊弄选民倒是可以。根据英国外交部向我们出示的证据，你曾是俄罗斯网络司下属秘密情报组织绿雨小组的一员，该组织干预了数次民选并成功将你推上总统位置。而你在掌权后为了得到俄罗斯人的支持，不惜将边境的永久布防、永久工事的资料提交给他们的情报部门，所以俄军在战

[①]米哈伊尔·居古拉耶维奇·图哈切夫斯基(1893—1937)，苏联元帅，1937年被以间谍罪判处死刑，1956年获得平反。

争初期才能取得如此大的突破速度。马克龙总统,你可以放心,为了祖国,我们不会向选民揭发你,芬兰乃至北欧始终需要一位强有力的领袖,但我相信终有一日你会作为国家的罪人被推上断头台。人民也许会一时盲目,但绝不会永远被蒙蔽。别忘了丘吉尔的教训,'对伟大人物忘恩负义,正是一个伟大民族的标志。'"

"帕希尔将军,你是军方情报机构的领导。你该能看出,这些证据都是严重失真的!"

"那你怎么解释英国外交部所提供的大量通信记录、神经网络关键权值矩阵、'圣乔治'计划细节,以及绿雨小组的秘密档案?而且,我私下做过调查,发现了一个更直接的证据,那就是沾有你指纹的、绿雨小组的信物……"

帕希尔说着,手伸向上衣内袋,要拿出什么东西。然而,就在他即将掏出"信物"的瞬间,总统身边一名护卫以超越想象的速度从宽大的黑色长袍中伸出一把手枪,直指向帕希尔,他毫不犹豫地开枪,子弹贯穿将军颅骨的声音如同潮水中的雾笛在夜里的惊鸣。在同僚被射杀的瞬间,伦道夫将军遽然从歇息的沙发上翻身,以靠背作为掩体,他表现出了一名真正接受过专业训练的军人的专业素质,可是士兵手中的电磁手枪所射出的9毫米碳纤维尖头子弹能轻易贯穿十五厘米厚的混凝土,一个张小小的沙发更是不在话下。他果断地朝沙发打空了弹匣,沉重的叹息声后,血泊开始从沙发腿下面平滑地流淌出来。没人敢去沙发的另一边检查伦道夫将军的伤势。

马克龙·墨格拉沉默了几分钟,他在等待会议室内的所有骚动沉淀下来。

确定所有人都已经将目光放在自己身上后，他终于开口：
"卡尔列达夫，刚才真是惊险。你看他从衣兜里掏出的是什么？"

在短暂的上前检查后，总统身后的士兵转身立正，他身材高
大，整副面容隐藏在风镜和面具下，"报告马克龙·墨格拉大总
统，这是一把俄罗斯2002开始生产的雅利金'格拉奇'6P35手
枪！它早在二十世纪就已停产！我相信，是帕希尔将军向安保
人员谎称这是工艺品，才通过了总统府的安检！"

"那真的是命悬一线，会议厅里的各位刚才也处于极端危险
之中。"马克龙·墨格拉淡淡说道，"伦道夫将军也一定是他的帮
凶。"

卡尔列达夫敬礼道："保卫局完全有理由相信，这是一起蓄
谋已久的、卑鄙无耻的、针对总统的谋杀行动！所幸，这种阴险
行为已经被挫败。"

马克龙·墨格拉没再说什么，他站到了巨大的曲面屏下方，
端详着那把古老的雅利金手枪，回忆吞没了他。思绪万千的内
阁成员望着他们领袖深黑色的背影，他们绝望地发现，一直被视
作希望的他们的领袖，竟只是另一个幽灵的影子，然而战争的痼
疾早已扩散到国家意志的权杖无法医治的程度，所有曾试图插
手的人都已经放弃，只有大总统马克龙·墨格拉有能力带领盲人
们在即将坍塌的宫殿中找到一个有着古老把手、足以躲避落石
倾轧的小门。

十一　虚数之瞳

日本,福冈,博多区福冈机场。

机场跑道,佐藤成剑警佐抖了抖落在大衣上的雪花,他再次看了看表,JKL900已经到达福冈。这是一次直接受东京警视厅领导的高度保密的营救任务,佐藤警佐对讲机的另一边是正襟危坐在办公室里的日本警察九州管区福冈县警视长,他作为被层层选拔出来的、绝对忠诚的精英(自称)参与了这次营救行动。看着一架飞机飞入机场,佐藤又摸了摸腰带的枪,有点磨刀霍霍的意思:该是这架飞机了。

如他所料,日本航空民航JKL900缓缓驶入停机道,筱田凛走进乘客通道。离开了那个中国人后,她便一直心事重重,她拍了拍自己的脸,那一夜很让她记忆深刻,酒店白色的床和窗外泛红的灯笼微光。她记得,那个不知姓名的苍白男人让她独自乘机返回福冈,并要求她千万不要开启任何电子设备,他随后解释道,那样会很容易被定位。

"回到日本我就安全了吗?"筱田凛拉着他的领带,用力往下坠。

"低调一点,筱田凛博士。"伯劳最后在她耳边轻轻说道,"在那里会有ICPO^①的人接你的。"

北风中的筱田凛摸了摸耳垂,那里还有点发红。她把围巾裹紧了些。那个男人,那个男人,她在那个男人的身上也留下了很多东西,远甚于极难洗掉的口红和火焰般炽热的痕印。

警用无人机在筱田凛踏出机场的时候就认出了有些魂不守舍的她,警察们在筱田凛面前亮出了证件。

筱田凛开口道:"我还以为你们是国际刑警。"

佐藤站得笔直,"筱田凛博士。我们是福冈警察,奉命将您护送到安全地点。"

"希望这是你们上面的意思,日本警方一直不希望和黑道扯上关系。"

"对我们而言,您首先是重要的NAOJ专家。上面让我把您带到位于天神北的一个安全屋。"

筱田凛耸肩,"我不太清楚。但是我拿到的消息是,目前我只能相信国际刑警日本国家中心局的人。"

佐藤闻言转身,他在等待上面的下一步指令。但他觉得如果ICPO确实介入了这件事,福冈县警视长也不见得比会他明白到哪里去。警视厅本来就试图通过这次任务,在山口组反应过来之前迅速控制落地的筱田凛,以她为线头开始调查筱田太洋事件这团大麻线球。除了东京警视厅几个知道实情的暴力社团

①即国际刑警组织。

对策部门领导,其他部门对这次不会留档的任务一无所知。

筱田凛同样有自己的打算。无论是日本警方还是极道内部,都有利用她除掉筱田龙一的动机。她最好的选择是依靠永远保持绝对政治中立、平时存在感较低、难以渗透的国际刑警,并且通过国际刑警的全球性身份,她也能得到随时通过国际学术界向日本警方施压的能力。

"国际刑警在这边。"

一个男人低沉的声音响起。佐藤这时才发现另一辆甲壳虫停在了警车隔壁,是一个高大的白人,便装、风衣、墨镜,有着八十年代银幕里的气质。对方的日语说得很流利,但佐藤的喉管里阻塞着一些英文单词,他非要说出蹩脚而演练得无比流利的英文。

"您是谁?我是福冈市驻在所佐藤警佐,我的职责区域包括福冈县博多区、天神区,维护社会治安稳定,打击暴恐犯罪势力。现在我正执行任务,请你退到我的执法区域外。"

"我是国际刑警警司卢尔德·格林,从东京国际刑警日本国家中心局来。贵处国家中心局派遣我前来执行将筱田凛博士带到安全屋的任务。我有东京警视厅国际联络部的身份证明,可以提供给您。"对方见他说英语,便切换过来,并且将证件展示给众人。但佐藤的确跟不上这一大段的快速叙述,这又令他自惭形秽。这种羞耻的心情让他在检查对方证件的时候只是轻轻一触便交了回去,甚至不敢与对方对视。

佐藤脸皮发红地说回了日语,"但我们的任务也是接走筱田凛博士。"

卢尔德·格林严肃起来，"筱田凛博士身份敏感，她是日本极道山口组的大小姐，也是山友财团工程领域的高级顾问，也是东京国立天文台NAOJ系统的专家。所以，贵国的国际刑警国家中心局指派我这样一个中立的外国人前来。关于这一点，我认为筱田凛小姐可以证实，事实上，正是在我们的情报运作下，中国国家安全局才得以联系上你。"

筱田凛点了点头，她一想到伯劳，就把围巾再裹紧了些，几乎勒住自己的喉咙。

佐藤说道："我们可以护送你们前往目的地。"

卢尔德·格林回道："佐藤警佐。话不需要我说得太明白，也许我们各自的上司产生了分歧，但一个地方警察无论如何都不应插手由樱田门领导的行动。"

佐藤警佐无言以对。他求助地再看了一眼PDA，福冈警视长最新的命令只是一句模糊的"控制住场面"，显然上司也像他一样转头去求助自己的上司。可是场面控制不住了，筱田凛一条腿踏上了甲壳虫，这辆二十世纪的古典老车随即发动。佐藤只好登上警车不紧不慢地跟在后面，但那辆甲壳虫像是一台有着宝马V系二十四缸发动机的拖拉机，它几次连续变速超车，轻易地在进入高速路口的时候远远甩开了佐藤警佐。

佐藤不得已将警车停在路边，他调出了公路监控，发现甲壳虫沿着福冈都市高速环状线一直前行。他很快意识到他们将要驶入城市边缘的一个大型地下停车库，他向上级数据库提出查看车库监控的请求，但很快发现该车库底层C区有一个摄像头坏了，画面一片漆黑，有人割断了它的电缆。

佐藤警佐的心沉了下去。

"我们要换车?"停车库里,车上的筱田凛发出了疑问,她看着不断掠过的停车位。

雨燕轻轻回答:"当然。"

地下车库底层的照明依然明亮,但因为角度原因,筱田凛没能看见副驾驶座上的氧化亚氮泵。三十秒后,甲壳虫进入无法监控的区域,雨燕趁她背对他的瞬间,拿准靶位,大臂扣住她的脖颈,裸绞将她勒晕。

雨燕把女人平放在后座,套上面罩,氧化亚氮泵释出麻醉气体,保证她在接下来的路程持续昏迷。执行这次吸入麻醉的时候,他把她的脚抬起,拍击脚心,促进血液循环,他的动作很温柔,像是对待一个摇篮里的孩子。

雨燕挂起一个新通信:"验收了。"

乌鸦:"收到。"

和上一次一样,雨燕从背景音里听到了水波和风雪的声音,他判断乌鸦仍在千里之外的摩尔曼斯克。而事实上乌鸦已经来到了落雪的福冈,他在石凳上看着来来往往的行人,警视厅对"三日月"的封锁已经逐渐放松了,这个商圈也渐渐恢复到它人气旺盛时候的样子。穿着浴衣的女孩子笑着咬下一颗章鱼小丸子,行色匆匆的上班族焦急地等待他们的奶茶,吹着口哨的高中生骑车路过动漫周边店,居酒屋的黑猫在石墙上凝视天空,无边的大雪平等地飘在他们和杀手的头上。

在和雨燕维持着信道的同时,乌鸦也在和位于中国的伯劳保持着卫星链接。伯劳的委托结束了,他正在温州的一家小笼包店里,压得很低的阴暗苍穹正在淅淅沥沥地下雨。

"杀死一个一百年后才会来到世界上的人……这很有你的风格。"

伯劳咽下剩下的半个小笼包,他看着外面混沌的天空,这家小吃店的通风不好,室内油烟气很大,整张桌子都油渍斑斑。老板肥胖的身影泥鳅般灵活地穿梭于桌椅间,影影绰绰的、葱花味道的雾气中,他如同大军行阵。伯劳望着还淌着油的蒸笼,他的心情极坏,但说不上到底是因为浑浊的空气,还是因为乌鸦那作为报酬的"故事"。

乌鸦在耳机的另一边轻轻说道:"准确地说,九十五年后。"

"为什么不能编一个杀人程序潜伏在互联网中,利用指纹、虹膜或者面部识别在一百年后识别出李青门?那个时候整个世界应该已经完成了物联网化,自动化程度相当高,你可以用车祸或者火灾来杀掉他。相比于大费周章去设计,这显然是个效率更高也更安全的做法。"

"李青门必须在来到未来世界的一瞬间被杀死,我不能留任何时间给他。因为这极有可能产生变数,如果他有时间向其他人提交那串正确的参数,并且对他们描述他前往未来之前的遭遇,那会不会有人回到现在将我杀死?我不能冒这个险。"

伯劳问道:"但是你怎么知道爱琳·索菲亚所经历的未来就一定是真实的。我意思是,你的暗杀计划是基于爱琳·索菲亚对未来的口述,而她口中的未来未必可信。如果我是未来某个有权势的人,我会调用一切资源来为她设计一个世界,她所经历的一切都是精心安排好的,就像楚门的世界,比如让你以为金属塑料在未来已经广泛应用于建筑业,然而实际上没有。目的就是为了欺骗过去的你,让你的计划落空。"

乌鸦笑笑,"其实我不需要知道她所提供的信息的真实性。我只需要去做。"

"我不明白。"

"因为有且仅有爱琳·索菲亚回到了现在。"

"这是什么意思。"

"霍金做过一个有名的派对实验:2009年6月28日晚上,霍金教授在家中准备了一个名为'欢迎时间旅行者'的派对。而和其他派对不同的是,这场聚会的请帖是在派对结束之后才发出的,派对的请帖上不仅注明任何看到该邀请函的未来旅客都不需回复,并且他还在请帖上注明了派对举办地址的具体经纬度,任何时间机器输入该数据就能立即锁定霍金的家。如果时间旅行者有足够的兴趣,总会来到霍金的家中。但实际情况是,那场提前进行的派对确实无一人前来参加。霍金由此断定,时间旅行并不存在。"

"如果霍金的说法准确的话,时间旅行的确不应该存在。"

"可是,事情已经发生了。时间旅行的理论基础、工程实践都已经在2021年被李青门完成了,而他本人也在2025年找到了核心参数,成功前往了2125年的未来,爱琳·索菲亚也从未来的2125年回到了过去的2025年。那就说明,未来的人完全是可以回到过去的,如果李青门真的把时间旅行的科技带到了未来,那么为什么历史上没有任何可靠的时间旅行者记录?为什么我们的世界还没有人满为患?不要说什么时间旅行者是为了不扰乱历史所以选择不出现，我在动物园最喜欢朝着猴山扔瓜子和果皮，你在禁止抽烟的牌子下面抽烟也不止一次两次。唯一的解释是：我的确成功暗杀了李青门，时间旅行的科技就此永远失落。我在床上产生这个计划的想法的时候，就已经知道李青门活不到第一百年零一天，即使那个时候我早已死去，即使我对计划的细节还一无所知。而爱琳·索菲亚的存在本身，就佐证了这一点。"

伯劳必要性地思考了一阵，试图从乌鸦的逻辑中寻找一个虚无缥缈的漏洞。他的直觉告诉他，有些东西正在坠入乌鸦编织的迷宫，如同逐渐被雨水漫过的棋子，但他迟迟未能拆穿。他面前的蒸笼空了，坐在橱窗尽头收银台的老板似有似无地看着伯劳这个呆坐的食客，他的眼神像是在下逐客令。

伯劳忍不住压低声音继续说道："但你依然没能彻底确定。假如李青门是去了另一个多元宇宙，那你现在做的一切都是无用功，你们不在同一条时间线上。毕竟有无穷多个多元宇宙，李青门也许只是去了其中一个，无论如何你都无法干涉他……"

"如果多元宇宙存在，在多元宇宙之间穿梭的技术也存在，那么为什么没有别的宇宙的李青门来到这个地球上？多元宇宙的数量无穷无尽，它们其中也应该蕴含着无穷的可能性：即另一个宇宙的旅行者来到我们宇宙的可能性，而就算另一个宇宙的时间旅行者来到我们宇宙的概率几乎为零，但终究不是等于零，后面乘个无限大，每一秒就该有无穷多个时间旅行者来到我们这个宇宙了。但是没有，所以去他妈的多元宇宙。"

"那我不懂了，到底是你杀死了李青门，还是李青门本来就注定要死在一百年后？"

　　乌鸦没有正面回应伯劳的问题,他只是平静地说道:"你记得那个故事吗？两夫妇和公交汽车,公交车被落石砸下山崖。有的时候,事情就是这样,它就是发生了,但你不应该深究它的起因——不要去找毛线团的线头,那样只会让你越陷越深。"

　　说完之后,他在世界的另一端挂断了卫星电话。

　　伯劳凝视着正在蒸笼上凝结的油脂,他的心脏在颤动。

　　福冈的雪还在下。一丝光亮透进阴沉的空间,缠在门上的钢铁绞索被切断了,一个人影破入雨燕的地下室,他找了一个位置坐下。

　　乌鸦将手放在积满灰尘的桌上,当他捻起一抹碎屑又轻轻放开的时候,一种长期绷紧后突然放松的表情骤然浮现于他的脸庞,他想到了那颗正穿行在星空之中的虚数粒子,它在以多少倍光速前进？又经历过多少颗星星？李青门,百年之后的李青门,届时会以何面目来迎接乌鸦给他安排的命运？

　　阴影中的杀手听到了混凝土墙外来自汽车的刹车声,女人轻微的呜咽声,地下室厚重的铁门被推开,雨燕在探头的一瞬间就发现了这里还有第三个人,他本能地将筱田凛挡在面前,右手拔枪指向乌鸦。他拔枪的动作太慢甚至有哆嗦,已经不比曾是CIA探员的当年了,乌鸦有足够的时间站到灯里让他看清自己。

　　"雨燕。"乌鸦摊开双手,"是我。"

　　雨燕收起手枪,"你怎么找到这里的？"

　　乌鸦站起,"你向来喜欢安静的地下室。"

　　雨燕给他倒了一杯水,水里很模糊地存在着一些灰尘。

乌鸦没接那杯水，"云雀怎么样？"

雨燕撇撇嘴，自己喝了那杯水，"她拒绝了。"

筱田凛这时爆发出剧烈的咳嗽，地下室的空气环境极差，雨燕蹲下除去了她的亚麻头罩，女人黑色的头发瀑布一样流泻下来，她的后背在因短暂发作的哮喘而不断起伏，动作极易让人误解为在抽泣。

雨燕嬉皮笑脸地对她说道："别瞪我了，筱田凛博士。我受人所托，将你带来这里。"

受什么人所托？筱田凛想狠狠往对方两腿之间踢去，但她没力气站起也没力气问出想问的问题。雨燕这时让开了一个身位，乌鸦扭头过来，他罕见地收起了所有表情，不再虚伪也不再阴鸷，看上去只是一个普通的被折磨的中年男人。

"筱田凛博士。"

筱田凛第一次看到了这个杀手，尽管他们从未谋面，但此刻无须言语。乌鸦的面容平平无奇，却无数次存在于李青门充满惊惧的呓语中。筱田凛现在知道，他的双眼并没有喷射着黑色的烈火，须发也未曾如死亡般尽数花白，她不由得心神震荡：就是这个人让自己的丈夫每个夜晚置身于鬼魅的国度，他的影子无数次从天花板掠过，存在于每一面镜子和每一片池塘中。李青门畏惧这个杀手，但却又数次强调，这是他曾经唯一可以称得上朋友的人。

乌鸦同样久久凝视着这个女人，以审判者的姿态。鹅黄灯光从上而下倾泻在他的脸庞，像一个沉默又不可捉摸的苦行僧。他开口说出了第一句话，声音如同铁锚沉入大海，"和他说的一样，你在科研之外的事情上，真的很蠢。不过，怪不得你能看上李青门，你们的确是同一种人，都是那种为了某些目的可以出卖一切的恶鬼，无论这目的有多无聊和幼稚。"

"我从李君那里听说过你。我知道你的过去、你的故事，唯独不知道你的名字。"

"筱田凛博士，你对我和李青门一无所知。"

筱田凛似笑非笑，"你对我也一无所知。"

乌鸦一时无言，他在长久的沉默之后回答："那让我们好好聊聊吧。"

没人比我更了解李青门，即使他自己也未必能比我更了解。

李青门的父亲从小对这支独苗寄予厚望，望子成龙已经不足以形容那个父亲的狂热。李青门出生的那年，正是聂卫平打赢中日围棋擂台赛后，正式被官方封号"棋圣"的1985年。围棋职业棋手一时风头无两，被整个国家视为英雄，围棋兴趣班塞满了人，不知何年何月才轮得上李青门出头。这时心思活络的李父托关系搞来了一副日本将棋，他的思路很简单：中国已经富强起来了，下一步肯定会反攻日本，我们去搞日本的棋！要李青门做下一个聂卫平，打倒小日本！

（筱田凛：他的将棋水平其实一般。准确说，有天赋，但训练水平不高。他谈过他的父亲曾经教过他一段时间，但这种热情很快就消退了。）

是的。

李胜利要的是出人头地。

出人头地。

即使他被飞车党在街头活活砍死，死前仍然念叨这句话。

李青门只继承了他父亲的不甘，却没有继承他的无能，这就是一切悲剧的来源。

在人踩人、人吃人的世道，你唯一能做的就是往上爬，然后把所有竞争者像蟑螂一样踩死，李青门也是如此，他一生都是为了能够在别人憧憬、崇拜的眼光里而活的，他唯一的牌就是物理学。你以为他深爱这门学科？不，他只是特别有天赋，要论单纯的热爱，恐怕我这个杀手都能比过他；你以为他真的爱她？不，他只是想攀上高枝，找机会向世人证明他那狗屁虚粒子理论。

所以当妻子的家庭没办法支撑自己的胃口时，他做出那些匪夷所思的事情也就不难理解了。

因为那个时候他在FAST遇到了另一个怪物，你。

（筱田凛：NAOJ和FAST有稳定的交流计划，我和他就是在FAST认识的。我们在一个清吧喝酒，他说，这个时代太落后了，我要去未来，一定要去未来！在那里我的成就才会得到完全的承认，在那里我才是一个真正受人尊重的、出人头地的人。不要做梵高、阿贝尔、伽罗瓦，死了几十年才被人们发现好在哪里。我被这些话打动了，很彻底。）

是的，作为身价连城的黑道公主，你始终憎恨那个作为极道顶点的筱田太洋，恨到不惜以一切手段伤害和轻贱自己，用这个家伙的愧疚来折磨他，你清楚自己是筱田太洋唯一的弱点，也明白筱田太洋是因为你才同意开展十字飞车计划。长久以来，你活着的唯一目标就是让筱田太洋感到极端痛苦。

所以你要嫁给一个外人。一个孤儿。一个穷小子。一个杀人犯。

（筱田凛：不，我不知情。我不知道他做过什么，我们在FAST认识然后很迅速地结婚，我保证我没有参与任何杀人案。）

我来念给你听。

2017年3月10日，华南等离子所下属的大激光实验室进行的高能激光全息测象实验中，有人把电磁透镜调整了三个角分，导致LinatronPOG型实验室用大功率高能X射线激光器产生的粒子流射束的射击位置和靶位的绝对误差足足达到三四十米，一名女职工恰巧路过此地，高能射线瞬间摧毁了她。

2017年3月18日，我渗透了华南等离子所并扫描了主机磁盘碎片，从内存垃圾中查出这个操作的操作人正是李青门。

2017年12月12日，他和你步入婚姻。

（筱田凛：我说过了，这些我都不知情。）

你知道。

你记得他是怎么引起你注意的吗？

一套跨越时间进行量子隐形传态的工程方案，它是物质进行时间旅行的理论基础；一个模态数值矩阵，把这个信息矩阵还原成物质之后，是一个人。

这种断层全息照相技术需要用高能激光穿透物体本身以获取粒子信息，但测量粒子这个行为本身也会改变粒子的状态，改变它原来和周围粒子的联系，是一种破坏性、入侵式的测量，从宏观上看，这个物体将会在测量过程中被彻底消灭。你肯定知道，为了拿到这个模态数值矩阵，他分解过一个活生生的人。

剩下的事情你都知道了。李青门往上爬,往上爬,往上爬,爬到教科书里,爬到连爱琳·索菲亚都认识他,他确实达到了自己的目的啊,世上谁不知道他的大名? 他的头衔比他那单薄无聊的人生还长,每个人在他名字后面都要加一声"先生"以示尊敬,每个学生都用崇敬的眼神看他,每本教科书都在吹捧他的功绩,这不就是他梦寐以求的东西吗? 他在未来可是个真正的人上人!

(筱田凛:那是什么东西?! 你要做什么?)

爱这个词,应该从莽撞的年轻人们嘴里说出,他们正从懵懂的春季进入雷动的夏日,尚且情有可原。而我们现在已是萧瑟的夏秋之交,一切都已是过去,如果仍然轻言情爱,未免显得轻浮。我对她的所有情感都无疾而终,但多年以来,我都在等待时光抹平我的伤痕,可是这份遗忘迟迟未至。而或许正是这份刻意的等待,让那个女人的影子变成了真正的血肉。

(电机转动声。)

我很抱歉,筱田凛博士。

(筱田凛开始尖叫。)

爱琳·索菲亚睁开了眼睛,纳米机器人在她眼中结成一层蓝膜,现在的她是这个世界上唯一能穿透七百毫米加厚混凝土进行生物特征探测的人类。在一片朦胧的蓝色中,她分辨出雨燕、乌鸦和筱田凛的轮廓,他们三人站在外面,注意力完全不在混凝土内室。

膝盖的伤口早就愈合了,爱琳·索菲亚偷偷用手术刀割断了手术床上压敏探测的电缆,轻盈地翻身下床。这个翻身她趁雨燕不在的时候练习过许多次,因为她膝盖底下支撑的那块金属塑料还没被放回来,左右重心不平衡。她这些日子偷偷下床,在隔音室粗糙的地板上行走以重新适应重心,直到自己能做出一个标准的皮鲁艾特旋转为止。

她在昏暗中找到了通风口,用手术刀柄撬开松动的铆钉。她扒上去一爪子把防护板挠下来,防护板沉重地落在厚海绵地板上,声音被语素分析系统探测到了,系统给爱琳·索菲亚的口音往中国东北的方向挪了一点,这显然是个离群点,系统向主机发送了离群点检测报告。

外室的雨燕瞄了一眼电脑,他没怎么在意这个报告,爱琳·索菲亚时常会用勺子敲床沿来玩,他已经学会了不大惊小怪,而正是这份淡定让他永远失去了抓住小女孩的唯一机会。CIA前探员此刻正靠在混凝土墙上打量着这对男女,灯光照不亮乌鸦的下身,这个杀手像是持镰的死神矗立在筱田凛面前,他们的影子仿佛生长在一起。

爱琳·索菲亚爬出了通风管道,蛛网扫在她脸上,有那么几个瞬间,她以为这是一个没有尽头的迷宫,但在她变得难以忍受而放弃之前,雪花和冰风出现在一个狭窄的拐角处,她闻到了鲷鱼烧的味道,猫嘴里的秋刀鱼扑腾的声音犹在耳边,那个拿着清酒一饮而尽的黑衣男人仿佛就在眼前。

六十公斤的小女孩从一米高的通风口跳下,她落在雪地中砸出一个深深的雪坑,失去金属塑料骨骼支撑的左腿一阵剧痛,她不由得"啊"地叫了一声。

"伯劳……"

她咬着牙在雪地里走了几步,刚才的一跳也许撕裂了哪条肌肉,但纳米机器人很快修复好了伤口。实际上她也不知道该往哪个方向去,她只是奔跑在大雪里,任由刀锋般锋利的寒风吹拂过自己裸露在外的手臂,手臂很快就冻麻木了,刺骨的寒冷很快只剩下淡淡的痕痒。

直到两个小时后,地下室里的两个杀手才发现关押着爱琳·索菲亚的混凝土内室空无一人。

"是我的疏忽,居然让她逃出去了。"

雨燕摸了摸雪地里的脚印,他有些不敢置信,用手指再探了一下深度。福冈的雪结得很硬,爱琳·索菲亚深深的脚印清晰可见,这也许是多年前日本海内海一次严重环境污染的原因,老人们说,从那以后福冈的落雪在阳光下会隐隐透出病态的鹅黄色,干透以后和石头一样结实。

"但没想到她还挺胖的。"

乌鸦环抱双臂,站在他身后,"不是你从符拉迪沃斯托克把她背回来的吗?"

"我把她和无人机放在一起,还以为是无人机太重了。"

"走远了吗?"

"看上去走了一段时间了。"

"能委托你去追吗?"

雨燕撇撇嘴,"这可是加班。"

乌鸦转身,"那按我国劳动法,给你一点五倍的时薪。"

雨燕笑笑,他指了指爱琳·索菲亚逃跑的方向,"我不再收你的钱了，我要真相，多年来一切的真相，你的目的、你的过去、你的未来。我知道你和伯劳达成了什么交易，你知道吗？我羡慕得要死。不过，别抱太大希望。她跑的方向大概是福冈的市区，'三日月'也在那边。跑对方向一个小时就能到，要是她走运拦到了车，那就基本上追踪不到了。"

乌鸦的思考没有持续多久，他很快答道："我同意。但如果你没办法把爱琳·索菲亚带回来，就杀掉她，我要求她的尸体被彻底毁灭，一丝痕迹都不留下。"

雨燕似乎对他的指令十分意外，"我可不擅长杀人。我打算伪装成她的外交官父亲去报案，前几个月伯劳把她从福冈带走的那次，骗过福冈警察的文件备份还在地下室，还有一套Kiton的正装成衣。"

乌鸦看了看表，像是在自言自语，"时间不多了。"

雨燕因为这句话兴奋起来了，他躬下身将耳朵努力凑到乌鸦嘴边，看上去越来越像一只秃鹫，"你要做些什么？"

乌鸦眼神闪烁，他没有回答。

雨燕的五官扭成一团，"噢，伯劳肯定知道……我真的是嫉妒他……"

乌鸦拍拍他的肩膀，"别说了，老朋友……你根本不明白什么叫嫉妒。"

"我怎么会不明白，你知道的，你知道的！我一直在嫉妒你，你是多么……多么……你是怎么做到的？！"

"做到什么？"

"十年，十年！你锲而不舍追了一个人十年！"

"我恨他,你知道的。"

"对对对,我就是要听这个!你到底是怎么做到的?!我们当然知道你和李青门的恩怨,但是故事听起来也就那样,你到底是怎么做到让那点憎恨拉长到十年的!你和我们都不一样!我不是说什么像我们其他人,十年二十年以来深耕哪个细分领域那样的科研精神、艺术精神,那些其实都是个体经历的巨大惯性在推着我们向前走。像我,一个因为战争导致思想发生变形的前情报人员;伯劳,不过是一个被人赶出家乡的怨妇;云雀更不用说,内心就是一个找糖吃的小女孩……"

"……"

"我能感觉到,你走在这条路上的激情和他们完全不一样!你可以自由地往里面添柴,你才是那个真正由自主意志驱动着自己往前走的人……你像是一个……一个熊熊燃烧的熔炉,猛烈!猛烈!"雨燕的表情愈发扭曲,他滔滔不绝,像是根本没有发现面前的人根本心不在焉。

乌鸦面无表情,"你走吧。"

面前的杀手面色一僵,大笑着走远了。他在雪上一步三回头,显得对乌鸦极有兴致。

目送雨燕在白雪中讪讪地远去后,乌鸦在台阶上站了很久,他在写一封邮件,这封邮件经由层层加密,由VPN伪装成一个在香港的IP,它的收件人是长三角的某个同样层层伪装的电子设备。他知道,伯劳会确凿无疑地收到这封邮件,他能想象那个苍白的杀手收到邮件后彻夜长坐在床边,直到烟头烧到手指也未移动分毫。他思绪万千,但最终会以多年的惯性接下这个任务。

任务目标：雨燕。

现在，2029年3月2日。俄罗斯，内务部，羁押处。

副官推开办公室的门，向笼罩在烟雾中的指挥官敬礼。没有窗户的办公室里摆放着巨大的世界地图和堆积如山的纸质报告，指挥官一根接一根地抽着烟，副官注意到满溢的烟灰缸有纸屑燃烧的残渣，指挥官刚刚把什么文档烧毁了。

副官说道："筱田龙一带回来了。要准备审讯吗？"

指挥官转过身，他摇了摇头。继续在世界地图前来回踱步，副官注意到几张便条纸被图钉钉在那上面，"库图佐夫·安耶波维奇·亚历山大"和"筱田龙一"钉在摩尔曼斯克，"筱田太洋"钉在福冈，"'云雀'叶夫琴琳·索科斯卡娅"钉在莫斯科，"电力事故"钉在斯堪的纳维亚半岛，"筱田凛"钉在中国贵州，"卡拉马佐夫·彼得洛维奇"钉在白令海，"卡门塞特·冯·奥斯洛"钉在杜塞尔多夫。除此之外还有三张便条纸粘在地图边缘，上面写着"雨燕""伯劳"和"乌鸦"，显然指挥官还没找到它们应该钉上的具体位置。

指挥官挥了挥手，"我的右眼一直在抽痛。"

副官立正，"楼上办公室有抗红血丝眼药水。另外，高浓度的尼古丁对角膜也会有一定的刺激，会诱发过敏性角膜炎。"

"我不是在讲我的眼睛。我的意思是，有什么东西不对劲，这种感觉从那个女人被抓到羁押处的时候就产生了。我在想，她给的密码会不会有问题，她在诱导我们，但我什么都做不了。"

"我们的确从那台笔记本电脑里查出了很多。"

"不,你能想象,一个军方的情报人员,明明收集到敌军的关键信息,却无法劝说指挥层转向吗? 如果情报很多,落地很少,我们形成不了结论性意见,那要情报部门什么用? 我们现在面临的情况也是如此,这对一个老牌情报机构而言是极其罕见、甚至是不可原谅的,所以我认为叶夫琴琳·索科斯卡娅早有准备。去让技术科再查查硬盘有没有遗漏的数据空间,那叫扇区还是坏道……该死,那些术语我懂得不多,但意思到位了就行。我现在怀疑,叶夫琴琳·索科斯卡娅的电脑有两重保险,如果输入了特殊的口令,访问并不会被拒绝,而是会给予虚假的数据,或者部分虚假的数据。'拉尼厄斯'这个密码也许能打开一部分文件,但不是全部,或者打开的文件不全是真实的。一定存在一个密码,能以最高权限访问所有文件。"

"我们要继续审讯叶夫琴琳·索科斯卡娅吗,让她把正确的密码交出来?"

"没意义。这只是怀疑,我们没有确凿的证据,要等技术部门给出详细勘察结果才能进一步审讯。再说,如果她一味抵赖说给了正确的密码,你能拿她怎么办?"

"那筱田龙一呢?"

"外交部打算用筱田龙一交换山友财团电力事故的数据。他们负责和日方斡旋,甚至可能以此为引子,重启远东领土问题的谈判。但我们内务部不插手这些外交事务。"

"有个问题。云雀和筱田龙一现在羁押处,理论上他们现在应该分别被网络司和外交部的人押走,不该再待在内务部。但现在网络司在忙着分析叶夫琴琳·索科斯卡娅的笔记本数据,外交部在做北欧和日本的工作，没人和我们对接。如果上面指示要将这两个人移交或者押送到别处，这个环节很容易出问题。"

　　指挥官往烟灰缸里掸了掸烟灰，他又以肉眼可见的速度把一根烟吸干了，"这是个隐患。但我们腾不出手处理这些细小的环节了。我们还有最后一次机会，回头和叶夫琴琳·索科斯卡娅女士谈谈心吧。"

十二 无 罪

2029年3月3日。中国，长三角，另一个旅馆。

起床的时候，伯劳收到了雨燕的信息，这令他很惊讶，甚至有种久违的惶恐。他的第一反应是从床上滚下来，远离窗户，进入狙击的死角。

"我知道了我知道了我知道了我知道了。"接通通话后，雨燕一直重复着这句话，他的英语弹着舌头。

"我知道乌鸦的目的了我的老朋友你现在一定很想知道我在想些什么但是我一定要吊你胃口就像开了瓶盖不给你倒酒你记得我们很多年前在酒吧的那次吗我给你慢吞吞倒了四分之一杯我记得你的眼神直到现在也记得你现在是不是也是一副想要杀掉我的表情？"

"雨燕……"伯劳擦了擦汗，他把窗帘拉得更严实了些，"云雀的失踪和你有关系吧，我知道你不杀人，云雀人呢？"

"云雀云雀云雀她在莫斯科内务部的手上我们别谈这个女

人了我要跟你谈乌鸦我现在知道他的终极目的了就算是你也没能知道全部是我根据他的只言片语推导出了他的目的你是不是以为他只是想杀掉那个科学家那个叫李青门的科学家其实我现在也知道了但我看出了被他隐藏得更好的东西他的确是想杀掉那个科学家就像煎完蛋就要吃掉它但他的手段其实没那么简单但是我就是看出来了伯劳你看你终于有落后在我后面的事情了你有在嫉妒我吗你应该在嫉妒我吧。"

"怎么你现在像个小孩子一样?"

"想一想他是不是说过防止时间机器科技传下去就要杀掉李青门想一想是不是他肯定有说过自己但是你仔细想一想这怎么可能没有李青门也会有其他人提出这个理论只是时间问题甚至说为什么不能有超人外星人外域人高维生物低维生物研究出时间穿越技术来到我们世界反过来宰掉乌鸦那么答案很简单了他不仅要杀掉李青门对的他绝不仅仅想杀掉李青门而且毁掉这个世界甚至是整个宇宙反正就是毁掉时间旅行理论存在的整个科学背景这真的太酷了太酷了太酷了你能理解吗!"

雨燕说完最后一句话就中断了通信。杂波有点多,而且雨燕像是在跑动,风声很大,伯劳并不能听清他所有的话。雨燕指出了问题的关键,无论乌鸦如何解释,即使李青门掌握着时间机器的科技和核心参数,但唯物史观告诉我们,历史中一切事件发生的根本原因都并非一个两个特殊的人。人类凭借千年科技的积累已经站在时间旅行的大门前,只差天才们的临门一脚,没有李青门也会有别人。

洗手间的灯亮了,镜中苍白的男人看着自己消瘦的身躯,他举起手,试图去数组成手臂的原子有几颗,一二三四五六七……它们自星辰被塑造之始便流动在无尽虚空中,总遵循着亘古不变的规律。乌鸦要毁掉这些规律?但即使核弹能犁平所有土地,欧洲粒子对撞机SERN产生的微型黑洞将整个地球摧毁,在宇宙空间光速前行的伽马射线暴瞬间吹散了太阳系,也无法对它们运动的本质造成任何影响,规律就在那里,变无可变。

海森堡曾持有这样一个观点:在最终的物理学中,三个基本常数就足够构建整个自然科学里的所有常量。光速、普朗克常数、玻尔兹曼系数,它们分别构成了四大力学中电动力学、量子力学、统计力学的核心,其中光速是麦克斯韦方程组中的唯一常量,普朗克常量是薛定谔波动方程中的唯一常量,玻尔兹曼系数是统计力学、热力学中的唯一常量。可以说,常量是现象得以成为现象的原因,但它们不是规律,规律不随基本常数变化,它是永恒眺望着命运长河的大理石像,也是顽强生长在宇宙缝隙的苔藓,即使在有着不同常数的时空里,精细结构常数依然由光速、普朗克常量推导而来,核力依然和精细结构常数有关。

所以,乌鸦如果要破坏时间机器存在的一切可能性,他必须摧毁它背后的物理系统,而不仅仅满足于改变宇宙的物理学常数。他要根除存活在任何宇宙的、任何形式的生物开发出这种技术的可能性,高维生物、低光速生物、行星集群智慧,都在他的名单之列。而这具血肉之躯在棋局中清晰地看到了自己必胜的结局,就算他执子未胜,就算他落棋未定,但他比任何一人都气定神闲。

伯劳想到,这并不是属于人类的战争。在人类迄今最大的棋局——第二次世界大战中,欧洲战场将星闪耀,巴顿、曼施坦因、隆美尔这些军事战术家贡献了无数经典战例,但面对战争大局,他们只能产生非常小的影响。这就是他们和马歇尔、朱可夫、艾森豪威尔这些战略家的差距,名将们也许能在各自的战线上打出令人眼花缭乱的精彩战斗,但这些放到战略家们的战略态势图上,不过是无数犬牙交错的红蓝箭头中微不足道的一个。而更为广阔的世界舞台,国家生产力之间的战场,则属于斯大林、毛泽东、罗斯福这些纵横捭阖、谋形造势的领袖。伯劳、雨燕、云雀,也许在各自的领域里站在了人类的巅峰,但在乌鸦的棋局里,他们都是一枚棋子,永远无法与目光炯炯的棋手媲美。不,乌鸦或许更甚于人类历史上的一切棋手,伟人们尚且无法跳出历史规律的局限。人类历史的千万年里,唯独他一人真正站在了血腥的决斗场上,而他的对手,将是世界本身。

爱琳·索菲亚又将在历史中扮演什么样的角色?

伯劳试图站在乌鸦的角度纵观全局。在他所有的推导中,爱琳·索菲亚都不在场,她与一切似乎都有关系,但又似乎于事态的发展变化无足轻重。那个蓝色眼睛的女孩是一枚举足轻重的棋子,但她仍然处于棋盘之外。困难的思绪中,苍白的男人逐一搜索记忆里的故事,竭力保持冷水般地清醒,但他开始不由自主地期待,期待这枚十字飞车在适合的时间打入,象牙棋子与黑木棋盘碰撞发出微弱声音,旁观者们为之深深皱眉,这个果敢的瞬间将被记入历史。

这时雨燕尚未清楚自己的生命已被悬起,他还沉浸在自己浩大的推理中,像是一个刚刚发现新玩具的亢奋小孩。过去在

CIA时，这名伪造专家也许是古板严肃的。在全球最大、最神秘的情报分析部门工作，他身上正装的重量就足以封住一切溢出的、不合时宜的情感，但在某一天，他深藏的许多情绪都彻底外翻出来了，于是造就了现在的杀手"雨燕"。据云雀的情报，这个"某一天"正是他在北非彻底背叛CIA的那一天，他踩在同僚的断肢上对着他们的尸体吐尽污言秽语，就连最面无表情的行刑者也露出了厌恶的神色。

伯劳看了一眼乌鸦提供的GPS。雨燕目前的位置在萨哈林岛并且快速往北极移动，这是从福冈飞往莫斯科的航线。当伯劳看到雨燕的位置时很惊讶，因为雨燕有个习惯，他从来不带行李，所有物资都是在当地解决，没人曾成功追踪过这个杀手。乌鸦说，是因为他终于找到机会在雨燕喝的水里下了点谢切诺夫医学院开发的原型纳米机器人，纳米机器人能在磁场作用下直接通过血管膜进入内脏毛细血管网，向外稳定发出信号，它们不参与肾血循环，不会轻易被人体排出。

乌鸦昨天把雨燕的情况发送过来的时候，雨燕还停留在福冈。伯劳和他没有非常深的交情，在乌鸦的任务委托上看到他的名字的时候，也只是稍微迟疑了一下，这令他惊讶于自己的冷血。他一直认为，自己在这种时候应该大发感慨，但实际上什么也没有，雨燕的名字只是如同一滴水滴入干涸的古井，早已无法荡起波澜。

和女儿一样，伯劳对雨燕的记忆确实只剩下许多碎片，他们两人认识之后，在云雀的协助下合作过有限的几次，主要目标都在南亚、中东一带，最后一次是对山友财团的联合行动。乌鸦下达委托和调集资源，云雀负责情报支持，伯劳暗杀了筱田太洋并带走爱琳·索菲亚，而雨燕则为他们的行动做善后处理。除此之外，他对那个杀手的记忆寥寥，甚至还不如只和他度过了半个月的爱琳·索菲亚和一直出现在各类深邃秘密里的李青门。

但乌鸦为什么要杀掉雨燕，是因为雨燕看穿了"唯物史观"背后的真相吗？

他思前想后又接通了乌鸦，"关于我的报酬。我要跟你谈一谈。"

乌鸦很快回应："你说。"

"我需要知道你毁灭世界，不，毁灭宇宙，毁灭物理学的手段。我知道，随着宇宙的膨胀，无论是光速、普朗克常量还是玻尔兹曼系数的大小都会有极其微小幅度的变化，但这些变化对人类文明的影响微乎其微，而你以一人之力对这些常量的作用更是微乎其微，甚至说，你能以血肉之躯对它们施以影响，已经是匪夷所思了。"

"以前的你对这些东西不会这么上心的。职业杀手的职业道德是拿钱办事。"

"我是杀手，但也曾是仰望星空的小孩。在我面前的也许是这个宇宙最隐秘的秘密，没人能抵抗窥探它的诱惑。虽然我不是基础学科科班出身，但即使我也许只能听懂十之一二，也死而无憾。"

"为什么不试着阻止我呢？"

"你毁灭的世界与我无关。那个时候我早就死了。"

"那么你女儿呢？"

"也与她无关。那个时候她也活得够长了。"

"你的女儿也会有孩子。"

"我不认识他们。"

乌鸦阴阴笑着,"看哪,伯劳,你到头来只是内疚,是那点可怜的责任感支撑着你。"

确实,多年以来支撑着伯劳行走的是尚在中国的秋白,这个杀手每每想到女儿都能从身躯榨出一点力量,他是个传统的东亚父亲,归乡是他唯一的夙愿。当他回到中国后,他发现自己打听不到她的任何消息,那时他颓废地坐在小区门口胡思乱想了很多,有那么一瞬间,他以为女儿的存在只是一个精神病人的梦。

他想,至少爱琳·索菲亚是真实存在的。

他想起爱琳·索菲亚和叶夫琴琳·索科斯卡娅,这两个女人有着不同的发色、不同的眼珠和不同的姓氏,但她们灵魂里某个部分有着如出一辙的固执,伯劳对女人毒蛇般的直觉与曾为人父的经验告诉他,爱琳·索菲亚和叶夫琴琳·索科斯卡娅有着紧密的血缘关系,如同鸟类学家可以单单凭借惊鸿一瞥就分辨出短暂停留在棕榈树的雨燕们来自热带还是寒带……而雨燕本身,雨燕在飞往莫斯科。

苍白的杀手此刻突然明白了雨燕的目的,当他领悟的时候,那仿佛雨夜中雷鸣的一瞬,他在窗边惊而站起,如同振翅而起的候鸟:云雀正被内务部关押在莫斯科,而雨燕就要杀掉作为爱琳·索菲亚祖先的云雀,构成外祖母悖论!以他的性格,当然做得出这种事,这个曾为CIA工作的杀手执掌过无数人的命运,已经对玩弄人类感到厌倦。现在有一个彻底改变世界甚至历史的机会，他不会放过的。

"我改主意了。"伯劳说，"我现在就要你毁灭物理学的方法。作为这次任务的定金。"

乌鸦只迟疑了几秒，仿佛对这个转折早已有所准备，"山友财团的十字飞车报告存放在深圳的一个秘密机房，它记录着爱琳·索菲亚到达2025年的时间点：2025年10月8日上午10时32分34秒89毫秒。一个半月前，我去到了那里，在那基础上加了十个毫秒的延迟，把记录改成了2025年10月8日上午10时32分34秒99毫秒。"

伯劳愕然："十个毫秒。这有什么用？"

"这个问题的答案会作为尾款。"乌鸦徐徐回应，"一切都没有变。"

凌晨时分。日本，福冈。

公路边的警亭空荡无人，里面暖气却自动开着，雪花在玻璃上化成水滴，它们一缕一缕地从上面流下，显得玻璃十分油腻。这里驻守的警察被抽调去看守"三日月"的现场，已经数日未归，红绿灯暗淡地在风雪中交替着，又一个长夜过去，这个十字路口终于迎来了一个小小的旅人。

凭借纳米机器人强大的能量供应能力和糖原分解效率，爱琳·索菲亚幽灵一般抵达了福冈市区，游动在她血液里的纳米机器人赋予了她在这个时代可被称为非人的运动能力。她不知道的是，雨燕在后面跟着她的脚印断断续续跑了二十分钟，这个不常运动的杀手最终投降了，他坐在雪堆上感叹年轻真好，要是他能知道爱琳·索菲亚沿着那条结冰的公路活活跑了三个小时，那么他宁愿花费那二十分钟来堆一个小雪人。

爱琳·索菲亚在晨光初现的福冈乱窜，她在寻找"三日月"，回到那个她待了四年的地方。她在便利店和便利店之间出入，试图找到那条她和伯劳都走过的路，一些头发五颜六色的不良青年开始在她身后聚集，他们以打量Coser的眼光打量着爱琳·索菲亚，最后他们把她逼到一个小巷子里，打量着她在日光下如湖水荡漾的湛蓝眼睛。

福冈高中确实有好几个登记在案的暴力社团，并一直受到各自高中教务处的监控，他们往往只能早睡早起，在清晨行动，和晨练的老头们面面相觑。

"我没钱。"无路可退之后，爱琳·索菲亚看着发型浮夸的少年们，她理直气壮报出了自己的余额不足，"我什么都没有。"

"不要动。让我搜身。"

领头的田中三郎是福冈第二高中的恶霸，他往前摸去。但爱琳·索菲亚在他踏出第一步的时候先动手了，她抬腿一脚狠狠踢在对方的双腿之间。纳米机器人在她的神经冲动到达大腿前就放电预刺激腿部肌肉，令整个动作的反应时间大大缩短，田中三郎还没反应过来，他的下身便已没有了知觉，随后是剧烈的撕裂感和疼痛，爱琳·索菲亚全身足足有六十公斤，如果踩实了，足够让他骨盆骨折。惨叫声中，爱琳·索菲亚一秒都不会等，她直接越过五颜六色的高中生们往巷口跑去，尽管他们都比她高上一大截，但没人敢拦住她。

"我要把你扒光衣服吊在篮球架上！"田中三郎青蛙一样趴在地上吼道，"去追！"

其中一个戴着眼镜的学生喊道："田中君！小心佐藤警佐，他这个时间点上班了！"

另一个学生说："放屁！我昨天亲眼看到佐藤老狗被警察局长拉进办公室里一顿臭骂！他们保护山口组大小姐不力的事迹已经传开了。佐藤老狗可能还会被革职调查！我还听到，局长狠狠骂他说'在日本人的地盘上，被俄国人通过美国人抢走了一个日本人'。"

"听好了大伙。"田中三郎艰难站起，"山口组……山口组已经衰落了，他们的组长在料亭被女鬼附身斩杀，地下世界群龙无首的幕府时代已经来了。我们敬田组要在这乱世中崛起，成为福冈的王！"

这一小群人像梦中惊醒一样去追爱琳·索菲亚，但已经长大的少女比他们能跑多了，跑出巷子后，他们只能眼睁睁看着她猎豹一样消失在大街的另一头。这时有人发现她去往的方向是已经被警方封锁的"三日月"餐厅，他们就地商量了一下，决定对其围追堵截。

戴着眼镜的学生说："我还是害怕……这不好……"

田中三郎回道："去你的鼻涕鬼，回家抱着你妈妈哭吧。都说佐藤老狗已经被革职调查了，怎么还会上街巡逻？好了，我们分头追，看到她就在手机上说一声！"

跑过两个街区后，爱琳·索菲亚只在警方的黄色封条之外远远看了一眼"三日月"，这家有九十年历史的料亭挂着纸灯笼，一阵阵风使它摇晃。

她突然又不跑了,转而伸出手去抚摸刻着店名的木牌,它的每一条年轮都勾起她的回忆。在这里与世隔绝地生活了四年,实木地板的触感和芥辣的气味已经深深刻在了海马体里。得益于马克龙·墨格拉对她几近严厉的教育,她对网络的依赖并不深,不至于断了网就浑身痕痒。筱田太洋曾啧啧称奇于她出奇的安静,却不知道她一直拥有暴起杀死他的能力。山口组组长有持剑裸身与狮子对峙的经历,自认虚极静笃,一心不乱,却终究未能明白,并非所有猛兽都有獠牙,无论爱琳·索菲亚还是筱田龙一,都是如此。

"混蛋!给我站在原地!"

少女触电般缩手,这才发现那群不良少年已经分别在街巷的两头堵住了她的去路。

爱琳·索菲亚无处可逃,她有些慌张。这种表情令田中三郎十分满意,但实际上爱琳·索菲亚还是担心着雨燕的追踪,她毫不怀疑那个多话的杀手能够掌握自己的行踪。当然,她不知道她的担心是多余的。就在三十分钟前,雨燕挂掉伯劳的电话后,就在福冈机场登上了前往莫斯科的班机,他改变了主意,爱琳·索菲亚不再在他名单的第一序列,取而代之的是"云雀"叶夫琴琳·索科斯卡娅。

田中三郎喘着气走近。他伸出手要抓住爱琳·索菲亚的手臂。

爱琳·索菲亚根本没理会他们,她猫般轻盈地直接跳上积雪的围墙,这一刻她就是叼着秋刀鱼的黑猫。在围墙上如履平地地狂奔的时候,她瞥见了远处港口银色的海平线。福冈是临海城市,她看见的就是日本海,此刻的海面倒映着阳光,波光粼粼,少女便在这一刻下定了决心,既然找不到伯劳,那么无论如何都要回到符拉迪沃斯托克,去找云雀。

她朝着海边奔跑。不良少年们一直跟着她跑,他们现在只剩下不服输的念头,一路追到都市高速环状线的高架桥:高架桥架在东西向的一个入海口处,用来连接福冈东西两个城区,它的下方就是海洋。他们看到爱琳·索菲亚终于在一块广告牌前停下了。

田中三郎大声宣布:"抓到你了。"

爱琳·索菲亚在人行道的广告宣传栏里看到一个以世界地图为要素的广告,习惯了全息三维球面的她看不太懂二维平面地图,还好云雀给她在地图上指出过符拉迪沃斯托克的位置,雨燕也曾带她偷渡回福冈,她大概记得路线。爱琳·索菲亚用手指量了量福冈和符拉迪沃斯托克的距离,随后迅速判断了一下方向,并且跳到护栏上准备起跳。田中三郎和手下发现她蹲踞在护栏上的时候一阵惊呼,他们大喊着些什么,也许是注意安全,也许是珍惜生命,但爱琳·索菲亚根本没在意逐渐包围过来的这群人,并没有露出视死如归的神情。

她看了一眼太阳的方向。

不良少年们目瞪口呆地看着她跳入高架桥下的日本海,如同流星坠入大气层。

看着阳光在大海上无边无际地铺开,戴着眼镜的学生嘟嘟囔囔,他挂着委屈的表情,几乎要哭出来了,"妈妈我我我们……

杀人了！……可是我没有……"

二十五公里之外。

筱田龙一脸色阴沉地坐在奔驰在高速公路上的梅赛德斯里,他打开了车窗,海风狠狠刮在他脸上。他试图借此来让自己忘掉在俄罗斯外交部的经历:自己被蒙着眼带进一间环形法庭之类的会议室,蒙布被揭下后,他发现他站在许多人戏谑的目光里。法庭是从圆心开始逐级往上递增高度的,造成了每个人都在俯视他的效果。一个穿着正装的男人戴着法官的假发,他向筱田龙一宣读极不正式的判决:因在俄罗斯境内的摩尔曼斯克嫖娼、吸毒以及进行同性恋活动,外交部决定,驱逐筱田龙一及其随行人员出境并处以每人十万卢布罚款。

随后,一架军用运输机不由分说地将他们送到萨哈林岛,筱田龙一和他的保镖们在铁皮座椅上坐了四个小时后,他们在俄罗斯萨哈林岛军事基地看到外交大臣的车队。迷蒙的雾雪中,日本人像永恒的苍鹭固执地钉在跑道的尽头,直至飞机落地的巨大气流袭来也未曾后退一步。雪中的外交大臣身披厚厚的黑色长风衣,头戴一顶不伦不类的貂皮帽,尽力将自己打扮得像三流商务人员,可是谁都知道,日本政府内阁在这次交换中已经颜面尽失。

"你该为这次耻辱切腹。"外交大臣咬牙切齿地说道。

筱田龙一在他面前长久地鞠躬。

梅赛德斯驶入一条长长的隧道后,副手沉吟很久之后开口了,他知道筱田龙一现在最关心什么,并且觉得现在是个好机会,"关于要不要用数据换回您的投票,本家举行的投票票数打平了，我认为这是他们有意为之，逃避决定。随后投票开放给整个董事会大股东，票数微妙地维持着平衡，最后的关键一票是财团大中华区执行总裁王博林投的。他当时因为在深圳回收数据而迟到了，所以是最后一个投票者。"

筱田龙一点头，"深圳方面的数据回收得怎么样了？"

"中国方面扣下了大部分。但据王博林回报，那些数据大部分都已经被损坏了，筛出的一些文档和一个商业核聚变研究计划有关。全部文档已经汇成报告发送到大阪核心数据库了，您可以在任何最高权限的客户端访问它。"

筱田龙一在座椅上换了个姿势，他陷得更深了，"凛的绑架案处理好了吗？我听说她自己一个人飞回福冈了。"

副手的脸庞因为这个问题失去血色，如同海浪不断带走沙丘，他嗫嚅着："这就是我想向您特别报告的。五个小时前，福冈警方接到匿名电话，说筱田凛小姐现在在福冈郊区的一个小房子的地下室里，半小时内能赶到还能存活。警方赶到的时候发现她的头部受到严重的外伤，现在被紧急送往东京大学医学部附属医院脑神经外科接受治疗。"

筱田龙一接过报告。这是公安厅内部对这次事件的快速集成报告，简单介绍了筱田凛到达日本后福冈地方警察的交接情况，并指出因为这次任务本身属性保密，没有向一线民警提供过多信息，所以在机场接送环节出现了人员调度失误，导致筱田凛被另外的绑架同伙接走后下落不明。警察的追踪来到现场后为时已晚。

目前福冈警察已经启动问责程序。

副手一直认为,对面前的少主而言,已经发生的事情不可更改,他从来只会考虑如何避免事态的进一步恶化,一旦他认为这就是事情的结局,并且没有基于重复博弈而施以报复的必要,便会迅速弃之不理,哪怕这是他的亲妹妹,这正是他无数优点和缺点中较为中立的一个特质。果然,筱田龙一在一阵沉默的权衡后,很快将筱田凛的事情暂时放在了一边,"我知道了。我需要你这边去找一个人。"

筱田龙一将爱琳·索菲亚的信息发给他。副手的脸色马上变得更奇怪了,他的脸庞比之前更加失去光彩。

"刚才的突发新闻播报了这个漂亮女孩。她和一群不良少年在天神北二丁目的一个小巷子里发生冲突,然后双方打斗追逐,最后她在都市高速环状线上掉进了海里。搜救队刚出发没多久。"

三个月前,筱田太洋死后一周,2028 年 11 月 13 日。日本,福冈,新干线。

爱琳·索菲亚把头靠在列车的车窗上,感受着玻璃微微的震动。外面的光亮让她感到安全。在过去的数年里,她无时无刻不被笼中鸟那种冲破枷锁的欲望煎熬着,而如今灯光晃动的雪夜终于触手可及,车轮和铁轨摩擦的温软声音犹在耳边,她第一次完全把自己浸没在这种沉静当中,这是她极少有的喘息之机。

列车很快进入了一条很长的隧道,窗外一片黑暗,爱琳·索菲亚转而去玩弄手上的和果子点心,那是伯劳给她买的,她想吃一口,但是很担心一口吃不下,糯米会粘在嘴唇上。男人就坐在她的对面,他在用紫外线灯检查护照,偶尔会抬头瞥一眼对面人偶般精致的女孩。列车到站的时候,她终于忍不住了,伸出舌头轻轻地舔了一下表皮的椰丝。伯劳刚好回头,他们定在原地尴尬对视了一阵。

伯劳看上去很无奈,"我皮包里还有几个点心。"

爱琳·索菲亚赶紧把和果子点心收好,"不用了,谢谢。"

"甜的。"

"真的不用了,谢谢。"

"好。"

他们又沿着昏暗的雪街走了一段。

伯劳在一家便利店前停下,他把帽子的积雪抖下来,"我觉得有必要和你介绍一下现在的情况,筱田太洋已经死亡,而我们现在要飞往符拉迪沃斯托克,然后在欧洲躲避一段时间。接下来的很长一些日子里,你我都会生活在一起,我肩负起保护你的责任,你肩负起不要惹麻烦的责任,在俄罗斯还有一位叶夫琴琳·索科斯卡娅女士肩负起告诉我们附近有没有坏人的责任。所以,请多多指教,希望我们合作愉快,爱琳·索菲亚女士。"

他伸出一只脱了手套的右手。

淡金色头发的女孩没有搭理他,她在白雪中垂下眼睑,用力把吃了一半的和果子咽下去。她后退了半步。

爱琳·索菲亚幽幽地说出云雀的名字,"叶夫琴琳·索科斯卡娅。她是一个俄罗斯女人?"

伯劳眯起眼睛,他饶有兴致地盯着她樱粉色的双唇:"你为什么会对她有兴趣,你听说过她吗?"

爱琳·索菲亚望着伯劳，她的眼里泛起了点敌意，"是，我见过她的名字。是我喜欢的作家。"

九十六年后，2125 年，离爱琳·索菲亚回到过去还有六个月。北欧，斯堪的纳维亚半岛，地下掩体。

总统马克龙·墨格拉在失去军部的支持后，尽管以血腥至极的手段收回了军队的指挥权，但战略指挥能力彻底被打断脊梁，失去了完善的指挥链，俄军战线一路向前推进。三个月前，俄军终于攻陷西蒙海耶，马克龙政府流亡北方，并号召全国工农兵拿起武器，与侵略者抗争到底。爱琳·索菲亚稀里糊涂地跟着战时内阁跑到了斯堪的纳维亚半岛进行政治避难，他们隐藏在一个偏远的小镇里。

今天是圣诞节。

爱琳·索菲亚蜷缩在一张硬板床上，她在看着一本电子书，《失踪的虚数》，作者名叫叶夫琴琳·索科斯卡娅，一个俄罗斯人的名字。爱琳·索菲亚拿不准这是不是禁书，但是她昨天搜刮了一下核掩体里剩下的一些电子设备，发现了它们某个文件夹的角落有这样一本题目有趣的电子书，于是她把它拷到视网膜上。

"关于李青门博士失踪的真相，世间众说纷纭，但无论如何，那也已经是多年以前的事情，笔者也难以抽丝剥茧地分析。但李青门博士失踪之后不久，便发生了震惊世界的萨哈林岛核弹事件，恐怖分子趁着部队换防的千载难逢的机会，渗透并劫持了萨哈林岛的核弹发射基地，并成功向法国里昂和萨哈林岛基地发射并引爆了两枚重型核导弹，造成数万人死亡。"

"小爱琳。"保姆的声音传来,这时她才意识到有人进了她的房间,"你还不睡觉!"

"萨拉!我跟你讲过很多次不要乱进我的房间。"爱琳·索菲亚吓了一跳,她熄灭了视网膜显示屏。她的眼睛失去了黑暗中的幽幽亮光,在红发保姆重新打开的台灯的暖黄光芒里,她水蓝色的眼睛还有着生物电路尚未彻底关闭的反光。

"好了我的大小姐,别生气了。至少别吵着马克龙先生,他刚睡下。"保姆做了个嘘声的手势,她看着小女孩的眼睛,"我是给你的袜子塞圣诞礼物来了。别别别别,别动手……你明天才能看。"

爱琳·索菲亚眼睁睁看着保姆萨拉给她床头的红色圣诞袜塞了点什么。

"你觉得我还信圣诞老人吗?"在萨拉离去之前,爱琳·索菲亚问道,"你一走,我就把它拆掉。"

"噢大小姐,别这样,你早就长大了。但是我们还是要尊重传统的。"

保姆把门关上。爱琳·索菲亚马上从床上跳下,她学着古代的猎手那样把耳朵贴近地面,试图倾听猛犸象的震动般。确定保姆的脚步声在走廊的一端远去之后,她又爬上了床。

"萨哈林岛核弹事件的历史意义在于,它是历史上死亡人数最多的恐怖袭击,并且毁灭了整个里昂和萨哈林岛。其巨大的影响直到今日也能看出:在萨哈林岛事件后,欧洲经济遭到了空前打击,各国政府高度紧张,对恐怖活动的打压达到了新的高峰,并直接导致了俄罗斯和欧洲的外交关系急剧恶化,但欧洲依然顶着国内民众的压力，按计划接受亚太经合组织的经济援助。笔者数名友人亦死于此次事故，每念至此，均止不住扼腕叹息……"

这个处于一个老旧剧院地下的掩体以一台机械升降机与舞台连接，在过去空旷的岁月，无数盛装打扮的演员经由它登上舞台。马克龙·墨格拉通过这台起降机通往处于地下的秘密掩体的时候，齿轮转轴刺耳的转动声让他倍感陌生，微妙的松脂油味道里，佝偻的看门人拄着黑色的拐杖为他引路，他是一个从舞台沉没的神。

如今的马克龙·墨格拉并没有睡下，他站在地下掩体的中央控制厅。中央控制厅由剧场原来的地下部分改装而来，而且经过扩容，在原来的设计里，它能容纳一整个战时内阁及其附属部门的人员，但马克龙政府只剩下寥寥几十人在支持，显得极其冷清。过去这里必然无比明亮，行走此处的都是各色裙裾和脂粉香味，芭蕾舞者和话剧演员互相致意，如今只剩寂寥的空气以及窸窸窣窣的大老鼠。即使如此，爱琳·索菲亚也在老剧场里找到了足够的乐趣，她日夜流连在积满灰尘的更衣室和储物室之间，以给塑料假人换上一套好看的衣服为乐。

"NO GODS OR KINGS, ONLY MEN."

横贯大厅的猩红横幅上写有镀金的大字，这个面容深沉的男人久久凝视着横幅末尾斑驳的单词"MEN"，思绪良多。

"俄军的攻势在库尔图雷停下了。"一个小时前，他突然收到了前哨的情报，令他刚接触床板的脊背又发力绷紧。他容光焕发，重新回到中央控制厅，参谋和顾问们忙成一锅粥。

　　"地球正在遭受疑似太阳风暴的天文事件影响。俄军电子部队的武器使用效果受到巨大的影响,前线观察哨认为,事件对俄军的主要影响有:全球导航能力下降、火炮部队精度变差、指挥系统协同性下降。目前他们在前线停下来休整。"十五分钟前,前哨再次传达报告。

　　"原因我们认为大概是这个,您该看看这些。"高级顾问向他展示了一组新闻。

　　"马普所、SERN、中国国家科学院等数所大型机构证实了一段时间以来普朗克常量、玻尔兹曼系数、光速三大常量的较大幅度变化,其中以普朗克常量的向零收敛为代表,光速正在快速上升,而玻尔兹曼系数上下动荡。超弦学派认为,如果情况持续,这种等级的常量变化会引起宇宙的激烈变化,人类几乎不能在这种大动荡中存活下来,但这种变化有利于物理实验的进行。超弦学派呼吁,物理学界现在的首要任务是,在人类灭亡前窥见大一统理论的奥秘,彰显人类的荣耀。"五个星期前,一条爆炸性新闻在互联网上传播。

　　"虚数学派对超弦学派的表态做出回应,声称这些现象代表着整个宇宙将退化到古典力学系统,当普朗克常量归零、玻尔兹曼系数与光速接近无限大,量子现象、统计力学效应和相对论效应将彻底消失,现代物理学心目中花里胡哨的大一统也许只会存在两到三秒。物理学界现在的首要任务,是跪在牛顿的雕像前,向人民坦诚他们欺骗经费的事实,并祈求他们的原谅。"这是三个星期前的消息。

　　"据悉,目前三大常量的变化尚不会影响到广大人民群众的起居生活,但精细科学和超精密仪器会受到一定程度影响。"最新的新闻。

马克龙·墨格拉咀嚼着其中的含义。

"俄军在图尔库–坦佩雷一线停止了动作。据我们所知,他们正在考虑战略回撤,撤回俄罗斯境内。"高级顾问打开北欧地形图向他介绍了一下前线的情况,随后迟疑了一阵,又打开了世界互联网网络拓扑图,并向马克龙·墨格拉展示了一份电子文档,"但我认为,您最好认真看一下这份报告,这是网络舆情监察处的一份长篇调查。前些时间前线战况激烈,您完全没有在意这份文宣系统传达的报告,但眼下……您还是读一下这份报告吧。"

马克龙·墨格拉不解地看了眼顾问,顾问朝他点点头,然后回到了自己的岗位上。

芬兰网络舆情监察处的报告有着一个奇怪的题目:"关于爱琳·索菲亚模因突变现象的调查报告",写成日期非常晚,从行文上看,像是仓促写成,没有太多词句上的斟酌。而且套用了舆情处对重大突发舆情的分析模板,罕见地采用了全人工撰写的方式,这意味着这次舆情是一次 AI 无法处理的模因演变。实际上,模因演变在网络历史上并不少见,但很少会严重到让总统亲自过目。

模因(meme)一词第一次出现在理查德·道金斯所著《自私的基因》中,与生物学里基因(gene)的概念类似,道金斯提出模因的概念来描述文化生活中那些传播在人们头脑的思想,它被定义为文化的基本单位,像基因一样,一个文化概念能通过人们的口耳相传一代代复制，也会受到误解而产生突变，不同的文化概念也会在互联网上互相争夺生存空间。传统的监控AI能迅速对事件类型做出分类，比如突发险情、政治事件、重大工程事故，进而按预设步骤处理舆论。而模因演变，即使是最先进的NLP技术也无法识别那些本来就是为对抗NLP而生的黑话，所以必须以人工进行分析。

事情追溯到马克龙·墨格拉参加选举的时候，掌上明珠爱琳·索菲亚因其惊人的美貌深受选民喜爱，粉丝们专门为她组成了后援团，有好事者使用她的照片进行了全网面部识别，惊讶地发现她竟然和日本福冈地区百年前留下的监控视频、新闻图片里的人对上了号，虽然大家都知道，这很大概率是两个长得非常相似的漂亮女生，但粉丝社群认为这就是爱琳·索菲亚本人，开始自发创作，并且产生了许多有影响力的作品。马克龙·墨格拉本人也在接受记者采访的时候半开玩笑地说过："是的，我的女儿当然有遨游时间的神奇能力。她最终选择来到现在，是因为这个时代是芬兰最好的时代，也是为了让我们牢记历史，牢记来自东边的威胁。"

这就是模因"爱琳·索菲亚拥有时间穿越能力"的起源。

但随着模因的演变。粉丝们已经不能满足于同人文章、视频，他们希望找到那个和爱琳·索菲亚长得一模一样的百年前的女孩，至少希望找到她的名字。社群发起了寻找那个女孩的活动，他们之中有警察、黑客以及政府工作人员，花费了巨大的力气，却总无法找到那个女孩的信息，所有调查都指向福冈一次无疾而终的突发落水事件。大部分人都放弃之后，仍有少部分偏执狂一定要找出这个人的身份。他们最终成功了，随着俄罗斯政府解密萨哈林岛事件的资料，计算机终于从萨哈林岛的监控信息中重新识别出这个从福冈消失的女孩。

这就是模因"爱琳·索菲亚拥有时间穿越能力"的第一次演变，新模因"爱琳·索菲亚和萨哈林岛核弹事件有关"开始流传。此时，马克龙·墨格拉深受绿雨小组散播的俄罗斯间谍论困扰，该模因与之结合，形成了第三个新模因"爱琳·索菲亚不仅叛国而且反人类"。

仍然忠于马克龙·墨格拉的舆情处最初给出的处理方案是等待。等待这些模因在汹涌的潮流中自我瓦解，整个社交网络每天都会产出成千上万模因，而和生物进化战场里的基因一样，只有其中极少数的模因能够最终固化在世界文化中。它们大多数都会在一段时间的迅猛扩散后被迅速稀释，从此永远消失在永远沸腾的文化大汤里。

事实证明也如此。随着头顶的太阳被铺天盖地的纳米机器人熄灭，西蒙海耶被攻破，人们将精力放在了讨论国家未来的命运上，曾经沸沸扬扬的爱琳·索菲亚现象像露珠一样仅存在于烈日下一瞬便被蒸发了。他们显示出了惊人的遗忘能力，很少有人再在网络空间讨论能穿越时间的小公主，这些模因如同掉进深井的孩子般无人问津。但马克龙·墨格拉做梦也没有想到，终有一天，与这场战争毫无关系的物理学家们从世界的缝隙发现了它增生的脓疮，就连整个人类文明也在三大常量无可违抗的变动下岌岌可危。而在此时，终于有人从早已干涸的论坛打捞出已经在化学战中面目全非的模因。

模因"爱琳·索菲亚能穿越时间""她曾出现在一百年前""爱琳·索菲亚和马克龙·墨格拉都是十恶不赦的甲级战犯""科学家们面对三大常量的变动束手无策""世界就要灭亡""宇宙岌岌可危"。

模因"爱琳·索菲亚曾经回到过去""一百年前的那个女孩明显比现在的爱琳·索菲亚要高、要成熟""总要找到一个办法""世界需要被拯救"。

模因"爱琳·索菲亚将要回到过去""爱琳·索菲亚是这一切的起因""如果爱琳·索菲亚不存在,那么就不会出现这些事""如果她没能回到过去,那么就会构成一个逻辑上的外祖母悖论""世界需要被拯救"。

模因"不能让爱琳·索菲亚回到过去""构成悖论之后会怎么样""构成悖论之后,世界会像电脑一样重新启动,进入新的世界""构成悖论之后,世界会分裂,会有平行宇宙产生""构成悖论之后,圣父、圣灵、圣子会降临大地""世界需要被拯救"。

模因"不能让爱琳·索菲亚回到过去""无论如何总比世界毁灭要好""世界需要被拯救"。

模因"杀死爱琳·索菲亚以构成悖论""世界需要被拯救"。

模因"号召全球人民,猎杀爱琳·索菲亚"。

人们已经相信,这是对眼下困境唯一的、最简单的、最迅速的解决办法,一个名为"重启"的团体被迅速建立。马克龙政府再无力应对,远在极夜之地的他们终于失守了舆论战场。

房门被撞开,爱琳·索菲亚吓得从床上跳起来。她的喉管里酝酿着保姆的名字,她要狠狠地尖叫出来。灯被打开,视网膜显示屏瞬间暗了下来，以保护她的视力，她得以看清门口的马克龙·墨格拉，后者靠在门上，他看着自己的女儿，灼灼目光似乎要将她洞穿，深邃的双眼不知是何感情。

"你的确有你妈妈的眼睛，我的小爱琳。"

马克龙·墨格拉苦涩地笑了笑，黏稠的冷汗已经浸透了他的脊背。

　　现在。俄罗斯，内务部，审讯室。

指挥官第三次推开审讯室沉重的铁门，在完全推开这扇门之前他靠在门背等待了一阵，云雀在审讯椅上抬了抬眼皮，她看了一眼他背离强光的黑色剪影。她后来才知道，他站在那里是为了最后留给她一个沉稳安静的印象。指挥官走到房间的角落，打开了洗手池的水龙头，水声淅淅沥沥。下水器被堵上了，洗手池很快积了一池的水。

"叶夫琴琳·索科斯卡娅女士。我十年前在车臣参战，负责对格罗兹尼爆发的新一轮暴动进行镇压，仗打得很烂。究其原因，情报迟钝、不足甚至虚假，指挥官面对一团乱麻的战场无从下手。我极其讨厌这种感觉，面对战场无能为力是对一个军人的巨大打击。后来我选择进入情报部门，有很大一部分原因是想弥补当年的缺失。我不否认，我是一个有着极强控制欲的男人，并且为此自豪。现在，你让我感受到了当年的迷茫。我必须承认，云雀，你很聪明，内务部并没有失去对局势的控制，从头到尾，我们从没控制过局势。

"技术科在你的硬盘里发现了其他隐藏的资料，它们同样受到密码保护。我们有理由相信,你在故意引导内务部的行动,密码'拉尼厄斯'暴露筱田龙一的资料,是为了让我们把注意力放到他身上。"

指挥官观察着云雀的表情。没有,他看不出任何东西。

他下定了决心。云雀在那个瞬间看到猛禽的面容在他的脸上浮现,随后她感觉整个左脸一垮,彻底失去了知觉,如同长久暴露在低温中麻木后的肌肉。她和椅子一起天旋地转地倒在了地板上,指挥官这一拳至少打松了她两颗槽牙。云雀已经有一定年纪了,她没能很快地恢复过来,嘴里全是血水的腥气。

指挥官把她提起来,将头摁进已经开始溢出水的洗手池里。洗手池很快被她的血染红了,又很快随着水流的加大而变清,到最后只有一条条细微的血线从她的下颌边流出。指挥官掐好了时间,赶在水流进肺泡之前,把云雀的头提起来,他的专业性就体现在这里,不会多一秒也不会少一秒。

指挥官说道:"密码。"

云雀的声音如同在水中传来,她几乎要溺死了,"筱田龙一身份极其特殊,只有他活着,山友财团才会维持稳定,因为这个庞然大物已经经不起第二次折腾了。日方一定会给你们施压,内阁不会放弃他,你关不了他多久的。"

"我见过很多,我见过很多背叛祖国的恐怖分子,在这个审讯室以国家利益为要挟,硬着脖子与我们谈判,但这么多年过去,他们无一例外,他们无一例外。可是你不同,云雀,你让我想起二十世纪的黑客凯文·米特尼克,你和他一样,都是无意间闯入巨人后花园的孩子,以摘下一朵残缺的花朵沾沾自喜,以偷盗一颗腐烂的果实扬扬得意。"

云雀喘了口气。指挥官将两块电极片贴在她耳后,在短暂的停顿后接上交流电,高频低电压电击。云雀本来已经湿透了,她在审讯椅上一阵狂乱的痉挛,指挥官面无表情地注视着她脖颈浮起的青黑静脉。他心想,好的、好的,我们没时间做测谎,没时间等待一杯滚烫的咖啡逐渐冷却,只有审讯,快速的、干净的拷打,重点是干净,咖啡不能洒出。

指挥官提高音量,"释放筱田龙一,也在你的计划之内。"

几乎晕厥的云雀仍能回以嘲讽的凝视,"内务部的羁押室满了,筱田龙一只能安排在我隔壁,也在我的计划之内。"

"你对他做了什么?"

"我请他去帮我办一件事。"

"什么事?"

"和国家安全无关。"

指挥官大喝:"有没有关系由我来决定! 记住坦白从宽,祖国历来是有政策的。"

他等待着女人的话。云雀垂着头,她没有任何回应。

"你知道,就在此刻,暗网有多少黑暗的交易正在发生,筱田龙一接管的山口组是黑色非法贸易从线下到线上转移的先导者之一,你的手上可能就掌握许多无辜人民得救的关键,甚至也能让你从过去发生的一些事情中解脱。你为什么还在沉默,你为什么选择医生这个职业! 难道希波克拉底誓言于你只是年轻情侣不负责任的许诺?!"

"首先,相比大型跨境电商,就算整合整个暗网,它的成交量也是非常低的,更不要说大量的假单和坏账。其次,东亚黑帮贸易在暗网的成分并不高,他们自成一个相对封闭的体系,但日本山口组近年来的确开始和欧美黑帮联网。最后,于我而言,人类不过是有限几种成分组成的有机物,我是上帝命定的观察者,从不拯救,从不戕害。"

指挥官青筋暴起,他在云雀面前俯身,强迫她直视自己。他们久久凝视着对方的眼睛,"好,好,很好,叶夫琴琳·索科斯卡娅,你真是个很聪明的女人。你清楚库图佐夫·安耶波维奇·亚历山大是什么货色,也知道他对我们人民的所作所为:苏联解体的时候,许多人一生的积蓄甚至连面包都买不起,只能活活饿死在家里,那其中就有我的父亲!新千年之后他们变本加厉,甚至将核聚变机密出卖给日本人,那是多少人一生的心血!我曾发誓要抓住他的马脚!我看过你的档案,未婚,信仰东正教,远东法医学会首席法医官,解剖尸体超过七千五百具。可以说没人比你更了解人类的脆弱,人不过是碳、磷、脂肪和铁。可是你来说说看,这些无趣的组分为什么却能制造如此庞大的残忍?"

云雀直视他黑色的双眸,"在如此脆弱的身躯中,同样催生了如此坚定的信仰,令人类得以以纯粹的意志承受惊人的苦痛。卡尔·马克思说,宗教是人民的鸦片①。而在他写下这句话的1843年,鸦片被用作合法的医学镇静剂。"

指挥官笑笑,"东正教信仰果真培养了我们民族顺从命运安排、宽恕一切、自我牺牲的精神。人们只要相信命中注定,就能像牛马一样俯首承受一切。我年轻的时候喜欢思考一个问题,

①马克思的《黑格尔法哲学批判》导言。

一个人回到过去杀掉自己外祖母会怎么样？答案有很多，但最令人安心的答案总是：命运保证他无法杀死她。"

云雀轻轻说道："指挥官，你有没有这样一种经历——你身处黑夜之中，却不确认自己到底有没有睁开眼。当遭遇一些事情的时候，你会分辨不出，它们到底是众多不可抗因素集合的结果，还是出于自己的意志。很多时候，你想为所有已经发生了的事情都找出一个为什么，你找不到的，一件事有原因，原因又有原因，最后永远只会归结到神和'命运'。人们毕竟只能接受已发生的事，除了'接受'以外的所有动作都是无益且有害的。"

黑衣的男人怅然若失。

审讯室的门被敲响，永远没有表情的副官幽灵一般站在白炽灯光中。指挥官离开云雀，他走出审讯室并关上了铁门，他看着副官的黑色军装，以往胸襟上奥摩的徽章已经被摘下。两个军人四目相对，他们的法令纹挂着相同的疲倦。

副官敬礼，"上面的通知，明天将叶夫琴琳·索科斯卡娅移交至网络司，他们会派人来接洽。同时，奥摩的编制正式撤销，骨干成员改组为网络犯罪侦察小组，代号'绿雨'，直接向网络司和内务部部长负责，我们之后的工作将和'圣乔治'计划有关。"

指挥官回道："我记得'绿雨'是CIA的一个下属机构，专司党政情报工作，传闻这个部门被叛徒出卖，几个主要成员死在北非，从此便被解散。多么讽刺，没想到隔了这么多年后，居然在这种场合重新听见他们的名字。那么可以确认他们是栽在我们的特种部队手上了，我们的内务部部长喜欢用被击溃的敌对组织来命名新建机构，就像把鹿角和熊头挂在自家的壁炉上方一样。"

副官幽幽地说:"离天亮还有十个小时。"

指挥官重新进入审讯室。云雀很轻易地发觉了他掩饰的倦意,她似乎看到了结局。

"最后一个要求。向我说说你的过去吧,首席法医官。"指挥官将椅子拉远,他坐在审讯室的角落,重新隐于无尽的阴影中,"我已经尽了我的责任。"

云雀艰难地坐正,她铁灰色的眼中闪烁着鸟类的光芒,"那会是个很长的故事。"

"'痛苦如此持久,像蜗牛充满耐心地移动;快乐如此短暂,像兔子的尾巴掠过秋天的草原。'"阴影中的指挥官含糊其词,"我大概能看到故事的底色。但这次你我有足够的时间。"

有很多男人影响了我的一生。

我的父亲在闲暇时候说过,我的名字原本应该是叶卡捷琳娜,和那个将俄罗斯帝国带入强大之境的大帝同名。但在他为我挑选名字的时候,一只兔子把锅架上的罗宋汤打翻了,老妈大发雷霆,把他也顺便数落了一顿,于是我的名字变成了"叶夫琴琳",在当地话里的意思是"不安分的野兔"。

长大后,我在谢切诺夫医学院开始了我的大学生涯。苏科洛夫·彼得连科·基里尔,我在医学院同届的同学,那时他精致的五官尚未因过量雄性激素分泌而拉长变形,健美的身材也未曾被不健康的高糖饮食所撑胖,十分受其他女孩子欢迎。

因为我们共同加入了学生联谊会,而由于他的女伴借着透露我的秘密接近他,他知道了我名字的故事,也知道我另外一个不存在的名字:叶卡捷琳娜。我们以短暂的书信往来熟络起来,他便开始以男青年口无遮拦的本能直呼一个本不该属于我的小名:索菲亚①。而我在那时认为,和林间瘦小又难以充饥的野兔一样,我也只不过是一只被猎人一时兴起追逐的猎物。

他很喜欢追问我一个问题:"索菲亚,为什么你要选择法医专业?"

"这是我的个人选择,苏科洛夫同志。法医是正义的先行、死人的律师、钢铁的代言,理应和你们这些治病救人的医生获得同等的尊重。"我说。

他在信里说:"索菲亚,我很高兴你是个正直善良的人。但我觉得,你应该会有更独特的理由。"

"苏科洛夫,我们在解剖台上见过那么多逝者,却对他们的故事一无所知,我想找到他们永远缄默的过去,就像根据破碎的保险箱还原出它曾锁起的秘密。"我在信里写道。

他在即时通信软件上对我说:"索菲亚,你是个很酷的女孩,但你该把目光放到更现实的地方,你的世界充斥着不近人情的冰冷。"

"你一直知道,我是个不善言辞的女人,交际圈很窄,几乎没有朋友。雅威因巴别塔降下语言的诅咒,让人和人之间无法再以交谈和语言互相理解。可我相信,我能以尸检和物证理解他们从未向外人诉说过的生活。"我在泛着白光的纯平显示器前回复他。

我始终没有告诉过他的是,我偷偷把赫尔辛基大学冷战关

---

①叶卡捷琳娜的小名。

系研究室的资料看过一遍后，不断地呕吐，在床上发了三天高烧，嘴里不断重复着毫无意义的音节。我的父亲束手无策，只能带我去他唯一认识的年轻神父家里，未来的远东教区牧首尼康·加里宁亲自为我主持了除灵仪式。他用烧红的铁器轻轻拂过我的脸庞，如同克格勃展示手中的钢钉和铁锤；他用《圣经》的章节试图令恶魔屈服，就像审讯者对着空气大声朗诵国家刑法；他以圣化的橄榄油洗净我的脸，像是一桶又一桶冷水倾倒在被粗毛巾堵塞呼吸的囚犯身上。最终，我漂浮在无边黑暗中的灵魂暂且回到了被冷汗浸透的躯体，而在那艰难的几天，我对这个世界的看法得到了根本性的扭转。

苏科洛夫从此便再也没有提起过这个话题，我原本以为这个话题和我们的学生生涯一样也终究告一段落。所以后来我很惊讶，当符拉迪沃斯托克法医鉴定中心的大门向我敞开，我发现苏科洛夫的身影也在其中，远东学会的花名册上竟然有他的名字。"叶夫琴琳·索科斯卡娅女士，"当时他站在走廊的尽头笑嘻嘻地对我说，"现在我们是同事了。"

与苏科洛夫的重逢于我而言是惊喜，但也仅限于此。

即使是远东学会也未能解决我的疑惑，在供职于法医鉴定中心的二十年里，我致力于榨干每一具尸体的故事，偶尔的一些深夜，我会在鉴定科室研究同僚出具的结论性报告，结合警察局的社会学调查去揣摩死者的生活和人格。这种乐趣在很大程度上平息了父亲去世的悲伤，我日夜沉浸在想象力构建的宫殿，但随之而来的是深刻的疲倦：一份份古典解剖的申请被写就，解剖阵列的刀刃一次次被酒精擦干，一瓶瓶福尔马林液被拿去倒掉，而我从中总结的只是一些司空见惯的结论。以结构主义的眼光来看,尸体有着远比文本丰富的内涵:远东是新规划的重工业区,法医们总能通过死者体表的电击跳跃性损伤、化学性烧伤来判断他死于焊弧、燃气尾焰还是化工品爆炸,而我则从文身、金牙、断指判断他是否和妓院、冰上海盗、活跃在西伯利亚的乌拉尔派、盘踞在松花江的中国黑帮扯上了致命的关系。后来,405解剖室每送来一具需要特别检查的尸体,我都能在八小时内建构出这个人的故事:一个过量服用抗雄激素和雌激素导致神经性厌食而全身器官衰竭的小男生、一个被姑娘们乱刀捅死的中年肥胖女人、一个在家里被军用铁丝网裹紧最终全身感染而亡的老男人。可一旦把所有的故事排列成表,你会发现人是没有差异的,每个人看起来就像任何一个人,他们互相调换性别、职业和童年创伤,各自的故事均有其深层的内在结构,不同的躯体只是不同特征的单调组合。我能轻易给他们打上标签:家暴受害人、不受欢迎的肥婆、游荡的恋童癖,但却难以理解他们为何会拥有那些故事,一个人为何以变性逃避生活、一个人如何从工厂技术专家变成痴肥的老鸨并得到恺撒的死法、一个人怎样从尖锐的伤口中获得快乐。

　　我面临着这样的困境:我好像知道一切,但又好像什么都不知道。

　　我认为,从解构主义的立场,我需要将研究对象从外物转变为自身:是否未婚人士、东正教信众、首席法医官的角色已经在过去的几十年时间里深刻影响了我的认知,如果我的身份彻底改变,我是否会从中提炼出迥然不同的故事结构。

这时鸟巢给了我希望—— 一份来自杀手业界的邀请函摆在了我面前。在阔别多年后，我重新窥见了这个世界的至暗面，暗杀、国家间谍、人口贩卖、毒品贸易、地下直播、斗狗场，人世的阴影在我眼皮下蠕动。从此我每次在远东学会的黄铜牌匾下路过，都会想起希波克拉底誓言，我想我已经把灵魂出卖给魔鬼，不再有任何回头路。

虽然我要为很多黑暗的罪行负责，但我的确没有杀过人。指挥官，你可能会认为，我竭力想探询更多人的故事，对杀手的生活产生兴趣，那么必然也会身体力行。但是，"要理解恺撒，并不一定要成为恺撒"，我只是在远处观看就已经能感受到一线杀手们身上流淌的冰冷，鸟巢是业界顶尖的暗杀合约服务商，它的履约能力是超一流的，同样，它给我提供的故事的质量也是超一流的。

（指挥官：叶夫琴琳·索科斯卡娅女士，这里面有多少是真话呢？）

请你自己判断吧，其实这对我也是永远的谜，我所能回忆的过去到底有多少是真实的呢？很多时候，人的印象只是恒星猛烈燃烧后仅余的微弱闪光，待理智的光芒行将熄灭，它自然而然便在脑海生长出其他的故事。但多少年过去了，我极少能这样安静下来回顾自己的一生，谢谢你，指挥官。

十三　龙王入阵

俄罗斯，莫斯科。

CIA前雇员，现鸟巢杀手，文件伪造专家雨燕，正在执行一个对克格勃的心脏——克里姆林宫的渗透计划。在久远得令他无法记起的过去，他曾以外交人员的身份来过克里姆林宫，那时的红墙仍未完全褪去铁幕的气质，无名军人墓的长明火堆前刻着铭文"你的名字无人知晓，你的功绩与世长存"。时任CIA局长的戴维·彼得雷乌斯正身陷婚外情风波，他久久站在零零散散的鲜花前低声对雨燕说，"克格勃用了和你一样的手段来对付我。"

时间到了，门口的两个卫兵在进行交班。他知道，今天是内务部大楼更换排雨管道、周常垃圾转运以及押送云雀至网络司的日子。现在替岗的那个卫兵是上个星期轮岗到这里的，对来来往往的内务部成员还不太熟悉。

杀手在风中裹紧雨衣，走上前向卫兵出示了证件，他的化名是尼古拉·卢布谬夫中校，一名从属于网络司的安全审计专家。他在出发前把自己的皱纹描深了些，并化了个时髦的冻伤妆，穿着洗旧的风衣，活脱脱一个刚从西伯利亚军区归来，在莫斯科当地没有任何关系的、背景清白的男人。

卫兵甚至没看他的证件就快速挥手让他通过。

而此时，内务部总部大楼的电子作战工程室里，对硬盘的破解已经到了尾声。伊戈尔小心地将水晶探针从固态硬盘的最后一个 ASIC 储存芯片上取下，这个技术科组装的可编程读取接头曾被大牧首亲自祝福，是整个技术科的国之重器。面对技术难题，技术科毫不犹豫地调用这个接头进行攻关，热读取技术能够越过一切操作系统的保护直接读取硬盘内容，但却极有可能对硬盘造成不可挽回的破坏。内务部技术科日前接手云雀的电脑，指挥官命令他以最快的速度读取所有数据，伊戈尔向他讲过热读取技术可能的危害，但指挥官告诉他，这台电脑将要随着云雀一齐转移到网络司，一切都会变得无关紧要。

技术科的门开了，指挥官踏进操作室，在随意摆放的电路板和电焊工具之间寻找落脚点。他每一步似乎都带着浓重的沙尘，伊戈尔没来由地在他身上感受到阴影的律动。

伊戈尔敬礼，"我们现在可以绕过权限的保护读取数据。但数据本身是经过哈希算法加密的，如果我们需要完全破解它，至少需要一个月的时间。"

指挥官点头，"我明白。现在准备输入密码。"

"您确定？如果密码错误，所有数据都将被清除。虽然我们现在有大部分数据的拷贝，但拿不准有没有遗漏的地方。"

指挥官毫不犹豫，"'苏科洛夫'。"

伊戈尔输入了密码。电脑屏幕闪烁了一下，随即显示出许多眼花缭乱的文件，伊戈尔检查了一下权限，是超级管理员，之前的密码"拉尼厄斯"只给到了最高访客权限。他惊呼一声，随后归于军人特有的沉寂。一声咳嗽从门外传来，伊戈尔和指挥官望向木门，副官正站在那里。

副官皱眉，"这很冒险。您怎么知道这个男人的名字就是密码？"

指挥官在沙发上短暂地舒展开来，"一个女人的眼睛能倒映出她真正爱着的人。"

副官分辨不出这是指挥官长久以来的经验之谈还是一时兴起的胡言乱语，这个男人在过去共事的十数年里从未表现出对风花雪月的兴趣。他对指挥官的过去一无所知，从来只能从这个男人的只言片语中闻到夹杂着风沙的血腥味，贯穿他右眼眉骨的伤疤如同功勋章，沉默地向所有注意它的人们展示着曾经的格罗尼茨。有时候他会想，这个行动敏捷、拥有极强执行力的军人是否仍然拥有作为人类的情感，如今看来，即使是经行过炼狱的老兵，内心深处仍有细微柔软的地方。

走出内务部大楼的时候，指挥官对副官说："我回去研究笔记本里的数据，你去搞定接下来的押送吧。我实在不太想再看见她了，我一向不喜欢信教的人。"

"为什么？"

指挥官眨眨眼睛，"你知道吗？我一直试图搞清她是否会有一些童年创伤，或是一些难以释怀的过去，但是没有，无论我平等交流、恐吓还是请求，她的眼睛始终眨都没眨。她是一个不属于任何人格模型的人，唯一的解释是上帝早就剥夺了她的情感，所以她才如此渴求他人的故事。"

副官挑眉，"您还在害怕上帝？"

这是他们之间多年的疑问，但这次指挥官没有再否认。清晨到来，他的轮廓隐于逐渐兴起的阳光："我不敬神，但我畏惧她那双灰色的眼睛。"

下了一夜雨的花圃中，雨燕将烟踩在脚下，他每踏出接近内务部大楼的一步，身体便愈发兴奋得颤抖。他透过针织衫摩挲着一瓶五毫升氰化钾注剂，昨天他连夜给注剂做了表面活化的明胶处理，经缓慢皮下微注射进入人体后，氰化物会被纳米级明胶包裹成团，漂荡在血管中，它不会立即被人体吸收，而是在明胶逐渐溶解之后才真正起效。雨燕没有对它具体的发作时间进行测定，但预计在注射二十分钟以后，受害人才会出现氰化物中毒的迹象。

一个黑衣士兵站在他面前，他在检查雨燕提供的文件，余光观察着黑色雨帽下的雨燕。再三确认没有纰漏后，士兵对身旁的奥摩部队副官点头。

副官对他敬礼，"尼古拉·卢布谬夫中校。"

雨燕回礼，"谢尔盖·卡拉马佐夫维奇少校。我此次前来的目的是排查贵处的安全隐患，网络司要求在押送之前保证窃听物、信道监听、电磁陷阱的消除。这次押送关系到暗网著名情报专家'云雀'，网络司司长认为即使奥摩部队对她有足够的警惕，但在网络空间安全的技术层面上仍然需要网络司的专业支援。"

"那么说，我们拿到的通知有误，正式押送不是今天？"

"准确地说是下午。"

"我明白了。请自由开始您的工作。"

化名尼古拉·卢布谬夫的雨燕没有客套，他带着工具箱径直走进内务部大楼。副官没多说什么，网络司的技术人员有着千奇百怪的性格，雨燕旁若无人地举着电磁探测，电子兵伊戈尔跟在他后面。他们沿着预定的押送路线一路检查，直到关押着云雀的羁押室，雨燕从玻璃窗探头往里看了看，这是不合规矩的，他很快被伊戈尔制止了。但雨燕确信，在他们短暂对视的瞬间，云雀凭借女人而非杀手的第六感认出了他。

尼古拉·卢布谬夫和伊戈尔继续检查着羁押处的走廊，忽然一队士兵沉重地从走廊另一边跑过，撞开了云雀的牢门。他站近伊戈尔，偷听到电子兵问出的原因：这个女人突然用头狠狠地往门上的玻璃窗撞，因为那是整个羁押室唯一一样可以说得上是硬物的东西，监控人员认为这个本来看起来就不好惹的女人意图自杀，手忙脚乱间发出了最高级别的警报。他们现在要把她临时转移到一个更安静的疯人囚室。

就在雨燕思考着对策的时候，奥摩部队的副官出现在他身边："尼古拉·卢布谬夫中校。你还需要继续检查吗？"

雨燕敬礼，"不需要了。"

副官说道："伊戈尔，你陪同尼古拉·卢布谬夫中校到休息室。"

副官也有些担心他问起云雀的笔记本数据，毕竟网络司对云雀十分看重，据说准备了多套方案押送这个曾经让他们咬牙切齿的暗网情报专家，甚至出于保密的原因，连内务部方面都无法得知他们的详细押送计划。雨燕则是担心过分追问云雀的关押地点会引起副官的警惕，他拿不准云雀会不会不惜暴露他的身份来同归于尽。

但现在离押送时间已经不太远了，雨燕有足够的耐心等待下一次机会，他只需要一个接近云雀的机会就能够将氰化钾溶胶注射进她的体内，而凭借尼古拉·卢布谬夫中校的身份，雨燕刚好有由头在正式押送前对云雀进行搜身。

下午一点三十分。伊戈尔收到了车辆正在进入内务部园区的通知，坐在他对面的雨燕心里一惊，他原本的推测是网络司将会在下午两点四十五分到达内务部，这样一来他的计划将会被全盘打乱。他惊讶地站起，却发现驶入禁区的只是每周一次的垃圾转运车。他不得不苦笑着自我安慰，不要急躁，不要急躁，业内太多杀手曾因急于求成而功亏一篑。

伊戈尔看着他，"中校。西伯利亚那边怎么样？"

雨燕回过神来，"不太好。"

伊戈尔呵呵笑了起来。

下午一点三十三分。垃圾转运车停在内务部园区物业管理处指定的位置，司机下车接受检查。这是物业处一周一度的垃圾转运清理，在司机兢兢业业地在电容屏上填完了所有的表格后，垃圾转运车终于被允许进行作业。从车边伸出的机械爪开始自动识别垃圾桶，并抓起它往车载垃圾箱里倒。

下午一点四十分。一个物业维修小组进入内务部大楼，他们一天前收到检修排雨管道的工单。内务部大楼前台验证了他们的身份,他们登上天台,开始自上而下检查老旧的排雨管道。

下午一点四十五分。云雀被关进地下四层一个关押精神病人的房间,这个囚室显然已经很久没有用过了,空气中浮动着陈腐的味道,水泥墙被换成了惨白的软垫。云雀的前任不知道是什么神仙,才会被关进内务部专为防止犯人自杀设计的精神病囚室,她借着微弱的光亮探查四周,发霉的布垫上有黑炭的笔迹,云雀凑上去看了看,是歪歪扭扭的一个单词"地狱"。克格勃的审讯者们到底在这里进行过多少惨无人道的拷打?云雀不由得想,也许这里就是她小时候攻入赫尔辛基大学冷战国际关系办公室服务器时所看到的牢房,过去的黑暗已经渗入软垫海绵的每一个孔洞,那些淡淡的黑痕,也许正是陈旧的血迹。

这时,牢门开了,铁门生锈的轴承吱呀作响。她鼓起勇气探头去看,门外的看守已经断气,有人射断了他的喉咙。光脚的她沿着通道一路走,一个黑衣人站在通道尽头等待着她,兜帽下是一副她极其熟悉的面孔。云雀身形摇摇晃晃,她倒在对方怀抱里,逼到极限的身躯终于支撑不住了。

"别害怕。"这是她晕过去前听到的最后一句话。

下午一点四十七分。雨燕被一个奇异的电话叫到门卫处,重新核实身份,他焦躁地在门卫室外点烟。楼顶的物业检修小组此时开始高空作业,可能是某一脚踩得太重了些,排雨管道固紧螺丝脱落,整个排雨管道突然向下坠落。管道中间有一段生了锈,沿途磕磕碰碰,锋利的下边缘直接插进了雨燕的右半边身躯。整个右肩在那一瞬间失去了知觉,他只觉得全身的血液都在往伤口涌去,像一个被捅穿的锡罐子。

是你，他心想。

下午一点五十分。副官用手捏着那个被锋利边缘斩切开的伤口，可是血还是像小喷泉一样不断涌出。尼古拉·卢布谬夫脸色惨白，游离在失血休克的边缘，伊戈尔不断拍打着他的脸，嘴中念念有词，希望他千万不要睡着。

"伤者在哪里?！我是医生，我是医生！让我检查!"

人们让开一条路，医生拨开人群冲进来。他带着一个急救箱，扯开止血带的扣环，封闭住上肢血液循环，使用纳米喷雾和绷带将雨燕的伤口封闭包扎。同时将雨燕的双脚垫起，取头低足高位，以保证脑部和重要脏器的血液供应。

医生喊道："天啊，伤成这样……这种大型开放性伤口，血还在渗出来，去准备现场紧急输血！另外快叫人去准备抗生素!"

打下手的副官说："我们不知道他的血型！对！伊戈尔，你去电脑查档案！查尼古拉·卢布谬夫的血型！……"

"不用查了，B型血!"医生从雨燕的衣兜里掏出一个刻有血型的"狗牌"，并展示给周围的人，"快让救护车带上干净的B型血！我们要现场紧急输血，这个失血量已经来不及做ABO抗体检测了!"

下午一点五十四分。雨燕被转移至室内，他平躺在一张临时垫上软垫的办公桌上，其他人被医生要求离开，不得干扰抢救。内务部大楼外，现场带血的铁质排雨管道还没被收拾走，路过的人心有余悸地望着它。

医生用力将绷带又扎紧了一轮，又用纳米喷雾把松动的边缘固紧。他将狗牌放在一边，摸索着雨燕的衣服，小心地捞走了氰化物注射器。

"果然是你……"雨燕无力地抓住他的手臂,他在倾尽全力诉说着些什么,"……要把我撕碎钉上荆棘了吗?"

伯劳没有接话,苍白杀手的面容被口罩遮盖,雨燕竭力睁大眼睛也看不到他的表情。

雨燕继续说:"你们都知道,都知道……我十年前,十年前在北非出卖了 CIA 绿雨小组,俄国人的阿尔法特种部队突袭杀光了他们……但你们知道为什么吗? 因为他妈的有一天晚上在开罗街区接头的时候,我看到我们几个探员化妆成流浪汉,走近之后,还有巨大的口臭。我感觉一阵极强的恶心涌上来,当时扭头就走。我走回旅店时,我在街角看到一个栗子色头发的、漂亮的卖花姑娘,她像一朵玫瑰站在路灯下,我心想,这样的女孩凭什么要被霸权蹂躏? 我是个随心所欲的人,我当时就觉得,我要做点什么,我得做点什么,于是我就跟埃及安全局搭上了线,把'绿雨'小组的位置泄露了出去,没要他们一分钱。听到这里,你有觉得奇怪吗? 你肯定在疑惑吧……你心里一定在想,不可理喻,哈哈,不可理喻……"

伯劳说:"你背叛了他们。"

"……哈,'背叛'这个词你发了重音,你是不是很在意这种行为? 但你不也一样吗? 你和云雀早在白令海就已经背叛了鸟巢。互相背叛,不正是我们的本性? 但我蛮喜欢你和云雀的,背叛你们让我感到伤心。只是这个世界太他妈无聊了,我像钟摆,像钟摆在痛苦和无聊之间摆荡,我根本感受不到自己的存在,这个世界有没有我都是这样转……"

伯劳停下手上动作看着他。

雨燕咳出一摊血，他断断续续地低语："你知道吗？我伪造过那么多档案，许多人沉重的一生都在一张轻薄到极致的纸上。太轻浮了，太轻浮了，这种轻浮令我感到无穷无尽的内疚……而这种内疚，令我感到自己真真切切活在这个世界上……"

伯劳终于给出了一直如鲠在喉的评价："怪物。"

雨燕竭力扯出一个畸形的微笑。

下午两点零二分。火速赶来的救护车停在内务部大楼楼下。副官亲自将已经休克昏迷的雨燕抬上担架送上救护车，救护车带来了足够的B型血，他们马上对伤者进行紧急处理，深红的血液蜿蜒进入雨燕起伏的身躯。救护车驶离内务部园区的时候，伯劳站在原地一动不动，他的眼神糅杂着疲倦和悲戚，如同送别一个老友。

下午两点十三分。垃圾转运车的机械爪抓起了垃圾放置处的最后一个桶。和之前抓取的垃圾桶不同，机械爪在将爪环扣上垃圾桶桶壁之后明显停顿了一下，它在向主供能装置请求更多的跃升力矩。因为这个垃圾桶特别沉，相比其他垃圾桶，它大概多出了一个成年女性的重量。

下午两点三十一分。监控中心发现云雀越狱。因为内务部大楼是继承自苏联时代的建筑，建筑管线情况比较复杂，出于成本考虑，监控中心只在囚室里加装了一个监控摄像头。而这个摄像头不知道何时被黑客入侵，一直播放着云雀坐在角落的静止图片。

下午两点三十二分。垃圾转运车按时驶出内务部园区，司机在向其他同事绘声绘色地讲述着今天在克里姆林宫的见闻。"今天内务部大楼那里,螺丝松了还是怎么样,排雨管掉了下来,砸死了一个人。我就在外围看着,那个血,哗啦像喷泉一样,飙到一层楼那么高。"他这样说着,电话另一边的人们兴奋起来,今晚又有了新的谈资。

下午两点四十五分。网络司车队进入内务部园区要求进行押送任务,却被告知云雀已经越狱。面对奥摩部队的询问,车队负责人称网络司从来没有一位名为尼古拉·卢布谬夫的在编安全审计专家,但确实有一位尼古拉·卢布谬夫多年前从网络司退伍回到西伯利亚地区。

下午三点十三分。负责排雨管道物业维修的工组被内务部传唤,工组成员被临时成立的内务部奥摩部队审讯组要求就这次事故做出解释,可是工组成员文化程度有限,始终未能清晰地描述排雨管道当时的状态。即使他们七手八脚比画出了它当时的摇摇欲坠,但对于固紧螺丝为何会突然脱落,工组成员也说不出个所以然来。副官和伊戈尔面面相觑,他们的心底同时涌起了不知从何而来的强烈不安。

下午五点三十五分。苏醒的云雀自深沉的黑暗中睁开眼睛,氧气泵运作的声音从耳边传来,她破开包裹着自己的塑料袋后,发现自己置身于垃圾的海洋。首席法医官苦笑着活动了一下腰身,从充满味道的垃圾堆中站起,其他拾荒者狐疑地打量着这个突然出现的孤独身影。

下午六点三十分。伯劳以一个游客的身份踏上雨后的红场,他久久站在无名烈士纪念墓的长明火前,面前是朴素的铭文:"你的名字无人知晓,你的功绩与世长存",只有这时他才有杀过人的实感。他凝视着手中刻着血型 B 的狗牌,这是西伯利亚老兵尼古拉·卢布谬夫的血型,却不属于雨燕,正如这个杀手浮现于世的功绩,只是他人一次又一次出入人间的影子。

再见。

伯劳默念着这句话,将狗牌扔进了随便哪个垃圾桶。他意兴阑珊地四处走动着,脚印留在湿漉漉的地砖上,随后又幽灵般湮没在千百个游客的轨迹中。

杀人不难,真的不难。难的是决断,乌鸦看中的是我的决断,而不是高超的杀戮技艺。十几年前,我在黑龙江某家施工单位的项目部担任名义上的成本管理经理,实际上在给陆家嘴的一个灰产团队做物理材料供应商,从俄罗斯走私稀有金属。我的上家位于北千岛群岛中俄联合开发的铼矿脉,每个季度他会提供六十公斤的粗选铼矿,在符拉迪沃斯托克交给我,再由我亲自经过俄罗斯 A370、A184 公路越过国境进入黑龙江,走 301 国道直达哈尔滨。那个灰产团队每年冬天会派一个人来和我接触。

直到现在我还记得最后的那个冬天,接头地点是哈尔滨的一家饭店,它坐落在层层叠叠的街巷里,只有一个毫不起眼的门脸。接近打烊的时间点,我推开门看到老板的两个小鬼横在座椅上不厌其烦地打游戏,一个手机平台上的枪战端游,外放开得很大音,令人烦躁。老板这时从内厨走出,他泛着油光的大饼脸在白炽灯光里若隐若现,他想再开一盏灯,但犹豫了,为了省钱他把我引到了店铺深处靠近灯泡的位置。

"吃什么?"他问,"大红肠来一份? 今天自家刚做了一批,秋林老师傅的手艺。"

"来来,来一份。一个饭,再来一个你们这个菜单上的张飞扒肉。"

"好。您稍等。"

点完菜后,两桌之外的一个男人放下了手机,他走过来坐在我面前。鸭舌帽、墨镜和背光挡住了他大部分的表情,这不是个好的打扮,我一直认为业务员应该更大方一些,但技术驱动的公司似乎都比较羞涩,他们的业务员都有浓厚的极客气质。更何况他的话术不佳,我往年闲暇的时候打听过,他们要的是一种特殊的主板,某些关键部分会用到铼合金,铼合金有着较强的热电子效应,用在主板上,会随着主板寿命增加而极大影响MOS器件和电路的可靠性,导致计算逐渐出现误差,而且因为热电子效应对电路的破坏在使用之初并不明显,能完美规避前期安全审计。这个灰产团队依靠这个给竞争对手制造麻烦,至于这个小麻烦能做什么,听说是金融行业的事情,我懂得不多,就没再往这方面打听。

剩下的事情我记得的不多了。只记得上的第一个菜是冷盘红肠,老板为我们揭开冷盘的那一瞬间,坐在我对面的那个人突然暴起,将老板摁在木桌上,用手枪顶着他硕大无毛的头,打光了弹匣里所有的子弹。老板轰然倒地,他的两个小孩还沉迷在枪战游戏里,持续制造出各种噪声。

我稍稍远离了一些,"好汉。"

"别紧张。"他说,"我不是要害你。我只是和这个老板有仇,接头地点选在这里,是为了搞定你的事,顺便把仇报了。"

"这段时间你可能一直在公路上,消息闭塞。几天前你在千岛群岛的上家已经被俄罗斯内务部抓了,而且很可能供出了你,中俄两方的安全部门都在查。"他又说,"这批铼矿我们不敢要了。你的档案……应该还挂靠在人才市场,一时半会查不到你,但是推荐你逃去符拉迪沃斯托克,公安和国安不是吃素的。"

"这盘红肠别吃了。"他再说,"是人肉。"

"走吧。"他最后说道,"我留在这里,人是我杀的,从来没见过你。这是我的终点,希望不是你的。"

血从桌子上滴下来,他在慢条斯理地擦拭着那把手枪,仿佛凝视一个珍重的情人。

我至今仍不知道他的故事,我们的命运只是在世界的大幕下相交了一瞬,无须缘由亦无须追问。但我没有完全听从他的建议,而是赶回长三角见了女儿一面。这个可怜的小女孩,她的母亲年前因宫颈癌去世,如今父亲又将仓皇离去,我在厨房做炒猪腰子的时候她还很开心,不知道多年以后她会不会恨我这个父亲,恨我留给她的记忆只有爆炒猪腰和一大包新鲜山楂。

我就此离开,在名字正式登上A级通缉令之前来到了符拉迪沃斯托克。在越过国境哨站的时候,我把一瓶混着我的血的烈酒埋在了槐树下,寄以我对极可能永不回归的故土的眷恋,亦意味着我与过去彻底割裂。我以角斗士的身份进入符拉迪沃斯托克久负盛名的斗狗场,以库图佐夫·安耶波维奇·亚历山大的庇护躲避着内务部和国安局的追捕。最后在一个无月的深夜,命运驱使我遇到了乌鸦。

九十六年后, 2125 年, 离爱琳·索菲亚回到过去还有四个月。俄罗斯, 莫斯科, 外交部。

铁木辛柯脸色阴沉地从指挥官的油画像下大步流星地走过, 皮靴敲击着地板, 沉闷声响如同丧钟低鸣。外交部大楼内的长廊像是曲折的肠道, 他转过无数个弯, 打开无数办公室的门, 最后他停在一扇猩红色的斑驳木门前, 这是外交部部长的办公室, 他昨天用粉红色油漆重新粉刷了这里, 第一次以一个艺术家而非精英官僚的角色打量自己的作品。

铁木辛柯一拳打碎了老旧的门锁。

办公桌后的外交部部长身穿李尔王的华丽戏服, 头戴太阳王的冠冕, 他依然坚守着岗位, 但不再在意他人的目光。他沉浸在戏剧的世界里, 语音助手在一句句朗读萧伯纳的《卖花女》。等待着外交部部长反应的铁木辛柯失去了耐心, 他朝前踏了一步, 面色阴沉如水, 猩红的阴影为之舞动。

"你相信这个说法是真的吗?"外交部部长睁开眼睛, "爱琳·索菲亚, 马克龙·墨格拉的女儿, 是一切的罪魁祸首。她将要从现在回到过去引发萨哈林岛事件, 再造成一系列深远的影响, 但只要在她回到过去之前杀死她, 就能构成外祖母悖论。"

铁木辛柯的脸扭曲着, "我相信与否没有任何意义。重要的是, 莫斯科第一支猎巫队伍已经组建完毕了, 我们将要在广袤的北欧大地上猎杀她。我不是来邀请您加入我们队伍的。我是要求您解密所有外交档案, 特别是日俄关系的一部分, 我需要知道旧山友财团的所有信息。"

外交部部长摇头，"回去吧，过好剩下的一段日子。即使人们已经不再在工作岗位上，莫斯科也不会有出现饥荒的危险。每个城市都有国家粮食储备库，成品粮以十五天标准储备，原粮以半年标准储备，另有食用油储备、种子储备。我问过能源部的人，超光速全自动电厂的能源供应不成问题，十五天里我们可以用成品粮渡过难关，十五天后原粮也能在机器人的辅助下加工成成品粮了，再过一段时间我们就可以收获种子……"

"我的外长同志，你还是担心你的头吧。"

铁木辛柯以一声响亮的刀劈打断了他，一把雪亮的恰西克马刀雷霆般砍入办公桌。外交部部长缓缓站起，他深知很多东西都已无法挽回，亦无法谈判，甚至国家安全也不再有任何意义。数周前，绿雨情报部门最后一次对上级进行了述职报告，对国内频发的暴动事件做了最后一次梳理和综述。那时外交部部长作为绿雨小组实际上的上级，坐在会议室里听取铁木辛柯冗长而不着边际的报告，当他汇报完毕的时候，同样魂不守舍的外交部部长只是点了点头，没再像以往那样加以评价。作为一个名存实亡的政府的官僚，外交部部长和铁木辛柯终于能以自由人之身对很多事情大加评论甚至信口雌黄，他们一杯接一杯地灌下伏特加，酩酊大醉。

铁木辛柯摇摇晃晃地对他举起酒杯，"外长同志，外长同志，酒杯举高点。要知道，喝酒中的俄罗斯人，神圣不可侵犯。"

外交部部长醉醺醺地回应："当然，当然。在这个不那么完美的国家里，正是伏特加支撑着我们的人民去面对生活中的种种……嗝。"

他们碰了三次杯。

那时,外交部部长以为这就是一切的结局。四十年前,他从外交学院毕业,以一个初出茅庐的新人的身份踏入外交部的大门,见证了这个国家的风风雨雨,他将自己的名字嵌入历史的同时,也在将自己的血肉熔铸进巨大的国家机器。直到今日,如此荒诞的世界末日,外交部部长与他的下属最后一次把酒言欢,在办公室门后卸下重担,高声歌唱,尽管他无法再以垂老浑浊的喉咙唱出沉重醇厚的低音,但他第一次感觉他的灵魂驰骋在星空。

他知道一切都不过是一场不知生死的梦。不过现在看起来,这个梦还要延续下去。

外交部部长看着那把刀的高速钢刀柄,这把不属于现代的冷兵器。他原本以为自己的所作所为已经离经叛道,没想到铁木辛柯比他走得更远,要知道,往回推几百年,携带武器进入宫廷可是死罪。

"我以前从来不知道你脾气这么暴躁。"

铁木辛柯回道:"我毕竟拥有一个哥萨克的名字。"

语音助手的《卖花女》念完了。外交部部长眯起眼睛,仿佛身处舞台之上。一种强烈的表演欲令他双腿踢踏作响,他作愁苦状:"那么……哥萨克人啊,你今日踌躇满志,意气风发,腰间有血战的宝剑,衣领有远征的风沙。你的威武应在敌前展示,为何如今要闯入国王的书房,苦苦为难一个垂老的书记官。"

铁木辛柯会意。他从办公桌上拔出军刀,刀刃在暗光下起舞,"噢……不,我的同志,你看刀上这穆罕默德天梯①,是那么像美人,一样令人沉醉。你可听见它在刀鞘里的震动,可能感知它的主人——我随之跃动的心跳?刀剑从战火中淬炼而生,也应在战火中安息,数十年来我虽身披戎装,却未曾亲临战场,不得不说有愧军人之名。"

外交部部长后退两步,"难道你是在渴求鲜血的沐浴,像古维京人一样热衷于将敌人的血肉涂抹在自己的脸庞?不论你那水袋里装的是烈酒还是马奶,都无法抚平你秃鹫般的饥渴吗?"

铁木辛柯扬刀,"不,我的同志,我并非出于古老的欲望前往未知的国度。我是出于一种神圣的责任,拯救宇宙于万一。女巫自极夜的土地兴起,这个世界尽是她派出的乌鸦,在中国、美国、欧洲的科学家都已无能为力的时候,我们即将前往黑暗滋生的源头,终止她的邪恶行径。"

外交部部长身体前倾,"亏你说得出这话,'女巫'?你冠冕堂皇的措辞不过是暴行的前奏!你像披上战袍的将军,饱含战意,要将邪恶斩于马下。但你有否想过这种行径与暴徒无异?以你的聪明,你当然明白。依我看,你不过是酒足饭饱之后,闲极无聊,去寻求一件差事罢了。"

铁木辛柯耸肩,"这有何不可呢?她既是女巫也是公主,我既是土匪也是骑士。如你所言,我踏马前往遥远的西方,只是出于一种神秘的欲求。但多少年来,你我都没有自由选择的权力。责任心叫我为王国的事业牺牲了所有的青春,而现在是时候向我自己献出余下的忠诚了。"

---

①大马士革钢锻打中产生的黑白刀纹。

"原来如此……那么请带上我吧。"外交部部长目光灼灼。这时铁木辛柯通过右眼的视网膜显示屏发现,自己能接入外交部顶级权限的数据库,这意味着外交部部长已经对他开放了所有文献的阅读权限。他很快找到了想要的东西:"10.8"北欧特大电力事故的源头,山友财团十字飞车基地遗址的位置,它就处在斯堪的纳维亚半岛沿海海岸一个名为马洛卡的小镇。此外,铁木辛柯从封存的文档中发现了另一个久远的秘密:爱琳·索菲亚在福冈消失之后,下一次出现就是萨哈林岛军事基地,日俄在萨哈林岛事件后曾就其偷渡问题进行讨论,并且希望抓捕涉案蛇头,但一无所获,后不了了之。

铁木辛柯笑笑,"果然,国王深居书院的书记官也无法抗拒观猎的快感……但是外长同志,你的结尾致辞'带上我吧',太过直白而且韵脚不对,坏了气氛。"

"我只是秉着书记官的职责希望去见证一些东西,手上绝不沾血。"外交部部长认真地说,"还有,这绝不是一个简单的请求,这是莎士比亚《暴风雨》第三幕第四场,安东尼奥对警吏的名句:'带上我吧。'"

两人大笑起来。

一支车队就此从莫斯科启程直插斯堪的纳维亚半岛,因为人们耽于狂欢和哭泣,没有任何人阻挡他们自救的道路,只有世界深空般的双眼凝视着他们的举动。越野车车队穿越山脉、盐碱地、雪林与焦土,永夜的土地拥抱着黑袍的女巫猎人。两个月后,西蒙海耶——这座业已破碎的城市已在他们极目之内。

铁木辛柯一脚没入及膝的白色灰烬,他在莫斯科从未见过这种景色,这是一整个建筑群被高能温压弹直接焚化之后的遗址,一大片化为焦土的平地上只有有限几处高大的超高强耐火墙仍然矗立着。在他身旁,佩戴墨镜的外交部部长手执双管猎枪,警惕着随时可能出现的野生熊,余光打量着金属塑料板墙上被留下的黑色影子,那是物体被气化后印在上面的痕迹,温压弹爆炸后的热辐射具有强烈的漂白作用,它的强烈辐射打白了墙体,而有物体阻挡的区域颜色会显得暗一些,这样就形成了"影子"。在两个世纪前的世界大战,原子弹"小男孩"落在日本,无数广岛的居民亦化作大理石上的阴影。外交部部长从轮廓中辨认出这影子曾经是一朵玫瑰,他仔细端详着清晰可见的花瓣和棘刺,这是他第一次真正看到曾为血肉的影子。

他想念出一两句诗,但人群的吵闹打断了他的思路。

这支猎巫部队有一百来人和一个三四十辆车的车队。这百十来号人在已经成为半片废墟的西蒙海耶像无头苍蝇一样乱撞,俨然一家大企业的部门团建。他们的观光地点首先是被钻地弹毁灭的总统府,那里已经是一片危险的雪地,稍有不慎就会跌入几十米深的洞穴。随后是城市"能源心脏"坠落的遗址,至今没人胆敢靠近那片还发出莹蓝色亮光和火花迸发声的土地,只能远远眺望。最后,就是被温压弹焚毁的住宅区,林立的废弃防火墙尚有战火的余温,湖泊般的灰烬在陈旧的风中飘散如雾。这片废墟如此空灵,如此幽怨,只需一眼,旅人就再也无法抽身。

而几天下来,猎巫部队除了十来个千兆的自拍一无所获,但他们很快乐,几乎忘了世界将要毁灭的现状,推特和自拍就是这个时代的经文和祷告，什么焦虑是几十个赞缓解不了的呢？铁木辛柯在极远处凝视着在干涸河床边找角度自拍的人们，太阳的光影在他面容上变幻不定，这个一直沉默的哥萨克人孜孜不倦于寻找一切指向女巫的蛛丝马迹，也许正是因为如此，猎巫部队的队长才会如此信任这个魁梧的男人，将搜索爱琳·索菲亚行踪的任务交给了他。

"现在有多少人在看我们的视频？"外交部部长突然发问。

铁木辛柯拨开厚厚的灰烬，他在寻找灰烬下可能存在的人类痕迹，可是什么都没有，"几十亿吧。普朗克常量下降以后量子效应也逐渐减弱，视频通信链路不稳定，丢包失真严重。昨天他们就改成文字直播了，但效果很好，现在全球有一半人关注着我们的进展。"

"怎么会有这么多人？"

"全世界都在为这件事疯狂。但理论上，这个现象和玻尔兹曼系数有关。它是热力学和统计力学的核心常量，表示单个分子平均动能随温度变化而变化的剧烈程度。而在社会力学中，它表示社会中单个个体活跃程度随社会舆论变化而变化的剧烈程度，而玻尔兹曼系数现在正在上升，意味着人们会更乐于传播信息，模因的传播效率会极大上升。"

"我们还能活多久，大概来说？"

"不知道。这要取决于决定物质结构强度的精细结构常数，它和普朗克常量与光速的乘积有关，虽然说普朗克常量在下降，但光速也在增长，它们的乘积目前波动不大。虽然这种变化也许会影响到我们的身体，但我们还远远没到跨出一步骨头就要断掉的地步。"

"怪不得我最近咳嗽不停,而且心悸的老毛病也复发了。"

"物理世界的改变还没那么夸张,北欧的空气也没那么差,您的症状多半只是心理作用而已……不过,世界是一个混沌系统,初始条件的轻微改变都会导致结果的极大改变,三大常量的影响尚未在宏观世界展现,却已经开始改变了人的思维。那我们也终于能明白,人的思想是一个比自然界更混沌的抽象系统,这是……人类作为芦苇却凌驾于自然的荣耀呵,我们的意识比我们的肉体更为高贵。"铁木辛柯将挑在刀尖的灰烬吹散,将马刀收回鞘里。

外交部部长跟在他后面,老人压根没听清铁木辛柯的话,他只是絮絮叨叨说着往事,"几十年前我第一次前来西蒙海耶的时候,这座城市的名字还是赫尔辛基。没想到之后发生了那么多事情,历法改制为儒略历,他们在战争开始后将这座城市改名为西蒙海耶。"

铁木辛柯笑笑,没有回答。

外交部部长还想说点什么,但这时他们两人手机的消息提示音同时响起,他们同时收到了来自猎巫部队队长的消息:"你们两个赶快回来。我们的远红外探测拿到了一个数据包,上面有个坐标。"

他们收起装备和武器,回到停靠在公路边的车队,猎巫部队的队长凝视着车载通信系统的示波屏,试图从杂乱的图表中看出些什么东西,但他身旁的技术人员已经在逐一报出坐标的经纬度。这个数据包是马克龙政权中的间谍发出的,里面有一个物理坐标，从地理上看，马克龙政权的避难点在斯堪的纳维亚半岛区域。

"把这个发到网上去吧。"猎巫部队队长的脸浮上一层精神抖擞，一种难以言说的强壮从他身躯中流出，"召集起我们的部队，该是时候发动总攻了。"铁木辛柯冷眼看着这个三个月前还是物流无人机维修工的男人，现在他身着军装站在越野车前，已经有了点颐指气使的意思，虽然并未表现出什么指挥才能，但他的脸庞始终带有对重启运动的热情，这是他被推选为领导者的最大原因。

外交部部长眼神闪烁地照做了。

十分钟后，全世界都知道了马克龙·墨格拉政府的位置：斯堪的纳维亚山脉，一个名为马洛卡的旧小镇。一齐暴露在全世界视野下的还有爱琳·索菲亚的位置，所有猎巫人都像闻到血腥的鬣狗那样赶来了。

现在。2029年3月4日，离萨哈林岛事件还有七天。俄罗斯远东地区，萨哈林岛。

一双白嫩的手探到松软的沙地，随后用力一攥，沙砾从她指缝中流过，如同一小团凝固的时间。她的双手在过去的两百五十个小时里不断破开浪潮，几乎让她遗忘了固体的触感。

爱琳·索菲亚自南岸在萨哈林岛登陆。少女赤身裸体静立在零下三十摄氏度的刺骨寒风中，她的衣物在海浪不断的冲刷中早已剥落，虹膜开启了热感成像，她在一片影影绰绰的蓝色树林里看到了几只散发着橙黄色热量的夜莺。她的身躯相比十天之前有些消瘦了,这是因为纳米机器人分解了她一部分脂肪来提供能量。在这段时间里,她从福冈没有停歇地游到了萨哈林岛,跨越一千七百公里的日本海海域,最终踏上这座冰雪覆盖的岛屿,如同维京人踏着龙头战舰在暴风雨中破浪而来。

她的目的地原本是北偏东15°的符拉迪沃斯托克,可是左腿膝盖失去了一块金属塑料支撑,导致重心偏右。在重心偏离和海浪阻力的影响下,她的运动轨迹一直抛物线偏右直至萨哈林岛南岸。

爱琳·索菲亚茫然地注视着陌生的岛屿,她原本以为这里是符拉迪沃斯托克的海岸线,C-56近卫军潜艇博物馆坐落在海湾环绕的港口,海鸥蹲踞在礁石之上,风中有斯维特兰娜大街甜品店的味道,那个苍白的男人领着她走过一条又一条的街。可是这里只有无边无际的林涛和清冷的月光,在热感视觉中,能引起她兴趣的只有一些栖息在树上叫不出名字的鸟类,除此之外一切都对她毫无意义。

但在宇宙史上,这次跨海登陆的意义远甚于鉴真东渡、哥伦布登上新大陆、诺曼底登陆等一切一切,唯有几十万年前鱼类第一次登上陆地的那次能稍稍与之媲美。那一次微不足道的登陆启动了人类的进化,而这一次无人听闻的登陆指示着所有的灭亡。尽管爱琳·索菲亚本人对此懵懵懂懂,但传奇和史诗从来如此,林间的少女,淡金的长发,垂死的世界,虚无的历史。她像不死的精灵流连在金光闪耀的林地,对未来一无所知。

萨哈林岛的海岸闪动着波光,潮汐正在涌起。

她一路往北走,因为她隐隐感知到地下有一条庞大的电力线自南向北延伸,而北方的极致则如同巨龙的巢穴在散发着硫黄和陨星的热力,每当她站在寂静的森林中闭上眼睛,一片黑暗中只有北方是明亮的,它像一个斑斓扭曲的太阳在虚空中呼唤。无论闭上眼睛的爱琳·索菲亚如何原地转圈,睁开眼时总是向日葵一般面朝北方。

实际上,这是当地军队从南萨哈林斯克海洋发电系统引至位于东北方山脉的核导弹发射井的专用电力电缆,埋设在地下七米的深处,被加厚的喇叭形镀锌钢管和隔热石棉水泥层严密保护,但这依然能被爱琳·索菲亚敏锐的感知能力捕捉到。而她观念世界中的那个太阳,正是俄罗斯萨哈林岛导弹井中代号为"白杨"的重型三相弹,一整支战斗部队和千锤百炼的维保系统看守着这头随时可能毁灭世界的猛兽,潮汐和明月为之提供澎湃的电力,永恒驱使着这枚克里姆林宫在远东钉下的棋子。

时间不多了。纳米机器人的电量几乎已经见底,它所维护的人体内环境正在变化。低电量的时候,位于颅内的纳米机器人会在神经系统中组成一个小型自动机,释放电信号刺激人脑中的感受层,产生渴求电源的欲望,并制造瘙痒、刺痛等感觉,驱使宿主寻找无线充电源进行充电,这个状态被称为"寻路状态"。

爱琳·索菲亚现在看似漫无目的的行走都指向能输出巨大功率的核聚变试验装置。因为生物电容的高储能,纳米机器人的充电间隔一般以十年计,但她横渡日本海的壮举可能让纳米机器人支出了巨大的能量,从而提前进入了寻路态。

少女抱着这个疑问四处行走,她就这样徘徊在暮色的萨哈林岛,最终渐渐消失在暗淡的林涛中。

十四 苦 茶

2029年3月5日,离萨哈林岛事件还有六天。日本,大阪,阿部野大楼。

乌鸦重新披上雨衣,肃立在腥咸的东南湿季风中。黑色暴雨从天而降,他的目光触摸着连接着集雨器传感控制板的缠满电工防雨胶布的网线,以一万次抚摸回忆的细腻,这是他十年前从陆家嘴带走的最后一条铼制网线,这条加料六类网线以最后一批做完主板之后的铼矿余料制成,只有纪念意义,但这是他唯一连接着那段过去的红线。

暮色沉沉的大阪让他想起十年前晦暗的陆家嘴。乌鸦再次看到了阿部野大街那些高对比度的全息广告人像,它们在为阿部野大楼旁边尚未完工的国际商业大厦招商,暴雨中的建筑工地如同死人的骨架,雨水不断从高耸入云的钢混结构泻下,工人们退避三舍,唯有乌鸦登上了顶层。十五分钟前,他从国际商业大厦最高点展开滑翔翼,飞到阿部野大楼天台,稳稳落在主控板三米范围内。

阿部野大楼一共六十层,最顶上的五十到六十层是山友财团总部的数据中心,乌鸦正以它最薄弱的雨控系统为入侵跳板。当天台雨沟中传感器侦测的压力超越阈值的时候,为了减轻雨荷载,雨沟扇翼会向上提升,减小受雨面积,但同时,雨控系统控制板会发出一个压力过大的表征信号包,通知物联网系统"天台压力过大"。乌鸦将利用这个信号包对大楼安全系统进行渗透。

成功入侵主控板的乌鸦直接篡改了传感器阵列的压力信息,PDA显示屏左边的控制台显示出一大串数据传输成功的数字"1"。而屏幕右边是云雀从地球另一边发来的消息:"雨燕已被火化,无人为他收尸。"

这个消息被放置了好几天。但云雀似乎并不在乎一直没有回复的乌鸦,她像一个无情的妻子汇报着出轨的事实,情报专家依旧兢兢业业地追踪着内务部对雨燕的处理,甚至定位到了他骨灰存放在莫斯科殡仪馆的格子。一切都和往日如出一辙,云雀似乎遗忘了在内务部遭受的一切,就像擦去草稿纸上的涂鸦那样简单,但乌鸦明白这种平静所掩盖的烈火和雷霆,叶夫琴琳·索科斯卡娅知道是自己向雨燕下令陷害的她,这个历经无数生死的首席法医官绝不会轻易放过乌鸦。

鸟巢的领队终于写了一条回复:"伯劳杀了雨燕,是吗?"

云雀马上回应:"我不知道。我只知道,雨燕被意外脱落的降雨管道边缘割断身躯,造成了一个巨大的开放性伤口,令他大量失血,然而在输血过程中,又非常不幸地输错了血型。最终,尼古拉·卢布谬夫中校死于红细胞凝集,一次非常遗憾的医疗事故。"

传感器压力被设置为远远超出阈值,雨控系统给阿部野大楼物联网系统发送了暴雨警告的信号包,它的数据末尾被插入了一条注入式攻击代码,物联网系统受理了这个并不规范的数据包。随后,天台通往下层的被封闭的大门缓缓开启,一股令人窒息的冷气涌出,幽深的黑色通道中只有绿色指示灯亮着。杀手走近看了看,通道的尽头是深渊般延伸往下的螺旋楼梯。

乌鸦:"愿上帝让他的魂灵安息。"

云雀:"雨燕可是软硬不吃的无神论者。"

乌鸦:"啊,那但愿你的上帝最终都能原谅我和他的不敬。我不信神,是因为我相信人的意志最终必将超越命运,我的所作所为都凭自己的意志。"

云雀:"千百年来,所谓折断命运的英雄一直从传奇和史诗中涌现,我们总是津津乐道,《约翰·克利斯朵夫》的男主如何从人生的逆境中奋起,紧紧地扼住了命运的咽喉;《简·爱》的女主如何以行动对抗病痛与社会的枷锁,拥抱属于自己的命运。但实际上,与其说他们在与命运抗争,不如说他们只是在与苦难对抗。人们会将失意、残疾和丑陋视作命运的试炼,却少将健壮、美貌和功成称为枷锁。自古以来,从来只有人奋力挣断它戴上的锁链,却少见有人勇于打落它强加的桂冠。"

乌鸦:"看起来内务部让你变成了一个诗人。"

云雀:"李青门的死亡和世界的灭亡已经发生了,也许它现在还没发生,但是它的确已经发生了——我现在更关注另一件事：我们还有没有办法对此做出补救。我知道，我完全没有能力阻止一名真正身经百战的杀手，所以我能寄希望于你的意志。我只问你一个问题，乌鸦，什么是复仇？于你而言，什么是复仇？当仇恨的对象已经确认消亡，见证你复仇的观察者也一并被毁灭，那么复仇本身是否还有意义？你的复仇注定成功，但这并非出于你的意志，而是命运强行赋予你的胜利，那么这有什么意义吗？你看，这复仇甚至连主体都不存在了，杀死李青门的是命运，而不是你，那么你有什么尊严？如果你无法停下脚步，你凭什么说你拥有自由意志？"

乌鸦将一只手放在冰冷的铁门上，"你的意思是，你希望我收手。以彰显人类自由意志的荣耀。"

"没错。想想吧，乌鸦，现在的你是这个世界上最接近神的人。"

乌鸦轻蔑地笑出声来。

一条平平无奇的数据线插入服务器。

这一刻，山友财团的一切都对鸟巢的领队敞开了，白色的，黑色的，水面上的，水面下的，铜臭味的，血腥的。在海洋般的数据中乌鸦能看到山友财团发迹的全部历史，那是一整个时代激起的余波，山友财团自其从二十世纪八十年代日本经济的泡沫中崛起时便注定以无数平民的骨髓为食，山口组作为它背后的暴力社团背书，在其生长的过程中一直扮演着影子的角色。这个黑白纠缠的畸形怪物在鼎盛时期甚至能隐隐约约与国家机器抗衡。

对整整五层楼的数据库进行遍历是个耗时的操作。乌鸦的进程不断粗暴地破开数据的保护锁,强行搜索着爱琳·索菲亚的位置信息。筱田太洋曾经给爱琳·索菲亚未被纳米机器人保护的骨髓做过生物标记定位,山友财团的卫星时刻在追踪着她的位置,当时的知情者还有筱田凛、樱井景田和库图佐夫,这个数据藏得如此之好,就连乌鸦也只是从窃听库图佐夫和筱田龙一的谈判中得知此事。而目前唯一在世的知情人,只有筱田凛,而这正是乌鸦要求伯劳绑架她的原因。

男人望向偏振落地窗外的风暴,雨水正在灰黑色的钢化玻璃上滑腻地流下,"其实,是我委托伯劳刺杀雨燕的。你知道我为什么要保住你的命吗?"

云雀:"因为我是爱琳·索菲亚的祖先。"

乌鸦:"很好。你的上帝选中了你,一个不婚不育主义者,作为世界毁灭者的祖先,就像他选中纯洁的处女玛丽亚作为耶稣诞生的母体,由此可以看出,他的幽默感其实和雨燕在一个水平线上。他放牧列国所依靠的并非是恐惧和感召,而是这份黑色幽默。"

云雀:"我从不畏惧雅威,我畏惧你。我不会说让你放下仇恨这些傻话。但是我请求你,向着更光辉、更有神性的目标前行,证实自由意志的存在是人类的终极之梦,也是智慧生命的最高荣耀。否则你的故事也不过是历史上重复了千百遍的平淡无奇的哈姆雷特复仇记。"

乌鸦慢吞吞地回复:"我们老祖宗有一句话,'切莫慷他人之慨'。云雀,既然你对命运的认识已经如此深刻……"

遍历在这时结束了,爱琳·索菲亚的位置被标定在世界地图上。那是白令海边的一个巨大的岛屿,它有着刀锋般锋利的海岸线,割断了日本海、鄂霍次克海和太平洋的联系。孤独的杀手久久凝视着地图上定位的红点,他的眼神终于染上一丝倦意,即使是鸟巢的领队,在命定的终点面前也不由得感到本能地脱力。

萨哈林岛。

他写下下半句话:"……那你为什么不自杀呢?"

云雀再也没有回复他。

与此同时。日本,东京,东京大学医学部附属医院,脑神经外科科室。

"这里的网速是怎么回事?我等了差不多半小时还是不行。"

筱田龙一叫来了一个护士,他少有地失去了一直以来维持的温和,极其烦躁地一次又一次刷新着浏览器。网页提示403,403,403,他从来没有像现在这样痛恨过某样东西。

护士安抚他说:"我现在就去通知楼下技术部门把总线插紧一点。"

副手等护士走远之后再低声对他说:"这里直接连接大阪的数据中心,每一次查询都会发送到大阪总部处理,所以不一定是网络问题,或许是因为数据中心在处理一些计算量较大的事务,因为技术太久没有更新,数据中心已经越来越不能适应强度越来越高的高并发环境了。"

"我知道。"

"我不知道该不该说,但您看上去……很苍白。"

筱田龙一将头埋进双掌之间。过了一会儿他抬起头来，一种力竭的容光焕发在他面容上呈现。他清楚自己已是强弩之末，但无论如何，强弩的弦线一旦拉开便不能撤下，他只能强撑着自己摇摇欲坠的身躯。想搀扶他却被推开的副手神情微妙，世代效忠山口组的男人似乎看到倔强的筱田太洋在他面前挺直腰背，他不禁想到，无论少主筱田龙一如何与过去划清界限，他仍依稀有着老家主的面容。

筱田龙一最终轻轻说道："你出去一下吧。"

副手心情复杂地站起，鞠躬，垂头，他后退五步之后才转身离去，这是剑道赛场上退场的礼仪，他用这种方式显示着对老家主的忠诚。山口组少主知道他的副手对筱田太洋之死仍有许多顾虑和疑问，他没有完全相信筱田龙一，筱田龙一也知道自己不能完全依靠他，特别是在接下来这个攸关万物的问题上。

筱田龙一又叹气，这一次是他对白色纱帘后的另一个人的叹息，"我要拿你怎么办呢？"

白纱另一边的筱田凛的眼珠转了转，现在的她只能做出几个有限的动作，弯曲手指、点击、散瞳。乌鸦没有杀她，但却以一种令人遗憾的方式结束了筱田凛的下半生，他在肮脏的地下室里凿开女人的颅骨，将脑电信号探针强行插入她的大脑，将电极埋入额叶皮层和内侧颞叶，等待读数。乌鸦不是个擅长审讯的人，也不是一个经过严格术前消毒训练的医生，他笨拙地打开地下室高对比度的荧幕，一阵艰难的视讯心理诱导后，他直接从筱田凛的大脑中读出了爱琳·索菲亚位置信息的存放地点：山友财团大阪总部的数据中心。

这是一次入侵式脑电探测,筱田凛的大脑因此受到严重损伤。但她能记得那个黑色的身影关上铁门的瞬间,所有光戛然而止,她的身躯为此一阵痉挛。这个女人不畏惧死亡和残疾,但她害怕仿佛被整个世界遗弃的黑暗,那总让她回想起筱田太洋叫醒她并亲口对她说出"妈妈已经永远消失"的瞬间。他精心选择了"消失"这个词向女儿描述母亲的死亡,但解释它的重担却落在哥哥身上。

消失是什么,仍然等待着母亲陪同自己入睡的筱田凛茫然地问哥哥。"消去",那时半大不大的筱田龙一犹豫地吐出一个三音节,仿佛只要庄重地倾听就能挽回一切:消失就是,就是你不能再见到某个人,但心里却知道,他确实地在某处。

然而此刻,病床前已经长大了的筱田龙一不再有任何迂回的避讳,"你能理解我的话。但是无法清晰表达你的思维。你大脑的布洛卡区遭到严重破坏,神经外科主任跟我聊过,你的语言中枢已经几乎被完全电糊了。只能用简单的动作表达一些简单的信息。"

筱田凛:明白。

筱田龙一:"我下一段时间的主要工作重心会在爱琳·索菲亚身上。运气好的话,我们还能见面。"

筱田凛的手指停了停:你知道。

筱田龙一:"我当然知道。你长大之后还是和以前一样撒谎成性,作为对你了如指掌的哥哥,我总会有第二手准备的。"

筱田凛开始艰难地去表达一个词:消失。

她又写了一遍:消失。

她没明说，但筱田龙一大概知道她的意思。他在病床边犹豫着。

见他没有反应，筱田凛颤抖地写下：哥哥。

疲倦的男人因为这个词而忘记了动作，他欲言又止。最终他挑开白纱，注视妹妹依旧白皙细腻的脸庞，她和妈妈有同样的面容和同样的倔强，就像他和爸爸有同样的眉弓和同样的耐心，但无论筱田龙一如何有意无意地模仿筱田太洋的冷血，妹妹始终都是他一生难以越过的坎。

筱田龙一叹气，"你折磨了筱田太洋这么多年，现在终于赢了，赢得这么彻底。如果他泉下有知，知道你变成现在这样，一定会心疼得无法安息。但是这些值得吗？"

筱田凛深深吸了一口气，她心潮起伏，但最终没做任何回答。

2029年3月6日，离萨哈林岛事件还有五天。俄罗斯，莫斯科。

"感谢你出手救了我，这杯酒是为你点的。说真的，你把爱琳·索菲亚带到我面前的时候，我只是惊叹她的美貌，没想到现在看来实际上是抬举了自己。"

透过落地窗听不到什么街上的声音了，这是清吧里一个幽深的座位，叶夫琴琳·索科斯卡娅的衬衫解了两颗纽扣，她自顾自灌下一整杯未经稀释的苦艾酒，任由强烈的苦涩在喉腔滚动，直到她咽下这一小团烈火，才发现冷汗已经浸透了脊背的衣衫。云雀的手指在木桌上游动，她在试图擦去一些不存在的污痕,自顾自说着一些梦呓般的话语。她在内务部留下的眼眶红肿还没消散,伯劳能清晰看见,这个在奥摩部队指挥官面前也保持着极致理性的女人此刻几近崩溃。

"你为我准备的临别礼物,一支雅利金手枪和三十五发九毫米巴拉贝鲁姆手枪弹。验收完毕。"穿着服务生制服的伯劳端正地站在俄国女人的身侧,他拿着一个小小的点菜笔记本,"您要点什么吗?"

"我想起了我们的第一次合作,那时我给你的菜单也是雅利金6P35和三十五发子弹,但你拒绝了。我伤心了很久很久。"

"来一小份罗宋汤醒醒酒怎么样,女士? 我们这里的特色菜还有炖牛肉和烤土豆。"

"服务员,去你的红菜汤,这里是酒吧。给我再来杯帝国日出龙舌兰。"

伯劳无奈地看了一眼吧台,调酒师在铁艺吧台边应付着旅客的搭讪,无暇发现一个服务员踩进了后台。伯劳得以旁若无人地在料酒架上挑挑选选,将半瓶龙舌兰、四分之一品脱绿薄荷甜酒和一小勺红石榴糖浆倒入雪克壶,滴入三滴柠檬精油后,他脸色凝重地合上盖子,雪克壶随即在他手上翻飞,钢铁壶面在灯光下反射锋利光芒,如同刀刃在剑术师手上起舞。云雀凝视着他的动作和白色衬衫上的酒渍,古谚有云,"切莫招惹持刀的哥萨克人",此刻在她眼里,若将此句改成"不要打扰调酒的认真男人",亦是道理独具。

"坐下陪我喝酒。"伯劳将酒调好放在桌上的时候,她抓住他的衣袖,"难道我们要这样一来一往,一次只能交流一两句话吗?"

"我曾经是做工程的,已经习惯了漂泊。"杀手微微叹气,但还是坐在了她对面,"也习惯了间隔长久的问答。"

叶夫琴琳·索科斯卡娅啜饮了一口这个颀长苍白的男人所调成的"帝国日出",随即惊叹:"这杯酒……有古铜的醇厚和玛瑙的圆滑,却成功隐去了龙舌兰的苦味。"

"墨西哥龙舌兰古老的喝法:将细盐洒在虎口,每喝一口都要舔一次虎口,并含着柠檬片下咽。实际上,盐是为了中和龙舌兰浓重的苦涩,柠檬片是为了填补缺失的口味,说白了,是麻醉自己的味觉来硬扛劣质龙舌兰的粗糙苦涩味。但只要酒够好,这些就不再是问题,这里的龙舌兰是墨西哥特基拉酒庄当年品质最好的一批,薄荷甜酒能掩盖它残余的些许苦味,柠檬精油起到了柠檬片的调和作用。"伯劳眯起眼睛看着云雀娓娓道来。筱田凛所言不虚,他因笑容而弯起眼睛时的确像一只大猫。

"呵……古老时代延续而来的错误方法,正如变质的龙舌兰,那时的人们使用巨大的铜壶进行蒸馏,后人却不知道酒体产生的这种强烈的苦臭是因为铜离子的溶解,不求甚解地将之称为'古味'。乌鸦不也是通过同样的方法操控着历史的动向吗?这个世界要完全消化李青门惊世骇俗的虚数粒子理论至少需要数十年时间,就算是山友财团也只能依靠李青门留下的绝密报告完成时间机器工程的后续建设,因为即使他们建立了虚数粒子的发送端,也必须在一百年内建立接收端,才能保持命运的自洽。而在那次特大电力事故后,整个基地的人几乎都被电闪碳化,有能力继续指导工程进展的人只剩下筱田凛,但她是搞流体的工程专家,并不十分了解底层的基础理论。而乌鸦作为李青门的同学,也是他曾经最亲密的旧友,已经是这个世界上最了解这套理论的人类,他只需要更改樱井景田遗留在深圳的数据信息、工程图纸,就能改变'十字飞车'计划的下半部分。"

伯劳不动声色地拿过那杯被喝了一半的帝国日出,摇摇头。

云雀:"山友财团的工程人员就像被信息素指引的蚂蚁,他们只能按着李青门留下的计划前行。无论乌鸦在上面做了什么更改,他们都会一一践行,他们会严格实现时间机器的后半部分蓝图,其中包括李青门所设定的……爱琳·索菲亚的回归时间。"

伯劳试图打断她,"云雀。"

但云雀滔滔不绝地说了下去:"我从没想过十个毫秒的延迟就能毁灭这个世界。乌鸦对工程蓝图做的所有修改——发射器高差、建筑材料的辐射吸收率、快子减速器半径,都是为了保证能打出这十毫秒的时间差。李青门从 2025 年 10 月 8 日上午 10 时 32 分 34 秒 89 毫秒前往了 2125 年 10 月 8 日上午 10 时 32 分 34 秒 89 毫秒,而爱琳·索菲亚却从 2125 年 10 月 8 日上午 10 时 32 分 34 秒 99 毫秒回到了 2025 年 10 月 8 日上午 10 时 32 分 34 秒 99 毫秒,中间产生了十个毫秒的偏差。也就是说,在李青门消失而爱琳·索菲亚尚未出现的十毫秒里,这个世界处于'观察强度不守恒'的状态。根据现代物理学的核心内容之一 ——诺特定理,守恒定律与连续对称性有深刻的联系,比如能量守恒定律,对应着物理定律不随时间变化,即物理定律有时间对称性;又比如动量守恒定律,对应着空间平移后物理定律不变,即从左到右和从右到左的物理规律没有区别。而在虚数理论中,观察强度守恒对应着马尔可夫世界矩阵四个值的对称性,这个对称也被称为量子对称,一旦它被破坏,就意味着世界矩阵会从量子态转变为机械态,物质的深层秉性会从概率波转变为机械决定论。那么为了适应机械决定论的舞台,三大常量也必须做出相应的改变。

"关于世界矩阵从量子态转变为机械态的全过程,乌鸦让我们去注意李青门博士曾在论文中描述过的一个被称为'叠加半对称破坏'的机制:根据目前的50%/50%世界矩阵,一个物体通过时间穿越进而干涉历史的成功率总为50%。据此,从十字飞车基地发射的虚粒子对成功破坏掉量子对称的成功率也是50%。现在考察一下代表着量子态的50%/50%矩阵的对称性,它关于四个方向对称:横轴、竖轴、两条对角线,如果量子对称被成功破坏,那么这四个对称都不再成立,但是我们现在知道这个动作的成功率只有50%,所以,量子对称破坏的效果也只会像既生又死的薛定谔的猫一样,以50%的叠加态既成功又失败地呈现在世界矩阵上。也就是说,50%/50%矩阵只会被破坏掉一半的对称性!那么,只关于两个对角线对称、又能保证因果连续性的,就是代表着决定论的0/1矩阵!……"

云雀到最后几乎是颤抖着说的,她的瞳孔涣散,"你知道这意味着什么吗……这意味着那个家伙……他妈的,他为了杀掉一个微不足道的人,利用诺特定理将世界拖进了机械决定论,也以人类的无上意志……制造了神……。"

伯劳往前探身,这个动作的幅度之大,几乎会被误认为是试图掐住云雀的喉咙,"你醉了。"

云雀显得郁郁寡欢,"你知道我没有。"

"但一个杀手不该醉成这样。"伯劳迅速环视了一周。他在那个刹那萌生了一个可怕的想法：将这个清吧里的所有人灭口。但这个想法转瞬即逝，没有，没有任何人听得见这次对话，清冷的酒吧里客人在吧台前和调酒师聊天，音量很低的背景钢琴曲，窗帘浮动着，穿堂而过的夜风将云雀的絮语全部吹散。

云雀哑然失笑，"你真的是……为杀手这个身份而自豪。"

伯劳正色道："我是这个领域的专家。"

云雀："好好好。"

伯劳："乌鸦有消息吗？"

云雀："乌鸦几天前入侵了山友财团总部的数据库，找到了纳米机器人定位的位置，爱琳·索菲亚目前的位置的确是萨哈林岛，但不知道她是怎么跑去那边的。乌鸦正在前往萨哈林岛的短途越洋货轮航班上，一时半会还没能上岸。我为你准备的枪支和弹药，你一定对它们倍感熟悉，你第一次使用它们的时候，还是个青涩的杀手。"

"看起来你是笃定我一如当年，不曾改变了。"

"当然，一个男人可能会流连于各种类型、肤色、身材的女人之间。但对于刀剑、枪械、酒精和烟草，他总是忠诚如一的。"

云雀把玩着一根烟，她想点着，但碍于禁烟标志，只好将它浸在酒里。在这短暂的无言里，他们一起看着烟草在龙舌兰里展开，不约而同地想到水草、触手和火焰。伯劳抬起头的时候正好与云雀对视，首席法医官罕见地笑了笑，他从未发现她在朦胧的光影中会笑得如此明艳。

"以后有什么打算？"伯劳终于忍不住问。

云雀向后倒在座椅上，"谁知道呢，也许走进命定的婚姻。

在过去的岁月,爱情对我而言只像是政客的宣传演讲:短暂盲目的激情和不负责任的承诺。而另一方面,我对人类的结合一向保持谦卑,我想象不出,一对夫妇要多么自大,才会从虚空中绑来一个灵魂,塞进幼小的血肉里,令其永远困顿于人世。"

"你的这种想法从何而来?"

"我热爱故事。在鸟巢工作的这么多年,我一直坚持备份所有经手的档案,由此见证过许多人,许多被你们截断的生命。许多婚姻,或者说爱情故事,我在其中最无法接受的,并不是两人之间无法理解体谅、相互猜忌背叛造就的痛苦,而是年复一年的麻木和逃避。我的家庭就是前车之鉴,在我攻入冷战关系办公室的事情被发现后,我的父母开始因为我的教育问题不断争吵,到最后近乎成为陌生人分居两地,即使父亲病死,我的母亲也已毫不在意,她无法原谅自己的女儿被偏执的丈夫教育成一个麻木的技术人偶。最终我成长为了一个没有情绪的怪物,一直到今天。"

"我没想过你会这样评价自己。"

"我也没有。"

"苏科洛夫教授知道你的这些过去吗?"

"知道一半,其中半真半假。我当年之所以会接近他,是因为他是这个世界上……两个会让我产生情绪波动的人之一,那是一种……很特别的感觉。我希望观察、掌握这种奇妙的情绪产生的原因和过程,所以我允许他停留在我身边……或者说我希望能留在他身边。"

"所以你恨乌鸦吗?"伯劳笑笑,把一个火机递给她,"如果他没有改写爱琳·索菲亚的回归时间,你的未来就不会收敛成一个定值……这个留着做纪念吧,我戒烟了。"

云雀收好了它,"现在再说这些都已经没有任何意义……就和你的礼物一样。"

楼下更深的地方传来地铁穿行的轰隆声,莫斯科地铁末班车即将到来,分离的时候到了,杀手起身,他将去火车站踏上前往远东的旅程,以期能在一切无可挽回之前找到爱琳·索菲亚。而紧接着伯劳的步伐,云雀明天将前往欧洲,在内务部没有反应过来之前彻底隐姓埋名,从此以后,她也许终其一生也不再踏上这片印着双头鹰烙印的土地,亦不再以首席法医官叶夫琴琳·索科斯卡娅的身份行走于世上,她将是江湖医生、工资微薄的计算机专家、落魄的网络工程师、见识广博的旅客、风韵犹存的女人、不甚温柔的妻子以及并不情愿的母亲,唯独不再是鸟巢的杀手。

"伯劳。"在他即将离去的时候,云雀忍不住叫住了他,"另一个人其实不是乌鸦。"

苍白的男人没有再回应她的话,他提着装有武器的公文包,径直消失在酒气蒸腾的黑暗中。云雀深深看着老搭档消瘦的背影,她不确定匆匆离去的杀手是否听到了自己的下半句,是否杀手们深植骨髓的对情感的怯懦令他下意识忽略了云雀的话,是否云雀的话实际上和钢琴声混在一起被风吹散。但无论答案如何,蜡烛即将燃尽,一切都已是烛台上难以名状的膏团。

"其实是你。"

他们都知道,这是最后一面了。

现在，2029年3月8日，离萨哈林岛事件还有三天。日本海。
又是一条鲨鱼。

乌鸦看着水手一脚踩在鲨鱼肚皮上，首先把刺进它身体里的鱼叉拔了出来，然后又带着点可惜的神情从鲨鱼嘴里抢过还没被咽下去的生牛肉饵。血流了一地，而后又被高压水龙头冲走，一些血水溅到乌鸦这边，他本能地挪了挪脚，而后又悄悄把脚挪了回来。躲避鲨鱼血在船上会被认为是"娘气"的举动，被人发现后，晚上要在饭堂里当众灌下一杯加料的威士忌，加料是指掺鲨鱼血，不卫生，难喝，甚至可能有寄生虫。

傍晚时分，一条条鲨鱼被拖到甲板上来，水手们脸上洋溢着丰收的喜悦。

日本人干这个很卖力。他们的鱼叉枪能够穿透二十米的水体，黄金矿工一般直接将鲨鱼戳到船边来，当热情的船长将捕鲨业的行情向乌鸦娓娓道来时，绝对不会想到面前这名搭顺风船的中国旅客杀过的人比他见过的鲨鱼还多。从大阪上船后，乌鸦一直维持着中年人恰到好处的疏离感和外国游客特有的好奇心，船长和水手们乐于与他搭话，一是听取陆上见闻，二是排解孤寂，而三，则是满足他们长久以来对陌生人的倾诉欲。

"您要在桦太岛①下船干什么？"船长捧着一碗牛肉面问。这是他第三次问这个问题了。

"探亲。"乌鸦回答，他在努力把勺子塞进结成一坨的豆子罐头里。

"很多东亚人在岛上做海产生意，这几年白令海的海产很热

———
① 即库页岛（萨哈林岛）。

门,特别是大马哈鱼的红鱼子。上一年我有朋友从内海到白令海峡绕了一圈,带回来几百吨的货,上岸赚的钱够他退休十辈子。"船长绞尽脑汁地说着些什么。

"啊哈,是吗?"乌鸦心不在焉地回应着。

萨哈林岛的轮廓出现在舷窗之外的海平线,尽管那只是一个模糊的点,但随即不断扩大。这意味着萨哈林岛的阿尼瓦湾离这艘捕鲸船已经少于二十公里,波涛声中,乌鸦以挑选墓地的眼光打量着这个在他面前展现出越来越多细节的岛屿,这是一个巨人的体躯,逐渐出现的海湾白色楼房、斑驳陆离的灰色基岩、礁石上停驻的海鸥、漂浮的塑料瓶和长麻绳、青蓝的近岸海水只是这座岛屿的冰山一角,乌鸦知道,除此之外,陡峭山脉中隐藏的暗门、深夜时分随时待命的发射井中控室、幽深通道里沉闷空气中的半瓶伏特加、白墙壁上有红缎带的列宁和斯大林像,才是真正的萨哈林岛。

终点。

他在海浪声中张开双臂,这是他最后一次尽情呼吸。

与此同时。西伯利亚。

火车上的伯劳在观察不断掠过的白桦林,广阔的林涛在大风的咆哮下扬起,越过乌拉尔山脉进入西伯利亚大平原的时候,青色的天空如同巨大的牛皮膜在视野里骤然压下,人们似乎能听见来自另外一面的低沉鼓点。这辆正在前往符拉迪沃斯托克的列车已经行进了两天两夜,夜深时伯劳会不时地往东眺望,估算着自己到达萨哈林岛的时间,他探出车窗的脖子伸得如此之长，以至于似乎能透过无穷的黑暗和鼾声听到萨哈林群岛的海涛。

"他们就是卡我文章。我五十多了，还是个副教授，我老同学三十五岁的时候就已经是正教授，出行厅级干部待遇，火车报销报到软卧。我呢，坐了十几年硬座，真是憋屈。"

一座之隔的同行者又在抱怨。此人是国内某所大学的副教授，来俄罗斯做为期一年的访问学者，他在西伯利亚火车上看到同是中国人的伯劳便坐在隔壁，主动与伯劳攀谈。或许是长期与行政领导打交道的缘故，他有着研究人员少有的健谈，一番交流下来，副教授两眼放光地发现伯劳对理论物理，特别是粒子物理有独到的见解，他认为伯劳也是业内人士，于是开始大吐苦水。伯劳有些后悔接了他的话，杀手在这方面的大部分见闻都来自云雀，而云雀的知识则来自乌鸦和李青门，这是三手货，他几乎招架不住了。

"欸，你要去库页岛？我往东最远就去过符拉迪沃斯托克一带。库页岛有什么好去的，除了长满树的山就是大瀑布。

"库页岛上有个军方的核设施研究所。我没去过，我同事去过，做交流，回来给我们带了一大袋子红鱼子酱，也就是大马哈鱼的鱼子。他说那里的厨师做的鱼太腥了，而且卫生条件也不行，不知道有没有辐射尘粘在上面。说到这个，我想起我的大学时光。本科的时候个个以为自己能拿诺贝尔奖，天天跑实验室，他妈的到头来变成老油条，只关心会议管不管午饭……

"你刚才讲你最近在做这个虚数粒子的研究在我看来，太理论、太抽象、甚至太天马行空了一些，验证它还需要全新的实验器材。要是在中国，主管部门不太会给这种课题拨款的。不过做下去，做下去挺好的，最好能在数学上建立一套完备的逻辑，超弦理论不也没实验证明吗？

"至于你聊到的时间穿越，就有点玄奇，甚至有点不可理喻了。虚数理论我听说过，好像还是个本科生搞出来的？以前还弄出过一点风波。跟量子对称和观察强度守恒定律有关，它们一旦不再成立，通过计算可以得出普朗克常量归零、光速趋近无限大、玻尔兹曼系数指数型扩张，它们分别意味着偶然性的消解、定域性的消失、群体对个体影响的擢升。这点好理解，以前学界认为物理常量——或者说实验现象是这个世界的根基，但现在我们知道，比它们更基本的元素是世界的对称性——这是爱因斯坦开创的研究方法，对称性被改变，物理常量必然也随之改变。"

副教授滔滔不绝，仿佛能吹出一条黄河，他头上有限的几根毛在风中整齐地起舞，是拉丁国标舞。但老教授最后的几句牢骚引起了他的注意。

普朗克常量是粒子波动方程中的重要常量，它直接关系到概率云的分布，如果普朗克常量归零，那么也意味着概率云收缩成一个点，即量子效应不再存在，世界的概率性也随之消失；光速是经典信息传递的极限速度，它的无限增长意味着相对论效应的消失，即作为物理学重要原则之一的定域性的消失，它表明信息可以瞬间从宇宙的一端发送到另一端，即物理系统改变的影响能够瞬间传遍整个宇宙；玻尔兹曼系数是统计力学和社会力学中的重要常量，它的指数型扩大则意味着这个世界会在未来某天突变成古典力学理论描述中的形态：每个个体的微观行为和群体的宏观行为完全一致。

偶然性的消解，对应着别林斯基名言"偶然性在悲剧中不占一席之地"，伯劳了解乌鸦，那个目空一切的杀手绝不允许李青门有任何存活的可能性；定域性的消失，意味着斯坦尼斯拉夫斯基所言"演员是观众映照内心的镜子"，光速膨胀导致的相对论效应消失，令所有注视着舞台的观众将同时共享演员呈现的哀和乐；群体对个体影响力的擢升，则有雨果对戏剧的评价"在舞台上，有两种方法能激起大众的热情，即通过伟大和通过真实。伟大掌握群众，真实攫住个人"，玻尔兹曼系数上升的时候，所有观众都将和演员们一齐沉浸在舞台剧中，没人再能做到事不关己。

乌鸦在搭建他的舞台，这是他最后的演出。

想到这里，伯劳望向头顶的行李架，云雀的临别礼物，那把雅利金6P35被拆解成十九个细碎的零件，正和三十五发子弹一起混在杀手的行李当中，晃晃荡荡地在一个又一个的夜晚中穿越了半个地球。过去伯劳极少使用枪械来完成任务，雨燕时常会评价他的暗杀充斥着"后现代的设计感"，对其中意外构建的部分极感兴趣。

"中国有句古老的谚语，狡猾的兔子总是同时有着三个洞穴。"那时伯劳如此回答。但事实上他内心总是充满孤注一掷的自信，他几近盲目地相信，上帝投下的骰子总是对他有利。而多年来的经验，也证明确实如此。伯劳在暗网上被尊为"传奇"，正是来自其从不失手亦未曾露面的记录。

但如今,苍白的传奇杀手迎来了自己一生中最大、可能也是最后的挑战,鸟巢的领队是真正处于命运庇佑下的对手,他的胜利在发生之前便已写入历史。面对自己昔日的同僚,伯劳不得不重新执起枪械和子弹,决心以一种充满古典气质的方式为他们的杀手生涯画下最后一笔。

任务目标:乌鸦。

与此同时。日本,东京,成田国际机场,编号C-023私人跑道。

"查一下萨哈林岛有没有机场。好,好,联系一下南萨哈林斯克机场,办好手续,我们要在三个小时后到达萨哈林岛。"

沉重的风声响起,这意味着筱田龙一面前的Cessna-CEO小型客机开始了预热启动,他不得不更大声一些对着手机说话。山口组的武装人员正在登机,筱田龙一的私人飞机大概能容纳两个作战小队,除了必要的枪械和战术设备之外,他还预留了一个给爱琳·索菲亚的位置。

作战计划制订得很仓促,只花了一天的时间。在接下来的八个小时里,山口组武装人员将从南萨哈林斯克机场出发,他们会渗透进入萨哈林岛并搜索全岛区域,带走爱琳·索菲亚,甚至将不惜与驻岛军队进行交火。即使无法捕获爱琳·索菲亚本人,至少作战小组要拿到携带她DNA遗传信息的物质:衣物、指甲、唾液,甚至一丝头发皆可。随后,待命的山友财团生物专家将迅速测定爱琳·索菲亚的DNA序列并找到她存在于世的祖先们。

无论如何,身处极道,就要有极道的处事风格,瞻前顾后、两头讨好的中庸政商人员作风往往不得其效,黑道往往更信赖彻底而粗暴的解决方案。即使筱田龙一再否认,努力"洗白"山友财团,将自己包装成商界精英,与老派黑帮保持距离,但他终归有着凶徒的血液,在得知筱田凛出事的刹那,闪过他脑海的不是安排最好最妥善的治疗,也不是执行一次迅猛残忍的复仇,而是不顾一切去杀死爱琳·索菲亚的祖先,杀死他们的其中任何一个都足够构成外祖母悖论。他一直拿不准筱田凛的那个摇摇晃晃的"消失"到底是让自己杀掉她本人,还是去杀死爱琳·索菲亚的祖先。但无论如何,筱田龙一固执地认为,世界的一切都已经维系在爱琳·索菲亚身上,面对全面失控的局面,这是他唯一翻盘的机会。

山友财团的大阪总部,处理完手续和文件的副手重重倒在沙发上,他对着电话说:"少主,祝你武运昌隆。"

飞机上的筱田龙一回道:"祝我活着回来吧。"

手机另一边的副手无言以对。

Cessna-CEO的折叠翼完成了固结,它以最大推力起飞,舷窗掠过条纹和颜色。筱田龙一在坚硬的后座上感受到无与伦比的推背感,仿佛命运的刻刀正在他脊背的肌肉文下青黑的猛虎和夜叉。

十五　孔雀乱步

今日,南萨哈林斯克当地驻军,俄罗斯东部军区驻萨哈林岛第四十五红旗集团军下属某师某旅某团第十五机械化加强营将于萨哈林岛某处与第三十七山地作战旅进行核弹发射井的换防交接。萨哈林岛核弹发射井地处东萨哈林山脉深处,扼拉彼鲁兹海峡之险要,承哈巴罗夫斯克边疆区之厚重,南望北海道,东临白令海,导弹系统射程覆盖北京、首尔、平壤、东京等重要城市,甚至能通过北极航线威胁欧洲、加拿大、阿拉斯加,凭借其核打击能力震慑着东亚各国与整个极地圈,曾是俄罗斯远东及环极地政策的重要战略布局点。冷战开启,世界成为两强角力的庞大战场后,时任苏联国防工业部部长德米特里·季莫费耶维奇·亚佐夫预见了东亚的崛起,他选择萨哈林岛作为远东威慑的支点,决心建立一支能将克里姆林宫意志延伸至白令海的战略导弹力量。萨哈林岛核战略导弹发射井于二十世纪冷战高峰时期秘密交付使用,至今已正常运行四分之三个世纪。

现在,第三十七山地作战旅已集结于东萨哈林山脉。旅部参谋注视着萨哈林岛的永久军事布防图,内务部派出的奥摩部队指挥官站在他身侧,与他一同判断着鸟巢可能的渗透方向。军队换防是一个大规模系统工程,环节的衔接之间难免有疏漏,企图堵住所有漏洞是不现实的。他们只能在地图上比画,试图找出鸟巢活动的蛛丝马迹。

"您的看法是?"香烟烟雾缭绕中的昏暗办公室,旅部作战参谋终于问出了第一句话。

"我无法提出任何专业意见。"指挥官诚实地回答。

"您连敌方的人数、构成、手法,甚至背景都无法提供吗?"旅部参谋耸耸肩,"难道我只能从您这里知道,有人将要渗透我方进行间谍破坏行为?"

"是这样。我掌握的情况属于内务部最高级的机密,恕我不能多谈。但您看到我单人执行此次任务,也能有些想法。"指挥官带着歉意点头,"虽然这个要求十分不可理喻,但我可以向您保证,我的消息绝对可靠。萨哈林岛的重中之重是核弹发射井和一些聚变能源设施,你们需要加大安全保护力度。"

"它们向来是以最高标准防护的。"

"还要更高。"

"临时提高戒严标准需要走的程序太多了,不可能在短时间得到批复。而且我们还要关注成本核算,高标准的监控、照明、巡逻都需要电和油,虽然算起来不多,但也毕竟是实打实的钱。我相信您连夜从莫斯科赶过来,不会是为了给我带来一份足够用光旅部下半年预算的账单吧?"

"尽管如此,但我还是要求贵部配合我的行动。至少予以必要的交通支持和通关方便,否则我完全无法在萨哈林岛展开我的工作。"

"好。我们会马上安排交通工具,您会开坦克吗？旅部附近的坦克连有台空置的 KV98,山地摩托车也有,不过没那么好骑。或者说您有自己的想法……"

"马。"

"马？"

"马。"

旅部参谋耸肩,"现在已经是二十一世纪二三十年代了,我们这里也不叫布琼尼骑兵师。"

"我们要追踪的目标对机械噪声、电磁辐射极为敏感。我将除下所有电子通信设备,只携带基本的枪械和冷兵器在丛林中搜索我的目标,为此,我的代步工具也必须足够自然。"

旅部参谋沉吟片刻,"我会让下面给您调几个山地作战专家的。"

"不必了。我曾在大高加索空降山地作战师服役,参加过对车臣的作战。"

旅部参谋不再说什么,他打了个电话。不久之后他示意指挥官跟他走出指挥所,指挥官在门前看到一匹黑色的高头大马,皮革笼头未能掩盖它锐利的眼眸,肤色如胶漆般凝练,锋利的骑兵刀配置在马鞍旁,一看便是奔跑于大草原和大江河的好马。

指挥官不由得称赞:"我真想骑着它在顿河边走一圈。"

旅部参谋脸上放光,他的眉目略有得意,像是父亲夸耀健壮

335

的儿子，"它的确在顿河跑过。"

指挥官翻身上马，稳稳坐在马背上，脚跟轻轻往后靠，找到了马刀的位置。他的贵重物品寄存在旅部，基本只携带一个能证明自己身份的二维码。随后旅部大院里马蹄声响起，马上的旅人有龙骑兵的风采，黑色斗篷在风中飞舞，入鞘军刀铿锵作响，透过路过的行进车队的发动机噪声，人们纷纷为骏马辽阔的嘶鸣抬头，却只见一阵黑色的飓风在公路刮过，随即消失在无尽的林雾中。

萨哈林岛中部，马特洛索沃。

几辆低调破旧的出租房车在无人的简陋公路边停下，一队黑衣人下车列队，他们极目之处就是笼罩在晨雾中的东萨哈林山脉。筱田龙一不安地看着战术地图中越来越模糊的点，那是爱琳·索菲亚的位置，被标记的纳米机器人依然在尽职尽责地对山友财团的卫星发送着定位信号。然而随着距离的接近，她的位置却变得飘忽不定，一是因为发送信号的间隔较长，战术地图对爱琳·索菲亚的定位产生的误差甚至达到上百米，本来这点误差与福冈到萨哈林岛的一千五百公里距离相比可以忽略不计，但越是接近目标，上百米的误差将会变得越难以接受；二是因为核设施的电磁屏蔽，筱田龙一大概了解这里有一个冷战时期交付使用的核弹井，多年过去之后，电磁屏蔽效果差了很多，已经难以阻拦利用电磁信号进行的通信，但却依然能发出大量干扰定位的噪声。

解决方案有很多。技术团队有能力分析电磁干扰形式后叠加一个反向波形以抵消影响,也可以先进行外围索迹进行步迹追踪,甚至可以考虑租下萨哈林岛猎户的猎犬。但筱田龙一选择了最激进的一个,迅速用生物雷达无人机在森林中展开搜索。行动队队长面露难色,在电磁侦测设备充足的军用核设施附近启用雷达,无异于明火执仗。但筱田龙一什么都顾不上了,只要能以最快速度把爱琳·索菲亚的DNA拿给正在马特洛索沃待命的生物专家进行DNA鉴定,一切损失都是值得的,世界因外祖母悖论而被重启之后,有什么东西不会重新来过?

等待散兵搜索队形在林地展开的时候,他凝视着路边的碎石堆,不由得想,到底有什么力量能够将已经碎裂的石块重新黏合? 如果一切都回到原点,那么他们会不会有截然不同的生活,一切是否真的可以重来?

几个月前,筱田龙一清洗了整个山口组上层之后,曾回到过白雀寺。据战战兢兢的住持介绍,白雀寺一直受山口组供奉,已故的筱田太洋当家曾是白雀寺的大香客,他十分信命,拜佛像,认为冥冥中一切皆有天数,有因必有果,有果必溯因,善恶终有其报,因此在白雀寺的修缮上花了大价钱。筱田龙一反问:那为何白雀寺的佛陀却没有保佑筱田太洋平安终老? 住持支支吾吾,涨红了脸不知该如何作答。筱田龙一却哈哈大笑:"一报还一报,一报还一报。"

呵,在山口组,所有事情都会像麻袋里的蛇一样互相缠绕起来,筱田家也不例外。和历史上很多大家族一样,筱田家族的往事不外乎由白和黑两部分构成:一部分是山友财团从二战后横滨的几个赌场、风俗场所到现在这一个商业帝国的发迹全过程;

另一部分,则是它在黑道野蛮生长的一些带血的旧事。黑白两道中,唯一不变的是自战国时期以来便长久延续在武家血脉中的以下克上的传统。从另一个角度看,极道猛虎和夜叉的文身,正是蛰伏和背叛的象征。

母亲筱田立花曾被大家长们逐出家门,因为她选中的男人只是一个破产企业家的儿子。但和许多天真的大小姐那样,她把所有坚强和钢铁的一面朝向了本家,咽下无数苦果。这个本可以锦衣玉食的女人几乎以一己之力将筱田龙一和筱田凛两兄妹拉扯长大,但爱情的滋润始终让她容光焕发。

时光是温柔的,一身烟尘的男人拖着疲惫的身躯归家,妻子在玄关笑着接过他的西装外套和路边小摊带回来的纸花,味噌汤在煤气灶上呜呜地冒烟,刚上小学的兄妹俩在饭桌边有一句没一句地拌嘴。这是这个家一天中少有的躁动和快乐,也是三名当事人余生唯一珍藏的记忆。

这样的日子持续到二十年前横滨事变的前夕:山口组的宿敌组织"住吉会"绑架了筱田立花,试图要挟山友财团放弃横滨的混凝土生意,而这项生意男人已经营多年,是他唯一打动财团高层的机会。筱田立花的一根断指被送到山口组神户总部,这是莫大的侮辱,山口组曾在二十世纪五十年代横行在这片土地,它是名为战争的光束将名为国家的硬币在名为命运的荧幕上投射的影子。夜叉和猛虎的文身曾是穷凶极恶之徒的盔甲,即使如今它日渐式微,但积威犹在。过去的数十年,这团模糊的庞然大物从未被如此挑衅。

"抬起头来,你……你对这件事有看法吗?"神社炽热的空气中,大家长们不紧不慢地询问他们面前一直维持着土下座姿势的男人。

筱田立花身披黑色羽织的丈夫面临此生最大的困境。青砖阶梯上的若头和舍弟们都看着这个其貌不扬的男人,猜测着他会做出什么回应,一行蜡烛将他们的影子分割。

然而,这个日后注定以铁腕重振黑道的男人在电光火石之间的回答让他们大吃一惊,"请众家长照顾社团利益为上!若是因内人落难向外敌低头,此例一开,日后恐怕不堪设想!"他的体态端正如山,用词精炼凝重,仿佛早已深思熟虑。

事后被大家长盛赞"深明大义"的男人此刻真正彻底融入了山口组,极道帮众开始将他视作兄弟手足,而非一台可有可无的办事机器,他们隐秘的圈子终于向男人开放了,并真心实意地盛装前往筱田立花的墓前祭拜,大家长开始重新审视这个赘婿。对男人而言,这便是一切的开始。

只有很少人知道筱田立花的结局:她——或者说她的一些零部件在横滨一个幽深的排水口被发现。这里是阴暗丛生之处:作为杀手产业链条的最后一环,黑帮处理尸体往往选在下水道,每每臭水沟激起旋涡吞没断臂残肢,都让他们尿意顿生。这里也是奇迹发生之地:每年都会有尚未死透的复仇者从血肉和污水中奋起,他们最终死透的尸体被作家们如蛆虫一般吞食。只有真正的铁石心肠之人才能直面这种两面性的恐怖,其中便包括那个男人。

之后的漫长日子,这个曾经的凡人证明了他才是当之无愧的极道皇帝,后来他的名字会郑重地出现在人们口中:筱田太洋。

筱田凛的眼睛从此熄灭,她开始将兴趣转向了远比人世深邃的宇宙。而长大之后,当筱田龙一装作小心翼翼地向父亲提及过去的事情时,筱田太洋的脸才以狰狞的幅度颤动了一下。

"人各有命,我别无选择。"

说出这句话的时候,他的表情才糅杂着无穷的唏嘘和巨大的悲戚。

荣格说过,一个人对自己所不了解的部分,才构成他的命运。筱田龙一时常会想,从一个破产企业家的儿子一步一步成为黑道首领,这只是这个男人创造的许多奇迹中的一个。他始终对自己的心绪了如指掌,所以他的前半生才能以铁腕扼住命运的咽喉。筱田龙一能依稀猜到,一百年后的世界,筱田太洋将以十字飞车计划领导者的身份出现在爱琳·索菲亚的教科书上,没人知道他曾放弃过多少,人们只会记得他以一介极道帮众的身份一手建立了伟大的十字飞车基地,他的名字和李青门并列,最终以枭雄之名被崇拜,或是被唾骂。

可为何这个打破了一道又一道枷锁的男人,也在后半生对形而上的命运低下了头颅?到底是一次次的盲欲乍起,还是一件件的世事无常,让他深刻明白,越是日暮归途,就越是依靠光明?

三月的萨哈林岛正是春寒之时,它的眉梢被融雪覆盖,筱田龙一站在风中。他的父亲已将名字深深刻进了极道的历史,而他能做出什么功绩呢,他能超越筱田太洋吗?当然能,山口组少主心想。他的父亲虽曾书写呼风唤雨的传奇,但仍在六道轮回之中,而他的儿子,则即将威胁六道轮回本身。

无线电传来声音："鳗鱼盖饭，这里是北极贝。我们已经进入森林。"

筱田龙一回答："鳗鱼盖饭收到。各单位注意，按原定计划进行搜索，保持五十米散兵队形。"

简短的应是声。

筱田龙一望向东方的山脉，萨哈林岛以林涛摇动作为回应。

时候到了。他心想。所有时候都到了。

入夜。离萨哈林岛事件还有八小时。

爱琳·索菲亚一脚踩进霜冻的落叶里，冰凌破裂的声音仿佛令整个森林为之叹息，悬在空中的无人机侦测到了这个尖锐的声形波动，随后锁定了她的心跳。位于森林边缘的整个筱田龙一属下的攻击小组开始全速向内推进，在他们走出一定距离的时候，爱琳·索菲亚明显感知到了他们身上的无线电所组成的电磁网络。

一群剑齿虎在接近我。

爱琳·索菲亚以女猎手的敏捷提步奔跑，在林木之间穿梭，纳米机器人依她的意志开始了超频过载，她在冬夜的深寒中吐出一团磅礴的炽热白雾，皮肤泛起微红的浪潮，远远望去仿佛启动过程中的蒸汽核心。她的影子在月光下生长出刀剑的形状，这头筱田太洋也未能看穿的猛兽终于在北地睁开了捕食者的眼睛。

攻击小组组长，代号"蟹膏"的退伍特种兵一直注意着无人机反馈的心跳图，他的注意力很快被地图上一个迅速出现的离群点吸引,它的速度之快几乎让他误以为是惊鹿或是猎豹,随后蟹膏很快反应过来那就是他们此行的目标。

蟹膏测算了一下距离,随后在指挥频道中下达指令:"两点钟方向。全体都有,准备接触,禁止使用杀伤性武器,尽最大可能保持安静。"

频道里传出简短的应是声。

代号"八爪鱼"的狙击手:"我的观察手报告东方有动静。"

代号"螺肉"的观察手:"东方的一处山脚出现了俄军武装人员聚集。离我们大概有四公里,目前他们没有进一步动作,看上去不像是冲着我们来的。"

蟹膏把频道转向东方的航拍,"保持警戒东方,加强侦察力度。航拍机能拍得更高一些吗?"

螺肉:"这边不能再升高了。再升高就离开了电磁源雷达的盲区,我们会被侦测到的。"

在后方房车中监听着指挥频道筱田龙一:"抓紧机会抓住她,节约时间。"

蟹膏:"是。"

蟹膏:"各单位注意……"

在林间呼啸而过的投掷物打断了他的话,那是一颗光滑的鹅卵石,但无人机的一只机翼被瞬间打穿。无人机非法挂载着一个心跳雷达,本来就属于超载,动作姿态平衡被鹅卵石打破后,它在空中螺旋旋转了几圈,栽到了某棵树上。心跳雷达也在这次坠机中损坏了,躲在树后的蟹膏没能再跟踪到爱琳·索菲亚的心跳信号,他目测了一下无人机原本悬停的高度,二十米,能把鹅卵石几乎以直线投射到二十米的空中,并有足够的余能击落无人机,如果仅凭人类的臂膀来完成,那么对手该拥有多么恐怖的力量。

蟹膏低声对对讲机说道:"我这边七点钟方向,距离三十米不到。各单位向我靠拢。"

远处的爱琳·索菲亚蹲伏在灌木丛的阴影之中。就在刚才,她出手射落了空中的雷达无人机,这个女孩本能地选取了威胁最大的无人机作为攻击目标,电磁感知直觉告知了她目标的准确位置。她没有忘记扎起自己淡金色的长发,当她专心致志瞄准无人机发力的瞬间,金色马尾在夜幕下飘扬,如同大天使长米迦勒手握雷枪射落古龙。

代号"芥辣"的轻装攻击手来到了蟹膏附近的一棵树,他们打着战术手势。

蟹膏:进动状态。准备攻击。无火药,无火药。

芥辣:人数?

蟹膏:一个。

芥辣:包围?

蟹膏:包围。钳形。

芥辣转移到另一棵树的阴影下方。他看见树影下若隐若现的一个人影。

芥辣:位置就绪。能见度良好。

蟹膏:行动。

芥辣借着灌木丛被风吹动的节奏匍匐。就在他准备暴起的时候,他的手指摸到了一片黏稠。这时他才发现对方的胸膛毫无起伏,显然已经断气,有人割断了他的喉咙,暗淡的血洒满周遭的草地。

芥辣对着对讲机低声咒骂:"蟹膏,你他妈报点报错了。我们的人死了一个在这里,目标消失,位置不明。"

蟹膏:"谁死了?"

芥辣借着月光看清了尸体的脸:"北极贝。"

蟹膏:"待命。"

芥辣听到蟹膏隐隐约约在向筱田龙一汇报情况:"鳗鱼盖饭。北极贝已死,没有枪声……"

树上突然传来窸窸窣窣的声音,随后戛然而止。芥辣凭借多年的雇佣兵经验,判断出这是人类飞奔在枝丫之间的响声,在声音停止的一刹那,一个念头闪电般在他脑海里闪过:有什么正在从树梢蜘蛛一般挂下来。芥辣本能地侧了侧头,就在这一瞬间,一把匕首贴着他的喉咙掠过,他几乎能感受到刀锋的凉意。

从树上跳下的爱琳·索菲亚熟练地在草地上打了个滚,结霜被踩裂的声音响成一片,她手上的匕首切切实实沾着攻击手"北极贝"的血。当她从树上倒挂下来将刀尖插进北极贝的喉腔,后者甚至来不及抽搐,意识便已消失。这个女孩已经习惯了在二十二世纪的VR战争游戏中花式割开哨兵的喉咙,早已分不清血淋淋的现实和数字信号组成的虚拟世界,这是多年游戏生涯活活喂出来的战术经验,加上纳米机器人赋予她的强大身体素质,如果单论冷兵器作战水平,恐怕在世只有伯劳能与之相比。

他们在雪地上哑口无言地对视了一阵。

看清对方面容的时候,芥辣对着耳机破口大骂,他猛然站起,"他妈的这不是个普通的小女孩吗？去你妈搞得像是对哥斯拉战术。"

但是随后他口中的小女孩手中甩出的匕首直接钉穿了他胸前厚厚的凯夫拉,其力度之大几乎让芥辣以为自己的胸膛被一列火车正面撞击,他甚至能听见自己肋骨不堪重负的弯曲声。万幸的是,防弹衣中间还有一层防弹陶瓷的防御,匕首在它表面打滑,扭成一团麻花。但即便如此,他还是缓了好一阵子,才在巨大的冲击中回过神来。

蟹膏在通信频道里严厉地制止他:"不要开枪！注意安静！"

但芥辣没有听从,他强忍着剧烈的呕吐感执起MPC微型冲锋枪,对准正在全速往树上爬的爱琳·索菲亚。子弹接连出膛的音爆打破林地的寂静,血液飞溅在树下的草地,爱琳·索菲亚的运气很好,她只被一发子弹击中,但这发子弹严重擦伤了小腿,切下一大块肉。

蟹膏冲过来摁住了芥辣的枪口,"疯了?！东方山脉有大量俄军活动,你想把他们引过来？"

淌着血的爱琳·索菲亚消失在树丛中,她在黑暗中自另一棵树爬下来,凭本能选了一个空旷的逃跑方向,躲开了所有侦测设备,就像在游戏里的小地图进行自动寻路那么简单。但就在这时,一个庞大的黑色身影梦魇般闯入月下的林地,它在瞬间遮盖了女孩所有的视野,黑马上的指挥官趁爱琳·索菲亚发呆的一刹那一把将她掳起,爱琳·索菲亚事前没能感知到指挥官的存在,她在马匹上本能地尖叫起来。

雪地中的攻击手已经在巨大的震撼中缓了过来,他对马上的骑兵举起冲锋枪。

蟹膏对他大吼："别开枪!"

芥辣眼神怨毒地收起冲锋枪,任由黑色的骑兵消失在林地中。

蟹膏看着指挥官消失的方向,马蹄印在雪地中清晰可见,但攻击小组不敢追击:"鳗鱼盖饭,这里是前线。爱琳·索菲亚已被击伤。她被另一突然出现的骑兵救走了。"

筱田龙一:"收到。抓紧搜索,迅速归队。"

芥辣:"鳗鱼盖饭,这里是前线攻击手,代号'芥辣'。是我射伤了目标,拿到了她的血。"

筱田龙一:"收到。我会记在账上的。"

芥辣狠狠地往地上啐了一口,他挑衅地瞪着蟹膏,而后者只是不安地望着东方的山脉。这种不安随即也传染了芥辣本人,依然紧握着冲锋枪的雇佣兵有那么一瞬间产生了后悔开枪的想法,但转瞬即逝,因为山口组少主在飞机上亲口承诺,首个抓获爱琳·索菲亚或者拿到她DNA信息的人将能获得或平分三百万美元的额外酬劳。

蟹膏小心翼翼地用胶头滴管取到了爱琳·索菲亚洒在草地上的暗血,他把它封存到真空试管中,动作之凝重如同将十诫封入约柜。

蟹膏:"各单位注意。任务目标回收完毕,开始按计划有序回撤,注意警戒。"

芥辣:"兄弟们! 回去我请客!"

蟹膏以令人毛骨悚然的眼神回看了聒噪的队友一眼,却没

有更多的表示。他们很快沿着原来进击的路线回撤到公路边的
房车，回到房车的时候，蟹膏将爱琳·索菲亚的血交给了头戴厚
厚耳机的筱田龙一，芥辣还是一副兴奋的样子，八爪鱼和螺肉轮
番描述着东方山脉的动静，其他人静静听着他们的汇报。在筱
田龙一注视晶莹血液而若有所思的表情中，房车不一会儿就消
失在夜幕中，它沿着公路几乎散架地开回马特洛索沃，那里有一
整支生物学家团队在等着他们。

　　黑马驰骋在林中，马蹄声响彻月夜，马鞍上横躺的女孩抚摸
着漆黑的马鬃，拉多加湖湖水般清澈的眼眸闪烁着动人的亮
光。快速掠过的林影时而会遮盖她的面容，使得她时而像蜷缩
的大猫，时而像微盹的狮子。

　　"你还能走吗？"奥摩部队指挥官问出了第一句话。

　　"这是马。"爱琳·索菲亚感觉不到痛楚，因为纳米机器人掐
断了痛觉的传递，她只感到伤口微微发麻。她好奇地抚摸着黑
马的皮肤。

　　"是。"手执缰绳的指挥官亲眼看着她腿后的巨大擦伤迅速
结痂，他有点恐惧地咽了咽口水。

　　指挥官拿到云雀的笔记本电脑里的所有数据后，做了一个
"按查看次数"的排序，近半个月来，排序最高的就是爱琳·索菲
亚的档案资料。他还发现，资料里标定了爱琳·索菲亚的位置：
萨哈林岛。指挥官将这些资料共享给网络司，试图换取他们的
谅解，可郁郁寡欢的网络司司长只是还给他一个复杂的眼神，甚
至没有看一眼云雀笔记本中的资料。后来内务部部长私下对他
说，如果运气不好，他们的仕途可能就此终结。

莫斯科无月的一个晚上，他在办公室里静静坐了很久很久，克里姆林宫的责难犹在耳边，内务部部长通知他开会的电话打了一遍又一遍，就在那时，他突然做出了单骑突击萨哈林岛的决定，在那个瞬间，没人知道烟灰正和时光一齐在他身边慢慢溃散。

萨哈林岛中部。第三十七山地作战旅旅部。

"核弹井被劫持！你说什么?!"

山地作战旅旅长听闻这件事的时候正在会议室布置部队换防的进一步事宜，陷入巨大震惊的军人一掌拍在桌上，五毫米的钢化玻璃应声而裂。旅长的冷汗从发根流进脊背，他多次在各级首长面前表了好几次胜利做好这次秘密换防的决心——萨哈林岛固若金汤，如果出了什么纰漏我愿提头来见。没想到，刚才闯入会议的参谋带来了这样一个让旅长的屁股如炮烙一般从椅子上跳起来的消息。

"情况非常严重。"旅部参谋一句废话都没有多说，他直接在一个建筑三维信息全息模型上开始为旅长播放信息简报，"核弹井离我们大概有六十公里距离，处于极深的地下，没有无线信号能到达，之前，地面站一直用心跳包和我们保持着联系，所谓心跳包是指TCP传输协议中的一个规定，通信双方的其中一方每隔一段时间发送一个没有实际信息的数据包给另一方，显示自己仍然在线等待数据交换。而核弹井的心跳包，按规定要在末尾加一段随机数。但三十分钟前电子战小组突然发现，他们定时发送过来的心跳包的随机数列显示出了太强的伪随机性，而按规范,那应该是采集基地热噪声构造的真随机数序列。我们的网络工程师判断该心跳包有极大可能系人为伪造,并且核弹井貌似从早上开始便已经在发送假的心跳包了。"

旅长脸色阴沉地听完了参谋的报告,"第十五机械化连的情况怎么样了?那可是个正儿八经的战斗加强连,我不相信有什么东西能够悄无声息地干掉他们。"

"同样是出于避免卫星摄像暴露核弹井位置的理由,他们驻地离核弹井也有一段距离。而核弹井驻留成员大概只有一个排,第十五连同样收到了这个消息,他们已经带人火速赶往核弹井,同时布防四周,全体官兵也已做好了战斗动员。但从一线传来的消息来看,核弹井的所有入口都被关闭、被封死了。现在他们一方面在尝试破解系统进入核弹井,但是也做好了暴力破门的准备,毕竟那是个机械化战斗营。"

"那么原来驻留在核弹井中的士兵呢?"

"我们和核弹井失去了一切联系。里面驻扎的士兵大概率已经全部牺牲。"

"有没有恐怖分子劫持的可能?"

"概率比较小。如果不是心跳包露出了马脚,我们直到现在可能还没得知核弹井被劫持,更可能是一次敌对军事组织主导的对我国政权的一次重大挑衅。"

"我明白了。"

旅部参谋欲言又止。但旅长看出了他的表情,示意他有话直说。

旅部参谋开口道:"您记得那个从内务部过来的特种部队指

挥官吗？”

"我记得，是我让你把他打发走的……能找到他吗？我听说他骑马走了。"

"他在追踪一个潜入了萨哈林岛的人员。具体情况他没有说得很清楚，我只知道他要追踪的目标对电磁系统有很强的天然敏锐，听起来像是什么玄之又玄的生化改造人。我已经让人留意他的动向了，只要他在我们的士兵前亮了身份，我们就能知道他的去向。"

旅长摇摇头，最终拍拍参谋的肩膀，"全力以赴吧。出了这种事，我们所有人都要上军事法庭。但在那之前，先让我们把那些狗杂碎扔进绞肉机里。"

"不，您知道吗？我担心的是另一件事。就是劫持者到底知不知道核弹系统的口令。"

"核弹系统的口令可是克里姆林宫的最高机密之一。"

"那为什么内务部会派人来这里呢？"

两人的表情瞬间都挤满了庞大的恐惧。

长久的无言后，旅长恍惚间对着惨白的墙壁吞吞吐吐道："我们将永远愧对人民。"

萨哈林岛东部山脉，具体地点不明，核弹井。

八个人的力量加起来，铁铸的大门只拨开了一条缝，第十五机械化加强营的指挥官双眼布满血丝，咬肌大鼓，门牙几乎被愤怒和焦虑磨成犬齿。他是一个少校，一个少校很少会这么焦虑。蓝白色的电切割弧光中，核弹井大门的锁正在缓缓熔化出一条缝，但速度太慢了，从切割开始到现在已经过了四十五分钟，这个来自苏联时期却依旧坚挺的锁芯只被切了一个毫米的深度。

少校叫来手下，一个在萨哈林岛土生土长的中尉，一把机头大张的黑色手枪别在他洗旧的军装上，"你在这里门路多。去找在萨哈林岛干灰产的中国人，要最好的锁匠过来。"

中尉的脸色同样忧愁，"少校。这可是军事机密……"

"去吧。果断点，军事法庭我来上。"

中尉受托匆匆离去。少校不再去看核弹井黑灰色的大门，那让他感到极端的压抑。工兵们继续着电浆切割作业，黑衣军人的护目盔被强烈的电弧光蒙上一层惨白，他们此刻肩负着数十万乃至数百万数千万人的生死。

晨光隐隐破开林木遮挡之时，少尉终于回来了。并且带回了一个中国人，营长看不出他的年龄：三十到四十岁，正是经验丰富的时候；手长，臂展宽，能够增大操作空间；手指纤细，适合精密操作；最让营长印象深刻的是对方的眼神，那双黑白分明的眼睛有着鹰隼的锐利，他不由地联想到一把上膛的手枪，甚至忘记了去思考这种眼睛是否应该属于一个平平无奇的锁匠。

中尉介绍："这是城里老萨伊推荐的中国锁匠。"

少校注视着面前风尘仆仆的中国人，"之前干过这种大家伙吗？这扇门有整整五吨，机械锁部分有上万个零件。"

"长官，你放心。大家伙不一定比小家伙难搞。"

苍白的男人以笃定的语调缓缓答道。他晃晃提在手中的工具箱，一层一层凌乱摆放着的工具有厚重的油污，但少校知道这正是可靠的标志。工具箱最上面是一排排叫不出名字的小型开锁工具,往下数还有液压千斤顶。少校目测这个工具箱还有第三层,一些叫不出名字的奇怪精巧的独家工具,作为锁匠压箱底的银色子弹,但他不会知道,压在最底下的除了三十五发子弹,还有一把沉甸甸的雅利金 6P35 手枪。

萨哈林岛东部山脉,核弹井深处。

核导弹轨道井幽深的走廊里,乌鸦吹着告别斯拉夫人调子的口哨行走在舷梯边缘,他以君王的气势居高临下凝视着深渊一般一直往下的黑色亚光井体,试图用目光从中打捞出属于过去的遗骨。对于一个在现代商场搏杀许多年的计算机安全专家,渗透一个久未更新技术的军方电磁门禁并不是什么难事。但当大门打开,幽闭已久的空气迎面而来,他仿佛回到了第一次与云雀相遇的那个晚上,那时他们以三臂之隔站在路灯下狐疑地打量着对方,女人铁灰色的眼眸没来由地给他潮湿至极的感觉,仿佛一场冰凉的大雨扑面而来,他们从对方眼中看到某种不断生长的庞大的心绪。

"这里真大。"乌鸦喃喃自语。

这个核弹井的其中一个对地通道开在东萨哈林山脉一个背阳山崖下的岩洞,平均一个星期有一趟货车给驻扎人员输送物资,乌鸦就是从那儿渗透进了位于地下深处的核弹井。杀手是从库图佐夫·安耶波维奇·亚历山大掌握的数据库里找到它的蓝图的,圣彼得堡的律贼曾对萨哈林岛和千岛群岛一带的海底铼矿脉表现得垂涎三尺,在摇摇晃晃的捕鲸船上前来萨哈林岛的时候乌鸦就从船长那里得知,这艘船曾经属于老律贼的航运公司,在船长绘声绘色讲述的旧日传闻里,他们有人曾以捕鲸为名使用深海声呐勘察铼矿,以期能做出地形图给库图佐夫卖个好价钱,但这样想的人实在太多了,他们只好转头去调查一些边角料,比如东萨哈林山脉的核弹井。乌鸦手上的蓝图也许就是那次勘测的结果,因为事情发展到最后,库图佐夫对蝗虫般的投机客提供的铼矿脉图不屑一顾,核弹井的蓝图却被低价买下,堂皇地封存在数据库里。

　　说来可笑,人人都以为西伯利亚的黑帮首领库图佐夫·安耶波维奇·亚历山大看上了铼矿脉这块肥肉,就连内务部也如临大敌,但没人知道的是,那个体躯依然黑熊般健壮,心却早已干涸的男人一心只想回到过去。萨哈林岛北方的核研究所依然受到库图佐夫核聚变工程基金的捐助,那个苍老的男人垂死之时仍挂念着他的秘密事业。他早已立下遗嘱,希望自己的尸身陈列在“鹦鹉螺”核聚变仿星器的点火装置中央,天文数字功率的激光点火器将在千万分之一秒内将他气化。他曾无数次想象着核弹爆炸时聚变核心的链式反应,独属于恒星的光芒在其中迸裂又消解,组成星辰、金钱和血肉的原子永不停息地振动,在被高能环境强迫打开的爱因斯坦–罗森桥的背后,就是那些他曾认为永不分离的一切。

　　一丝光亮透进沉闷的中枢控制室。

　　看到中控室全貌的瞬间,乌鸦长长出了一口气,他终于知道为何这一路上心跳都如此剧烈了。这里太像六年前斯堪的纳维亚的十字飞车基地了,因为库图佐夫·安耶波维奇·亚历山大也参与了基地的建设,特别是时间机器的中控室部分,简直和核弹井的中枢控制机构如出一辙。乌鸦在苏联真空管布线风格的中枢控制系统前缓缓地坐下,白墙上尚未撤走的斯大林像在暗淡中得以重见天日,仿佛被封存已久的过去在凝视着面前这个日渐衰老的男人,令他难以呼吸。

乌鸦跌跌撞撞地找到了控制台,并数十年来第一次将这个核弹井的导弹控制系统转入战备状态。当他把手放上键盘的时候,一阵咳嗽袭来,他的影子在剧烈震动。这具过载了太久的身体已经几乎不能再支撑这个男人走得更远了。

乌鸦选择萨哈林岛作为他旅途终点,是因为这里不仅是他从山友财团数据库中所查询到的爱琳·索菲亚的所在地,而且是苏联核体系死手系统仅存的为数不多的节点之一。

死手系统。冷战时期曾经令人闻风丧胆的全自动核反击系统,苏联和美国都曾经在冷战的最高峰采用过这种手段管理本国的核武库。该系统能在本国重要城市遭受核打击的时候,将国土内所有的核武器射向预先设置好射击诸元全球各大重要城市,将整个人类社会拉回同一起跑线上。届时整个世界都将回到纯粹的石器时代,这也是核战争没有赢家的原因。两个超级大国在每一张谈判桌下不断地试探对方。铁幕降下,北约和华约的间谍们在欧洲粉墨登场,亿万人类的生死亦同他们一齐悬于一线。

如今,这条名为毁灭的丝线重新被人拉直绷紧。

短暂的喘息后,乌鸦向中控系统发送了一个伪造的信号。仿真电平信号在PDA的窗口只跳跃了一个十五毫秒的尖峰,一个只能被称为瞬间的瞬间。

　　未知信号源：莫斯科已被毁灭。重复。莫斯科已被毁灭。

　　中继进程：进程KK9872CC-0KL应答。请重复信号。

　　未知信号源：莫斯科已被毁灭。重复。莫斯科已被毁灭。

　　中继进程：进程KK9872CC-0KL确认抄收。信号已发往并确认抄收。端口通信中止。

　　未知信号源：收到。端口通信中止。

　　中继进程：中枢控制。这里是进程KK9872CC-0KL。莫斯科已被毁灭。重复。莫斯科已被毁灭。

　　中枢控制：进程KK9872CC-0KL。这里是中枢控制。确认抄收。通信中止。

　　中继进程：收到。通信中止。

　　中枢控制：导弹控制，这里是中枢控制。死手系统启动，要求导弹井在一分钟内进入预备发射模式。

　　导弹控制：中枢控制，这里是导弹控制。要求已经抄收。请求确认口令。

　　中枢控制：莫斯科已确认被毁灭，我国国防力量大概率已经全部灭亡，可以跳过人工输入口令步骤。自动口令确认：朱丽叶、佩特、佩特、十一月、卡特琳娜、费舍尔。完毕。

　　导弹控制：确认抄收。验证通过。

　　中枢控制：请求确认核弹库存量。

　　导弹控制：检索完毕。萨哈林岛核导弹发射井K-098在役洲际弹道核导弹两枚，萨哈林岛与边疆区铁路机动导弹系统保有服役洲际导弹十五枚。

中枢控制：信息确认完毕。要求进入核打击前置信息输入状态，数量为一。

导弹控制：请求确认打击目标。

中枢控制：欧洲方向。位置0051。打击路线为北极航线K-902。当前萨哈林岛当地时间2029/03/11 07：32：45：65239。

导弹控制：表单抄收完毕。核导弹井进入发射姿态。

林鸟因大地震动而纷纷飞起的时候，世代生活在此的猎户紧抿嘴唇望向东方，冬眠的棕熊也因被惊醒而发出咆哮，它张开混沌的双眼寻找着无形的敌人，可是一切都来自地下。昏沉的太阳在冰雪覆盖的高山上投下变幻的光影，阳光照不亮正在打开的混凝土外盖，红外伪装网被撤走，核导弹发射井K-098已经完全暴露在卫星侦测下，可是这一切都变得无关紧要，此时此刻，萨哈林岛是这个世界上最耀眼的存在。

加压蒸汽从井体喷出，如同巨鲸在云海呼吸，这团有着三百摄氏度的炽热云团为核导弹的发射在井口周围直接清空了一个五十米半径的圆。随后，一枚核导弹带着滚烫的蓝白尾焰飞向天空。在它最初五到十秒的高度跃升阶段时，整个萨哈林岛的人们都能清晰看见明丽的长线从地上升起，仿佛命运之手执笔在天空画下了浓重的一笔。通过观察哨，整个山地作战旅部看到了导弹升空的全过程，帷帐内噤若寒蝉，而和满脸惨白的其他指战员不同，旅长反而彻底冷静了下来，他的面容浸润着一种轻盈的超脱。逆光的男人一改平日的暴躁，细细摩挲着一张照片，其他指战员识趣地避开，他们心想，旅长在端详着他妻子和儿女的照片。但旅部参谋了解这个男人，他鼓起勇气靠近，偷偷看了看，照片上是旅长已故的父亲，一名目光炯炯的老红军。

"出发。"

旅长突然平静地说道。他望着被吓了一跳的旅部作战参谋：

"我们去核弹井。"

在飞行了三公里后，核导弹达到了每秒五百米的速度，它在这个高度开始第一次弹道方向调整，进入了北极航线。在离地十公里的高度，核导弹脱离大气层主要部分进入太空，并在三十五公里高度进行一级分离。离地九十六公里时，整流罩被抛弃，开始进入下坠线；离地七十五公里时，导弹火箭二级分离。此时弹头速度已经接近四十马赫，三级分离后，姿态火箭在空中启动，蓝色脉冲光芒在外层太空闪现，继续飞行五秒后，它最后一次给地面站发送确认信息。

导弹控制：编号为2df108e2-6a34-45c3-b6bb4d66734123b8的核导弹已经确认升空完毕。

中枢控制：收到。通信中止。

导弹控制：收到。通信中止。

最终，在外层空间的一个合适位置上，热核弹头与姿态火箭分离，弹头螺旋推进发动机启动。在消耗完螺旋发动机的燃料后，热核弹头已被赋予每分钟二十万转的角速度，足够保持其螺旋稳定性直至击中目标。跨越晨昏线的时候，这枚一百七十五千克重的重型热核弹头在北冰洋上空划出闪耀的流星痕迹，注视着极光的情侣对它许下美好的愿景，而它亦将在短暂的沉默后以死亡回应。

核导弹轰击目标:法国,里昂。

在这片一掠而过的苍茫大地上,无数故事正在发生。马背上的爱琳·索菲亚一颠一颠,她湛蓝的眼眸倒映着萨哈林岛的青色天空;控制缰绳的指挥官一次又一次去抓她的手,试图让她不要再拔黑马的马鬃;雨后的克里姆林宫,副官因云雀逃脱而被轮番问责之后,筋疲力尽地摆正桌上东倒西歪的木相框,那是他们一家的合照,只是卡拉马佐夫·彼得洛维奇的面容早已被刀划花;筱田凛依然躺在脑外科的特护病床上,窗外三月的樱花正在盛开;筱田龙一一行人风尘仆仆地赶回了旅店,待命的生物专家接过爱琳·索菲亚的血;存放雨燕骨灰的莫斯科殡仪馆迎来一场暴雨,雨滴的回响游荡在无人的长廊,仿佛一个个疯狂的灵魂在盒中抓挠;云雀正在飞往巴黎的航班上,很快她将发现航班因紧急规避EMP冲击而被迫返回赫尔辛基,旁座的苏科洛夫尽了最大努力安慰她,但她仍然惊疑不定得歇斯底里;远东的光影中,伯劳心无旁骛地分析着超声波检测得出的核弹井大门锁形结构图,他完全沉浸在了锁匠的角色中;佝偻着身躯的乌鸦在核弹井控制台前深深捂住脸,没人知道他正在和什么搏斗。

但至少现在,神已经降临在舞台之上。所有人类纠缠成团的爱恨情仇,都为这枚象征着终极暴力的核导弹谦卑地让开了道路。

十六 暴君的边疆

> 人的本质更像是一座堡垒，一片移动的领土，以意志的暴君统治着无数人格所组成的民众。
>
> ——士郎正宗《攻壳机动队》

法国，里昂。当地时间凌晨01时03分。

国际刑警总部DNA图谱库主任维尔哈伦·安东在床上遽然惊醒，他在扭曲的梦境中被毒蛇啮咬喉咙，手掌变成如心脏般正在跳动的巨大苹果。在维尔哈伦·安东三十五年的职业生涯中，只有三次梦到奇怪纹路的伊甸园古蛇，而每一次梦到之后，他都会直面攸关生死的危险。他的心理医生不止一次声称，这只是巧合，并给他念了一段弗洛伊德的作品，但他一直坚信，这是自己作为生物遗传学专家遗传自猎人祖先的第六觉。他恍惚了一阵子后，才发现床头的手机铃声大作，原来已经有人找他很久很久了。

"安东主任!"来电号码很陌生,但还没等维尔哈伦·安东核实他的身份,对方便疯了一样大喊着他的名字。

那人继续咆哮:"地下室! 跑跑跑跑! 地下室! 去地下室!"

维尔哈伦·安东试图问清情况。但对方粗暴地打断了他,并且仍然在咆哮:"地下室! 先去地下室躲! 现在就去!"

一切都太晚了,热核弹头已经破开云层,它只在维尔哈伦·安东的视网膜上留下惊天动地的一帧。从核导弹自萨哈林岛升空开始,到轰击里昂,跨越北极航线八千二百公里距离,全部用时十一分钟。留给法国防空系统做出反应的时间其实只有短短的几百秒,但法国国防并没有预料到终有一天需要防御来自北极方向的核导弹,服役十年的陆基SAMP/T防空系统从面向莫斯科转向面向北极圈的时候,已经过了半分钟。核导弹射入防御系统盲区之时,计算机读入北极方向相关参数的进度甚至不到三分之二。它像刺穿星空和夜幕的金色利剑,不容置疑地降临在里昂的中心。

弹头在离地五百米的高度引爆。地球亮起四十毫秒的强烈闪光,在超越音速的温压波前,一切纷纷归于寂静和灰尘。

在彻底化为影子的前一瞬,维尔哈伦·安东透过落地窗最后一眼眺望DNA图谱库大楼,那个他为之奉献了所有青春的圣地。如今它的每条缝隙都在透出如剑的光芒,转眼之间,又已是风中的余烬。

维尔哈伦·安东最终没来得及闭上眼睛。

2029年3月11日,萨哈林岛事件当天。萨哈林岛中部,马特洛索沃。

街上的骚乱传到隔音房里的时候，筱田龙一还十分奇怪，他拨开窗帘，街上的许多人在讨论那条尚未散尽的核导弹轨迹，男人们在猜测那到底是不是军事演习，年轻的母亲们忙于给孩子解释那是风筝的丝线，老人们面色铁青，沉默不语，他们回忆起了勃列日涅夫的脸。没人再像之前那样在意这批租下一整个旅馆的日本人。

"还连接不上里昂主机吗？"他回过头来问。

"我换个VPN节点试试。"电脑前面的生物专家满头大汗，他竭尽全力解释着些什么，"也许是这里的电信基础建设比较落后，网络容易丢包。"

"外面出了什么事？"筱田龙一又问，"他们忙活一早上了。"

"不知道。也许是什么节日。"正靠在沙发上削杧果皮的蟹膏慵懒地回答。

"少主，我们这里实在是……连接不上里昂，所有请求都没有应答。"生物专家说，"而且，如果网络环境太差，一旦丢包，里昂那边接收到的DNA序列可能就会乱掉，祖先回溯的结果可能也会失真。"

"不要紧。继续去试。"筱田龙一轻轻说道，"慢慢来。"

门被狠狠地撞了一下，房间里的所有人都提起了警觉心。随后对方好像是在寻找门把手，把手转了转，门开了，是叼着一根红肠的芥辣，他闪身挪进本来就狭小的房间，砰地关上了门。

"虽然在国外待久了，身上难免有雇佣兵的习气，但也绝不可这么无礼。"蟹膏不动声色地把手从匕首和手枪上放下，他微微皱眉,"记得先敲门。"

"先生们,我想你们没怎么看新闻。"芥辣撇撇嘴,不以为意地向他们展示手机里的消息,"刚才升上去一颗核弹,里昂被它抹平了。我们这一帮外国人很可能会被怀疑,现在有大麻烦了。"

房间中的其他人闻言骇然,筱田龙一若有所思地垂下眼睑,蟹膏有点紧张地挺直后背,这分明是狮子睁眼的前兆。但随即山口组少主眼中的光芒又柔和下去,筱田龙一向后深深陷在沙发里,没人知道这头狮子因何又收敛了凶光,但无论是谁都明白,此刻万万不要打扰沉默的筱田龙一。

里昂已被核弹毁灭。那也意味着,我们再也不可能找到爱琳·索菲亚的祖先了。

不。不可能。重新统计人类DNA信息尽管耗资巨大,但联合国一定会牵头做这件事,因为它的意义非常重大。尽管重建计划可能会耗费十年甚至二十年,但新的DNA图谱信息库一定会再次矗立在大地上。

这个世上,目前只有我们拥有爱琳·索菲亚的DNA信息。

里昂被核弹毁灭。这个事件将会是整个二十一世纪影响最大的一次军事外交事件,祸根即将深埋欧洲的土地。克里姆林宫也必将真正注视远东,远东事务将重新成为各方力量的焦点。

列国纷争如弦上之箭。世界会回到核威慑的冷战时代吗?

核威慑。

核威慑不算什么了。我们有爱琳·索菲亚的DNA信息,找出并控制她的任何一个祖先,就等于拥有了威慑整个世界的终极武器。这个世界没有任何力量能与之抗衡，我们第一次完全把人类的达摩克利斯之剑从头顶解下，握在了手中。

当务之急。

当务之急是保证没任何势力能够得到这股真正意义上毁灭性的力量。爱琳·索菲亚必须重新被山口组控制，筱田太洋是对的，应该把她放置在一个绝对安全的地点，比如几乎无人听闻的"三日月"。他成功地将她隐藏了四年之久，如果不是因为他被樱井景田买凶暗杀，爱琳·索菲亚的秘密将会被永远封存。

他又是对的。

他总是对的。

他妈的。

所以。

所以这一次一定不能再留下任何死角。爱琳·索菲亚必须重新置于极道的控制下。

与此同时。萨哈林岛，核弹井口。

黑马被勒令止步在仍旧炽热的发射口边百米处，冰雪融化的小溪在某个低洼处积成一小潭，指挥官死死拉紧缰绳，以防发射残留的四氧化二氮和偏二甲肼等有毒气体毒死他们两人一马。仍旧不安分的爱琳·索菲亚已经能活动她受伤的腿了，但纳米机器人的储能显然已经开始捉襟见肘，和刚开始还能在马鞍上扑腾相比，如今她显得越来越没有精神。

指挥官问："你是怎么知道这里是核弹井井口的？"

爱琳·索菲亚嘟囔着："我要进去。"

　　指挥官不安地看着这个女孩，"你疯了？快告诉我，你为什么要求我来这里？你到底是怎么知道这种军事机密的？"

　　爱琳·索菲亚脑袋昏沉沉的，她已经没有更多精力说话了。在马背上越接近核弹井，电力线的震荡便越接近伯劳的心跳，只要她闭上眼睛，远处的太阳已经不是远处的太阳，而是脚下正在焚烧的大地，不断温暖着她逐渐冰冷的身躯。她想坠入那个无底的深井，如同雨水归于大地。

　　她的脚伸到了马镫上，随即翻身落地，裸足在雪融之后的土地上奔走。指挥官一时惊讶，竟就这样在马上呆呆地看着这个小女孩跑到了核弹井裸露的导弹发射口，她站在混凝土边缘往里面看了看，轻踮脚尖。指挥官在那个瞬间心想，她该不是要钻进去，而她果然就在下一刻消失在了井沿。

　　"回来！这他妈……"他甚至还没来得及骂出口。

　　这时遥远的山脉传来一声禽类的鸣叫，它穿越辽阔草场依然清晰可闻。但指挥官在听闻这种声音的瞬间便绷紧了全身肌肉，他当即滑下马背，失去重心地滚落在霜冻的草地上。他知道那是什么，那是NATO弹的音啸。

　　狙击手。

　　斯泰尔Scout精确射击步枪开火时有屠夫鸟的鸣叫声，隐藏于无穷林木中的狙击手往往因为这种凄厉的枪声被误认为濒死的鸟类。十年前第三次车臣战争的第三次格罗兹尼巷战，那些被CIA训练过的前射击运动员曾来自各个支离破碎的国家的国家队，过去他们以奥运金牌为生，现在他们为某些更虚无缥缈的东西而战，也正是那些只有眼睛裸露在外的狙击手们，以这样的一声声鸟叫给指挥官留下了永远隐隐作痛的右眼伤疤。此刻，巷道与巷道之间无数惨痛的回忆在奥摩部队指挥官的脑中觉醒。面对远方山脉的狙击手，他完美展示出了作为一名身经百战的老兵的素质，即使在情报部门任职许久，但闪电般的肌肉反射永远烙在军人的骨髓。他从黑马马背上直接滑入深井，单手挂在混凝土边缘，脚下是望不到底的虚空，此刻指挥官抽出了腰间的托卡列夫手枪，深沉的冷酷不断自他的面容翻滚而上，那个切实历经了地狱的幽灵回到了世上。

"射失，射失。八爪鱼重复，狙击点531在67方向上射失。"

七百米外的岩石掩体，隐藏在伪装网下的狙击手"八爪鱼"将食指从扳机上放下。对方在他第一次射失之后判断出周围开阔地带没有足够让他躲避狙击的掩体，于是立即翻身落入足足有七十五米深的核弹井口，这种果断的战术本能令狙击手印象深刻。

观察手"螺肉"报送着无人机航拍的情况："无人机852跟到了目标，两个人，一男一女。第二枚核导弹正在连接上发射架，男性目标挂在导弹井边缘，正在试图荡向落脚点，女性目标消失。"

筱田龙一回复："继续执行任务。全体向67方向推进，注意佩戴防毒面具……"

蟹膏打断了筱田龙一，他拿着一只卫星电话，"少主，有人找你。东京方面的通信。"

筱田龙一瞟了一眼，是来自外务省的加密通信。电话接通后，外务大臣在海的另一边咆哮着，那个矮小的中年男人愤怒得直呼其名，"筱田龙一，你还没有给我们找够麻烦吗?! 你到底知不知道萨哈林岛发生了多么重大的事情?! 为什么你会处在萨哈林岛?!"

筱田龙一压低声音，"这完全是个意外。"

"你告诉我真话! 你是否和早上七时三十二分从萨哈林岛发射至里昂的核导弹有关?!"

"我可以保证，完全与我无关。我直到中午才在马特洛索沃的酒店房间里知道里昂被轰炸的消息。"

"很好! 现在告诉我你为什么会在萨哈林岛。"

"我拿到了一个堪比核武器的终极武器设计图。"

"告诉我细节!"

"现在没时间，近田金一郎先生。但我保证，只要让我活着回到大阪，我可以交代我知道的一切。我手上这个武器会改变整个世界的战略威慑格局。"

"放心，筱田龙一。你是唯一能证明我国没有参与此次事件的人，就算你想死，俄国人也不会放过你。两艘伪装成捕鲸船的驱逐舰已经全速赶往萨哈林岛以东的公海，现在动起你的屁股，马上赶到东海岸!"

"我们预计会在两个小时之后以渔民伪装到达东海岸，这本来也是我们的撤退计划之一。"

外务大臣以更高的音量咆哮:"马上!"

筱田龙一望着核弹井坚定地回答:"我有必须去完成的事。"

与此同时。核弹井内部，一层地下。

山地作战旅旅长一马当先赶到核弹井的时候，迎接他的是寂寥的作业营地，零零散散地看守着大门的士兵向他敬礼。旅长从山地摩托上直接跳下，脾气暴躁地挥舞着一条马鞭，没人敢上前拦他，进入核弹井前，他在核弹井大门前驻足了足足几分钟，仿佛在将它刻进余生。

"这里这么小。"旅长自言自语。

五分钟前，伯劳用定向粉末炸药炸开了核弹井大门。为了应对多次重复使用以及可能存在的压力、切割，锁舌一般采用硬度、耐热性都极强的合金，萨哈林岛核弹井的大门锁具也采用了类似的设计思路。但高强度材料普遍都有着韧度低、脆性大、容易碎裂的特点，粉末炸药在伯劳选择的位置起爆的时候，爆炸产生的震波波峰恰好在锁舌处叠加，能与锁舌的合金材料产生共振，在不伤及锁具其他部件的前提下定向震碎锁舌。

士兵们惊讶地发现整个锁芯可以从深深的锁井中整个拔出，而原本锁死着大门和严实的锁舌已经变成粉末状。中国锁匠的定向小规模爆破确实精准震碎了锁舌、固定螺丝在内的大量高强合金零件。

十五连已经早旅长一步进入核弹井。

旅长进入大门往下走，却在地下一层停住了。一支作战部队水泄不通地挤在一个拐角。他们在把枪当钩子用，枪口对准自己，将手伸得尽可能长，把几个士兵血肉模糊的尸体从通道里捞出来。

"自动机枪的敌我识别模块被渗透了，现在在它的眼里，我们是入侵者。"现场指挥官是少校，进行汇报时他显得忧心忡忡，但旅长无法透过黑暗看到他的表情,"自动机枪被设置为在第一次接敌的时候不会直接开火,而是会等待一到两秒,等敌人无法逃离的时候才进行火力覆盖。我的好几个士兵死在前面,但他妈的一点办法都没有,重机枪在直行狭窄通道里是死神一样的存在,更不要提核弹井下层还布置有更多的机枪球,我们承担不起这个损失。"

"有办法吗?"旅长摸出一根烟,他分给少校。少校低下头凑上他的火机,这时旅长才借着火光看清他抽搐的脸庞。

"没有。"

"没有别的路线?"

"没有。K-098核弹井分成三个部分:人员活动区、控制中心、发射单元,人员活动区和控制中心通过楼梯间连接,控制中心和发射单元通过一条长走廊连接。从人员活动区前往控制中心的路已经被机枪球堵死了,硬说有的话,从外面的核弹发射井井口钻进去进入发射单元,可以从另一边到达控制中心进入中控室。"

"敌我识别臂章摘下来了吗?"

"脱掉军装也不行。红外臂章摘不摘都没有意义,机枪球采用的是高速步法体态识别,可以通过一个人的步迹、步幅、驼背程度、脊椎生理弯曲等习惯来判断身份,需要经过长期训练才可能进行伪造,采用步法追踪识别本来是为了提高伪造成本,但现在变成我们的死穴了,我们士兵的步法体态全部在数据库里。我们现在在准备EMP轰击,可是我们不清楚机枪球的内部布线,工兵在查它的各种参数。"

"你敢在这个地方用EMP？核弹头采用负触发设计，保锁系统一旦断电，就会马上引爆核弹，以防它落入敌手！"

"操！"少校挥了挥手，几乎控制不住自己的情绪。他叫停了几个去准备EMP的士兵，"这条路又堵死了。"

"那个中国人是谁？"旅长想起走进来时余光瞥到的伯劳，后者那时靠在墙上稍做歇息，他拖着巨大的工具箱走得气喘吁吁。

"哦对。还可以是他。"少校又顿悟，"他是早上请过来的开锁专家。"

两人沉默地对视了一阵。他们自香烟燃烧的点点火光中看清了对方的面容，也从对方的眼神中读懂了尚未说出口的话。

他不在数据库里。

导弹系统：编号为92cb991c-601d-4181-809b-a1f9fd16c34b的核导弹二次装填完毕。

中控系统：收到。一分钟进入预备发射状态。

导弹系统：收到。指令抄收完毕，进入待命状态。

中控系统：收到。请等待后续指令。

系统的提醒将乌鸦从冰冷的窨井中捞回现实，他这时才发现自己仍旧坐在萨哈林岛核弹井的中控台前，刚才那些扭曲的过去都不过是恍惚间的黄粱一梦。回忆是人类面对老去的盾牌，他不断地想起曾在淡红秋日中随意摇曳着的波斯菊，一如那个女人发间的味道，仿佛这样就能将自己没入温水，但当潮水退去的一刻，他终归要被巨大的温差所伤。鸟巢的领队在控制台前干坐着，垂着头发了很久的呆，口水流到了台面上，他从来没有像现在这一刻一样感受到自己的衰老。

脚步声。

脚步声从中控室的门外传来,它在极静中清晰可闻。

伯劳温柔地将子弹塞入弹匣,他拉开了手枪的击锤。越是接近通道的尽头,他的心脏便仿佛被一条蟒蛇缠得更紧。杀手站在了中控室的门前,在打开门之前他停顿了一下,门上有一个歪掉的东正十字,伯劳表情复杂地将它扶正,他的手指在十字架旁停留了很久,像是在抚摸着什么人的脸庞。

"我来了。"他轻轻说。

三分钟前,旅长和少校将机枪球的所有布线设计图都交给了伯劳,希望这个唯一能走过那条通道的中国人能剪掉机枪球的核心线路。但伯劳在一个拐角后头也不回地扔掉了它们,他进入了下层通道,这个临时请来的锁匠无须再维持任何伪装,他手上毒蛇般游动着的,是那把黑色亚光处理的雅利金6P35。

中控室厚重的铁门被左右推开,苍白的男人把枪收在后手,前手轻轻往前探去。随后他感觉自己的手被猛地一拉,整个人被躲藏在门边的另一个人影拉进中控室,前手瞬间便被卸骨脱臼。

两个人随即野兽般缠在一起,他们在扭打和搏斗中开了五枪,两枪打裂了中控室面对导弹发射井的钢化玻璃,三枪打在了中控台,子弹穿过外壳深深嵌入电路板,电火花在钢铁外壳之间爆发,如同夏日遥远的烟火。

乌鸦终于死死握住了雅利金手枪的套筒,伯劳在失去平衡之际开了第六枪,天花板上,本来就在闪烁的白炽灯被打碎,但因为套筒无法移动,第六发子弹的弹壳无法抛出,枪械撞针组的安全系统锁住了撞针,令其无法再次击发,这种设计原本是为了解决套筒复位不完整,发射时会从缝隙爆出来的事故。所以即使枪口已经顶住了乌鸦的额头,但伯劳的第七发子弹终究没能继续上膛。他看到了鸟巢领队在暗影中布满血丝的眼睛,以及他凄厉如鬼神的面容。当乌鸦全身压上来的时候,他能感受到从他们各自骨骼深处爆发的回响,在满地的玻璃碎片上,这两个已经不再年轻的杀手再次扭成一团。乌鸦的肋骨被伯劳打断了几根,也许是两根,也许是三根,总之他这个判断并非凭借一阵阵的剧痛做出,而是身体内逐渐渗出的温血,但最终他抢到了压制的靶位,将伯劳仅剩的能活动的手控制在身下。

"你太久没用枪了。而我还保持着每周给枪上油的习惯。"

出乎伯劳的意料,乌鸦的声音变得低沉沙哑,他从未在对方的语气中感到过如此的无力和疲倦:

"来这里为了什么?"

伯劳的咽喉被松开,他得以轻轻喘息。这时他才注意到乌鸦已是满头白发,有什么东西在一夜之间将他所有的活力尽数抽干。他几乎无法再认出这个有着深深皱纹的男人,苍老从他的白发间溢出,唯有漆黑的双眼仍如十年前那样令人心悸。

见身下的老友迟迟没有回答,乌鸦最终回答了自己的问题:"为了救爱琳·索菲亚?"

伯劳轻声说道:"你要杀掉她。"

乌鸦将他的头摁在玻璃片上,"我从……我从最开始就知道,操你妈,你居然会为了一个女孩多愁善感起来。为什么,为什么你会觉得我对她有想法？还是说你仅仅是怀疑我？"

伯劳咧开嘴，"因为……光总是沿着用时最少的路径前进。"

乌鸦脸上嘲弄的笑容稍稍收敛起来，"说说看。"

伯劳喘着气，"1662年，费马在研究光学折射现象的过程中提出了费马原理，即'光总是选择通过用时最少的路径'。后来，莱布尼茨、欧拉、莫佩尔迪将其推广到分析力学，作为一个基本变分原理运用，它的内容是：对于一个系统的任何一个过程而言，它的作用量总是趋近一个极小值。这就是现代物理中和诺特定理同样地位的核心原则之一：最小作用量原理。而另一方面，如果这个世界已经转变为机械态，那么爱琳·索菲亚的祖先是不可能在留下后代之前死亡的，这说明没有任何人能拿到爱琳·索菲亚的 DNA 去做鉴定，或得知爱琳·索菲亚的家谱，从而介入她祖先们的爱情、婚姻，甚至生死。

"世界可以制造各种各样的意外、连锁事件来使得没人能够接近爱琳·索菲亚，比如令爱琳·索菲亚被筱田龙一永远囚禁在"三日月"的木地板下；又或者是让她永远困在一个与世隔绝的小岛；甚至是强行让所有获得她 DNA 的人遭受图坦卡蒙金字塔式的诅咒。但是，爱琳·索菲亚如果继续存在于世界上，总会存在她的 DNA 被他人利用的可能性。所以，根据最小作用量原理，这个世界必然会以最小作用量的方式抹除她所有的 DNA。所谓作用量，就是为了达到某个目的，系统所必须做出的改变量。我们都知道蝴蝶效应，一只微小的蝴蝶足以掀起庞大的飓风；但反过来说，要令蝴蝶扇动翅膀，亦需要一场暴风雨。即使是做出一个再微小的变动，整个世界亦要预先做出一系列的、连锁的、复杂的变化。而我刚才提到的几种方法，涉及的人物、组织、团体乃至国家，一旦组合起来都是难以想象的庞然大物，其作用量更是天文数字。

"如果希望能以过程量最小的方式精准、均匀、彻底地破坏这个女孩留下的所有DNA信息，在这个时代的人类的科技体系中，就是核弹爆炸的强辐射。第一枚核弹已经轰炸里昂，彻底毁灭了人类基因图谱库，在未来的二十年里人类将丧失回溯爱琳·索菲亚祖先的能力。但是，以人类DNA在自然中的降解率，现代法医物证学仍然有能力在几十年后再次从爱琳·索菲亚的毛发、唾液等物质中提取出她的DNA进行回溯，所以，这个世界不能存在任何她的遗传物质。而雨燕已经为你清理掉了留在'三日月'的口嚼酒的DNA；云雀向来对自己的羽毛十分爱惜，也不会让她在符拉迪沃斯托克留下任何DNA；而我常年有清除自己DNA的习惯，在斯图加特刺杀奥斯洛教授的那几天，旅店房间里的所有杯子我都擦过杯沿，下水道也倒了毛发溶解剂，她也没有在德国留下任何DNA。所以目前，你需要清理的只有爱琳·索菲亚在萨哈林岛留下的所有DNA。虽然发射核弹在人们的印象中是一个耗时耗力的巨大工程，但是从因果链作用量的角度来看，要去清理爱琳·索菲亚分布在这一个面积达八万平方公里的岛屿里的所有DNA——以及爱琳·索菲亚本人，这才是最直接、作用量最小、耗能最低、最经济的方式。要知道，人类史上所有武器产生的能量，加起来也比不过一次每年都会登陆我国东南沿海的普通台风。我想，你就要发射核弹井中的第二枚核弹，而它的轰炸目标正是萨哈林岛本身。"

乌鸦赞许地说："精彩的推理。"

"但其实这跟你又有什么关系呢？你在2029年才修改十字飞车计划的后续，可是李青门早在2025年就已经前往未来了，量子对称被破坏也是爱琳·索菲亚到达2025年的时候发生的。你不过是某种神秘力量的容器。"

乌鸦冷笑，"你的认识太外行了，未来为什么不能决定过去？1979年惠勒延迟实验已经显示，粒子可以在接触终点前的半透镜后才决定之前到底是通过了一块还是两块反射镜——未来当然可以决定过去！人们能接受空间的超距作用，为什么就不能接受时间的超距作用？！你记得传奇法师悖论吗？我们可是先得到答案，才决定要不要关停计算的，这难道不就是未来能够决定过去的宏观证据吗？！所以，李青门的死、爱琳·索菲亚的回归、世界的量子对称破缺，这些杰作均确凿无疑是出自我手！"

伯劳陷入沉默，很久之后他突然一阵抽搐，从胃的深处吐出一口血。他竭尽全力抬头仰望这个白发男人，"你真真正正站在了艺术的巅峰！真他妈让我嫉妒……"

"嫉妒一个人的现在，就不得不嫉妒他的所有过去。听听我的故事吧，无论是你还是云雀、雨燕都不知道我真正的故事。"乌鸦摇摇头，他再重复了一遍，"你们根本不知道我的故事。"

我不太清楚，在中国最高学府之一的基础理论学科中发生的互联网转行大潮对李青门的冲击有多大，不过他最终下定那种决心的导火索也许还真的是我加的这一根稻草：我家境优渥，看起来和他志同道合，但最终还是背叛了学科的神圣知识，将宝贵的脑容量腾给了一些业务代码和金融知识。

我也有我自己的想法：从金钱的角度来讲，我没有必要花这么大力气重构我的知识体系。但从人生的角度讲很有必要，我想找点事做。更准确地说，我不想和李青门走在同一条路上，和他产生任何意义上的竞争，我喜欢物理学，但也只是喜欢，远远谈不上献身，更何况我也没资格——没人会喜欢被天才碾压的感觉。李青门天资卓绝，只让我自惭形秽，曾经我自视甚高，认为自己人生的意义就是物理学，但现在不得不另投他门，否则我担心我的自我会被无穷且绵延的自卑毁灭。

当然，这些只是我尚且年轻的时候的一些浅薄情绪，并不足以让我拥有乌鸦这个名字。

2012年物理系本科毕业后，我进入了陆家嘴的一家投行。我进入这家公司的过程很曲折：面试官在面试我的时候，针对我简历上的项目经历做了诸多刁难，在他们看来，一个拥有诸多物理和计算机两方面经历的本科学历面试者，特别是有着理论物理项目和互联网应用项目之间的割裂，是很值得怀疑的。但还是让我通过了面试，最终在总裁面试阶段，那个坐在藤椅上的老总，据说年轻时是某军区某电子战部队脾气火爆的军官，他给我沏了一杯茶，对我说，我的气质让他想起了部队里的侦察兵。"你在竭力隐藏着什么东西，也许是竭力想隐藏隐藏着东西的事实。"后来我才知道，他们真正看上我的是一段和李青门合作的项目经历，一个叫虚数粒子电磁场行为研究的项目，这个项目的想象力让老总非常感兴趣，所以如果硬要说起来，我还沾了点李青门的光。我被分配到一个奇怪的岗位,这个岗位在劳动合同上的名字叫作分析岗,实际却像总裁秘书一样,直接向最高层负责。

老总第一天对我说:金融系统和物理系统一样,都在受到光速的制约。

后来我才知道,他指的是电磁波的速度,更准确地说,是光缆,玻璃纤维里流动着的光是全球金融的命脉,人类依靠它们将大地连接。而想象力,他又指了指自己斑秃的脑袋,想象力是人类得以主宰世界的基础,希望你在分析部门能大有作为。

我们清冷的办公室只有寥寥几人,和楼下热闹的交易部门是两个完全不同的世界。进入这个部门一个月后我才知道这个部门的工作内容,和老总说的一样:我们在改变光速。而我被赋予了一项最特殊的任务:对同行的量化交易主机进行物理层的延迟攻击。

我们是2008年金融海啸后国内最早开始研究量化交易的公司之一,据说是詹姆斯·西蒙斯在如此严重的危机里还能保持80%收益率的故事震惊了老总。多年军旅生涯赋予他的敏锐让他能像彭德怀一样料敌机先,在闻风而动的一众私募基金研究量化交易的风潮中,这个曾经的军人保持着极致的冷静,他没有跟风投入浩浩荡荡的量化大军中,而是一手组建了公司的分析部门。分析部门名义上由直接面向老总的分析师组成,实际上它是某个庞大灰色产业的一部分:在计算机托管的高频交易日益普遍的金融系统里,网络延迟越来越成为决定利润率的重要因素,有计算指出,每增加一个毫秒的延迟就会让利润率下降

0.25%。华尔街对外出租的托管服务器机房,离核心交易服务器每近一米,租金就成倍增长。而如果给竞争对手的高频服务器人为加上一点延迟,哪怕是一个毫秒,己方的交易部门就能在步步惊心的对冲中获得优势。分析部门的绝大多数工作人员都在针对安全系统进行网络或社会学渗透,而我作为唯一一个物理系出身的学生,被分配去负责计算机网络的物理层,我的研究范围包括空气湿度对Wi-fi信号的影响、可编程水晶头控制网速,甚至试图利用行星的引力摄动令特定网卡接口松动。

老总又说。一个毫秒,一点延迟,就像在平湖中投下的石子,它激起的涟漪会不断扩大。

我是分析部背景最清白的人,老总很信任我。短暂的适应期过去后,我接到的第一个独立项目是设计一条五米标准长度的铜氧化物网线,使得延迟正好为十毫秒。我完成得很好,老总非常高兴,他开始有一种发掘出宝藏的欣喜,偶尔我推他办公室的门进去,会看到他透过落地窗雄心勃勃地凝视远处的东方明珠塔。几年过去,公司所能接触到的客户也越来越接近金字塔顶端,在这和天陲只有一指之隔的位置,所有人开始变得如履薄冰,这个世界的规则在一点一点向我展开。我的梦境开始有令人惴惴不安的场景。

毕业之后,几年下来我有了不少的积蓄,我打算离开公司了。

我离开公司之前的最后一个项目,是制造一种铼制主板。它从萨哈林岛中俄联合开发的铼矿开始,进入中国后由西安某个工厂代工制成主板,再运送到上海陆家嘴来,由渗透部门进行社会工程学渗透,将它安装到特定主机,这已经秘密进行了好几年,原本已经是很稳定的项目。但这次,不知道哪个环节走漏了风声,供应商和接头人同时从哈尔滨逃之夭夭,公安经侦大队侦察部门同时盯上了公司。老总少有地在陆家嘴昏沉的天空下忙上忙下,堵上办公室的烟雾探测器,焦头烂额地将敏感文件一份一份地粉碎焚烧,灰蒙蒙的雾气中,他的面容披上一层淡淡的愁苦,过去因激情而被强行停滞的岁月从他丛生的皱纹之间渗出,他正在以肉眼可见的速度衰老。

这时,我对老总提出了我离职的想法。

老总说,能告诉我理由吗?

我对他解释,系个人原因。

老总笑笑,他说,我知道了。

他不由分说拉着我在办公室的陈列柜之间来回走动,这个办公室过去塞满老总从世界各地跳蚤市场淘来的昂贵小玩意,现在它被清空得差不多了,我从未知道它能如此空旷,空旷得像一个人死去的心。他不停地翻找,直到他从某个抽屉里找到一个高纯铼金镀层的水晶头,他脸上浮现出孩童般满足的笑容,我谨慎地与他保持着距离。

老总说,这个送你了。

我说,这个太贵重了。

老总说。这是你毕业第一份工作,拿着做纪念,但不要拿去卖,非法的。

我说,好的。

我们继续在办公室交谈了一阵。他问了我离开之后的打算,但尚未确定去处的我无法回答他这个问题,这令我感到万般窘迫。他看穿了我的表情,安慰我说,我知道,我理解,我复员之后也有一段时间很迷茫,但是你要记住,如果你找不到路,路就会找到你,我司多年来精诚奋斗,砥砺前行,希望你也能如此。

我们翻过了一座又一座的山。我很感慨,并且难得地在老总面前松弛下来:但登山者总归有停下来的时候。

"我知道你在谈什么,你在说人生的意义。登山者会说,山就在那里,所以我去爬,可爬完之后就是空虚,登峰之后短暂燃烧的激情都是不可持续的。"

老总当时只是意味深长地凝视着平静的黄浦江,但出门临别之际他突然向我寄语,随后话锋一转:

"但好在,我们并不是登山者,我们是在山顶卖水的人。他们的意义是寻找,而我们的意义是等待。"

这是我们最后一面,经侦队以极快的速度查处了我们原来的办公地点,老总锒铛入狱。我后来从各路消息人士处断断续续得知,这可能是改革开放四十年来最严重的高科技经济犯罪,前所未有之手段,空前绝后之腐败,省厅领导挂帅亲征,公安和证监同时督办,大案要案特案,从重从快,严惩首恶,不问从犯,要求将影响面减到最低。

分析部门的全体人员都没有被追捕,老总没有供出我们,而其他交易部门的员工甚至不知道我们的存在。我离开陆家嘴这个是非之地后,过了一段战战兢兢的日子,那个时候我连家里人都不敢联系,手机电脑不敢上网,除了点外卖的那几十秒。

闲暇时候的娱乐靠草稿纸解决,我开始在脑中构想一些积分题活跃大脑,并拿出了以前的教科书来看。

　　某个深夜,我从一个关于十毫秒延迟的灵感开始,一步步算出了李青门心心念念的时间机器背后的秘密——当时间机器建成,我们熟知的人类世界即开始毁灭的倒计时。他——他肯定没算出这些,这是我唯一一次胜过他。或许他知道这些,但这也足以让我从道德上俯瞰他。

　　物理之神尚未将我弃绝。

　　我找到了我人生的意义。

　　从李青门手中保护人类。

　　我至今仍然怀念那个时候的我,熊熊烈火在我胸膛深处燃烧,每个深夜我都能听见血液猛烈流动和摩擦血管的声音。任何毒品都无法让我的身躯重新回到那个充盈饱满的境界。在这之前,从出生伊始便寄生在我身躯中的虚无感无时无刻不在影响我的思维,在大学时代,尚有对世界本源知识的干渴压制着它,而李青门出现之后,金钱、色欲、荣誉、权力、知识已经无法麻醉它半分,直到现在。

　　那时的我面临一个问题:如何确保十年、二十年后的乌鸦仍然充满殉道的热情? 我绝不想再次回到被虚无支配的日子;我如何一个个歼灭自己未来的可能性,并把乌鸦彻底留在这条路上? 答案很简单,坐到拘束椅上,5%浓度氟硝西泮静脉注射。十五秒后,我全身痉挛,钠离子通道打开,面前的银幕以高频重复着充满暗示性的图形和画面,其目的是将一个坚强、伟大的理念植入我的大脑,这个过程在接下来的几周里重复上百次。就这样,我通过不断的反射强化培育出了一株名为憎恨的树苗,只差一种一锤定音的催化剂。

2017年3月10日,我终于等到了她的死讯。

现在。萨哈林岛,核弹井,控制中心,中控室。

"我是个食尸鬼。"

乌鸦轻轻说道。说出这句话的时候,灯光投下的阴影在大地的震动中微微颤抖,仿佛世界在隐隐作痛,他黑色的身躯融化于无尽的暗影,如同一只真正的乌鸦。伯劳看着白发的男人缓缓起身,这时他才发现玻璃已深深没入自己的后背,剧痛让他难以为继。

"每一天我都吃掉一点她的尸体。不这么做,我的恨意就会消逝,我的存在也会随之崩溃……"

伯劳的余光瞥向落在地上的雅利金手枪,一个危险的计划迅速在他脑海中形成。但每移动一寸,没入后背的玻璃碎渣都在提醒这个苍白的男人:他已不再强壮,斗狗场里的那个屠夫早已不在世上。久违的剧痛让他恍惚间回到斗狗场的更衣室,他再次感受到了死亡那母亲一般温暖的触感,但在他体内迅速苏醒的剑术师意志支撑起他的身躯,他在后腰处摸到了一块条状且锐利的玻璃。

伯劳螳螂般从地面暴起,他用尽过往十年积累下来的所有决心,扭动已经开始生锈的腰椎,右手抛出那块尖锐的玻璃,其力道之巨大令它飞刀一般直接钉入了乌鸦的左肩。控制台前的乌鸦只感觉自己失去了整个左半身,巨大的痛楚瞬间令他无力站立。

最终，苍白的男人成功摸到了一臂之隔的雅利金手枪，当他举起枪时他全身都在颤抖，曾经的传奇杀手，如今只能毫无准头地朝着中控台发疯一般打了整整一匣子弹，中控台冒出一阵黑烟，控制主板被打得支离破碎，它已经失去了指挥核弹发射的能力，只有专业人员能修好它。当枪膛剩下最后一发子弹的时候伯劳停下手上的动作，他要把最后一颗子弹留给曾经的同僚。

乌鸦重新直起身，他擦去额头被碎玻璃刮出的血，如同死神剥去面罩，肋骨下磅礴跳动的心脏对准枪口。

他说："你杀不掉我。"

伯劳将枪口缓缓移向乌鸦的头颅，苍白的男人注视着白发的男人，他们之间的凝视只存在了一个瞬间，命运便截断了所有的对话。当伯劳下定决心的时候，他发现自己扣下扳机的动作竟如此漫长，漫长得像孤身越过西伯利亚的土地，所有风雪汇聚于此，他的耳边尽是白雪的簌簌低鸣。扳机已到尽头，在这一刻，他能清晰地感知手枪的击锤如何击打子弹底火，子弹底火又是如何被点燃，火药燃烧的气体如何在枪管内膨大，以至于钢铁如何寸断，手指断裂的剧痛如何传达到大脑，他的瞳孔如何在迸发的火光中收缩，乌鸦的面容如何在散去的硝烟后依然毫发无伤地显露。

最后一发子弹炸膛了。

以现代枪械的安全设计冗余，这种故障出现的概率只有千万分之一。枪械连续射击会导致枪管过热甚至发红，金属强度下降，枪膛无法承受子弹射击时的压力，便会炸膛。枪膛由内向外裂开，炽热的高压硝烟云雾几乎在瞬间蒸熟了伯劳的持械手。巴拉贝鲁姆弹头卡在枪管的微小变形之间，它终究未能射出。即使乌鸦的头颅就在枪口三指之隔，但命运在他们之间降下帷幕，这次炸膛由十数个环环相扣的环节组成，每一个都超出了人力所能成就的极限：该批次型号雅利金手枪在设计之初，为了提高其灵活性和机动性，大幅度降低了它的设计重量，枪管减重、壁厚减薄，严重削弱了枪管的热容量和弯曲刚度；而伯劳的连续射击导致枪管高度发热变软，倒数第二发子弹出膛的时候，就已因膛压过大导致枪身震动，枪管中部散热槽或加强筋等易产生应力集中的几何突变产生了微小塑性变形；最后一发子弹点火后，以三倍音速以上速度运动到枪膛内的变形处时，所受到的瞬时运行阻力远大于其燃气推力，后燃气体气压急剧升高，管壁无法承受这种超高膛压，向外鼓胀进而爆裂，恰好在该处形成了一个向斜后下方四十五度喷射的、温度达到七百摄氏度的孔状气爆，雅利金手枪随之解体。

伯劳跪在地上，他的喉咙在不断地抽搐。乌鸦的表情始终没有任何变化。伯劳看着自己已经彻底失去知觉的右手，他问出了一个他早就知道答案的问题："你是什么时候做的手脚？"

乌鸦摇头，"你知道我不可能有机会。"

伯劳闭上眼睛，他呢喃着："千万分之一的概率……"

乌鸦转身，"再小的无穷小量也不是零。在我达成目的之前，这个世界必然会以各种各样的方式保证我的安全，和你暗杀目标所设计的意外链条一样，你阻挡我的所有努力都将被因果链所形成的各种意外消解。"

伯劳垂下头，手枪从他手上无力地滑落，"但你已经不可能再发射核弹了。"

乌鸦笑笑,他一边艰难地摸索着主板的跳线,一边说:"我总能找到办法的。也许下一秒,我就能想出来。"

"其实你还是在等待命运的启示:你不知道发射第二枚核弹的方法,但你确认自己一定能射出它,这种信仰一般的盲目……"伯劳以垂死的音量说道,"……人的意志之于肉体有如暴君之于土地,我们的理智如皇帝驱使着我们的肉体。但即使大唐和罗马也有边疆,边疆之外就是上帝的土地……"

"我不信任何神!你要知道,是我亲手将这个世界从概率论扭向决定论的,是我亲手打造了因果链,我才是人类边疆之外的皇帝!自从我将这个宇宙的量子对称摧毁,世界上发生的一切事情,都要归因于我……"

乌鸦愤而转身。他像是被掀开逆鳞的巨龙,以前所未有的严厉指出了对方言论中的错误,他的身躯在惨白的泛光中显得无比虚幻。

"……我们的确是依着这命运的意志而活着的,但也别忘了,这命运也可是依着我的意志而造的!多年以来,鸟巢的杀手们横行于这片大地。云雀窥探他人的命运,雨燕修改他人的命运,你将自己伪装成命运……而我如今,就是命运本身!"

与此同时。芬兰,赫尔辛基-万塔机场,T2航塔,女洗手间。

厕所隔间空气清新剂的味道里,云雀久久凝视着从十字架中抽出的轻薄利刃,一小滴血正挂在刀尖,隐约于贴顶灯的暖黄灯光中。将这个作为防身武器赠送给云雀的伯劳所言不虚,这把安检无法检查出的碳纤维匕首经过特殊流线磨刃处理的刀刃极其锋利，手指只需轻轻一碰便渗出血丝。要用这样一把匕首割断喉咙实在是太过简单，虎口发力，从左到右，云雀可以在十五秒内彻底断气，心脏在二十秒内失去泵动，大脑三分钟便缺氧死亡，这个世上没有任何一种急救技术能够处理如此巨大的伤口。

她作为远东学会首屈一指的法医专家，对人体的理解已在漫长的岁月中深刻到无人比肩，但即使叶夫琴琳·索科斯卡娅以首席法医官的意志拆解过无数身躯，但面对浸泡在福尔马林中发黄的器官时，仍不得不一次次思索，头颅、心脏、肌肉、骨骼、神经、血管、磷、钙、铁、碳，它们如何组成灵魂，它们如何容纳灵魂。当奔流的血液离开躯体，灵魂也随之停摆，是否意味着灵魂即寄居在这些平平无奇的液体中？现代脑科学中神经信号有电信号和化学信号之分，是否正是这些永不止息的分子运动构成了所有形而上的痛苦？当我们终有一日能以人类的意志镇压它们，我们灵魂中掌握苦痛的那一部分是否真的能停息？

"'不可杀人。'"她一边呢喃着，一边摩挲着匕首，铁灰的眼睛倒映在如镜的刀面。在中世纪，自杀而死的人会被砍头，身躯埋在十字路口，永世遭受车轮碾压。如果她真的把这把匕首插入喉咙，雅威是否亦会为之震怒？

手机这时亮了，是苏科洛夫的信息：你还好吗？航班就要恢复了。

叶夫琴琳·索科斯卡娅回复：头有点晕。

苏科洛夫：我买了一些药油。

叶夫琴琳·索科斯卡娅:好的。很快。

苏科洛夫在候机室等她很久了,她知道他下机时偷偷在看躁狂症的症状和应对方式。云雀熄了手机屏幕,苏科洛夫的问候消失在漆黑的屏幕后,她却在这时想到了乌鸦,那个衣着潦草的男人,那个眼神黯淡的男人,是不是也会在某个地方挣扎,挣扎于是否割断自己的喉咙。这时机场响起了苏科洛夫焦急寻找她的广播,叶夫琴琳·索科斯卡娅女士,请听到广播后迅速到候机大厅 B2 入口与苏科洛夫先生会合。响了两次。而这时的她,一个众叛亲离、情绪不稳定、被内务部追查的女人,要么理所应当地畏罪自杀,要么回到苏科洛夫身边继续逃亡生涯。但就在她裁决自己的生命之际,沉思的女人却恍惚想起了多年前和乌鸦第一次相遇的情形,他们彻夜讨论着爱、自由意志和表象世界。

乌鸦:你想要什么,首席法医官?你既然愿意将你的真实身份告知我,那么背后必然是巨大的欲望在驱动着你。金钱、权力、色欲,我想这些世俗之物对一名信奉东正教的法医而言只是笑话,那么你愿意协助我,到底是为了什么?

云雀:故事。人世表象的纠缠如同乱木和蛛网,我希望总结出一条直达真相的路。

乌鸦:哈……竟然是一个如此具有文学性的理由。暗网是山脉底下绵延的暗河,世间所不能轻易提及的故事都在此发生,但如果你没有强烈的自我,你早晚会被它淹没。

云雀没说什么,她给自己和他各倒了一杯酒。

乌鸦笑笑,把话题转到了鸡尾酒上:叶夫琴琳·索科斯卡娅博士，为我工作吧。你能从千万事物中找到它们产生的由头，就像能在群星中准确辨认出猎户的方向，在复杂的龙舌兰酒中辨认出罂粟、奶油、薄荷叶调料的味道。当你最终找到孜孜以求的'第一因'的时候，你将不再目盲，不再迷惘。

他们在昏暗的吧台边碰杯。

正是因为那个永远透着龙舌兰苦涩味道的深夜，云雀决意接受乌鸦的雇用。她成了鸟巢最初的情报专家，专心致志扮演着蛛网的编织者。直到有一天，她从蛛丝的震动中抬头，才发现多年来她依然对他人的真正生活一无所知，曾经花了大工夫写就的人格分析报告上那些用各种修辞堆砌的形容不过是高中生嘴里华丽粗浅的论调。

她在某个深夜对伯劳坦诚：我对自己的工作感到失望。过去的我从层出不穷的世事中汲取力量，看着人们如何以一念之差走向截然不同的命运，但现在我发现，我所发掘的只是人事所能被记录的表象，我无法洞察他们皮囊下真实的想法。

伯劳给她倒了一杯酒：的确，一个从未历经真剑决斗的剑击运动员可以以各种技巧打出漂亮的得分，可以对来自各种角度的进攻技术夸夸其谈。但当他真正站在磨利的剑尖前，他才能感觉利刃的寒意，才能听到鬼魂的号叫，才能真正理解为何人们将刀剑称为凶器。

云雀：我不知道……但一夜之间，我似乎失去了自己对人类的判断的全部信心。

伯劳眼神闪烁：这是好事，它能洗掉你很多匠气。

机场广播响了第三次，叶夫琴琳·索科斯卡娅把刀刃插回十字架里,她长出了一口气。而当她凝视刀尖的时候,一股突如其来的人类对利刃的本能恐惧攫住了她的心脏,如同没有源头的潮水从湖底涌起。当感觉到刀尖抵近自己喉咙的时候,她无可抑制地全身发起抖来。首席法医官过去一直认为,自己如果终有一日要以利刃裁决自己生命的时候,一定会果断决绝、毫无眷恋,但刀剑真正加身之际,却禁不住畏畏缩缩。

我热爱收集他人遗落的故事,试图感受那些流动在故事中的、他人的情绪,正因为如此我成了鸟巢的杀手。而多年以来的生活只让我搞明白了一件事:要真切地理解故事、进入故事,我还要成为"世界"这个大游戏中的其他角色。过去的摇滚唱着,每个人都有无限的可能性,可能性,可能性,我还要成为总统、警察、作家、歌手、护理师、妇产科医生、妻子、妻子、妻子、母亲、母亲、母亲、母亲、母亲……

这些想法不断涌出,她完全无法抵抗,冥冥之中有力量将她的目光从形而上的思考挪向尘世,她被猛然推入庞大的生活。她数次想将刀刃推进自己的喉咙,却一次次被恐惧击败。十字匕首掉在地上,刀面倒映出深深捂住脸的女人。

从卫生间出来以后,云雀径直走向那个焦急等待着她的男人。

苏科洛夫打量了一下她的手腕,这个一晚上没睡好的男人松了口气:"肚子痛吗?"

云雀:"怎么,很担心我?"

苏科洛夫:"你没出来的时候,我总有一种不好的直觉。"

云雀艰难地扯起一个微笑:"直觉,直觉,听上去这么正教的神秘主义。不像是该从你嘴里说出的词。"

苏科洛夫叹气，他不安地搓着手，目光躲闪，似乎逃避着什么。最终他终于直视面前铁灰色眼睛的女人，轻轻回应："爱也是一种直觉。"

叶夫琴琳·索科斯卡娅知道这次自己无法再拒绝苏科洛夫了。当注视对方黑色眼眸的时候，她从未发现苏科洛夫，这个始终如一陪伴在她身边的男人，在与校园生活阔别多年之后，仍能让她的心少女般跳跃。这是一次迟来了多少多少年的一见倾心，多巴胺让她心脏每分钟跳动的次数稳步上升，她脸庞的潮红也是因为开始过量分泌的孕激素，有着铁灰色眼睛的女人凝视着男人迷宫般的鱼尾纹，心潮起伏的她找不到出口。

繁殖，繁殖，繁殖。

命运要求她履行作为雌性人类被自然设计的职责。

云雀垂下眼睑，苏科洛夫有点慌乱地解释："……索菲亚，我的意思是，我一直在你身边。"

他噎住，没能说出哽咽在喉中数十年的下半句。

我们相识的岁月太长了，长到我们都几乎遗忘了彼此的存在，却仍未长到足以改变我们的心。

因为沉默的叶夫琴琳·索科斯卡娅已经踮起脚尖，轻轻抱住了他，以这个机场多年来所见证的无数恋人身上如出一辙的笨拙姿势。绵长甚于岁月的眼泪从她深刻的泪沟蜿蜒而下，滴在命运编织的无数丝线上。

笔者在萨哈林岛事件过去一段时间后便定居赫尔辛基，因为友人的逝去和现实的重压，在此书写就期间我曾数次陷入自杀的旋涡。但每次在试图终结自己生命之际，我都会想起我爱人在我生命中最黑暗时刻对我的耐心劝诫，每念至此，我总是热泪盈眶，对新生活重新燃起希望。在怀孕以后，腹中的小生命给予了我活下去的理由，我在孕育一个新的生命，我在铸造一个新的灵魂。我再次感受到世界的无限美好，开始为未来的日子做打算，买了婴儿合身的衣服、奶粉和尿布，相比之下，过去的我显得多么愚蠢啊！一首普希金的小诗与所有读者共勉："不要悲伤，不要心急！忧郁的日子里须要镇静：相信吧，快乐的日子将会来临！"

感谢生活。

——叶夫琴琳·索科斯卡娅《失踪的虚数·自序》最后一部分

十七　心如琉璃,血潮似铁

真正纯粹的暗杀,是马尔科夫链的最后一环,是万中无一的无穷小量,浑然天成的意外,coincidence,无法捉摸的硬币朝向。

核弹井,第一检修平台。标高:负五米。

站在钢铁平台上,爱琳·索菲亚用尽全力一拳打松了八棱锥整流罩检修窗上的最后一层保锁,数十年未曾流动的凝滞空气包裹着她。

观念世界中的太阳就在她面前,她从未想过它的真身会是四个如此毫不起眼的锥形物体,那就是白杨 RSD-099 的热核弹头集束,它们只有一点八米高,如同黑色的成人静静伫立在末端再入推进发动机的平台上。她的电磁直觉感知到一个反触发装置正控制着令人闻风丧胆的热核弹头们,她伸手摸了摸核弹头,随后把鼻子蹭上去,20%玻璃纤维增强的聚四氟乙烯润滑涂层没有任何味道,但她隐隐约约听到某种毁灭的律动。这个牢笼如此脆弱不堪,列国的存亡竟然依赖着这个瘦弱的驭手。

爱琳·索菲亚从检修窗钻进洲际导弹的战斗部,毁灭前夕的温暖仿佛让她回到母亲曾经的怀抱,她小小的身躯在整流罩和热核弹头的空隙里蜷缩成一团。血液中开始躁动的纳米机器人进入了感应充电状态,维持反触发装置的高周波正弦交变电在为它们充能,在日本海就已几乎丧失殆尽的力量正在逐渐回到这具血肉和机械的结合体上。

四个太阳沉默如黑色石墙。

世界只有她的心跳。

十五分钟后,筱田龙一的攻击小组推进至核弹井边缘。从在零下三十五度风雪中仍然轻微发热的核弹井口往下看,晨光无法照耀的深处依然被阴影遮盖,只有几个检修平台能在反光下依稀看见,再次装填完毕的重型氢弹的战斗部在黑暗中显现,如同从黑水中抽芽生长的宏伟白杨。筱田龙一看着速降索从核弹井的混凝土边缘抛入深不见底的黑色虚空,他扔了一枚硬币进去,没有回声。无人机最后一次侦测到爱琳·索菲亚就是在这个核弹井里。面对复杂向下的竖井,八爪鱼和螺肉组成的狙击手小组面露难色:狙击手在这种狭窄区域的作战能力几乎为零,从上而下的射击极有可能被竖井中各种突出构件阻挡,但人手不足也只能硬着头皮上。筱田龙一和蟹膏蹲踞在井口边,他们在看守着作为唯一回到地面的途径的速降索,同时也警戒着地平线另一边可能会出现的俄军。

率先进入井区的芥辣汇报了下面的情况:"鳗鱼盖饭,这里是芥辣。核弹井深度七十,宽度十五①,我这里差不多到底了。

---

① 两个数量单位皆为米,为口语顺畅不加计量单位。

看到了废焰泄流口，没有发现目标，可能在另一边。"

其他全副武装的攻击手开始依次从井口边缘往下索降。他们准备在另一个方向搜索爱琳·索菲亚的踪迹，同时也将不吝于与俄军交战。

螺肉摇头，热感侦测给出的视野很难辨别出人类的存在，因为发射井残留的余温干扰着观测，"视野太差了。"

八爪鱼调整了一下瞄准镜，他活动了一下颈椎，"不，我是担心……长时间往下看，脑子会充血。"

筱田龙一安慰他们："如果一切顺利，十五分钟内我们就能解决问题。"

狙击手小组的两人点头应是，他们选择性忽视了筱田龙一逻辑中的大前提。蟹膏神经质地用望远镜观察着山的另一边，从接近核弹井开始他就被坦克、摩托以及马蹄的幻听折磨着。萨哈林岛核弹事件必然会受到克里姆林宫的高度重视和垂直指挥，从萨哈林岛到莫斯科，跨越六个时区的通信距离，以及层层设置的官僚结构，都让上传下达变得困难，这是他们唯一的机会，他们必须在国家机器彻底醒悟过来之前完成任务，否则一切抵抗都将被这个庞然大物碾成齑粉。

蟹膏担忧地说："少主，十五分钟恐怕太长了。"

"所以这次我亲自下场。"

筱田龙一将热感应侦测仪戴在右眼上，他强忍住对黑色深渊的恐惧，两脚死死夹住速降索。当他沿着速降索进入核弹井，他看到第二枚核弹的主体在他面前掠过，只有贴近它斑驳陆离的雪白涂装的时候他才知道为何人们将其称为"白杨"，戈壁滩的白杨动辄高达三十米,伤痕累累的树皮为其所经岁月的见证,但其坚挺的树芯永恒不朽。而这枚导弹从红旗飘扬在西伯利亚伊始就潜伏于这片冰雪的地下,以高硅氧玻璃纤维外壳为盾,它内里包裹着的氘化锂-6、钚239、铀235抵抗着岁月无情的侵蚀,时刻准备着为某种使命毫不犹豫地绽放。

灭世者。

如神启一般,筱田龙一在不断下落的虚空中突然想到了这个词。

攻击组沿着吊索下沉到核弹井底部。筱田龙一和蟹膏留在核弹周边布置传感器,监控撤退路线。这里是没有经过专业军事训练的筱田龙一所能到达的最远的地方了,再往前他只会成为累赘。即便如此,蟹膏也必须留在少主身边保护他。而其他攻击手则沿着核弹井的一个检修甬道向控制中心进发,他们希望控制核弹井的中央监控系统找到爱琳·索菲亚。

"她躲在导弹战斗部里面!可能是通过检修窗爬进去的!"

"狙击手报告,发现目标。重复,发现目标。"

在一段时间的无线电静默后,耳机里突然轮番传来螺肉和八爪鱼的声音,所有人的呼吸遽然急促起来。这个狙击手小组通过热反射镜在核弹战斗部观察到一个反常的高温部分,随后他们迅速辨认出来那是一个人类的轮廓,进而标定了爱琳·索菲亚的位置。

"原来如此,她竟然躲在核弹头里。但我不是很清楚是不是爱琳·索菲亚的原因……"听闻消息的蟹膏在核弹井底部深深皱眉,他凝视着霍尔传感器反馈的电流数据,"……核弹的反触发装置正在变得不稳定,也许她身上有一些强电磁设备,干扰了电力系统的继电保护。"

"召回攻击组。"筱田龙一当机立断地下令,"马上召回!"

蟹膏因他语气中的极端严厉而抬头,他发现少主的脸庞正在以从未有过的程度抽搐。井口边的狙击手小组收起了装备,既然已经确定目标位置,那么就没有继续观测的必要了,他们要下降到核弹头,直接实施抓捕。

而阴影中的奥摩部队指挥官正在呼出一口几乎不可见的雾气,他躲在竖井标高为负二十五米的检修通道,正在一扇观察窗背面看着八爪鱼和螺肉索降至检修平台。狙击手小组的身影在从上而下的白光中浮现,指挥官死死盯着他们。

八爪鱼落到检修平台上,他在落地的瞬间抽出手枪,瞄准了黑色的检修窗,他相信爱琳·索菲亚就是通过它爬进了核弹内部。螺肉阴沉着脸,慢条斯理地解开索降带,将热反射镜调整了一个角度,爱琳·索菲亚蜷缩的红黄身躯又出现在战斗部里。这次图像清晰了很多,他看到小公主血红的胸膛在随着呼吸一起一伏,萨哈林岛的蓝色冰寒在她耳边垂落,就像是来回踱步的王子。

八爪鱼:鳗鱼盖饭,狙击手小组已经到达检修平台。

筱田龙一:鳗鱼盖饭收到。要求马上进行突击。

八爪鱼:八爪鱼收到。

螺肉打量着直径足足有四米的核弹战斗部以及狭窄的检修窗,这个强壮的男人面露难色:"我们谁能钻进去?"

八爪鱼看了一眼热反射镜影像,他摸了摸爱琳·索菲亚蜷缩的成像。死亡总是来自如此无端之物，这个站在阴影和光明分界线的雇佣兵这样想，小女孩和核弹头，谁能想到这个不伦不类的组合正在搅动这个世界。

狙击手小组的两人正在打量整流罩的检修窗，指挥官隐藏在与他们一墙之隔的检修通道中。太阳、灯泡、爆发电弧组成的三角光自上而下，伦勃朗般打在核弹井中人的身上，寂静的灰色混凝土仿佛能攥住迟滞的呼吸。指挥官联想到与他有一面之缘的远东斗狗场，这是钟声响起的前夕，这是森严庄重的时刻。

他们各自盘算各自的计划。核弹井井壁突然伸出四个巨大的机械臂，它们犹如巨人的臂膀，搭在了导弹整流罩上。一阵牙酸的轴承转动声后，整流罩被整个拆除，阳光如同暴雨淋在黑色的核弹头上，核弹头底部的指示灯在呼吸一般闪烁，它们仿佛拥有生命。

螺肉呆呆地看着这一切，"我操……"

蟹膏：狙击手小组，狙击手小组。汇报核弹头情况，我们正沿着速降索往上爬升，还有二十米就到达你们的深度。

八爪鱼的头歪了歪：蟹膏，狙击手小组收到。核弹头……核弹头的整流罩被检修机械臂掀开了。

蟹膏：谁在操作它？

八爪鱼：我们……不知道。我们找好了掩体。

蟹膏：请确认爱琳·索菲亚的位置和状态，按原计划执行任务。

八爪鱼：收到。爱琳·索菲亚她……

爱琳·索菲亚被真正的太阳唤醒的时候，她的全身机能已和核弹井的弱电系统融为一体。她血管里的稀土元素纳米机器人和金属塑料骨架组成了一个先进的电感器，而位于脊髓的生物电池束则作为电容与之并联，宏观上看，爱琳·索菲亚本人是作为一个混联谐振元件接入工作电路的。当几近耗尽能量的她进入核弹战斗部时，呈容性接入，外界电路为她的电池感应充能；充能完成后，电容断开连接，她开始呈感性接入电路，成为电路的一个非线性元件。

这样的后果是，一旦她离开整流罩区域，电磁环境将剧烈变动，电路会产生不良谐振：尽管在未来的2125年，云式能源系统普遍已采用虚数电力网络，能轻松无视实数电感；而对于2029年的旧电力系统而言，这种等级的干扰是致命的。更何况，为保证反触发电路对电磁干扰的绝对敏感，以及苏联简单粗暴特性的设计，核弹井弱电系统没有增设阻尼，这种独属于未来的铼磁谐振只能不断积累，最终它将产生过电流，烧毁部分元件。

她抬头望向天空，台下的厮杀也已经接近尾声。

八爪鱼躺在地上，左胸被手枪子弹打穿，脸则被狙击步枪的枪托砸瘪，他的颧骨狠狠凹下去一块，不成人形。奥摩部队的指挥官力气很大，大到他自己都不敢相信人的颅骨可以像烧红餐刀下的黄油一样柔软。

螺肉仓皇逃到了核弹背后，他把头压低到整流罩下，以躲避敌方的枪击。狙击手小组的两人注意力刚才都在核弹上，完全没料到会遭受来自身后的突击。

他用手指敲了几下耳机，这是他们约定的暗号：我没子弹了。没有回应，他焦急地望着栽在平台上、没有声息的八爪鱼，他再发送了一次暗号:我没子弹了。行动。

我会配合你的计划。行动。

起来。行动。

你不会是真死了吧?

螺肉:"妈的。"

螺肉:"那一起死吧。"

核弹的另一面,掩体后的指挥官看到对方从阴影中闪身出现。两人相距其实只有很近的四五米,指挥官抓住这个机会一枪就直接把他的颅骨掀飞。螺肉的身躯颓然倒下的时候,一枚已经拔掉引信拉环的手榴弹从他手中缓缓滚到地上。指挥官连滚带爬地拾起它,他迅速回忆起新兵入伍时候的所有掷弹训练,大臂舒张、小腿发力、扭胯、送肩。职业军人的判断力告诉他,这枚手榴弹会在半空中爆炸,他完全可以凭借核弹的筒体躲避冲击波和破片。

这时爱琳·索菲亚的脑袋抬了起来,球体碰撞的声音吸引了她的注意力,视网膜显示屏的模式识别系统成功检测并高亮了这个圆形物体的轮廓,给出一级高危警告。她更加好奇地探出头来,试图识别出它的名称。

这时,扬起手臂的指挥官和爱琳·索菲亚在阳光里短暂地对视。

爱琳·索菲亚:"啊,是你……"

而指挥官在瞬间认出她头发的颜色,全身肌肉绷紧的他活活刹住正要抛出手榴弹的手,转而义无反顾地把它放到胸前,扑倒在地上。

榴弹破片撕裂血肉的剧痛只有一瞬。

因为指挥官躯体的覆盖，手榴弹的全部能量呈窝状向下聚集，它瞬间将整个第一检修平台的轴承炸断，速降索一阵剧烈抖动。筱田龙一和蟹膏被迫马上就近停靠在十五米下的第二检修平台，以躲避正准备坠落的第一检修平台，当他们堪堪离开检修平台走入楼梯间时，三具尸体和数百公斤的钢铁一齐沉重地沿着速降索滑了下去，在几秒内就触及了核弹井的底部。筱田龙一探头望向脚下黑暗的深处，他有种强烈的跳下去的欲望。蟹膏这时拍拍他的肩膀。

"少主，别往下看。"老练的雇佣兵轻轻劝诫，"别再往下看。"

核弹井，中控室外。

Recon scout 红外型侦查机器人回传的影像很清晰，屏幕上出现了黑白的核弹中控室。所谓机器人，是个装载着摄像头的两轮小车，小车总体只有鞋子大小，麦克纳姆轮赋予它平移运动的能力，它得以以小幅度慢慢挪近中控室。在它远处，是挤在走廊拐角的一整支攻击小组，他们刚刚从竖井区索降进入了连接着控制中心的走廊，试图找到可能进入了控制中心的爱琳·索菲亚。

芥辣擦去落在显示屏上的飘摇灰尘，他用这个动作来掩饰自己开始涌起的心跳，"这只是一个侧脸，你确定识别的结果没有问题？"

代号"豚骨"的电子兵给他指了指，"侧脸识别的精度也足够高了。这个人就是暗网中代号为'乌鸦'的高级杀手，中国人，曾用名王韵,相信是十年来一系列重大暗杀事件的幕后策划者和执行者。"

代号"乌冬"的攻击手:"这里面一共有几个人?"

豚骨:"不清楚,应该只有一个人。中控室不大,照这个光影来看,中控室最多只能有两到三个人,但小车如果再继续进去侦查,很可能被他发现。"

芥辣:"他没有注意到我们。"

代号"纳豆"的爆破手注视着战术地图,他在专注状态下的语速非常快:"没有,至少目前看来没有。他像是在专心维修火控电脑,看到地上那把枪了吗? 也许这里曾经发生过枪战。这一片都已经被侦察过了,整个控制中心只有中控室有活人。"

乌冬突然说:"蟹膏在呼叫我们回去。"

芥辣摇头,他指指屏幕上乌鸦的背影,做了一个割喉的动作。

乌冬:"这可是紧急呼叫。"

纳豆:"不。我同意,我们不清楚这个人来到这里的目的,能在这个时间点出现在这里的人都不是什么好东西。他非常非常危险,我不想接下来的任务被他影响。最好的做法是迅速又干净地做掉他。"

乌冬没接他的话茬,他仍然盯着芥辣:"你在抗令。"

芥辣眯起眼睛:"核弹井那边有那对狙击手基佬看着,不会出什么大事的。我们现在要是赶回去,功劳也都被狙击手小组给抢了。但是你想,如果我们现在给筱田龙一解决了杀父仇人的问题,你知道那家伙会给我们多少钱吗?"

一直沉默着的代号"味噌"的攻击手不耐烦地打着手势，他拍拍胸前挂载的手榴弹：进攻，进攻。

纳豆反过来看着乌冬："我们之中只有你是山口组的嫡系武装出身，我们是不会太在乎你少主的命令的。但我劝你消化一下现在的情况。这里五个人，三票同意，一票反对，还有一票是……弃权。"

豚骨没有说话，他脸色忧愁地继续看着PDA上各种监控数据的弹出，从中搜索着可以让他安心的信息。

乌冬脸色沉了下来，不再争辩，他知道自己无法改变面前这些自命不凡的雇佣兵的想法。

芥辣缓慢地笑笑。

雇佣兵举起步枪，他做了个手势，五人攻击组迅速以警戒队形集结。他们依靠着混凝土墙，墙的另一边就是中控室，爆破手纳豆把紫铜和水银的混合流质抹到临时在混凝土墙上切出的聚能环，再将一份固体炸药覆盖在上面，最后安装雷管，这是现代隧道工程中的一种表面定向聚能爆破技术，能将爆炸的绝大部分能量集中到一个方向上，形成类似穿甲弹的爆破效果。一切准备完成后，乌冬将前手搭在了跃跃欲试的芥辣肩上，仿佛骑手拉紧缰绳，队伍最后面的电子兵豚骨按下了起爆器。

中控室。

乌鸦的余光早就瞥到了门外的侦查小车，混凝土墙窸窸窣窣的声音他也早就听见，但他并未放在心上。黑暗中迸发的电火花为这个以无上意志跨越世界的杀手勾勒出君王的剪影，他在控制台前目中无人地沉思,如同阿基米德对罗马士兵的闯入无动于衷。但和许多高踞宝座、坚信自身乃天命所归的古代帝皇一样,无穷的傲慢蒙蔽了他谨慎的双目,不灭的骄傲让他看不到自己的命运。

所以乌鸦完全没有预料到。起爆信号发出后的四十分之一秒内,固体炸药起爆形成高温空腔,熔化的紫铜裹挟着水银蒸气以超音速穿透七百毫米的混凝土,长矛一般直接将他的身躯钉死在控制台上。闪耀着辉光的侵彻射流只绽放了一瞬,然而也只需这极短的一瞬,中控室的两人就已经明白了命运的宣判。

因为之前伯劳没有打坏连接着中控室PLC控制系统的渗透器,所以刚才乌鸦尝试性地用它输出了几个模拟激励信号,在调试到某个接口的时候,接口返回了成功调用机械臂的信号。利用同样的方法,他测试出了其他几个模糊的功能:伸缩机械臂、加载力矩、收缩油压装置。在成功拆除整流罩暴露出核弹头的时候,他几乎认为自己就要成功了,他很快就能找出直接从三级发动机发射核弹头的方法,终结这一切。

而事实上,核弹不应该也不可能再次发射——核弹如果再次起飞,那么必然会遭到拦截。第一枚洲际热核导弹之所以没有受到防空系统拦截,是因为俄罗斯防空部队没有己方核弹无端起飞的应急预案,没有做出及时应对。逻辑上说,克里姆林宫必然已强令远东环极地防空部队击落一切升入大气层的飞行物,第二枚核弹绝不可能成功进入高层大气。

命运其实只需要乌鸦打开核弹头整流罩。

啊。

半个肩膀被碳化的乌鸦挣扎着望向伯劳，血液沸腾的声音先于他微不可闻的话语从嘴中涌出。而伯劳对这一切视而不见，苍白的男人陷入巨大的思索。他们在这短暂的寂静中，仅仅凭借多年的默契以目光对答。

弗兰肯斯坦。弗兰肯斯坦。伯劳游移了许久的目光转向血泊中的男人。造物毁灭自己的主人，或是主人毁灭不受控制的造物。乌鸦，你是哪一个？

哈，这当然是……无耻的弑父。乌鸦的嘴微微张了张。

也许是因为你的能耗。伯劳翕动着嘴唇。你向李青门复仇的怒火的功率太高，高到这个世界也无力承担。

李青门……那条狗已经死了。当感受到这个名字的时候，乌鸦明显抽搐了一下。

一个人和整个世界相比，值得吗？伯劳笑笑。不过我想你早就剩不下什么东西了。

伯劳，伯劳。乌鸦眼中的光芒愈加暗淡，他已是弥留之际。但是透过那双深黑色的眼睛，伯劳依然能看到翻腾在他胸腔中的烈火。很多时候我会想，非得为每件事找出个原因。找出个理由，是不是人的劣根性？原因是可以无限延伸的，一直延伸到最初神的第一推动那里去。我恨李青门，我恨李青门。我恨筱田凛，我恨山友财团，我恨亚欧板块，我恨盖亚意识，我恨这个世界，不要让我停下来，我恨恨恨恨恨恨……

剧烈的心跳中，伯劳垂下眼睑，不敢再做出任何回应。从门外打入的光芒横亘在他们之间，仿佛利剑平分黑暗。正义女神忒弥斯以黑布蒙眼的形象示人，象征正义永不被人世的表象迷惑。如今乌鸦也是如此,尽管失血的虚弱让他的视野只剩下一片模糊的晶莹,但猛禽的凄厉仍然从他脊髓深处透出,这个白发的男人在昏暗中将嘴张大到极致,无声地怒吼、狂吠、嘶鸣,他要撕毁眼前的所有事物。

见证这一切的只有另一个苍白的男人。

Bingo!

墙的另一边,芥辣旁若无人地吹起了口哨。理论上来说,这个刀头舔血的雇佣兵不会再因为成功执行一两次攻击而如此失态,这种初出茅庐的兴奋更像是某种亢奋把他托了起来。

乌冬阴沉地看着他,"确认目标失去作战能力。我们该准备撤离了。"

芥辣舔了舔嘴唇,他停了停,"你们先回去,我要拍到那家伙的正脸,必要时还要把他的头弄下来保存好。他妈的,免得筱田龙一不认账……"

另外两个攻击手沉默不语,但他们以行动做出了回答:他们跟随芥辣在小心翼翼向中控室推进。这时,通道的尽头传来猎犬隐隐约约的咆哮,那是俄军从上面放下来的猎犬。

乌冬咬牙切齿,"他妈的……电子兵,收拾好东西,你跟我回去!"

豚骨躲在墙角,他擦了擦PDA上的灰尘,"我……我不知道……但是上面霍尔传感器给到这边的数据……问题越来越大了。"

乌冬不耐烦地问:"问题越来越大是什么意思?"

豚骨指指PDA,"核弹井的电磁环境越来越不稳定,我最担心的是核弹的反触发系统出什么问题。因为从数据上看，核弹头部分好像是突然接入了一个大电感，电能都在往那边走。反触发系统一旦因为低频振荡而失效，到那时候核弹肯定就炸了。"

乌冬破口大骂："那就让这些人留在这里自生自灭吧。我们走！马上！"

隔着一堵混凝土墙，外面的动静传到这里时其实已经很微弱了。中控室天花板落下一丝尘埃，窒息的空气中开始有太阳炙烤的味道，伯劳看着光线中出现的微妙颗粒感，他想到，一摩尔尘埃里有一个阿伏伽德罗常量的尘埃粒子，它们的命运就是永恒地碰撞，多么像我们。我只是一摩尔凡人里面的其中一个，我的命运是什么呢？

"你听到声音了吗？"伯劳终于开口，他的喉腔微微蠕动着，手指的力量在复苏，"有东西来了。"

"人类的一切荣耀都在于自我毁灭……"

如同蜡烛在烧尽之前的猛烈光明，乌鸦在断气的前一刻勃然抬头，这显然花了他巨大的力气。白发男人血红的眼睛盯着伯劳，声音如同海绵被拼命挤压。这居然就是他倾尽全力在世上留下的最后一句话：

"从此之后，一切如你所愿……鸟巢与你再无关系……伯劳，一切都交给你了。"

任务目标：爱琳·索菲亚。

跪在地上的伯劳在逐渐失去温度，他的思绪回退到了这个苍白的男人尚且被称为"屠夫"的时代。十年前，两个杀手尚未相遇的时候,屠夫每一次站在斗狗场更衣室的灯下,都会长久注视头顶惨白的灯管,直到角膜光敏性发炎,唯有这点微不足道的痛楚令他感到自我的存在。每一次,其他角斗士们撑开肿胀的眼皮望向跪坐在角落的剑术师时,这个来自东亚的瘦弱无神论者总让他们感到毛骨悚然,这种恐惧感并非是对他辉煌战绩的忌惮,而是他身上那种仿佛来自另一个世界的冰冷。屠夫向来沉默寡言,以剑尖的死寂镇压所有不怀好意的目光。

那时乌鸦静静站在屠夫的面前,他甚至没有做自我介绍的打算:"斗狗场的人说你是屠夫。"

屠夫:"我是。"

乌鸦:"他们说你话很少。"

屠夫:"的确。"

乌鸦笑笑:"是因为中国人的舌头发不出大舌音吗?"

屠夫终于抬起眼皮看了他一眼。

很多年之后,伯劳和乌鸦闲聊时提到这个时候的斗狗场,伯劳讪讪地说,那时你可是站在一个凶名加身的角斗士面前。乌鸦抿了一口面前的咖啡,他轻轻地回答,一个知晓自己命运的人是无所畏惧的。

事实上,乌鸦不需要剑术这种古老的冷兵器技术,尽管那曾是伯劳赖以生存的骄傲,他看中的是伯劳在萨哈林岛铼矿做灰产的经历。但往后,当乌鸦以开玩笑的口吻向伯劳索取剑术指导的时候,伯劳却以少有的耐心在闲暇时间指导他,他选的是法国小剑技术,这种冷兵器技术以轻盈、灵巧、多变著称,由文艺复兴时期的重型迅捷剑发展而来,和许多战场兵器不同,它只活跃在十七到十八世纪的决斗场合。鸟巢的领队开始以巨大的热情在木桩和沙袋之间练习,很久之后伯劳才知道他那个时候已经在为刺杀库图佐夫·安耶波维奇·亚历山大做准备了,而这一切,竟然是十年前的面试内容。

而十年后,伯劳通过云雀获悉库图佐夫·安耶波维奇·亚历山大的死讯,似乎理解了那个男人的深谋远虑:这个杀手原来从十年前就已经谋划了一切,然而,又到底是多么深切的欲望,才能让一个人拥有如此长远的目光?

如今,望着白发男人脚下的猎刀,他想到一个数字:七十八——子弹杀伤人体,需要在落点处仍保有七十八焦耳的能量,而以现代子弹的装药量,枪口动能更是动辄高达成百上千焦耳,耗能大大溢出。而以一名专业拳击手每一记刺拳为一百五十千克记,每一次出拳耗能不高,但正面徒手格杀一个全副武装的敌人却需要十数乃至几十次击打,全程耗费数十卡路里,即二百焦耳以上,而且如果要保证无拳套保护的裸手在全力击打的过程中不致骨折,则需要采取更精巧的打击角度,耗费更多的能量。但挥动一把重一千克的锋利长刀,完成整个斩杀动作:刺穿喉咙、斩断躯体或是剖开腹部,只需要五十焦耳不到,它的每一出刀的耗时极其接近人类的神经反应时间——0.1秒。从最小作用量原理的角度来看,在这个时代,刀剑无疑是这个世界行使它剥夺碳基生命的权能的最好工具。

钢铁是血肉之躯的极值。

现在,苍白的杀手终于明白。选中他的既是乌鸦,亦是命运。

一头猎犬喘着粗气奔驰过寂静的钢铁通道,它如入无人之境,出现在中控室破碎的门口,狂吠着飞扑向前。等待已久的名为伯劳的剑术师抽出砍刀,快速俯身,清冷刀光一闪而过,这头接受过良好捕杀训练、飞跃在半空中的蒙古猎犬被苍白的杀手直接腰斩。

血腥蒙上伯劳的脸庞,苍白男人跪在黑暗中,他抚摸着光滑的刀面。

他是这个世界上最后一名鸟巢杀手。如今的他,右手被硝烟严重灼伤,肩部肌肉挫伤内出血,脊背剧痛,被玻璃刺入,已是强弩之末。他听到了从上层传来的俄军凌乱步伐声,不论他们用了什么办法,都已经通过了机枪球的射界;而另一边,侦察小车来了又走,聒噪的对话隐隐约约传来,杀死乌鸦的攻击手就在不远处。

但与此同时,他也是这个世界上唯一一个有能力延续乌鸦事业的人类,一个遗忘了自己职责的父亲,一个传奇暗杀专家,以及斗狗场尚未断气的"屠夫",命运的垂青只能落在他的身上。尽管肉体沉重不堪,但他的心此刻却如明镜般无比澄澈。

伯劳终于理解了乌鸦的那句话:一个知晓自己命运的人是无所畏惧的。

液态的紫铜已经凝固,乌鸦的半副身躯与仍然炽热的金属熔成蜡烛般的混合物,伯劳最后一次回望这个深刻地强奸了历史的白发男人,但一切人的概念已从他身上被剥去,伯劳面前只是一团注定被遗忘的碳水化合物。他内心曾煎熬的一切,都被埋葬在萨哈林岛风雪的刀锋之下。关于多年前那段雨露般清澈的回忆，以及它们的余温，早已化作绵延岩土下无尽的憎恨。

伯劳的目光从死人身上收回，乌鸦失去光泽的眼眸沉默着。

"是时候了。"他轻叹。

如果说，作茧自缚的死亡本能是世界制约人类的枷锁，那么其硬币的另一面，对外的毁灭欲望就是人类对世界的回应。苍白的杀手缓缓起立，身后雀跃的阴影欢呼着送别，千年的血与火在刀光的锋芒中闪过，灵长类深藏身躯深处的古老暴力，这一刻终于完全出鞘。

此世凡事皆为大虚妄，唯有死亡乃唯一真实。

—— 一休宗纯《江户狂歌问答·卷四》

当一个陌生的过速心动出现在心跳监控屏上的时候，味噌就知道一切都完了。它如此迅猛，如此凌厉，猛虎和羚羊的影子在通道的微弱照明中一闪而过，十五个小时前他们在萨哈林岛的林地中遭遇过一模一样的事情。

"有第二个人在这里。"他正要说出这句话，可是一切都晚了。

即使是浓厚的阴影也无法阻挡利刃喷薄而出的银色反光。摇摇晃晃的伯劳从通道的拐角出现在雇佣兵们的视野里，一马当先的芥辣毫无防备，他在瞬间被刀尖刺穿腹腔。苍白的男人果真无愧屠夫之名，他以难以言喻的强壮直接将以近八十公斤的雇佣兵顶起，如同屠钩上泛着油脂的肉块。

"你妈的……"腹部气压升高，横膈膜升起压迫肺部，脸色涨红的芥辣本能地拼命挣扎,但挣扎只带来了肌肉的进一步撕裂。雇佣兵直面着屠夫毫无表情的面容,对方和钢铁一样冷酷。

十五米外紧随其后的其余两名攻击手,纳豆与味噌对视一眼,他们毫无心理负担地举起冲锋枪瞄准。

芥辣看不到背后的人,但他对他们接下来的行为心知肚明,他只能满嘴鲜血地吐出几个含糊的单词:"千万别!别开枪!我求求……"

他的祈求毫无作用,满满两个弹夹的九毫米空心弹暴雨一般倾泻在雇佣兵的血肉上,然而没有哪怕一发子弹能够碰到屠夫,因为它们的所有穿透力都恰好被芥辣绷紧的背肌所抵挡。斜立的屠夫以肩膀死死抵住芥辣的身躯往前顶,将头蜷缩在他的下巴下,利刃从他已被彻底打烂的脊背透出。

屠夫的小腿青筋暴起,他以难波走跨越这十五米的距离只需要两次呼吸,这时炽热的黄铜弹壳刚刚落地,剑术大师就已经携刀突进至两名攻击手面前。"难波走"是一种同手同脚的步伐,它是示现流奥义"云耀"的基础。"云耀"取名自闪电照耀云层的一瞬,用以形容其无上极速,相传古代示现流师范以奥义"云耀"起步飞身斩杀敌人后,他们出刀时猿啼一般的暴喝才堪堪传到人们耳中。

纳豆的动作定格在抽出手枪指向屠夫的刹那,他的颅骨在瞬身之间被对方当头一劈,刀身直接沉入头颅。接踵而来的是苍白男人倾尽全力的冲撞,并不强壮的屠夫直接将已经脑浆迸裂的纳豆撞飞,一并完成了残心血振的动作。

而他身旁的味噌已经开了无数枪,雇佣兵双眼发狠地一次又一次扣下扳机，他像是完全没有发现，这把手枪开了未能命中的第一枪之后就已经卡壳，"不会吧……不要骗我……"

心无旁骛的剑术大师反身一刀将他的颈椎砍断。

"你到底是什么东西?!"

收拾东西收到一半的豚骨哭喊道，他举着一支手枪对准阴影，但却迟迟不敢击发。

昏暗中的屠夫以再度扬起的刀锋回应了他，他以巨人的姿态缓步前来。许多年前曾经满溢他全身的充血感，如今都回到他身上。他的耳边尽是斗狗场欢呼和鼓掌的回声，满地的鲜血是玫瑰花的花瓣，闪烁的白炽灯是推到最大功率的聚光灯，整个世界都在通过光纤编织的巨网注视着这名古老的剑术大师。

在豚骨扣下扳机之前，屠夫就已感知到他要射击的位置。额头开始有刺痛感在跳跃，这种毒蛇一般的直觉是为"心眼"——就算目不能视、耳不能闻、肤不能触，经验丰富的剑客依然能凭借千锤百炼的敏锐本能格挡、反击、斩杀对手。正是因为如此，古代的草莽流寇即使面对目盲跛足的剑客，也不得不尽狮子搏兔之力。

利刃挥劈而下，屠夫挑对了万中无一的时机，他成功将初速四百米每秒的金属子弹一刀切开。

"啊啊……"

豚骨咽了咽口水。阴影步近，他睁大眼睛蠕动着把手枪塞进口腔，开枪饮弹而亡。

"'云耀'。"更远处，目睹这一切的乌冬喃喃自语，这个曾担任筱田太洋贴身护卫的男人有幸在某个深夜见证家主筱田太洋和古流宗主以木剑切磋,他知道这种威压远非凡人所能比肩。面对这个已经有资格被称为剑圣的苍白男人,一种无边的痒痒攥住了他的心脏。

乌冬扔掉了冲锋枪,他卸下所有负重,抽出了背包夹层中沉默的小太刀,它的长度与对方手中的砍刀相仿,在七十厘米上下。这把刀是樱井景田为了表彰他为家主多年护卫的功绩而赠予的礼物。在过去的大多数时间里,它都被放置在武器架上,日常涂油保养;在临时接到这次远东任务的时候,他思前想后带上了它,而现在,它终于遇到了一个真正难得的对手。

"喝呀——!"

乌冬振足气合,以柳生新阴流架构"十文字"直面对手。他的对手摆出单手大上段劈头盖脸砍来,在他尝试举刀格挡的时候遽然变向,鲜血在空中描出一条巨大的弧线。乌冬的腹腔被利刃整个切开,这是一个完美的单手逆胴,错身而过的屠夫始终都没有正眼看一下对手,因为他知道这世上不再有任何事物能阻挡手中的利刃,在这生命的最高光时刻,他就是无敌的剑术大师。不可无礼,不可辩驳,不可阻挡,不可违逆。

命运命令他成为冰冷的杀戮机器,铲平通往爱琳·索菲亚的道路。

太阳的余光就在通道的尽头,越过它就能到达核弹井的发射单元。爱琳·索菲亚就蜷缩在那里的某处,保护她、拥抱她、杀死她、毁灭她,人类的全部命运将在这一刹那得到完全决定,从此不再有丝毫可能性。

曾经的剑术大师取代乌鸦站到了上帝的位置,只要处于这个位置就有无可推卸的责任：为人类和宇宙的未来负责——他应当自杀。而此刻，疲惫的苍白男人踉踉跄跄地浮动在钢铁上，他的内心只剩下一个目的：从这纠缠的责任中解脱。

核弹井，控制中心，外廊。

旅长举着手枪一马当先，他喘着气走在前往控制中心的路上。就在刚才，他突发奇想，找到了突破机枪球的方法。随后，一整支战斗部队倒着走通过了机枪球的射界，骗过了敌我识别模块，因为机枪球的数据库里只存有各个战士正常的步法，那么理论上倒着走，或是侧着走，甚至是爬，都会被识别为敌人，那么自然也就能通过射界。

猎犬已经放了出去，却没有任何回音。

山地作战旅旅长盘算着猎犬的去向。在还没能通过机枪球的时候，少校带来了一头营部豢养的蒙古追踪犬，军官们商议了一阵，决定将它放出，可通道深处迟迟未能传出猎犬的咆哮，这说明渗透者在俄军的必经之路上几乎没有布置任何埋伏。参谋深思熟虑许久之后提出，也许渗透者的人数比他们想象的要少得多。

"等一等。"旅部参谋拉住了他，欲言又止。

"您该看看这个。"还没等旅长发作，参谋就把一个重新接通了核弹井监控设备的PDA塞给他，他的脸像纸一样惨白。旅长从未在参谋脸上看到过如此茫然的神色，即使是核弹被发射的那一瞬间，冷酷的理性也依然占据着这个从不惊慌失措的军人的躯体。

　　他接过PDA,屏幕上的人影舞动着,参谋的表情也传染病一般出现在他脸上。他看到他们的士兵一个接一个被飞速前进的屠夫砍成碎片,当监控回传的视频里只剩下血腥的时候,他们恐惧地对视了一眼。而就在这时,那个苍白的中国人终于出现在他们视野里,手持猎刀的影子在灰色的混凝土墙上跳动。

　　从国际关系的角度来看,萨哈林岛事件的发生游离于所有国际热点事件之外,几乎和所有的地缘政治都无甚关系,没有任何国家的智库预言过它,所以在它发生后的十五分钟里,各国政府都处于一种极度震惊的状态,情报部门无一例外陷入空白。时任内务部某情报部门负责人的谢尔盖·卡拉马佐夫维奇少校称,人类历史上的所有恐怖事件,要讨论其发生之无预兆、影响之深远,只有"9·11"事件能与萨哈林岛相比;人类历史上的所有核事件,要讨论其核污染之深度、破坏之巨大,只有切尔诺贝利能与萨哈林岛相比。
　　……
　　萨哈林岛事件发生两年后,利用分离深埋、微生物、纳米机器人进行的土壤污染稀释工作已经进行到尾声。灾后重建人员第一次获批对萨哈林岛遗址进行考古性发掘,有大量遗物出土。其中在核弹井发射单元发掘的一支录音笔所记录的内容引起了互联网上的广泛讨论。
　　(播放录音)
　　"录音,录音。这里是,这里是亚历山大(喘气),亚历山大·菲利波夫,2029年3月……3月11日,我们在核弹井,萨哈林岛核弹井（喘气），核弹井中控室附近。我看到一个身份不明的入侵者，入侵者手持一把冷兵器，一把砍刀……（喘气）阿廖沙，你有看到吗？我根本不敢相信自己的眼睛，那些拿枪的士兵一个一个像鸡一样被砍死了，噢，还好那些不是我们的士兵，他们明明开枪了，但是为什么完全……完全没用……他来了。"

（中止录音）

这个被莫斯科科学院电磁研究所硬件专家科诺巴罗夫·伊万诺维奇·费久宁斯基还原的录音，似乎正在描述一名从古代归来的战士使用冷兵器正面攻击一个全副武装的轻步兵攻击组，并把他们尽数杀死。这段匪夷所思的录音相信是由已经在萨哈林岛事件中罹难的亚历山大·菲利波夫大校留下的，而它在核爆辐射中得以留存的奇迹更是极大助长了互联网上的神秘主义思潮。

……

——纪录片《萨哈林岛：二次冷战》

出品方：俄罗斯第一频道、中国电视台联合出品

出品时间：2045年9月

十八　破碎之日

　　九十六年后，2125年，离爱琳·索菲亚回到过去还有十五天。北欧，斯堪的纳维亚半岛，马洛卡。

　　把电子瞳孔采光放大十六倍后，铁木辛柯看到了小镇模糊的轮廓，这个处在斯堪的纳维亚半岛边缘的小镇是一个百年前的工程研究中心的遗址，曾经以旅游小镇的外表对外作伪装，科学史学界在这百年的研究中，发现所有模糊的线索都将现代核聚变突破的原因与虚数理论的成熟指向着这个名不见经传的地方。

　　如今，它曾经的名字铭刻在大门入口，名为"十字飞车"。

　　腰配马刀的哥萨克人拉下风镜，往后方打了个手势。

　　猎巫部队开始向马洛卡推进。

　　就在猎巫部队车队开进小镇的当头。马克龙·墨格拉正在地下剧场的中央一次又一次擦拭着一把古董手枪，他在等待一场审判。不知道是不是自己的错觉，愈是接近命运的终结，他便愈发期待。这段日子,因为光速不均匀的扩大和普朗克常量的下降,星星们的红移蓝移已经可以被肉眼观察到,天空开始被扭曲成七彩斑斓的色斑,各种单色光也逐渐从阳光中析出,投在墙上的也不再是单纯的白光;量子效应几乎消失,让绝大部分精密仪器彻底失去了作用,全世界只能回到互联网的雏形时期,只能通过信道容量极低的因特网文字交流;而主管社会学效应的玻尔兹曼系数的膨胀,则成了马克龙政府眼下最大的问题。

舆情处仍然忠诚。他们最新的一份报告指出,整个星球的社交平台都在关注着马洛卡。随着玻尔兹曼系数上升,网络舆论有越来越暴躁、情绪化的倾向,"重启"轻而易举迎合了绝大多数人的朴素诉求:杀死爱琳·索菲亚以破坏命运闭环,保护这个世界,哪怕不惜让人类历史重启。一支支自发组织的猎巫队伍正日夜兼程赶往欧洲,他们凭借已经基本丧失了精度的电子导航设备和古老的观星术,活生生从茫茫永夜中找到了深山中的马洛卡。

时候到了。墙上古老的布谷鸟钟报了四个时点,现在是下午四点正。马克龙·墨格拉长叹一声,将弹匣压入手枪,曾经的芬兰总统擦去脸上的血污,进入了通往地面的起降机。

"有些什么不对劲。"凭借多年出访不同国度的经验,铁木辛柯在踏入这个宁静小镇的瞬间便感觉到极大的不协调感,他在无人且阴森的楼幢之间闻到激光的焦臭气味,凌乱的街道有活人生活的痕迹,如今空无一物。开始给猎枪填装子弹的外交部部长对他点头,显然他也认为马洛卡并不像表面看上去那样平静。

外交部部长解释道："'重启'的西欧分支早我们一步来到了马洛卡。"

铁木辛柯看着墙上的激光斑点，"这里是战斗之后的废墟吗？看上去马洛卡经历了一场烈度不低的遭遇战。"

"铁木辛柯同志，你是从暴力部门上来的。杀人的事，你懂得比我多。我已经老眼昏花，看不清东西了，更遑论判断敌人的攻击态势。"

"外长同志，不要谦虚了。眼下这一场小小的遭遇战，你未必会放在眼里。你博士毕业后的第一个岗位是外交部特种武器事务司研究员，负责研究国家之间的尖端武器研发制衡。你经历过几乎所有二十一世纪末到二十二世纪初期的地区冲突，足迹遍布全球战区。无论是在非洲还是在中东，你见过的死人比我见过的活人还要多。"

外交部部长哈哈笑了一声，又陷入了回忆中，"哈，那萨哈林岛事件有很大关系，我祖父出生在边疆区，萨哈林岛事件发生当天他还是六七岁的小孩，但是他亲眼在自家的屋顶看着那个岛屿被闪光和大火抹平，并且被强光造成了五六天的失明，半个月后才恢复过来。这件事留给他的创伤极深，直到我六七岁上学，他依然在讲着有关盲人、太阳的童话。很多年后我才知道，他口中的故事一直是萨哈林岛事件的回音，这或许就是我的研究兴趣一直在终极武器外交的原因……"

猎巫部队的战斗成员们已经零零散散分布在马洛卡的各个建筑物中搜索。铁木辛柯和外交部部长组成的两人小组有一句没一句地互相搭着话，和其他热切的猎巫人不同，他们谨慎地游离在马洛卡边缘,而刚好坐落在的长街尽头的一间古老剧场吸引了外交部部长的注意力。

铁木辛柯跟在他身后走进了剧场,"看不出您这么喜欢歌剧。"

剧场寂寥的穹顶下,外交部部长行走在悄悄腐朽的座位之间,"共事这么多年,我还以为你会对我多少有所了解才对。人越是老去,就会越喜欢那种古典的韵律,你会发现无论时代如何发展,人类永恒轮回的命运早已被那些简单质朴的文字所记载。"

铁木辛柯笑着摸了摸马刀的刀柄,"也包括我们现在的故事吗? 莎士比亚的作品里可从来没出现过核弹。"

"但《圣经》里却有末日和硫磺。古往今来,战争和和平的循环有如衔尾之蛇,你、我、马克龙·墨格拉也不过是其中微不足道的一块鳞片——马克龙·墨格拉崇拜红衣主教黎塞留:法兰西历史上最伟大、最无情的政治家,实用唯利主义者,现代外交学之父。我记得你谈过,他癖好以黑袍裹身,正如黎塞留常年以红袍示人。他利用绿雨小组为芬兰攫取利益,掌握了总统权力之后却反过来背叛了我们,向日本和欧洲示好。他洞悉群众的规律,以先进手段控制舆论,镇压我国网络司的行动。而那正是黎塞留的影子。"

"说得没错!"

铁木辛柯刚想接点什么话。这时剧场的喇叭突然响起,一个男人的陌生声音在空旷的舞台上回荡。惊疑之余,铁木辛柯和外交部部长同时找到了两条巨大的罗马柱作为掩体。

　　声音还在继续："基辛格曾经评价过伟大的黎塞留：'他深信可以根据目标权衡人心，并制定相应的手段和边界，从而近乎数学般精准把握人类。'"

　　身披黑袍的马克龙·墨格拉出现在舞台的另一端，他负手行走在阴影中，最终挺立在舞台中央，像是在等待着一束聚光灯的出现。

　　干瘦的外交部部长从罗马柱后走出，他微微颔首，但双手并未离开猎枪，"多余的感慨就不要讲了，马克龙·墨格拉。你该知道，你的所作所为触碰了一个古老大国的暴力部门的底线，也突破了芬兰民族所能接受的阴谋的下限。不要高攀俾斯麦和黎塞留，两面三刀的把戏只会透支你的政治生命。"

　　马克龙·墨格拉夸张地行了一礼，"如此张弛有度的发言，您一定是俄罗斯外交部部长高尔基·彼得留申科同志……虽然我们早已互相熟悉，但今天是我们第一次正式见面。严格说来，外长先生，你还是我的老上司，我很荣幸能曾在绿雨小组与你共事。虽然事已至此，但我至今仍怀念那段快乐充实的时光。"

　　铁木辛柯缓缓抽出马刀，刀身在微光下闪烁了一瞬间，"既然我们曾经共事，那么你也该知道我的脾气。走下来吧，叛徒没有明天。但看在你我曾经共事的情分上，我选了一把最快的刀。"

　　趁马克龙·墨格拉将头转向铁木辛柯，准备回应他的刹那，一直在等待机会的外交部部长以难以置信的速度抬起猎枪，在瞬息之间将准星扣在马克龙·墨格拉的头颅，果断扣下了扳机。炽热的塑料弹壳被气动换弹装置自斜后方射出，死死嵌入木墙，一枚古老的大号猎鹿霰弹在枪膛迸发的气雾与火花中疾射而来,只需五十分之一秒,弹头就要钉穿对方的颅骨!外交部部长在两秒内打光了猎枪的子弹,他满头大汗地顶住了巨大的连续的后坐力;持刀的铁木辛柯脸色凝重地注视着黑暗,他的额头开始被冷汗濡湿。

马克龙·墨格拉依然站立在舞台上。

所有子弹在一堵无形的墙上破碎,幽蓝色的波光自马克龙·墨格拉面前铺开。布置在舞台下方的力场护盾发生器能提供上千万牛每毫米的场强,在边界处甚至能到达高达亿级的突变。力场强度和光速正相关,光速上升后,这个世界已经没有任何一种投射物能叩开力场护盾的防御,更不要说普通的猎枪。

一队士兵从剧场门口拥入,他们身上带着鲜血和钢铁的浓烈味道,猎巫部队的几个高层被他们用绳索串成一串拉在后面。猎巫部队队长瞎了一只眼,他微张着嘴,血液从他的喉咙深处不断涌出,最终他在被拉到马克龙·墨格拉面前的时候,终于支撑不住,跪在了观众席上,一小片尘雾被他震起。

"我果然没有看错两位。"马克龙·墨格拉这时才有所动作,他在台上轻轻鼓掌,但明显针对的是外交部部长和铁木辛柯,"的确,只要杀死我,'重启'就再也不可能得到爱琳·索菲亚的动向。但很遗憾,你们依然低估了我,你们以为'重启'真的会抓到我本人。但是只要你们了解情况,就会明白,马洛卡远远不仅是个临时避难所,它还是一个经营已久的秘密军事基地。你们来得算晚,来自欧洲的'重启'分子对马洛卡的进攻已经陆陆续续持续了两个月,之前他们一直在等待你们的到来,以期两面夹击,但四天前,我亲自组织了一次防守反击,彻底肃清了马洛卡。也正是从那些俘虏的口中,我们揪出了躲在我们中间的间谍,同时也撬出了你们的位置。"

外交部部长说道:"他们都不是职业军人,请你给予他们平民身份的对待。"

"外长先生,已经没有《日内瓦条约》制约我们了。"

"他们现在是手无寸铁的普通人。"

马克龙·墨格拉嗤之以鼻,"这些流氓——为了杀死我女儿而来。却在马洛卡里带着相机到处乱走,像发情的猴子一样为了涨粉疯狂合照。你们以为这里是什么?莫斯科游乐园吗?你们以为我女儿是什么?被人骂两句就会自杀的网红吗?这些乌合之众对战场根本毫无概念,你们要知道,战士可以在战场上被子弹杀死,但千万不要像只鸡一样被大人捏着喉咙提起来。卡尔列达夫骑士!报告你的作战情况!"

一个士兵挺直敬礼,大声宣布:"报告马克龙·墨格拉代总统!今天入侵马洛卡的'重启'团体分子,共计八十四人,其中已被射杀、打死六十七人,俘虏十五人,现场抓获两人,无一遗漏!请代总统指示!"

马克龙·墨格拉没有作答。而出现在马克龙·墨格拉右手边不远,舆论处的那个高级顾问代替他做出了回答:"除了台下这两位老朋友,全部枪毙吧,'骑士'不再需要俘虏了。押出去。"

骚乱在台下涌动,但这群被缴械的阶下囚已经翻不出什么风浪了,他们面色呆滞,只有猎巫部队队长拼命伸直了脖子呼吸着剧场内浑浊的空气,在士兵的钳制下,他突然像狼一样拼命挣

扎,这个男人从喉咙中挤出极其尖锐的诅咒:

"你不可能阻挡整个世界。整个世界正义的人民都在往马洛卡前进,他们要将爱琳·索菲亚,将你们这些人类的蛆虫一一审判!你只是一个妄图阻挡巨轮的暴君,而历史已经证明了,所有黑暗——所有妄图毁灭世界的黑暗,最终都会被光明粉碎!我们将在所有高墙上写满自由!"

马克龙·墨格拉怒斥道:"这位先生,别动不动就以为自己代表什么光明!这个世界是在混沌中产生的,而它的毁灭却清晰无误是因为人类的意志,你能理解这是多么荣耀!"

他说完向台下微微点头,卡尔列达夫会意。这个高大的士兵用电磁步枪冰冷的枪管顶住俘虏队长的太阳穴,他毫不犹豫扣下扳机,黄白脑浆瞬间从破碎颅骨的另一边喷出,往地上铺成一幅恐怖的水彩。短暂的呆滞后,抽泣、求饶、失禁开始如同瘟疫在俘虏中传染,可是无济于事,马克龙·墨格拉眉眼低垂,无动于衷,这时人们才开始深刻理解一名现代政客的冷血无情。

铁木辛柯凝视着舞台上的男人,"你是'骑士'的领导人。"

马克龙·墨格拉从舞台上走下,他站在铁木辛柯面前,站在这个曾经的同僚和敌人面前,对自己的优越感丝毫不加掩饰,"铁木辛柯同志,我们又见面了。"

"让我坐下吧……噢,好。外长同志,你也坐下吧,我们的责任也终于被卸下了。"铁木辛柯避开马克龙·墨格拉的注视,旁若无人地在第一排找了个相对干净的座位坐下。他低垂着头,长长出了口气,"自从指派谍报人员和英国安全局接触后,我就一直被内疚折磨。英国佬摆了我们所有人一道,军情五处竟然早就调查出了你和绿雨小组的关系，并把这个消息也一齐泄露出去。之后的事就像我们见证的那样，整个欧洲像锅滚烫的罗宋汤那样炸开，干涉他国内政是现代外交的大忌，我们花了很长时间才让风波停息，相信我，那段时间我们并不比你好受多少。我不仅犯下了极大的失职，也愧对绿雨小组百年历史上的所有同僚。"

马克龙·墨格拉说："别责怪自己，铁木辛柯。是我把绿雨小组的资料给了英国安全局。"

铁木辛柯抬头望向他。

马克龙·墨格拉笑了笑，说："我的一位祖先——暗网雏形时期的情报专家、鸟巢杀手、历史的撬动者。生于你们的土地，伏尔加格勒的一个小街区；死于我们的土地，赫尔辛基的一处居民楼。她的一生如同记载在羊皮纸卷轴上布满盐渍的铭文，乍眼望去平平无奇，却又充满激荡的魔力……"

"'云雀'。"

马克龙·墨格拉："……没错，她就是俄罗斯内务部通缉令上潜逃时间最长的纪录保持者'云雀'叶夫琴琳·索科斯卡娅。在爱琳·索菲亚出生后，我命运般得知二十世纪的一个畅销书作家就是她。她在萨哈林岛事件之后沉默了数十年，直到垂死之际才将自己的回忆录出版，那时的她年事已高，相传网络司特工来到她家中搜查的时候，她因阿尔茨海默病甚至已无法辨认人脸，只能对双头鹰的徽记产生应激。最后，俄罗斯内务部决定不起诉，不再打扰她最后的生活，并遵照其遗愿将她与我曾祖父苏科洛夫教授合葬。"

　　"这些我们都知道。"在铁木辛柯的搀扶下坐到座椅上的外交部部长发问,"这和你今天的所作所为有什么关系?"

　　"她的著作《失踪的虚数》的出版在当时就引起了轩然大波。网上有古老的帖子进行猜测,她曾经和一名时间旅行者相遇,或者预见了未来,才得以逃避莫斯科、萨哈林岛、里昂的一系列事件以及内务部的一次次拉网追捕。我原来认为这只是无稽之谈,但历史的发展确实隐隐迎合了她的预言:第四次工业革命后的远东局势、萨哈林岛未完的事务、东亚诸国保守主义的兴起、物联网无政府主义思潮。为了验证她是否真的像谣言那样得知过未来,我秘密成为绿雨小组发展的下线,一步步成为你们眼中最重要的谍报人员,逐渐了解到圣乔治计划的全貌,然而事实是,叶夫琴琳·索科斯卡娅确实早在几十年前就在只言片语中隐晦地暗示了它的影响……"

　　外交部部长打断了他,目光里闪烁着完全不属于老人的凌厉,"……正是因为如此,你确信自己是历史的宠儿,于是根据她模糊描述的未来国际局势进行投机,之后面对英国安全局的特工,你也毫不犹豫地出卖了绿雨小组……我们早该知道的。从历史上看,以技术官僚组成的所谓专家内阁一般都是短命政府,但技术官僚却是最好被统治者控制的,你从头到尾就没想过延续这个国家的未来,只是想在眼下掌控好它。你组阁完毕的时候,绿雨小组内部还在嘲笑你搭起了一个草台班子,嘲笑声音最大的就是你身边这位铁木辛柯同志。我们只把你当作一个不懂政治规律的狂热莽夫,还编了很多关于你的政治笑话。不过,再足智多谋的谋略家也不会制作关于时间旅行者的预案,所以,铁木辛柯，这也不算是你的失职。"

马克龙·墨格拉在他身边坐下，"别这样看我，外长同志。后来的事情你们都知道，我们谁都没想到命运给我们所有人开了个大玩笑，我们扯平了。"

外交部部长问："你之前就知道爱琳·索菲亚就是那个时间旅行者吗？"

马克龙·墨格拉略一沉吟，"不，我不知道。"

铁木辛柯饶有兴趣地问他："那发生了这么多事之后，你怎么看待你的女儿？"

"和以前一样，我尽父亲的责任，把她保护到最后一刻。子女不过是父辈在世界之湖中的倒影，我没什么更多可说的。"

外交部部长又问："马克龙总统，你知道我在想什么吗？……我反而在想，世界的存亡如今都切切实实地维系在一个小姑娘身上，你能知道这里面潜藏着多么巨大的权力？"

马克龙·墨格拉摇头，"让庸人去争权夺利吧。"

"那你有没有想过，为什么偏偏是爱琳·索菲亚？"

马克龙·墨格拉目光闪烁，"舆情处向我报告情况后，我连夜为她注射了世界上最先进最强大的纳米机器人。她的运动能力、神经反射、各项感知能力如今都站在了人类的巅峰。"

铁木辛柯冷笑一声，像是找到了狠狠反击的机会，"'最先进最强大'？几年前有一个新闻，我们两国外交关系恶化的时候，运送着谢切诺夫医学院最新的一批纳米机器人的火车在途经芬兰时被哨站拦截，事后不了了之，但没想到你居然敢用自己的女儿做实验？不过，这的确符合你的性格，你这个一心主导人类进化的飞升主义者……"

外交部部长打断了他，"铁木辛柯同志，让我们两个说说话。马克龙总统，我在你身上看不出强烈的权力欲。如今我们两个已经是你的俘虏，请你开诚布公地告诉我们，你殚精竭虑控制这个国家的目的是什么？"

马克龙·墨格拉闻言肃穆地站起，他以鹰隼的目光强迫外交部部长挪开与之对视的视线。袅袅烟雾自前总统手中的卷烟升腾，阳光从剧院碎裂的穹顶泻入罗马柱和罗马柱之间的舞台，立场护盾的幽蓝波光因丁达尔效应而如浪潮般微微摇动。

如果说"目的"是人类理性的呈现。那么人类所有感性精神活动的核心，就是"归因"。

为某件事物赋予它的起因，正是人一切情绪的起点。

一个辛劳的劳动者心满意足地凝视自己的作品，这个作品的形成当然归因于他的努力，他从这种无可辩驳中得到巨大的成就感；暴君以牛马般驱使人民为乐，正是因为他知道人世的痛苦均是出于自身的意志；父母能毫无心理负担地随意斥责子女，因为他们认为子女的存在完全要归因于自己；就算是一对陷入冷战的恋人，当一方知道另一方的茶饭不思是出于自己的冷淡时，心里也会有莫名的自得。

在多年的实践生活中，人类逐渐产生了这样一个集体潜意识：产生影响的"因"总是要比受到影响的"果"高级，一如父母之于子女、教师之于学生、棋手之于棋子。根据这个思路，中世纪神学家托马斯·阿奎那论证，作为第一因的神，就是至高无上、自然地凌驾于一切的存在。

诚如铁木辛柯同志所说，我是一名超人类主义者——人当然要不断进化，但不仅仅是肉体上的，还有心灵上的，我们总要走向更完善、更完美的境界。过去的我敛聚权力，不惜代价在国境内全面推行义体化、数字化，纳米机器人就是其中一个微不足道的尝试，为了打破技术封锁，我甚至不惜发动了战争。但一次又一次不为人知的努力后，我发现，技术终究只能增强人类感知的边界，而根本无法促进人类本质上的飞升，现代人类沉浸在娱乐至死的生活中，就连庄严神圣的国家战争都能被娱乐化，成为直播间里被随意指点的小窗口。那时已经极端失望的我认为，他们缺失的是一种更严肃的、更坚定的意志，缺失一种对人类大集体的强大无匹的归属感！

所以，您能理解，当战争几近落幕，舆情处向我报告舆论战场的局势，而我终于明白叶夫琴琳·索科斯卡娅的著作真正描述的竟然是这么一个毁灭世界的故事的时候，心潮该是如何涌动，从康德"理性立法"再到尼采"上帝已死"，直到那个没有名字的中国人的"人制造神"……

再没有什么比成为因果律的"因"更能彰显人类荣耀的事情了，它是远比征服星辰更壮丽的伟业，哪怕它将以人类本身为代价。但在这最后的时光里，我心甘情愿沐浴在将至的荣光中。

高踞墙垛之上的卡尔列达夫望着扭曲的落日，这是太阳出现在极夜里为数不长的时间段之一，竖直指向天空的黑色天线刺破苍穹，这个伤口仿佛已永远无法愈合。即使是人类最疯狂的梦境也未必能预见这一刻的现实,斑斓的天空离他很近,它离马洛卡的剧院几乎只有一指之隔,每隔几十秒,就会有不同颜色的光斑扫过大地,它已经染上石油浮在水面时一般油腻的彩虹色。在极端恶劣且变化迅速的光学条件下,哨位的士兵们不得不一次又一次地调整枪械上的成像仪瞄具。

但在此刻,往马洛卡各主要干道潮水般涌来的,是活生生的人们。

又是一波出现在街角的模糊人影,他们迈着零散的步伐向堆在剧场门口的街垒发动了浑浑噩噩的进攻,他们手持菜刀和铁锤,试图钻过一层又一层的铁丝网;一些持械的冲击者,则在外围没有任何准头地一枪一枪往阵地打。阵地占据了高处,卡尔列达夫身旁的机枪手不用下令便麻木地开火了,这是一樽航空航炮改造而来的重型机枪,它的液压马达开始运作的声音如同蛮牛低吼。一波火力压制后,街角血肉横飞,墙桓又被削平二十厘米,刚刚躁动起来的声息沉寂下去。机枪手把脸上的泥屑、铁碎或是别的什么东西抹掉,卡尔列达夫拍拍他的肩膀,他想说点什么激励机枪手,但迟迟组织不出语言。

"重启"的进攻已经凶猛到几乎让马洛卡毁于一旦的地步,不,与其说是马洛卡在抵挡"重启"的进攻,不如说是在对抗整个世界。全球公民们拿起武器捍卫自己生命权时不再犹豫,他们向马洛卡猛扑,如同水流义无反顾奔向低潭,全然不顾早已构筑好的机枪阵地。此刻源源不断从四面八方涌来的人,都是被扩散至全球的模因"猎杀女巫"所深刻影响的狂徒。

玻尔兹曼系数上升,代表着溶液难以稳定沉积,形成精细的结构。个体的鲁莽程度上升，也代表着组织度的低下，无法执行复杂的战术，尽管攻击者在数量上占有绝对优势，但在卡尔列达夫骑士带领的现代轻步兵攻击组面前依然不堪一击。机枪手面对着潮水般的血肉，他们只需要不间断地开火，开火，开火。一切再一次沉寂的时候，人们会发现剧场广场上产生了一个半径两百米的空旷区域，白鸽和燕子时常落在绿植上，因为这里就是机枪射界的覆盖范围。

　　卡尔列达夫想起了1898年爆发在非洲东北部的恩图曼战役，交战双方为英国殖民者和苏丹起义军。此役，英军以四十挺马克沁机枪的决定性优势将五万名经过严格训练、勇猛顽强的苏丹起义军打出了80%以上的伤亡率。此战是马克沁机枪的成名战，苏丹军的惨重死伤与英军以进行了数次非必要骑兵冲锋才导致的数百人伤亡形成了强烈对比，整场战役显得沉闷乏味，以至于时任前线战地记者兼英军枪骑兵中尉的温斯顿·丘吉尔在新闻报道中描述道："战败者的英勇举动被胜利者严重贬低了，我认为这很不公平……"

　　这段历史总让人感叹双方军事技术代差所带来的巨大伤亡差距，而卡尔列达夫却从中捞出其他的想法，他这几天不断地思考，到底是什么力量让这五万人义无反顾地朝死亡编织而成的阵地进发？到底是什么力量让这些平日在互联网上掀起骂战的"重启"分子们深刻地团结在一起？在过去，是观念世界中的宗教，而现在，则是社交网络上的模因。

　　马洛卡驻守部队得以回避"猎杀女巫"模因的影响，完全归功于马克龙·墨格拉所一早就开展的政治工作。马洛卡战时内阁的成员们在虚数学派宣布"玻尔兹曼系数迎来新一轮膨胀"不久后就发现,自己似乎回到了欧洲的中世纪,骑士精神被一次次强调,大量日常琐碎的规定被内阁迅速制定并施行,马克龙·墨格拉要求士兵们严格遵守古老的口号、军礼、作息。剧场甚至一定程度上恢复了中世纪晚间比武的传统,每到月色斑斓的夜晚,麦芽酒浑浊的味道里,士兵们手持塑钢剑在柴火味道的篝火旁互相击打取乐。这种训练甚至渗透到了每个人的睡眠中,以至于驻守士兵们在某日早晨起来闲谈时发现,他们在前一个晚上做了同一个关于龙、城堡和公主的梦。

至于马克龙·墨格拉本人,作为模因"守护女士"的最高维持者,他终日徘徊在剧场地下的练舞厅,在巨大深邃的镜子前喃喃自语:"我是我血肉的主人,没有任何存在可定夺我的意志。"

前线士兵汇报目前电池和弹药是充足的,防线也维持得很好,至少这让他稍感欣慰。局面看似稳定,但他深知只需要一点倾斜就会打破这种动态平衡。卡尔列达夫从地上观察哨回到地下工事,路过空旷的剧场大厅时,他遇到了在横幅下沉思的马克龙·墨格拉。卡尔列达夫骑士迎上前向他报告:"早上,爱琳·索菲亚小姐在地下闲逛的时候撞到了被我们关押起来的萨拉·奥妮,她知道这几个星期发生什么事了。但您一直在更深的基地遗址,我们没敢去打扰您。"

作为父亲的代总统一怔,他知道解决问题的时候到了。

萨拉·奥妮,爱琳·索菲亚的前贴身保姆,西蒙海耶陷落的时候,她跟随战时内阁来到马洛卡,平时在地下照顾爱琳·索菲亚的起居。她在向外发送定位数据包后,迅速被战时内阁电子战团队定位且抓捕,铁木辛柯和外交部部长所在的猎巫部队正是截获了她发送的数据包才得以前进到马洛卡。马克龙·墨格拉对她发送数据包到外界,泄露他们所在位置的背叛行为并不感到意外,念在过往的情分上,也并不打算枪毙她,但无论面对任何审讯,红发女人都像头母狼一样坚称:她这样做,完全是为了大小姐。马克龙·墨格拉惊讶于她的信念之强大,在玻尔兹曼系数增长得如此迅速的情况下,竟然完全没有被自己高频率的政治规训所影响。最后,他嘱咐士兵把她关押在地下。

卡尔列达夫陪着马克龙·墨格拉走到阴影丛生的牢房,沿着灰白斑驳的水电管道一路走向深处,踩在被苔藓覆盖了一半的地面,爱琳·索菲亚正在牢门前咬着手指用脚踹塑钢门,两个看守的士兵无奈地看她,房间里面传出萨拉模糊的声音。

马克龙·墨格拉在女儿面前蹲下,注视着她蓝色的眼眸。每一次,这抹湖水一般的蓝色都会让他想起妻子,"小爱琳,回你房间去吧。"

爱琳·索菲亚反问:"为什么要关着她?"

"萨拉是坏人,她装成好人躲在我们中间。她把我们的位置暴露出去,现在有更多的坏人来抓你了。"

爱琳·索菲亚显得很不开心,"抓我干什么? 我本来就没打算要做什么时间穿越。"

爱琳·索菲亚继续说:"我在网上看到那些人的帖子,太假了,我怎么会乱跑呢? 我一点都不想回到过去,过去有什么好的,他们还在用电线。那些电线缠成一团像蜘蛛网一样挂在天空,每一天都有一个人因为反抗独裁者被吊在电线杆上活活电死。我才不要回到那个时代,爸爸,你能上网告诉那些人吗?再不行,在马洛卡外面竖个喇叭开大外放告诉他们。"

马克龙·墨格拉站起来摸摸她的头,他的脸旋即被阴影遮蔽,仰起头的爱琳·索菲亚无法看到他的表情。但她能感觉她父亲语气中虚假的温暖一扫而空,"卡尔列达夫,你送她回房间,让我和萨拉单独谈一谈吧。"

爱琳·索菲亚挣扎着被卡尔列达夫几乎以押解的姿态送回自己的房间后,马克龙·墨格拉打开了牢房大门的指纹锁。一身黑衣的代总统和椅子上坐得笔直的萨拉对视良久,他下定了决心,他转身在牢房的控制面板上输入指令。

【全息连接关押室XCV-09】

铁木辛柯和外交部部长浅蓝色的全息投影出现在牢房里,他们看到面无表情的马克龙·墨格拉和一个不知名的女性,她的喉咙被一个静息装置环绕,无法振声,只能做出单调发声、基本吞咽的动作,马克龙·墨格拉正伸手除去它。

马克龙·墨格拉对着铁木辛柯和外交部部长的影像说话:"认识这个女人吗?"

铁木辛柯瞟了一眼外交部部长,外交部部长走过来认真看了一下萨拉的脸,"不是我们的间谍。"

马克龙·墨格拉说:"她明显接受过潜伏训练,还有熟练的黑客渗透能力和保护潜意识技巧。"

铁木辛柯再仔细看了一阵子,"没印象。"

被除去静息装置后,萨拉终于在剧烈的干呕和咳嗽后完成了喉部发声重建,她的声线极其干枯,"我不是任何国家、组织的间谍。"

马克龙·墨格拉问："那么你是谁？"

萨拉看着眼前的男人，"我代表着已故的乔安娜·波尔卡夫人的意志。"

马克龙·墨格拉轻蔑地笑笑，"那么她是哪个国家、组织的间谍？"

"乔安娜·波尔卡夫人一生忠于人类。她绝不会允许自己的女儿成为毁灭世界的罪人，我也不会任由小姐独自一人前往过去。"

"爱琳仍然认为你是她最好的同伴，一直以来都是如此，但我不得不告诉她你的真实身份：一个邪恶的、无耻的、自以为是的间谍。这样打破她的童年，不觉得惭愧吗？"

萨拉笑笑，"你还把小姐当成小孩子吗？你对人的理解是停滞的，多年来你都没有走近过她哪怕一步，以为她还是五年前那个怕生的小女孩。她早就长大了，长大到你难以想象的程度。"

"最后一次机会，萨拉·奥妮，你到底是谁？我是个念旧的人，只是别让我彻底失望。"

萨拉闭上眼睛，"一个过去的鬼魂而已。宣判吧，马克龙先生，我知道你很享受这种时刻。"

马克龙·墨格拉扫视一圈，铁木辛柯和外交部部长在静静旁观，他没能透过蓝色的全息像和失真的电子音捕捉他们的表情。代总统在短暂的思考后做出了最终判决：因为犯下无可饶恕的间谍罪、泄露国家机密罪、危害国家安全罪、引诱谋杀罪，数罪并罚，萨拉·奥妮被一人临时法庭判处死刑，并将在日出时处决。宣判完毕后,他长久凝视着面前的女人,似乎是等待她面容的动摇,而再次确认不可能得到回应后,他终于头也不回地走出了牢房。铁木辛柯和外交部部长的全息影像也随之被切断连线而消失。

红发的女人重新蜷缩在空旷房间的角落,天花板中央的蓝色灯光寂静地亮着,她能用来感知时间流逝的只有水龙头每十五秒一滴的水珠,落在洗手盆中发出的响声如同行刑队永不止息的踏步。马克龙·墨格拉没能从她这里审问出真相:西蒙海耶陷落后,她和"重启"组织偷偷做了一个交易——她作为间谍向外标定马克龙·墨格拉战时内阁的位置,将其暴露在世界地图上,而"重启"分子必须保证不伤害爱琳·索菲亚,只能以防止她回到过去为目的限制其自由。

萨拉·奥妮清楚自己在与虎谋皮,但她对自己的所有决定都不感到后悔。

不知道过了多久之后,门终于开了。萨拉艰难地睁开眼睛,眼前是一片干涩的模糊,她看不见刽子手的面容,来人走到跟前,她知道自己的命运已无可避免。但当萨拉抬眼之际,熟悉的金黄色马尾飘扬在她面前,她的心剧烈跳动起来。

爱琳·索菲亚把手指竖在唇边,示意惊讶不已的红发女人噤声,她直接拉起萨拉的手往外跑。她跑得如此轻盈,以至于萨拉几乎无法跟上她的脚步,活像个小公主偷走国王的玺印,以白马王子的姿态救出她的侍女。此刻奔跑在黑暗通道中的萨拉永远也不会知道,爱琳·索菲亚被卡尔列达夫送回房间后,她将耳朵贴在地上确认他离去,随即把脑袋伸到一个偷偷搬来的生物测描探头里，片刻后，一个指纹的生物模板被3D打印出来。那是马克龙·墨格拉的指纹，他以父亲的身份轻轻抚摸女儿头发的时候，决不会想到爱琳·索菲亚却偷偷还原了他在她头发上留下的指纹。

他从未想过她会背叛他。

四年前，2025年10月15日，爱琳·索菲亚到达2025年之后一个星期。日本，福冈，高级料亭"三日月"。

松木短桌前的筱田太洋给自己斟了一杯清酒，他低着头，看着无色的液体在白瓷杯里激起一个小小的漩涡，这个漩涡吸引了另外两个人的注意力，它让筱田凛联想到纳维-斯托克斯方程，从而陷入无穷无尽的回忆，爱琳·索菲亚则是呆呆看着，她向酒杯摸去，但被筱田凛抓住了手。筱田太洋看着她们，他对樱井井田点了点头，后者行礼后关上纸门，打开内置在"三日月"木结构中的电磁信号屏蔽器，防止有人监听。一个星期前，火速赶到十字飞车基地的樱井景田在主持灾难善后之余，秘密为爱琳·索菲亚安排了飞往日本的私人运载飞机，在一个有机玻璃笼子里度过了十七小时的女孩被安置到了"三日月"。知情者越少越好，但此刻他们有太多想问。

筱田太洋尝试性地问道："小姑娘，你叫什么名字？"

他又换成了英语："小女士，你叫什么名字？

"你为什么不说话呢，是我吓到你了吗？

"你有名字吗？

"你的编号是多少？代号？数字序列？公民识别码？"

爱琳·索菲亚依然一言不发,她的目光始终在木桌的纹路和瓷杯的边线上徘徊。山口组组长筱田太洋自觉受到了极大的轻慢,不耐烦地将面前的清酒一饮而尽,他一言不发地站起来走出房间,然后重重关上了门,他和樱井景田交谈的影子投在纸门上,如同将军在白纱的幕帘后与家臣商议,而他的影武者则端坐在如豆的烛光边沉思,一如现在心绪如麻的筱田凛。爱琳·索菲亚对她的意义远甚于筱田太洋所了解到的那样,她比任何人更清楚面前这个小女孩对于世界的重要性,可就和很多缄默的学者一样,她总是对现实感到无能为力,这种深重的无力感自她多年前拒绝任职筱田太洋财团总经理秘书的安排伊始,便缠绕着她的脊椎,直到现在也是如此。

纸门又被拉开,樱井景田的声音出现在她身后,"她像是被吓坏了。"

筱田凛扭头,她看着清瘦的男人,"他给了你什么吩咐?"

樱井景田摇晃着手中的瓶子,那是一罐发泡剂,"低剂量1%浓度七氟烷和氧化亚氮混合诱导,吸入型麻醉气体,催眠气氛营造剂,一队心理专家在外面准备对她进行潜意识审定。放心,她听不懂日语。当我们说话的时候,她虽然表现出兴趣,但瞳孔、脉搏、皮肤电压没有任何幅度的波动。"

筱田凛反问:"你觉得这个小女孩的身体能扛住这种药物?你们只对她进行了传染物鉴定。"

樱井景田含糊地回答:"大小姐,我们时间有限。身处极道,就要有极道的处事风格。"

筱田凛还想争辩些什么,但樱井景田的表情如同逼近的利剑,截断了所有她将要出口的言语。尽管樱井景田平日西装革履,但他身上仍然保有黑道的威严,筱田凛从小便畏惧这个影子一样立在筱田太洋身旁的沉默寡言的男人。她倍感压抑而走出房间,却迎面撞上筱田太洋,后者正腆着肚子转动着一串佛珠念念有词。

筱田凛看着脸庞枯黄的父亲,她的眼神堪称凶狠,"你最好不要打她的歪主意。"

筱田太洋不置可否,他只是扯正胸前歪歪扭扭的黑色羽织,双手隐于宽大的袖袍下,表情压抑而耐人寻味,"不能这样和父亲说话。"

筱田凛的声音依然冰冷,"我了解你。"

筱田太洋难看地笑笑,脸上深浅不一的老人斑扯动着。

"她让我想起小时候的你。"两人擦肩而过的时候,筱田凛听见老人嗫嚅着低声说道。

往后发生的事情,以及爱琳·索菲亚的近况,筱田凛也只能从和樱井景田偶尔的联系中得知,爱琳·索菲亚被软禁在"三日月",筱田太洋亲自看守着这个女孩,心理学家们使出浑身解数,也只能从她支离破碎的描述中得知有关未来的、梦呓般的只言片语,她不断重复着太阳、烈焰、魔方的意象,临时组建的技术评估专家委员会只能据此写下一些捕风捉影的结论。而四年之后,本家陆陆续续传来消息:筱田太洋被鸟巢杀手暗杀,樱井景田被筱田龙一处决,大清洗开始,财团名下的"三日月"餐厅被警方控制,爱琳·索菲亚也不知所踪。筱田凛才猛然醒悟,原来命运精细咬合的齿轮从那时就已经开始旋转了。

　　三个月前,2029年1月8日,爱琳·索菲亚被伯劳带离"三日月"后三个月,离卡门赛特·冯·奥斯洛教授被暗杀还有十天。德国,斯图加特。

　　伯劳把行李箱重重地摔在木地板上,他松了领口的领带。从符拉迪沃斯托克飞到这里不是件简单的事情,爱琳·索菲亚一路上虽然嘴上不说话,但手上动作完全不比一个刚进入青春期的毛头小子要少,她在飞机上把纸杯拆开,翻来覆去地对折,来收垃圾的空姐为之侧目。开房的时候,旅店老板望着他们一高一矮两个人,脸上露出微妙的表情。爱琳·索菲亚躲在伯劳身后不敢探头,苍白的男人只好一次又一次解释这是他的混血小侄女。此刻的她坐在床边晃着双脚,倍感新鲜地把玩着电视遥控器,对伯劳给她的游戏机显得不屑一顾。很久以后他才知道,爱琳·索菲亚即使是在未来也称得上是资深硬核玩家,根本看不上这些落后上百年的电子垃圾,她在西蒙海耶的冬日里一次又一次在游戏房里重复着VR战争游戏,以期有朝一日能把成就拿满。直到这个女孩在萨哈林岛核弹井中以死神的姿态出现在伯劳面前,他才明白,那些游戏把她锻造成了一个堪比鸟巢杀手的怪物。

　　两个人拉上窗帘后,伯劳开始检查房间的被铺,"回你的房间去。"

　　伯劳继续去检查洗手间,"嗯哼?虽然你在那个小料亭待了整整四年,但不至于话都不会听吧。"

　　始终得不到回答的伯劳走了出来,他手上拿着一个被拆下来的花洒头，"你这种内向孤僻的性格，绝对绝对不会有朋友喜欢的。"

爱琳·索菲亚直起身叉着腰瞪他，伯劳也意味深长地回以同样长久的凝视，中央空调的送风声和他们均匀的呼吸混在一起。一如在他们初次见面的福冈驻在所门口，她在漫长的对峙后终于示弱开口，声音如黄鹂鸟立于新生的柳枝，"我当然有朋友。"

"男的女的？"

"她叫萨拉·奥妮。"

"那是个女生的名字。有男孩子追求你吗？"

"我不知道……"她眨了眨眼睛。

"女孩子不会打扮是没人喜欢的，当然你不需要打扮就已经很漂亮了。"

"我才不会喜欢因为我不打扮就不喜欢我的人。"

"好吧好吧我知道了。"

爱琳·索菲亚哼了一声。

伯劳想了想，又提议："我们出去走走吧。顺便也该买点新衣服给你。"

爱琳·索菲亚有些扭捏地应承了。两人收拾好行李后在楼下会面，伯劳看到她把头发理顺了一点。他们路过便利店的时候，爱琳·索菲亚停下让伯劳给她买了一个冰激凌，当伯劳把手自然而然放在她脑袋上时，她没有任何反抗的意思，相反，女孩只是抓住伯劳的手指，看着更远处百货大楼的霓虹灯若有所思，刺眼的光污染让她想起西蒙海耶高悬的核聚变黄金心脏。心脏坠落的那天,她和马克龙·墨格拉已经离开西蒙海耶前往马洛卡避难所,那时网络上铺天盖地将他们骂成卖国贼和战争狂,恨不能将其挫骨扬灰,马克龙·墨格拉铁青着脸一言不发,而那时最令她伤心的事,却是那只名为翡翠的机械猫永远留在了西蒙海耶。

她发呆太久了,伯劳忍不住问:"你和萨拉关系有多好?"

爱琳·索菲亚舔着雪糕,"很好。"

"很好是多好?给我讲讲你们经历过的最刺激的事情。"

爱琳·索菲亚想了想,谨慎选择着措辞,"我们曾经一起经历过很多……我们一起从家里跑到了更冷的地方,遥远的北方,一个我不知道名字的小城镇,在那里我们一起看极光。萨拉一直对我很好,很好,像我妈妈——我妈妈很早就过世了,但她比我大不了多少,大几岁,她什么都会,但是什么都要管我,吃什么、玩什么就算了,但是其他的也要管……"

小女孩踢着石子,"我讨厌那样,这些明明都不关她的事。"

他们说话间走到了百货超市楼下,超市正在办促销活动,霓虹灯下,颜色诡异的小孩们扯着各自家长的手到处跑。爱琳·索菲亚又高兴起来,她好奇地围着一个鸭池转圈。伯劳停在一个临时围起的小型靶场前,他打量着斜靠在柜台的瓦尔特LGR专业气步枪,招呼盯着小黄鸭的爱琳·索菲亚过来。

爱琳·索菲亚还在看水池里沉浮的小黄鸭们,试图弄懂鱼竿是怎么操作的,"不,我想玩这个。"

伯劳拽拽她的马尾,把她的脑袋掰向小靶场,"钓鸭子有什么好玩的?来玩这个,听我的。"

爱琳·索菲亚有些不情愿，"嗯……好吧。"

靶场帐篷下高大的摊主搞清楚是爱琳·索菲亚开枪之后阻止了伯劳，他朝另一边放着中小型气步枪的柜台努努嘴，"小孩子不能摸这把枪，危险，用旁边那些。"

爱琳·索菲亚被踩了尾巴一样抗议："我已经不小了！ 我就要这个！"

伯劳哈哈笑着向摊主解释："这位小姐已经是实打实的成熟女士了。要是您实在担心，您亲眼看着，我们就打一发——您这里不是十块钱五发子弹吗？ 我们十块钱，只打一发。"

爱琳·索菲亚恨不得马上拉长三十厘米，她像小鸡啄米一样点头。摊主挑了挑眉毛，他耸耸肩表示默认了。

伯劳把气步枪塞给她，指了指靶场里最远的那个彩色复活蛋兔子，"把这个靶子当成是你最讨厌的人，往他头上打。"

爱琳·索菲亚脸色怪异起来，伯劳看着她一言不发地接过气枪弹，并熟练地将这枚4.5毫米口径的小东西上膛，"你跟你爸爸关系不好吗？"

"那是之前了。我现在打的是萨拉·奥妮。"

"这是什么意思？ 她不是你最好的朋友吗?"伯劳打量着她立姿射击的挺拔腰身，这显然是经过训练的弧度。最远处目标应声而下，摊主啧啧称奇地将一个布偶熊递给伯劳，而伯劳则凝视着爱琳·索菲亚裸露在外的雪白皮肤，试图在她身上看出经历军事训练的痕迹：细微的伤疤、不均匀的晒伤、不对称的肱二头肌，可是失败了。他们两人都没注意到，爱琳·索菲亚瞄准的时候，埋藏在她瞳孔深处的虹膜芯片辅助瞄准闪过一道蓝色微光。

走出去很远后，爱琳·索菲亚才抓着布偶熊的头慢吞吞说道："萨拉·奥妮……其实和其他人也没什么两样。我那么相信她，可她回过头来骗了我，打开了地面通往下层的通道，那些人冲了进来。但她最后也发现那些人同样骗了她。其实她是好人，我不怪她，但我真的……真的很讨厌这样。"

她越来越小声，走在前面的伯劳几乎听不到她在说些什么。莱茵河边的太阳已经变得晦暗不堪，路灯尚未打开，两人隐于长街与长街的影子之间，风掠过的声音仿佛另一个城市的呜咽。

"欸，我说，伯劳……"

她沉吟许久后，似乎是鼓起勇气，第一次正式叫出这个苍白男人的代号。杀手在她面前驻足，凝视着她隐隐浮起嫣红的脸庞和在落日中显得柔软的金发。

"……如果是你，你会骗我吗？"

男人心里一阵颤动。路灯亮起来了，她的眼睛同灯火重叠的那一瞬间，就像在夕阳的余晖里飞舞的妖艳又美丽的萤火虫。

现在。萨哈林岛，核弹井，发射单元，重型洲际弹道核导弹"白杨"第二检修平台。标高：负二十五米。

对面通道的深处浮现出一个几乎崩溃的身躯。伯劳沉默地越过通道，携带着令人心惊肉跳的血腥站到了阳光底下，筱田龙一在另一边目视这个苍白的男人，一种强烈的不安将他的理智彻底吞噬。

"杀了他……杀了他。"筱田龙一自言自语。

"少主，退后。"是皮扣滑动的声音，蟹膏就要拔枪，但直觉让这个退伍特种兵硬生生将手从手枪上放了下来。这个陌生人能出现在这里就说明久久没有回应的攻击组已经全灭，而到底是什么竟能杀死这些身经百战的雇佣兵们？更何况，对方手上只有一把普通的砍刀。无论如何，在这里用枪会出问题，一定会出问题。

代号"蟹膏"的雇佣兵把手放在腰带，指端马上感知到了碳纤维飞刀刀柄鱼胶缠皮粗糙的触感，当他抽出它的时候，黑色飞刀在太阳下没有一丝反光。他的右手食指、中指有着肉眼可见的强壮，它们射出飞刀的肌肉记忆远甚于拔枪瞄准，因为枪械的焰火在日本乡下的黑夜中尤为明显，这种名为"鹄颈"的飞刀专用于刺杀，陪伴了蟹膏许多个寂静的夜晚，它最终总会准确地停留在筱田太洋许多个不同敌人的颈动脉上。在这个距离，他有把握瞬间从喉咙钉穿对方的脊椎，无论对方身后的黑暗隐藏着什么，都绝对来不及挡下这乾坤一掷。

在蟹膏头上，爱琳·索菲亚双眼的视网膜感光屏的特征侦察软件认出了飞刀的名字和伯劳的脸，她直起脊椎，从这里到第二检修平台的高差为二十米。二十米在全息光场游戏里是一个技能的冲击距离，在芬兰的总统府里是那只名为翡翠的机械猫在十秒内跑过的距离，它是从福冈到符拉迪沃斯托克海域的十万分之一，它是女孩到男人的全部距离。爱琳·索菲亚下定决心，被雨燕抽走支撑金属的左脚膝盖在隐隐作痛，青蓝血管中流动着的磅礴力量最后一次汇聚于此，她一生的全部勇气维系在此时此刻。

核弹阴影下的雇佣兵突觉如芒在背。当他听到爱琳·索菲亚在风中呼啸时,全身的肌肉都弹簧一般绷紧了,在行走于忠诚和良心之间的几十年里,这个男人从来没有哪一刻比现在这一刻更接近死亡。他以一个极其扭曲的姿势往上甩出利刃,将它抛射向那个飞落的黑影。

在那一瞬间,爱琳·索菲亚邃缩的猫眼凝视着刀尖,金黄的长发如同太阳的尾声,她在空中闪电般接住飞刀"鹄颈"并反身倾力射回,黑色飞刀携带着巨大的力量直接打碎蟹膏的头盖骨,插断了他的脑桥。随后,这只六十公斤的大猫轻盈地以蟹膏作为缓冲垫,活活碾碎了这个雇佣兵,他的躯体深处传来骨骼轮番爆裂的声音。爱琳·索菲亚以完全非人类的姿态降临在杀手和黑道面前。

十字飞车终于落入棋盘。

筱田龙一惊肉跳地看着这一切,他全身都在颤抖。

"是你……"伯劳在她面前俯下身,"……跑了这么远,你还是被我找到啦。"

左脚粉碎性骨折的爱琳·索菲亚对他笑笑,任由他的手掠过指尖、手肘、肩膀,最终停在她雪白的脖颈。他在测量她的心率,很稳定,纳米机器人毕竟赋予了她不属于这个时代的平衡系统和机体自我保护机制。但这是最后一次了,反触发电路给她的感应充电只能支撑这一次完美的落地。而与此同时,控制核弹战斗部的反触发电路突然失去一个大电感,震荡在电路中积累,包裹铜芯的塑料开始因过电流的高热逐渐软化。

伯劳原本已近死寂的心跳又沿着手臂复归身上。他艰难地听清了她的话，忍不住笑了起来。

"小女孩，在你这个年纪，真的知道爱是什么意思吗？"

萨哈林岛的太阳高度角到达了一日里的最大值，猛烈阳光坠入井区，名为白杨的导弹彻底破开黑暗。井中的伯劳抬头望向天空，白光背后仍是白光。他清楚自己正在走向哪种命运，赌徒们不断抛着只有正面的硬币。她像流淌在干涸河床上的黄金，多少人类为了这个刚刚性成熟的雌性哺乳动物疯狂，这个荒谬的世界又驱动了多少血肉为之而战，伯劳也只是广袤棋盘的其中一枚棋子。

这尘世不过是一个无面者的一袭浅梦，我在拂晓到来的前一瞬，以命运之名化为钢铁潮汐，而世界之海回以挽歌。一切，一切，一切都已到尽头。

终章　伯劳与荆棘

以地球为参照系，2125 年 10 月 8 日；以某颗粒子为参照系，2025 年 10 月 8 日。离地球 79 光年，大熊星座，北斗二星。

那颗粒子。

在筱田凛和乌鸦的闲谈里，它被称为"那颗粒子"，像是对他们有特殊的含义，一个含义是女人的丈夫，另一个含义是永恒的仇人。以他们两人所处的地球为参照系，那颗微不起眼、以某个特定频率振动和自转的粒子正在以超光速穿越无尽星尘，光锥和命运被它远远甩在身后，它会在大熊星座转向返程，然后在人马座南门二星的引力弹弓作用下前往一百年后地球将会到达的位置。而以这颗粒子为参照系，离它从斯堪的纳维亚半岛被发射，才不过过了四个虚秒，同样的四秒放在地球上不过转瞬之间，彼时那个不起眼的小城市尚未被称作马洛卡，李青门在发射快子后刚刚跌跌撞撞地踏出时间机器中控室，持枪的乌鸦静静行走在十字飞车基地蛛网般的通道之间，从未想过自己终有一日会投入一场如此盛大的戏剧。

2025年10月8日10时28分09秒22毫秒。李青门博士在中控室发出发射准备指令，"十字飞车"基地的核聚变供能组开始为虚粒子对生成装置以及加速器充能。他粗略地选择了一百年后作为他的目的地，并以超人般的直觉填充了核心参数矩阵，历史上第一次载人时间旅行就此开始。

2025年10月8日10时28分12秒22毫秒。李青门博士逃出中控室逃避杀手追杀，虚粒子对通过激光在数个纳秒内生成的虚粒子对的其中一颗虚粒子A以250%光速被发射至宇宙空间，朝向为风车星系M101。另一颗虚粒子B被精确导入超导电磁螺旋，快子降速装置令它只比光速快千亿亿亿亿亿分之一。

2025年10月8日10时32分34秒87毫秒。以发射到宇宙空间中的虚粒子A为参照系，它已到达2125年的地球，与处于现在的虚粒子B建立库图佐夫纠缠，超导电磁螺旋中的虚粒子B开始共振。

2025年10月8日10时32分34秒89毫秒。到达顶点探测器的李青门博士在数个普朗克时间内被共振旋涡分解成夸克，他的全部物质组成信息通过库图佐夫纠缠的信道被虚粒子B传输到未来，爱琳·索菲亚的全部物质组成信息也被虚粒子A从未来传输至现在。

2025年10月8日10时32分34秒99毫秒。爱琳·索菲亚被重组。与此同时，观察强度不守恒导致世界矩阵量子对称破缺，世界矩阵从50%/50%矩阵变为0/1矩阵，世界开始从量子态转向机械态，因果链被铸造。

2025年10月8日10时32分36秒43毫秒。核聚变充能装置过载引起的巨大电力震荡烧毁了时间机器的几乎全部核心组件，一次强烈电闪毁灭了十字飞车基地，除了当时处在高标准防雷设施中的乌鸦和爱琳·索菲亚，"十字飞车"基地无人幸存。这次电闪在30秒后持续导致了"10.8"北欧特大电网事故，俄罗斯内务部开始据此着手调查寡头库图佐夫·安耶波维奇·亚历山大，"圣乔治"计划上马。

2029年1月3日，深圳，龙华步行街。乌鸦将山友财团数据库中的"十字飞车"计划做出了数处重大修改，其中包括核装置第一防护壁的材料、发射器高差等等细节，最重要的一处修改为：将李青门博士前往的时间点从89毫秒改为99毫秒，以欺骗"十字飞车"计划的后续工程人员。乌鸦认为，正是这次修改直接导致了四年前的量子对称破缺。

舞台上的演员们接连登场又退场，而以地球为参照系，虚粒子A在冰冷的宇宙空间已经寂静地度过了许多许多年。

那个蔚蓝色的星球此刻已在它极目之内。它已经再次接近地球。而这次重逢，整个宇宙已为它深刻改变，因为它携带着两个互相交叉的观察者，一个从过去指向未来，一个从未来指向过去，他们素未谋面也永不相知。他们在命运编织的大网上相互交错，却成了这张巨网最原始的坐标轴。

时候到了。

它忽视时间、熵增、死亡这些微不足道的力量，唯一能驾驭它的是命运。而那个白发的孤独杀手以冠绝一切的意志推动了世界，他所亲手挥就的剧本跨越百年的时光，终于寂寞地等到了完结的一刻。

　　九十六年后,2125 年,离爱琳·索菲亚回到过去还有三十五分钟。北欧,马洛卡,剧场地下结构,"十字飞车"基地遗址。

　　爱琳·索菲亚第一次踏入这个幽静的禁地,百年前便不再在此流通的空气躁动起来。当她走在黑色的通道中,她仿佛听见来自虚空的呼唤,那是二十世纪被电闪碳化的幽灵们在她耳边低语着。往日破碎的 C80 混凝土柱依然在凭借仅剩的强度支撑着结构,乌鸦曾经走过的小径已经被厚厚的灰尘蒙蔽,在那里他见证了"十字飞车"基地的灭亡。

　　"骑士"几周之前才发现基地埋藏在地下的主体结构遗址,以往他们以为十字飞车基地的遗址处于马洛卡的中心地带,而避难所下方只是坚实的基岩。在北欧与俄罗斯交恶的时候,剧场避难所由日本一家以地下结构更新业务发迹的桥隧公司负责建设,是日本制衡俄罗斯的内容之一。验收的时候,也许是厚混凝土阻挡了侦测,芬兰政府没有发现地下的十字飞车基地遗址。"骑士"在探索它之后发现,遗址的电气线路不知道什么时候经过更新,由此才发现那些沉默的日本工程师在地下重新接通了"十字飞车"基地的能源,它的电力系统依旧坚挺。马克龙·墨格拉不久前来过这里,他在沙尘和废铁间发现了一张遗落的名片。

　　山友财团。

　　二十二世纪的山友财团经过多次改组重构,已经面目全非,山口组也在日本政府的一次次打压中分崩离析。但正如日出与日落,一个权势之人从马上坠落,更多的怪物便会填补它让出的空缺。百年来,作为影子的极道一直隐藏在这个国家的身躯背后,在每一代黑帮头目的眼中,从上一个时代便存在于数据库底端的秘密工程蓝图如同代代相传的大名的敕令。帮众们以对待传统的神圣态度践行它,每个人都知道这个久远的使命,可是没人知道为什么,甚至是历代头目,也无从得知这个工程延续百年的真正意义。

他们像笼中的猴子,只知道不要触碰开关,因为传统如此,却从未想过香蕉已经撤走。

"骑士"对遗迹的勘探才进行了不到一周,以前他们只知道日本人在战争开始以前就已经对马洛卡动过手脚,但情报部门始终没能知道他们真正的目标原来是这个隐藏在剧院地下的工程遗址,但一切都为时已晚了。

爱琳·索菲亚蹦蹦跳跳地走在前面,墙上简单地粘着由上层建筑拉到这里供电的照明带,它是一种非常长的条状薄膜,正在发出淡淡的黄白色荧光,足够让她们看清脚下的尘土如何在脚步的震动下浮起。这里很静,只有偶尔一些地下生物窸窸窣窣的声音,在地下结构的某些薄弱处,甚至能看到突破了混凝土和装饰陶瓷的植物根系。

萨拉站定在某个拐角处,这里是最后的灯光带,她望着幽深的前路,"大小姐,恐怕到此为止了。"

爱琳·索菲亚回过头来看她,她有极不好的预感。

萨拉不敢看她的眼睛,她垂着头沉默了很久,似乎在选择用词。但最后她抬起头来,声音坚定有力,"马克龙先生说得没错,我是坏人。"

"别用这种跟小女孩说话的语气对我说话。"

萨拉摇摇头，"这就是我所有想说的了，里面的意思只有靠您自己凭借成人的直觉去把握。我不能让您继续走下去了，您也许不知道这里是什么地方，但是……"

"我知道。这里是'十字飞车'基地，传说中的时间机器就埋在这里。"

"您知道。"

"我就是想看看嘛，我不会回到过去的。"

"大小姐……"

爱琳·索菲亚甩开萨拉·奥妮，她激动起来，她开始尖叫："我就是想看看！你为什么不让我去！"

灯光带因为电压不稳定闪烁了几下，人潮的脚步和喊杀声隐隐约约透过石灰岩和混凝土从上层传来。萨拉·奥妮胸前的项链开始有节奏地闪烁着蓝光，这是避难所进行紧急撤离的信号，可她们已经无处可去。

萨拉脸色惨白地嗫嚅着："对不起，大小姐……"

"你又怎么对不起我了？"

"我……刚才趁你不注意，偷偷把通往剧场地下的另一个地下通道的位置发送给了外面的坏人。我，我……"

爱琳·索菲亚不耐烦地问："所以呢？"

"所以地面已经失守了。"

这是一个重音，与之同时，身披黑袍的马克龙·墨格拉幽灵一般出现在她们身后。果不其然，卡尔列达夫也同他一齐浮现在褪去的阴影中,苍白光照下的高大男人像一具沉默寡言的强壮尸体,照明带的闪烁让他脸上正在愈合的新鲜伤疤显得更加狰狞。

卡尔列达夫继续说:"'重启'分子在往地下涌来,我们腹背受敌,几道仓促立起来的防线坚持不了多久。"

萨拉脸色苍白,"你们不是……不是有很多枪吗?"

"没意义的,萨拉。我们的弹药和人都有限。"

"瞧瞧你都干了些什么,小爱琳。"马克龙·墨格拉完全没有理会萨拉·奥妮,他只是轻轻质问他的女儿。但那双眼睛已经不再令爱琳·索菲亚感到畏惧,取而代之的是极致的平静。

爱琳·索菲亚躲在萨拉·奥妮身后欲言又止,但马克龙·墨格拉已经不在意她的回答,他一马当先越过两人走在前面。她第一次看见父亲展现出这种兴致勃勃的神情,仿佛妻子尚在他身边时一样,当这只是一次普通的假日远足,"算了,忘掉这些吧。我们一起下去找点有趣的东西。"

萨拉·奥妮出言反对:"大小姐……"

爱琳·索菲亚却显得很高兴,"好啊好啊,谁有灯谁走前面!快快快!"

萨拉·奥妮还想说点什么,但当擦肩而过时,马克龙·墨格拉漫不经心的目光掠过她的脸庞,她的灵魂在那一瞬仿佛被刀锋所指般颤抖,直到这对父女走出很远之后,红发女人才如梦初醒地跟上。而骑士卡尔列达夫留在了原地,他站得笔直,目送几人。片刻后,马克龙·墨格拉的疑问从前面传来:"卡尔列达夫?"

灯光带尽头的高大士兵沉默了一阵,"马克龙总统,我留在这里吧。这里位置不错。"

马克龙·墨格拉回头望向他。

卡尔列达夫挥舞着一柄碳纤维防暴组合棍刀,他在测试它是否足够顺手,"你总要给一名骑士一个机会去展现他的武艺和忠诚。"

总统的声线依然没有任何波动,"原来如此,我明白了。谢谢你。"

在所有人的记忆中,这是这个总令人恐惧的士兵第一次咧开嘴笑了笑。

很快三人就走到了"十字飞车"基地的最下层。马克龙·墨格拉举着荧光棒为两人开路。萨拉·奥妮显得心事重重,她不断搓揉着衣衫深处的口袋;而爱琳·索菲亚则倍感新鲜地当着一只跟屁虫,她不太明白刚才的一切意味着什么。和他们想象的一样,"十字飞车"基地遗迹的大多数次要结构已经崩塌堵塞了绝大多数通道,但主要结构仍然保持着强度,他们仍然能找到一条路通往时间机器的核心部件。

马克龙·墨格拉的语气像是导游,"这里就是'十字飞车'基地的终点:时间机器的快子接收端。我们相信,日本财阀的工程师七年前来过这里,并且在建造剧院避难所时完成了'十字飞车'计划的最后一部分:虚粒子接收端。实际上,他们只是修复并且稍微调整了一百年前就已经存在的虚粒子对发射装置,他们在校对好能源网络、定时装置之后就匆匆离开,但我们的情报机构以为这只是一个秘密的情报接收天线,专门用来接收通过宇宙空间进行的通信,以配合日本陆军的远东军事行动。"

　　他在灰烬和尘埃形成的坟墓中如数家珍，爱琳·索菲亚歪着头，入迷但半懂不懂地听着他的话。不久之后，马克龙·墨格拉接收到卡尔列达夫最后的寄语"再见"，人潮凌乱的脚步声越来越近，猎巫人们终于沿着灯光带一同来到了时间机器前，但无论谁都是第一次见到这个出现在重要讲话和严厉声明中的总统，他们呈狭窄的扇形分开，一时间谁也不敢上前触摸这个黑袍裹身的大人物。

　　为首的猎巫人紧紧握着一把淌血的菜刀，他的眼睛像獐鼠一样细小，"把她交出来。干脆点，地上已经竖好了火刑架。"

　　萨拉·奥妮惊惶地拉紧爱琳·索菲亚，"你们承诺不会伤害她的！"

　　"萨拉·奥妮，你看，叛徒终究会被背叛。"

　　马克龙·墨格拉高声大笑：

　　"但你们这群废物能对她做什么？就算我现在给你们让路，你们觉得能碰到她一根毛？"

　　猎巫人尖细的声音在火把的苍白亮光中回荡："我给你犹大的死法！"

　　爱琳·索菲亚只感觉自己的头被萨拉·奥妮猛然拽入怀中。她看不到萨拉·奥妮终于从腰间抽出一把手枪指向人群，这把古老的雅利金6P35手枪只剩下十二发子弹，这个第一次见血的红发女人的泪水夺眶而出，"不要伤害她……我们还能谈谈吗，哈？我可以告诉你其他的一些消息，我知道政府的金条藏在什么地方……"

　　趁着红发女人抽泣的空当，怀中的女孩轻而易举地挣脱了萨拉·奥妮。她像黄金的麋鹿跳跃在尘埃和钢铁之间,纳米机器人赋予她的行动能力让她一路沿着虚粒子接收装置向上进发。这时,能源网络被定时装置唤醒,"十字飞车"基地的线圈依次点亮,幽蓝的电浆光亮如同大海深处的波涛,一个古老的核聚变仿星器装置尽职尽责地开始了工作,人们不知道它来自何处,只知道它同样古老的代号"鹦鹉螺"。百年之后,在这个黑暗的地下世界,灿烂的辉光如约而至地第二次爆发在半空中,一个黄金的悬浮光球被构造在顶点探测器的彼端,如同审视众生的巨眼。

所有人在短暂的失明之后都疯了,他们立马一边高喊着爱琳·索菲亚的名字,一边朝她的位置伸手狂奔,以期能把这个把他们远远甩在身后的女孩抓住并肢解。半躺在地上的萨拉·奥妮连开了几枪,她一枪就打死了队伍最前面的猎巫人,还打死了其他几个人,但是没人在意她,她被汹涌而来的人潮活活踩死。

红发女人最后用尽全力大喊:"不要伤害她!我什么都可以给你们!她不会回到过去的……"

"不要,不要替我做决定!"

爱琳·索菲亚终于勃然大怒,这个女孩站在二十米高的顶点探测器顶端发出狮子的咆哮。忙着把肠子塞回腹腔里的马克龙·墨格拉望向塔顶的女儿,欣慰的微笑浮现于他的面容。

"你果然有她的眼睛。"

他在最后一刻轻声低语,声音几乎无人听见。

爱琳·索菲亚以巨龙的意志挺立在黄金光球面前,她双目似火,有如天使威能,又如持镰死神。基地核聚变装置的过载警报蜂鸣大作,如同命运的锁链互相磕碰,铿锵作响,当金黄的光芒浸没她的身躯,她感到被粒子束解离的身躯仿佛正在燃烧,耳边只有泪水蒸发的声音,世间的所有喧嚣顷刻离她远去。

空间被折叠成一个个凝固的方块,所有光线仿佛被某个巨大的引力扭曲成环状,形成一千个扭曲的黑色太阳,所有声音的高频部分被无限拉长,发出一千条河流摔碎在地上的声音。她和某个遥远得不可相信的观察者建立起了联系,她感知到他的身躯,一个瘦弱的男人,血液里没有游动着纳米机器人,但却如此坚强,如此灼热。

斯堪的纳维亚半岛,马洛卡当地时间:2125/10/08 10:32:34:08900

最后有那么一瞬间,眼前出现了一闪而逝的人影,她以为那是幻觉,其实不是,人类视神经的视觉残留是24毫秒。在那短短10毫秒里她看到的,其实是被终于来到地球的虚粒子瞬间重组的李青门。当他终于从视野里消失的时候,她发现自己置身于一间昏暗的球型舱室,虚空的影子在她赤裸的躯体边低语,冰冷的钢铁如同古老的神像俯视着这个女孩。

那就是李青门被解离的位置。

斯堪的纳维亚半岛,"十字飞车"基地当地时间:2025/10/08 10:32:34:09900

这时,有一个人影出现在"CDPR-7"大型顶点探测器舱室的观察窗上。

凭借"十字飞车"基地微弱的灯光,她在片刻后辨认出那是一张风霜中的人脸。

她知道那是一双少见的黑色眼睛。这时"十字飞车"基地几乎被强烈电闪摧毁的主体结构在余震中微微摇动，仿佛世界正蹒跚于毁灭的边缘，她在流泻的尘雾里眨了眨眼，那个沉默的男人已经消失不见，而他们也终究没能真正见上一面。

伯劳，这就是我所有的故事。在四年以前，我的生活被两种意志左右，一种让我撞破牢笼，头破血流；一种让我高声歌唱，沉入极乐。我珍重远处风景的价值，却又踟蹰在笼门之前。但最后我发现，无论是希望我拥有平静快乐的生活的萨拉·奥妮，还是冷血地将我锁在笼中与世隔绝的马克龙·墨格拉，他们只是在以自己的意志为我画下前路。

阿道夫·希特勒喜欢在演讲开始前沉默很长一段时间，直到听众强烈不安，才开始发言。和他一样，筱田太洋总也试图以长久的凝视令谈话对象折服。我每一次被他注视的时候，都会想到，我们的父辈就是以这种长久的凝视驯化我们这些子女，他们不远不近地伫立，默默审视着我们的每一个选择，每当我们越位，他们总有各种办法把我们拉回原处。而这个社会又这样将我们的父辈驯化：红绿灯、虚假的笑容、被建构的道德；这个宇宙又这样驯化我们人类文明：能量守恒、诺特定理、最小作用量原理。

我们这一代人早已通过VR和感官传输轻易地经历过人世间的无数苦痛，被射杀、被车裂、被肢解、被斩首、被爱，但我们唯独无法接受失去自由。

唯有你给过我选择的权力，无论福冈的雪夜、杜塞尔多夫的晚宴和符拉迪沃斯托克的海湾，这是我多年来唯一着色的记忆。

所以,作为回应。我愿意将我的未来放在你的手上。

带我走。

带我走。

回答我,伯劳,回答我。不要沉默,这个世界已经如此安静,让我听见你的声音,哪怕只有一瞬。

雨燕羡慕云雀,她能深深爱着某个人,而我则羡慕乌鸦,他能深深恨着某个人。

大恨和大爱一样,都并非凡人所能感知。凡人的血肉,无非是一幢由无穷无尽的细碎感情所组建的摇晃建筑,唯独凭借巨大的基石才能堤岸般在波涛长久的撞击下永恒。正是一件件大事奠定了一个人一生的基调。但是大多数人终其一生,也无法拥有云雀和乌鸦那种独一无二的经历,那么到底是什么在支撑着他们在历史的堤岸上无名地生活?

答案只有一个:责任。

你还是个孩子,你根本不知道自由二字背后的沉重代价。我年轻的时候周游列国,在偌大一个东亚到处跑,什么下三烂的活都干过,走私、偷渡、打黑拳。那时我只为自己而活,什么都不能束缚我。就算是在后来接受了家庭的安排,我结了婚,我也没有改变太多:妻子是个普通的传统女性,她对我的幼稚给予了极大的包容,她的想法是,只要一个男人步入婚姻,就会以自由落体的速度成熟。

的确如此,女儿的出生对我影响尤大。她〇八年刚出生时,只是产房里的一只粉红色的小猴子,我在她身边断断续续待了

461

十二年,见证她从一个路都走不稳的小个子长大到一个足够和我争吵的女孩,也深刻理解了父亲的责任:沉稳、博学、伟岸。

人会有很多身份,每一个身份都是一份责任。我在哈尔滨的那个冬日被迫离开故土,可我未曾忘却我对她的责任;我在福冈的雪夜将你带往云雀凝视下的符拉迪沃斯托克,我也未曾放下对你的责任。每个人为责任而活,也因责任而活,最终,他们都变得和肩负的责任一样大。

最后的时刻。核弹井竖井区,发射单元,第二检修平台。

筱田龙一往前走了一步,腿马上软了下来,他扶着栏杆跪在冰冷的钢板上。脚下阳光所不能穿透的黑色虚空蠕动着,他在不断干呕。

"不可能。"他模糊地说着什么。

"反触发电路……"他踉踉跄跄挪了几步。

"停手!"他朝着两人沙哑地大喊。

"停手!"他又喊了一遍。

没人回应他。

伯劳拨开爱琳·索菲亚的金色刘海,她已经几乎没气了。生物电池的电能已经耗干,纳米机器人已经无法再支撑她的内环境稳定,现在的她只是一个再普通不过的女孩。所有超越时代的特征开始从她身上褪去,这时男人才发现她的湛蓝眼眸里只剩下一种纯净的渴望,过去的他也曾有这样的目光。

爱琳·索菲亚望着刺眼的天空,"这就是命运吗?"

伯劳头颅低垂,他正耐心地将她裸露在外的肌肤重新裹上灰色长袍，"或许是。"

冷静。

冷静。

检修平台另一边的筱田龙一连续进行七次深呼吸令自己平静，所有血液的奔流在此刻变慢，他缓步前来，越过蟹膏扭曲的尸体，越过重型洲际核导弹"白杨"投下的阴影。阳光和黑暗的分界线此刻在他面容上出现，这个精于话术和谈判的男人被分割成光与影的两部分。

"筱田龙一先生。"伯劳终于说出了第一句话，即使是背对着对方，剑术大师仍然感知到了危险的逼近，"这是我们第一次真正见面。诚如你所见，我是鸟巢的最后一名杀手，所有血债的最后偿付人。"

"那么说来，你理应对我的故事十分熟悉。"筱田龙一开门见山，他的声音此刻铿锵有力，丝毫看不出刚才还是一个半瘫在栏杆边的人，"杀手，我不知道你的名字，但我相信，你也有和我相仿的过去，因为任何成年人都有难以提起的遗憾。你知道爱琳·索菲亚DNA的价值，它有改变整个世界的潜力，我们只需要找到、控制、杀死她的任何一个祖先……你有没有想过，如果一切能重来的话，我的妈妈也许就能活下来，我的妹妹也许仍能说话，我的父亲也许尚未离去，你的遗憾也许不再是遗憾，你我都会有不一样的人生。现在时间十分紧迫，我的建议是：立刻把她放回原位，稳定反触发装置的电力震荡。然后抽走她五百毫升血液，我们可以从发射井楼梯间快速到达地面，逃到萨哈林岛东海岸。我向你保证，爱琳·索菲亚的血将保管在你的手上，至于它的价码,我们回到日本之后再详谈。相信我,山友财团的出价一定不会让你失望。"

伯劳依然背对着对方,没有回应。

迟迟得不到回答的筱田龙一接着说道:"难道您觉得这种想法太过野蛮? 我原以为,我们共同作为这个世界黑暗面的一部分,应该会有更多的共同话题才对。"

"不,先生。我是在想另外一件事情:您凭什么认为一切重来之后就会变得更好,而不会变得更坏? 地球生命的诞生在宇宙中是万中无一的奇迹,您凭什么认为生命会再次诞生?"

"原来您是个悲观主义者……您有亲人吗?"

"有。我有一个女儿,住在中国。"

"您选择成为杀手,在多大程度上和她有关? 我猜测,她先天重疾,需要长期接受治疗以延续生命。您很爱她,但不得不选择如此,以给她更好的生活。您想一想,这样真的好吗? 她的回忆也许曾有转瞬即逝的快乐点缀其中,但总体而言,她是痛苦的。我们希望凭借爱琳·索菲亚的DNA重启这个世界,是给所有人一次机会,这个机会本身就是一次救赎。要知道,'人类的一切智慧都包含在这两个词里面:等待和希望。'"

伯劳很久之后才回答:"您要知道,您是在跟一名刀头舔血的刽子手畅谈未来。可是对我们这些人而言,未来只是脆弱的玻璃,真正宝贵的是过去的回忆。我不太懂量子力学,但我朴素的物理观告诉我,正是过去定义了我们的现在,如果我的回忆只是镜花水月,那么又有什么东西能证明我的存在呢?"

"您未免太过自私了。"

伯劳咧开嘴，"'父亲'这个角色是针对'女儿'而言的。我爱我的女儿，但我和她首先都必须存在。"

"我明白了……我早该知道，我早该知道。"筱田龙一愣了很久，他最终深深叹气，"人毕竟是悬挂在自己编织的意义之网上的动物。"

伯劳揶揄地扭头看他，"您的脾气比我见过的很多人都要好上很多。"

筱田龙一笑了出来，"我们家的人有一个优点：无论面对任何情况，我们总是平静的。"

"您放弃说服我了？"

筱田龙一摇头，"相信我，在判断面前的东西是人还是怪物这方面，我是真正的专家。"

"呵……不愧是极道的少主人。"

核导弹战斗部的保险装置终于被不断积累、放大的震荡熔断，反触发装置终于失效了。在三声短促的防空警报后，核弹井每个角落的喇叭都开始了避难广播，如同一个巨人踏步的回音在幽静的山谷回荡：

"全体士兵注意，全体人员注意……反触发装置启动，核弹即将引爆……现在开始倒计时三十秒……二十六、二十五……"

原来欲言又止的筱田龙一听清模糊的广播之后，如释重负地叹了一口气。

伯劳看着他。

筱田龙一倚着栏杆坐下，他的表情在光影中迷蒙不定，"三十多年来，我为人立世的基础是对筱田太洋的补集，一方面我是他成就下的暗影，另一方面我是他未竟事业的继任。我一直默默履行着这个男人所逃避的责任，所以当我知道爱琳·索菲亚的存在时，我就肩负起重启世界以拯救妹妹和母亲的责任，这于我而言是责无旁贷的。当然，您也要为您的女儿负责，我们各尽其责而已。"

伯劳礼节性地"嗯"了一声。筱田龙一也看出他的心思根本没在这次对话上，他想给对方递根烟，但从衬衫口袋里翻出了另外的东西，他把它拿到眼前来看，是那枚十字飞车的金丝木棋子。山口组少主思绪万千地久久摩挲着棋子，死人们的面容在他脑海浮现，他随后将其投入深不见底的黑暗。他听到棋子碰撞钢铁发出骤雨一样清脆的声音，随即露出小孩般满足的笑容。

爱琳·索菲亚这时像只猫一样翻了个身，她的额头蒙上一层薄汗，"我很困。"

伯劳微微颔首，"睡吧。"

广播的倒数已到尽头。它的最后四声倒数在阳光中产生了难以言喻的磁性，筱田龙一竟产生了尤里·列维坦尚未逝去的错觉，仿佛播音员仍身处秋日之后的克里姆林宫，在卫国战争胜利日用力宣读"法西斯德国被英勇的苏联红军打败了"。

Три[①]

伯劳沉静地俯视着躺在他双膝上的爱琳·索菲亚，右手托住她的身体，左手向后无奈地伸开，仿佛正在哀悼基督。青色天空中，风云与太阳凝成的眼睛居高临下地审视这个苍白的男人，他

---

① 俄文数"3"，以下为"2""1""0"。

要为多少涂炭的生灵负责，他要为多少陨落的星辰负责。

我很遗憾辜负了你的勇气，小爱琳，世上没有那么多英雄。我毕竟不是头盔上有白羽毛的骑士，不会骑着黑马从遥远的田野间奔驰而来斩断你手上的绳索。从头到尾，我只是带来瘟疫和腐烂的死神，猎杀猛禽的猛禽，从表皮到心脏都是铁的颜色。

Два

一直以来，我的躯体都受一种无形的责任所驱使，直到现在也是如此。我只想让我的女儿度过可堪回首的一生，以弥补我未曾给予她的父爱。但我把我余下的那部分，那部分沉寂已久的情感都给予你，只因你愿意将未来置于我血腥的双手。

Раз

我以一个父亲的身份给予她安宁的余生；我以一个男人的身份陪伴你到最后一刻。

Ноль

广播喇叭未知姓名的低沉男声说出了最后一句话："再见，斯拉夫女人。"

核弹头的反触发装置电路断电，电压归零，控制电路的电磁继电器松开。法拉第笼中的电雷管在误差五十毫秒内同时接收到反触发机械信号，并在导弹自带的一次性蓄电池供能下向球型核装药发送高压电引爆信号。球面炸药勃然起爆，将铀235、钚239等核装药迅速向心压缩至最大临界质量，链式裂变反应产生的高温令聚变材料进入工作温度，恒星的力量亦随之开始在人造之物中涌动。

而实际上，反触发信号并非同时到达四枚核弹头的电雷管，导致了四枚核弹的引爆各有误差，没有产生完美的同时引爆，无法产生真正意义上的高当量核爆炸。而命运之手介入其中，引发了一系列连锁反应。

首先爆炸的第一枚核弹头因向心压缩压力不均匀，它裂变的能量百分之八十以上都以辐射热量流失了，以至于没有到达聚变工作温度，由它逸出的强烈辐照迅速将钢铁变成红白色，彼时第二、三枚核弹头刚刚开始链式反应，它们贫铀外壳朝向第一枚核弹头的那一面在与内部核聚变起反应之前就被熔化，第二、三枚核弹头实际上的起爆效果从三相弹变成了半中子弹半三相弹。与拥有极大爆破威力的三相弹不同，中子弹是针对生物DNA的现代特种战术核武器，它爆炸的90%以上能量都将以中子流的形式向四周释放，高能中子流穿透性极强，能在离爆心八百米处穿透三十厘米厚的钢板并杀伤人员。一般的中子弹只有千吨级轻型氢弹的当量，杀伤半径便达到三公里。而萨哈林岛核弹井中这两枚特殊的百万吨级当量重型核弹头所释放的中子流，则足够将三分之一个萨哈林岛的生物的DNA水解。最后引爆的第四枚核弹头引爆完全，它即将直接炸松一公里内深度五十米以上的土层，为中子流扫清障碍。

第二个太阳在此冉冉升起，萨哈林岛的山脉和松林在那一瞬间褪去了所有颜色。

在一切终结的前一瞬间，伯劳看着爱琳·索菲亚被光场柔光笼罩的侧脸，他想到很多东西，但顷刻之间被风抹去。

他们拥抱在一起，两个不同时代的互相慰藉的人。

尾声　明天,明天

2125年,离爱琳·索菲亚回到过去还有五分钟。马洛卡,关押室XCV-09。

两人担忧地看着不断在撞击和撬动中松动的牢门,他们想象着外面的重启分子正在如何粗暴地对待机械锁——和电磁通信手段一样,电子锁也已经因为普朗克常量的急速收敛而变得不再起效,所以马克龙·墨格拉才决定使用这种古老的锁具。但从门外传来的喘息声是听得很明白的,铁木辛柯看着卡在锁槽里的恰西克马刀,就在刚才,有人一脚踢松了门锁,随之撞弯了刀条,但哥萨克人并不感到十分心疼,马刀曾是他们民族的生命,但如今这个世界也和民族这个概念一样走到尽头。

外交部部长盯着水龙头,"我的思绪很混乱。但我在思考一个终极问题,人存在的目的是什么,事物存在的目的是什么?"

铁木辛柯抬起眼皮,"看起来玻尔兹曼系数终于切切实实影响到宏观世界了。您以前不会去想这么无聊的事情的。"

"怎么,难道我以前在你眼中是一个只知道工作和骂人的上司?"

铁木辛柯耸耸肩,"没那么不堪,但也差不多了,外长同志。在我们下属眼中,您是个古板、严肃、迟钝的俗人,对终极问题没有太大兴趣。"

外交部部长反而笑了出来,"那看起来我关怀下属这方面还做得不够好。说回原来的话题吧,我知道,量子力学中有势垒这个概念。所以我在思考,在概率论时代,人类文明一次又一次开发科技,是不是就是粒子一次次试图越过势垒的过程,世界一旦抛出时间机器的科技,就能超越它进入下一个势,就必然从量子态转向机械态,也许那时的人存在的目的,就是运算出时间旅行这个科技吧。"

"您这种是典型的计算主义宇宙观:这个宇宙可以用计算机的方式被认识,这个宇宙就是一个拥有目的的程序。如果世界是有某个目的的,那么人类的意识正是出于这个目的,它们因为最小作用量原理而诞生。"

"我明白了,如果时间旅行大量存在,那么CTC计算被实现之后,人类必然会迫使世界构造出很多非图灵机问题的答案,但整个宇宙又哪里有那么多能量能支撑这些计算呢? 所以根据最小作用量原理的指导,世界必须转向机械态,即消灭时间旅行的可能性,以保证能量分配的经济性。

"从2025年量子对称被摧毁时起,人类如今已经在机械论世界中度过了一百年,我们之所以没有在过去的一百年灭亡,是因为量子对称破缺导致的三大常量变动尚未膨胀到我们所能感受的数量级,它的影响必然是从普朗克常量十的负三十四次方这个数量级一路增大到宇宙级别。这膨胀的规律,我猜测是指数增长,因为在没有外来因素制约的情况下,一样东西的生长总是指数级的。这也就意味着,我们基本上会在一瞬间灰飞烟灭,没有什么反应时间——这是好事,对吧?

"我又想到,既然量子态世界的目的是时间旅行,那机械态世界的目的又是什么?"

铁木辛柯阴森森地笑起来,"玻尔兹曼系数让您的思维太发散了。目的,目的。您这些话都是自我安慰而已,当一层又一层的意义被消解后,一件事物存在的终极目的就是自取灭亡。"

他们又陷入沉默。门再次被轰然撞响,马刀已经弯折到报废的地步。

外交部部长精神抖擞,他已经知道某个时刻将要来临:我突然想到诺斯替教义中说,此世的神只是掌权者黑玛门尼;彼世的真正至高神马克安自愿放弃了对人类的管辖,赐予人类自由意志。如今,新神将收回祂离去时布撒的荣光。铁木辛柯同志,新世界就要到来了,我相信所有创生都蕴含在毁灭之中,我期待在我们的灰烬上诞生的新世界的生命,一如我当年立在学院的门前。

凝视着他的铁木辛柯欲言又止,"您看上去……"

"有话直说。"

铁木辛柯笑笑,"您看上去像名父亲。"

外交部部长也笑笑,"呵,父亲……多么古老的称呼。"

门终于被撞开了,猎巫人们杀气腾腾地冲进狭窄的囚室,已经杀红眼了的他们要杀干净一切与马克龙政府有关的人。但地上林立的火刑架已经无甚用处了,因为就在这一瞬间,李青门博士的身躯在马洛卡重组,他在最后一刻看到的是正在攀爬大型顶点探测器的白蚁一般密密麻麻的人们。爱琳·索菲亚的影子一闪而逝,"十字飞车"基地摇摇欲坠。

十毫秒内,世界矩阵于2025年从量子态转向机械态的后续影响终于在宏观世界指数级爆发。只在这十毫秒里,普朗克常量向下收敛,所有量子现象消失,所有事物泾渭分明,世界一片斑斓;玻尔兹曼系数上升,粒子群狂暴地起舞,温度急剧上升;光速无限扩张,奥伯斯佯谬不再是谬论,千万光年外所有恒星的光亮映照大地,令宇宙亮如白昼。所有人类早已因生物电过载死亡,当下的十字飞车基地、北欧、地球、太阳系完全解体,老人的最后一口气和婴儿的第一声啼哭都在此时此刻发生。

人类历史终结于此。

Everything suffers an end.

Everything deserves an end.

2061年。芬兰,赫尔辛基。

苏科洛夫教授的葬礼在上午举行,前来追悼的人不多,身披黑纱的遗孀叶夫琴琳·索科斯卡娅全程歪着头坐在一张黑色的椅子上,旁人只能依靠珍珠项链的反光从黑色帷幕的背景中辨认出她。无论面对任何关心,她都无动于衷,干枯的面容一直维持着同一个表情,仿佛早已死去。

侧门开了,一个行动敏捷的黑衣老人匆匆进入告别大厅,将一朵黄菊花放在灵柩上。虽然来人没有佩戴十字架,但缠在手腕上的玫瑰念珠出卖了他。

年迈的老女人轻轻说道:"是你,神父。"

尼康·加里宁望向她,浑浊的眼珠闪烁着依然锐利的光芒,"是我,首席法医官。"

"内务部追踪了我三十年,我隐姓埋名熬到了网络司司长老死,而你居然还没死。你千里迢迢赶来,是要我替苏科洛夫忏悔吗?忏悔他隐瞒了一个罪人的行踪,忏悔他背叛了公民的义务,忏悔他一个无神论者竟然说服信仰东正教的妻子去接受试管婴儿。"

尼康·加里宁回道:"不,索菲亚。正教和内务部一向没有联系,我只是通过同行听说了苏科洛夫教授的死讯,然后匆匆赶来参加他的葬礼。当然,也是为了见你一面……或许是最后一面。"

尼康·加里宁指指灵柩上一排照片的其中一张,那是苏科洛夫二十岁左右的照片,那时他的眉目刚刚开始有属于男人的粗粝和坚硬,他性格中鲁莽和暴躁的一面也逐渐展露出来。这是尼康·加里宁对他记忆最深刻的一段时间,他们两个在那时因叶夫琴琳·索科斯卡娅闹出过不少误会。

但其实这是新兴起的殡葬业务,现代计算机图形学可以根据死者的遗照反向推测出年轻时候的容貌。苏科洛夫很喜欢这种从鸡蛋到鸡腿的全程展示,他在病床弥留之际,俯下身的叶夫琴琳·索科斯卡娅花了很大工夫才听清他说的话。"你也去做一个,"他说,"我都忘了你年轻时候的样子了,毕竟你我年轻时的合照……"

"内务部开始通缉你之后,你和苏科洛夫教授的所有照片就都被网络司删除了。是赫尔辛基牧区的神父告诉我他最近将要为当地一位有名的医生举行葬礼,这时我从他发来的照片中认出年轻时候的苏科洛夫教授,所以不远万里从符拉迪沃斯托克赶来此处。"

老女人母鸡一般咯咯地笑起来,"噢……他那些多管闲事的狐朋狗友。"

尼康·加里宁面向她,"说真的,首席法医官,我以前从来不知道你是一位如此有秘密的女士。"

"秘密让女人变得性感。"老女人摊开手,"你想知道什么?阿尔茨海默病在折磨着我,我能记得起的事情已经不多了。白令海、CIA、山口组、鸟巢……"她犹豫地吐出最后一个词,"……萨哈林岛?"

"不,首席法医官……我不会问的,我对世界的秘史毫无兴趣。同时我也明白,用道德衡量世界,就像用体温计测量太阳的温度。但是,竭尽所能写下它吧,我相信人活着就是为了诉说……只是你现在用着什么名字来着?请你至少起个我能认出的笔名。"

"我会考虑的。"老女人若有所思。

过了好一会儿,她像是鼓起了很多勇气,又开口道:"只是别再叫我首席法医官了,严肃认真地叫出我的代号,那样会显得我更性感些。"

尼康·加里宁终于笑笑,"好吧……云雀。"

阳光的幻影在黑色大理石地板上延伸,两个老人长久地对视,他们各自的怀念和回忆在胸中形成无形的风暴。凝固是老人的天性,只有阵风的呜咽和水池的涟漪表明这个世界仍在运作。几只极地云雀歌唱着轻轻落在雪松的树梢上,那么轻盈,轻得就像多年以前,她野兔一般奔跑在秋日之后的草地上,将一朵没有颜色的花小心翼翼地放在爸爸的手上。